MW00736402

22

CUENTOS COMPLETOS

Mempo Giardinelli

CUENTOS COMPLETOS

SEIX BARRAL

Diseño de cubierta: Mario Blanco
Diseño de interior: Alejandro Ulloa

© 1999, Mempo Giardinelli

Derechos exclusivos de edición en castellano
reservados para: Argentina, Chile, Uruguay y Paraguay

© 1999, Compañía Editora Espasa Calpe Argentina S.A./Seix Barral
Independencia 1668, 1100 Buenos Aires
Grupo Editorial Planeta

ISBN 950-731-225-0

Hecho el depósito que prevé la ley 11.723
Impreso en la Argentina

Ninguna parte de esta publicación, incluido el diseño de la cubierta, puede ser reproducida, almacenada o transmitida en manera alguna ni por ningún medio, ya sea eléctrico, químico, mecánico, óptico, de grabación o de fotocopia, sin permiso previo del editor.

BREVISIMO PROLOGO

Este libro se compone de casi todos los cuentos que he escrito y publicado hasta ahora. Escribo "casi" todos porque he preferido no incluir algunos pocos que, con los años, o bien se desgastaron o bien advierto ahora que no estaban resueltos y ya no deseo reescribirlos.

Para esta edición he obviado los datos de escritura de cada texto, modifiqué algunas dedicatorias y epígrafes, y alteré ligeramente el orden interno de los cinco libros en que a lo largo de quince años la mayoría de estos cuentos fueron apareciendo: *Vidas ejemplares, La Entrevista, Antología Personal, Carlitos Dancing Bar* y *El Castigo de Dios.*

En cambio, incluyo aquí todos los cuentos que —aunque publicados en diarios y revistas— no estaban reunidos en libro alguno. También incorporo a esta edición algunos relatos inéditos.

A mi primer libro de cuentos (*Vidas ejemplares*, terminado en Cuernavaca, México, en diciembre de 1981) lo cerré con este epílogo:

"Durante años escribí este libro, sin saber qué libro sería. Soñé cada relato, lo resoñé y lo dejé imaginarse solo. Me permití olvidos sabiendo que, de algún modo, las historias retornarían si querían ser escritas. Y en todo momento tuve presente y compartí la pregunta que aparece en las últimas escenas del *Decamerón* de Pier Paolo Passolini: ¿Para qué producir una obra, si es tan bello soñar con ella?".

Diecisiete años después, la duda continúa. Por eso me parece válido que aquel epílogo cierre este prólogo.

M.G., Gettysburg-Paso de la Patria,
diciembre de 1998

VIDAS EJEMPLARES
(1982)

EL PASEO DE ANDRES LOPEZ

A causa de la velocidad a la que descendía el ascensor neumático, Andrés López sintió que un intenso frío le subía desde los pies; le pareció tener el estómago en el cuello, las manos en la cabeza y la cabeza mucho más arriba, como si hubiera quedado suspendida en el piso veintiuno, mientras su cuerpo caía.

En la vereda se encontró con un atardecer nacarado, que le recordó a los Campos Elíseos en otoño. Los edificios altos se asomaban por sobre los árboles de la avenida, dibujándose en el crepúsculo de sangre ardiente que iba oscureciendo al mundo, mientras unos pocos peatones caminaban presurosos, tiritando, por los cincuentenarios adoquines. Aspiró el aire puro, rápidamente familiarizado con la tarde (como siempre a esa misma hora, cuando se retiraba de la clínica) y se dirigió a su automóvil, casi presuntuosamente, tarareando una vieja canción.

Abrió la puerta, se sentó y al girar la llave de contacto observó por el espejo retrovisor que de un edificio vecino salían, veloces, tres sujetos cuyas caras reconoció; también vio, en la cuadra anterior, un Falcon verde, correctamente estacionado, con cuatro hombres a bordo. Sintió un escalofrío, comprobó que se apagaba la luz roja (lo que indicaba que el motor estaba caliente) y en ese momento descubrió el orificio negro, al final de un caño angosto y medianamente largo, junto a su ojo izquierdo.

—Corréte —le ordenó una voz. Andrés López, torpe, mecánicamente, se pasó a la butaca derecha–. Ahora destrancá las puertas traseras.

Lo hizo. Subieron dos individuos de aspecto infantil: uno era moreno, bajo, insignificante y tan nervioso que su cara, de tantos tics, parecía un letrero luminoso; el otro, un rubio huesudo, grandote como un camión Mack, tenía una expresión como de estudiado asombro permanente y se movía con dificultad. Ambos le sonrieron mientras el coche se ponía en movimiento, conducido por el primer individuo. Lentamente avanzaron hacia la esquina; allí doblaron hacia el Este.

El de los tics lo apuntaba con una pistola 45 negra, brillante, que parecía recién comprada.

–Quedáte tranquilo, tordo –dijo el rubio, con voz suave–. Hoy vas a llegar un rato más tarde a tu casa, pero resulta que no ando bien. Me duele mucho y los muchachos opinan que la herida se está pudriendo. Quiero que me cures, me des de alta y no nos veamos más.

Andrés López apenas podía controlar sus nervios. Observó al que manejaba, un individuo de cara vulgar, neutra, que con un traje negro y un poco de talco en las mejillas hubiera pasado por director de un cortejo fúnebre, y sintió que su piel se erizaba. Haciendo un esfuerzo, logró serenarse, resignado, y dijo:

–Está bien –se dio vuelta para mirar hacia atrás, lentamente, sin movimientos sospechosos–, muéstreme la herida...

El rubio se quitó el saco, se levantó el suéter y desabrochó todos los botones de la camisa, lo que permitió ver su enorme pecho velludo atravesado por un grueso vendaje, manchado de sangre desde las tetillas hasta la cintura.

–Permítame –dijo Andrés López después de sacar, cauta, insospechablemente, una tijerita de su maletín.

Mientras limpiaba la herida, echándole un polvito blanco primero y luego una considerable cantidad de tintura de merthiolate, recordó que, ocho días antes, los mismos tres sujetos lo habían abordado. Incómodamente instalado en el asiento posterior, en aquella oportunidad había tenido que extraer una bala calibre 38 de entre las costillas del Mack (quien sólo transpiró, sin emitir una mínima queja), en pésimas condiciones de asepsia, en medio del mutismo tenso de los otros dos y con la amenazante urgencia que significaba la 45 del mequetrefe de los tics, cuya cabeza parecía patinarle sobre el cuello en pequeños movimientos convulsivos. Al cabo de una interminable, extenuante hora de labor, le habían advertido que lo verían nuevamente para que finalizara la curación y, mientras tanto, si quería a su familia, debía mantenerse en absoluto silencio, comportarse como lo hacía habitualmente, llevar siempre el maletín en el coche y, obviamente, no avisar a la policía. Después se apearon en la costanera norte, detrás del aeroparque, ascendieron a un Torino azul, sin patente, que parecía esperarlos, y se alejaron velozmente.

Mientras terminaba la curación, se dijo que había realizado un buen trabajo, ciertamente, ya que la herida, aunque inflamada y violácea, no presentaba infección. Al concluir el nuevo vendaje, más liviano y flojo, sintió que le dolía la espalda. Se acomodó en su asiento y observó que marchaban despaciosamente por Pampa, rumbo a la costanera.

—Tiene que seguir cuidándose —afirmó—, pero no es necesario que vea a un médico. Dentro de una semana, más o menos, sáquese la venda, píntese con merthiolate y cúbrase la herida con un par de gasas y tela adhesiva. Y tome los antibióticos que le receté el otro día durante una semana más. Eso es todo.

El Mack lo miró con una sonrisa.

—Te portaste, tordo —le dijo, y después se dirigió al que conducía:— Seguí derecho y da la vuelta por Salguero. Parece temprano todavía…

Andrés López suspiró profundamente, se pasó una mano por los cabellos y miró a través de la ventanilla. Por el rabillo del ojo observó al grandote, a quien el crepúsculo le partía la cara en dos pedazos, uno de los cuales estaba sorprendentemente dorado. Este se dio cuenta y amplió su sonrisa.

—¿Cuánto levantás por mes?

—Bastante, pero menos de lo que ustedes se imaginan.

—Los médicos ganan mucha guita. ¿A vos no te alcanza?

–No. Tengo a mi madre enferma. Cáncer. Y además, mujer y cuatro hijos. Con mi vieja llevo gastada una millonada de pesos. Y encima estoy pagando la casa y el coche. Un médico gana bien, sí, pero yo tengo demasiados compromisos.

–¿Y tus hijos?

–Van al colegio. Son chicos.

–¿Y tu mujer?

–Está con mi madre.

No hicieron más preguntas. Andrés López se propuso no hablar si no lo interrogaban. Mediría sus respuestas; ni una palabra más que las necesarias.

Llegaron a Salguero y giraron, lentamente, enfilando hacia la Ciudad Universitaria; el viento helado se filtraba por las rendijas de las ventanillas y Andrés López sentía que una parte de su cara se congelaba y perdía la sensibilidad. Su corazón latía veloz, vigorosamente, como cada vez que se ejecutaba un penal favorable a Racing. Como si hubieran advertido su ansiedad, lo convidaron con un cigarrillo, que aceptó, y los cuatro empezaron a fumar. Enseguida comprobó que se relajaba y pensó que, al fin y al cabo, no tenía por qué preocuparse; se trataba de un paseo placentero, era otro quien conducía y él podía mirar los resplandores de la costanera esparcidos sobre el ancho río, o, del lado de la ciudad, los árboles que se iban confundiendo con las sombras de la noche que caía.

–Así que tu vieja se está muriendo –comentó el del volante–. Si hubiéramos sabido no te tocábamos. La verdad que te portaste.

El tono de disculpa le resultó chocante.

–Y decí que la vez pasada te quedaste piola –sonrió el de la 45, negando enfáticamente.

–Cierto –afirmó el Mack–. La gente no entiende que si se resisten es peor: uno se pone nervioso y se escapan los tiros. Matar no es lindo.

Quedaron nuevamente en silencio. En Núñez volvieron a girar, cuando ya casi era de noche y en el cielo se dibujaba un arco blancuzco, como una gran aureola de santo que cubría toda la ciudad. El Mack añadió:

—Por cualquier cosa, decíle a tu familia que si alguna vez los enciman, no se resistan. La cana y nosotros, todos, estamos medio nerviosos y en una de ésas... Uno nunca sabe.

Andrés López, perplejo, se preguntó cómo era posible ese trato, esa charla absurda con esos tres individuos que no tenían, precisamente, caras de perdonavidas y que lo hacían pasar del estupor y el sobresalto a la curiosidad.

—¿Por qué me "encimaron" a mí?

—Casualidad —dijo el Mack—, pero te darás cuenta que nosotros no estamos en el scruche; necesitábamos un médico y buscamos uno bien debute. Te tocó a vos.

El de la 45 comentó algo en voz baja. Mack asintió.

—Ché tordo —dijo el de los tics, sonriendo—, te vamos a pagar por lo que hiciste, ¿eh? Doscientas lucas y mi bobo, ¿te parece bien? No tenemos más efectivo encima, ¿sabés?

—Pero... —se oyó a sí mismo Andrés López, pasmado, negándose a reconocer que alguna vez las reglas del juego podían dejar de cumplirse, incapaz de admitir que existieran reglas diferentes de las suyas.

—Sí, quedátelo —confirmó el Mack, pasándole por sobre su hombro un pequeño fajo de billetes de diez mil y, envuelto en un dudoso pañuelo, un pesado reloj de oro.

Después apartó con un dedo la pistola de su compañero, quien la guardó bajo el cinturón mientras guiñaba como si se hubiera encontrado con Susana Giménez en el baño de hombres del Luna Park.

—Tenés la vieja enferma y familia numerosa —agregó—. Además, parecés buen tipo, te portaste y seguro que andás seco. Es lo que yo siempre digo: éste es un país de mierda.

Andrés López reprimió, severamente, una sonrisa. El otro seguía:

—Claro, acá todos quieren laburar tranquilos y tomar mate los domingos en la casita de las afueras. Pero nadie puede, salvo los bacanes o los mafiosos, que al fin y al cabo son la misma cosa. Entonces todo es cuestión de huevos: el que se da cuenta de que no vale la pena deslomarse por un sueldo de mierda tiene dos caminos: o se resigna o se pasa a nuestro lado.

—Cuál.

—Negocios, tordo, negocios.

Se cruzaron con dos patrulleros, que hacían sonar sus sirenas, estridentemente.

—Hijos de puta —sentenció el Mack.

—Nos andan buscando —explicó el que manejaba—. Nos vendió un comisario.

—¿Quién?

—Un comisario, un botón. Hay muchos taqueros que laburan para nosotros. Por la plata baila el mono, tordo. Pero este cornudo nos vendió.

Los patrulleros entraron a la zona portuaria.

—¿Y ahora qué harán? —se atrevió a preguntar.

—Enseguida terminamos el paseíto, quedáte tranquilo.

Andrés López tuvo la sensación de que se le anudaban algunas tripas.

—¿Necesitás más guita? —le preguntó el Mack.

—¿Eh…? No, no —sintió unas irresistibles, súbitas ganas de vomitar.

—Dále, no te hagás el estrecho, tordo. Medio palo. Es un préstamo. Te lo podemos hacer llegar mañana. Te portaste, viejo.

—No, por favor, yo…

—Bueno, como quieras —dijo el que conducía, apretando el pedal del freno—. Acá nos bajamos y vos te quedás chito, ¿eh?

El automóvil se detuvo frente al carrito 56, sobre la vereda de los murallones que dan al río. El olor de las primeras achuras comenzaba a embriagar el aire de la noche, que había caído pesadamente sobre Buenos Aires, cuando los tres individuos descendieron rápidamente, dejando el coche en marcha.

—Chau, tordo, y gracias por todo —le dijeron, dirigiéndose apresuradamente hacia el Torino azul, que estaba estacionado diez metros más adelante.

En ese momento se encendió un buscahuellas, al costado de una camioneta detenida junto al restaurante, e iluminó al trío. Varias ráfagas de ametralladora los barrieron, mientras una decena de policías de civil corría hacia ellos.

—¡El tordo no! —alcanzó a gritar una voz, que Andrés López reconoció era la del Mack, antes de que la silenciara un último balazo.

Los policías llegaron junto a los cuerpos de los tres desgraciados. De un Falcon verde descendió un hombre gordo, bajo y moreno, con una pistola en la mano; se acercó al Mack, lo miró unos segundos, le apuntó a la cabeza y disparó. Después guardó el arma en su cintura, impartió algunas órdenes y caminó lentamente, complacido, fatuo, hacia el automóvil de Andrés López.

—Buen trabajo, doctor —lo saludó, extendiéndole la mano.

Andrés López no respondió. Con la vista clavada en los tres cuerpos extendidos desprolijamente sobre el pavimento, empezó a vomitar.

VIERNES BATATA PODRIDA

*El que no tenga imaginación
que se corte la mano, que no escriba.*

JUAN FILLOY

Debo confesar que aunque este relato ha sido laboriosa, pacientemente reescrito muchas veces, ninguna de las versiones que resultaron fue de mi agrado. Ni siquiera ésta. Sucede que, como dice Lindsay E. Caldler, algunas veces los escritores nos damos por vencidos, abandonamos la empresa de seguir corrigiendo y presentamos la obra tal cual está, acaso disconformes con nosotros mismos, desazonados, porque sabemos cuán imprescindible es el conocimiento público de ciertas historias que, aunque parecen fantásticas, no lo son. Y si bien no es mi costumbre referir hechos que puedan ser sospechados, ni siquiera mínimamente, de excesivamente imaginativos, lo que me ocurrió el 18 de agosto del año pasado fue –lo creo de veras– lo suficientemente impactante como para que la redacción de este relato (una inquietante tarea en la que empleé los últimos diez meses) me haya resultado absolutamente necesaria, no sólo para dejar un testimonio sino también para que quienes lean esto lo tomen como una advertencia, pues la vida –lo he aprendido– no es ni un largo día ni una larga noche, ni un sueño feliz o infeliz, sino un tenebroso e inmensurable pequeño universo en el que hasta lo más inverosímil puede ser factible.

No quiero parecer, sin embargo, demasiado enigmático. Los hombres misteriosos –afirma también Caldler– siempre tienen, además de misterio, graves conflictos íntimos que no saben resolver y que los llevan, irremediablemente, a alguna rara forma, conocida o no, de demencia. Quizá, ahora lo pienso, ése sea mi destino. En todo caso, si es que estoy atravesando aquello que los juristas llaman "intervalos lúcidos", quiero apresurarme a concluir esta narración, que fecharé cuidadosamente pues ya estamos en junio y, además de que en este preciso instante recibo datos fehacientes de que es exiguo el tiempo que me queda, tengo la sospecha de que sólo es definitivo lo que envejece, no lo que muere.

Aquel viernes 18 de agosto mi vida cambió radicalmente y para siempre (si es que lo eterno existe, y tengo razones para creer que sí). Abandonar el calorcito de la cama, por la mañana, fue una tortura cruel pero necesaria, como los partos. Miré el reloj al pasar hacia el baño y supe que disponía del tiempo justo para estar en la revista alrededor de la una. (Debo decir, previamente, que entonces trabajaba como redactor en un conocido semanario porteño). Me había despertado luego de una pesadilla, como me ocurría habitualmente, en la que un infinito y devastador ejército de hormigas me acorralaba en algún lugar anaranjado, en medio de un silencio sólo quebrado por el gorjeo de un canario y, mientras una a una trepaban por mi cuerpo, mis gritos eran desesperantemente sordos. Aunque yo sabía que se trataba de un sueño y que lo había soñado, antes, muchas veces, igualmente me dolían los pinzazos de las hormigas, intentaba una inútil defensa y al final, desfalleciente, echaba a correr espantándolas a manotazos. Muchas otras madrugadas me había despertado llorando, sudoroso y arañado, en el otro ambiente de mi pequeño departamento; pero esa mañana, curiosamente, a la pesadilla la sucedió un sueño liviano, transparente y descansado.

Me llamó la atención que el agua de la ducha saliera apenas tibia. Supuse que estaban arreglando alguna cañería del edificio y que Julio, el portero, había apagado las calderas. Fui a la cocina, puse a calentar el café de la noche anterior y volví rápidamente para aprovechar el último calor del agua. Cuando terminé de enjabonarme, súbitamente se afinaron los chorritos de la lluvia. Manoteé la llave de paso y la abrí hasta el máximo, pero no obtuve otro resultado que el silencio posterior a un par de gotas retrasadas. Sentí como si de repente me hubiera abrazado un hombre de las nieves, al mismo tiempo que desde la cocina me llegaba el ruido característico de cuando el café hervido sobrepasa los bordes de la cafetera, la tapa cae al piso y el líquido, desbordado, apaga el fuego.

Salí de la bañera maldiciendo, pasmado, y entonces me di cuenta de que la toalla estaba en el balcón, ventilándose. Tiritando, corrí hacia el dormitorio para buscar otra, lo que fue una imprudencia porque en el pasillo resbalé y sólo la oportuna estirada de un brazo evitó que me reventara un ojo contra la manija de la puerta de la cocina. Con el codo dolorido y una repentina sensación de náusea, abrí el cajón donde guardaba las toallas. No había ninguna.

Me acordé del gas y fui a apagarlo. Contemplé el desolador espectáculo de un rico café desparramado y toda la cocina salpicada, mientras el abrazo del yeti se tornaba paralizante, el jabón comenzaba a secarse y yo me sentía como un chico al que un grandote de catorce le quita un sángüiche en el recreo y se lo come mirándolo, desafiante, a los ojos. Volví al baño y me sequé con la toalla de manos.

—¿Qué me pasa? —le pregunté a nadie, mientras entraba al dormitorio, me sentaba en la cama y miraba a mi alrededor presintiendo que cualquier cosa, en cualquier momento, podría atacarme. Estaba nervioso, incomprensiblemente torpe, y me resultaba evidente que un paulatino miedo crecía dentro de mí, indomable, irracional; era como si alguna extraña fuerza comenzara, casi imperceptiblemente, a dirigir hechos y objetos en mi contra. Intenté meditar serenamente, pero me sentía perturbado por completo; sacudí la cabeza, como para ahuyentar algunas absurdas ideas terroríficas, de esas que suelen acosarnos en momentos de desasosiego, y empecé a vestirme rápida, mecánicamente.

Tampoco entonces me faltaron contratiempos: no encontré una sola media sana, la única camisa que tenía todos los botones estaba calamitosamente sucia, se me rompieron los cordones de las botas y, al agacharme a buscar los mocasines, se me descosió el pantalón en la entrepierna. Me quedé así, con la cabeza hacia abajo, mirando la oscuridad debajo de la cama y traté nuevamente de tranquilizarme. Me incorporé lentamente, en una clara actitud defensiva, y busqué los cigarrillos en la mesa de luz. Habían desaparecido, aunque yo recordaba que ahí los había depositado la noche anterior.

Consideré seriamente la posibilidad de llamar a la revista y decir que estaba enfermo –me quedaría todo el día en la cama, leyendo–, pero me acordé de mi promesa de acompañar esa tarde a Soriano a ver una reposición de *La General*, de Buster Keaton, en el San Martín, y de que el maniático de Serra seguramente me estaría esperando en la redacción con un horrible informe para traducir en seis carillas, catorce líneas y cinco espacios.

–Salváme, hermanito, sólo vos podés hacerlo.

A todos les decía lo mismo, Serra.

–No, no voy a ir –me dije–. Una cosa es la mufa en casa y otra arriesgarme a que este viernes sea una batata podrida.

Sin embargo, me animé a salir. Suele ocurrirme: tomo una decisión y luego hago lo contrario. A mucha gente le pasa; después no saben explicárselo, es cierto, pero no se detienen a pensarlo demasiado, quizá porque la gente nunca piensa demasiado.

Debí sortear otros inconvenientes antes de llegar a la calle: el olvido de las llaves sobre la mesa, lo que me obligó a reclamarle el duplicado a Julio, quien estaba almorzando y se quejó groseramente porque para él es sagrado que nadie toque el timbre de su departamento después de las doce; y la insólita, infrecuente descompostura del ascensor, debido a lo cual tuve que bajar los siete pisos por la escalera. El frío, afuera, era sencillamente aterrador y, mientras caminaba, la falta de sobretodo me pareció una verdadera, exasperante injusticia social. Maldije mi sueldo y decidí que la gente que cree que el periodismo es una profesión envidiable está irrecuperablemente loca.

Tomé el 94. Se trata, como cualquiera sabe, de la línea que menos pasajeros transporta en todo Buenos Aires (una suerte de oasis en el que uno siempre encuentra un asiento desocupado y hasta puede extender cómodamente un diario sin molestar al ocasional acompañante). Bueno, ese viernes, extrañamente, todo el mundo parecía haberse puesto de acuerdo en abordar el mismo 94 que yo.

No quiero exagerar, pero debo decir que viajé prácticamente colgado del pasamanos; que una anciana me insultó porque supuso que le falté el respeto (aunque me disculpé por lo que fuera se enojó más, de modo que se ganó la solidaridad del chofer, quien opinó que yo era un barbudo asqueroso y amenazó con detener el micro para darme una paliza, cosa que hubiera logrado sin mucho esfuerzo, a juzgar por su tamaño); que después la anciana me aplicó un certero bastonazo en las costillas y que, cuando descendí, me salvé por muy poco de ser arrollado por un camión de reparto de gaseosas aunque no alcancé a evitar una violenta caída contra el cordón de la vereda, de lo que resultó —casi parece obvio aclararlo— una enorme desgarradura de mi pantalón que permitió que se vieran mis calzoncillos.

Me quedé en la esquina, invadido por una súbita tristeza, cubriéndome, pudoroso, sintiendo cómo la angustia me oprimía la garganta, deseoso de llorar pero imposibilitado de hacerlo. Alguien me dijo, alguna vez, que eso ocurre cuando la propia soberbia, inconscientemente, comienza a admitir que la omnipotencia no es sino una velada forma de impotencia; es como cuando uno ha estado cuarenta horas sin dormir, llega a su casa, se acuesta dispuesto a no levantarse jamás y justo en ese momento suena el teléfono y es una tía que tiene mil años que llama para ver cómo estás y seguramente no sabés lo que les pasó a Antoñito y a la tía Josefina; y después, cuando a uno ya no le importa resultar grosero y la tía colgó indudablemente ofendida, el portero viene a traer una carta de un acreedor que promete accionar judicialmente; y cuando se va el portero suenan tres timbrazos confianzudos y es el señor del cuarto, que vende vinos El Marinero, mire vecino pruébelo sin compromiso yo sé lo que le digo es un vinazo bárbaro, y nos ensarta una damajuana que uno paga con tal que el tipo se vaya; y al final, cuando uno descolgó el teléfono y juró no atender la puerta así vengan para un allanamiento, repara en ese goteo infame, agresivo, de la canilla del baño que retumba como el tam-tam de un bombo y que seguramente no nos permitirá conciliar el sueño.

Detuve un taxi y emprendí el regreso. No pienso describir los detalles del choque, en Santa Fe y Canning; sólo diré que me golpeé violentamente la cabeza contra la puerta y que una lluvia de vidrios se me incrustó en la cara. Sangrante y furioso al mismo tiempo, maldije la imprudencia del chofer y, conmocionado e incapaz de controlarme, eché a correr hacia mi departamento. Debo haber brindado un llamativo espectáculo de sangre chorreante, con los calzoncillos a la vista y blasfemando en voz alta. No recuerdo qué sucedió a mi alrededor a lo largo de esas cinco cuadras. Sólo sé que tuve que subir los siete pisos por la escalera, sintiéndome moralmente quebrado, y que entre el tercero y el cuarto me detuve a llorar hasta que alguien me puso una mano sobre el hombro y me preguntó qué le pasa amigo, pero yo corrí escaleras arriba, tropecé, me partí un labio, se me aflojó un diente, escupí muchísima sangre y entré a mi departamento como perseguido por una bruja en una noche de aquelarre y me eché sobre la cama, boca abajo, desahuciado. No sé cuánto tiempo transcurrió hasta que llegó Aliana, la novia del pibe Mauricio.

Creo, sin embargo, que me quedé dormido un buen rato. Estuve soñando —o pensando, si es que no dormí— con la muerte o algo parecido; era como una perentoria necesidad, una especie de diluvio universal privado: me veía a mí mismo arrastrado por las aguas de un río desbordado, a la deriva, flotando agitadamente como esas vacas hinchadas que se desplazan a favor de la corriente durante las inundaciones, hasta que pasaba frente a una montaña azul, plagada de policías que me apuntaban con picanas, y en ese momento un alud de piedras se desprendía y me sepultaba. No sé muy bien cómo era aquella muerte, pero de algo estoy seguro: tras el sueño o lo que fuera empecé a considerar, repentinamente fatalista, que me quedaba poco tiempo, que en cualquier momento ocurrirían graves sucesos. Ahora pienso que todo eso fue premonitorio.

Debo decir, en este punto, que si bien no me gusta lo que llevo escrito —como lo anticipé, ninguna versión de este relato ha logrado convencerme, y acaso ésta sea la peor, si se toman en cuenta las diversas formas literarias que utilizo, además de la lentitud manifiesta y en cierto modo premeditada que le impongo a su desarrollo– no es menos cierto que ya no podré seguir practicando estilos. Ya no estoy en condiciones de desperdiciar oportunidades.

–Hola –dijo Aliana, mirándome desde el pasillo.

La besé en la mejilla, la hice pasar, me preguntó cómo estaba y se lo dije.

Miró a su alrededor detenidamente, como quien participa de una visita guiada al Vaticano. Yo sabía que le gustaba mi departamento. "Un lindo bulincito", había definido el día que la conocí, cuando el pibe Mauricio la trajo con la misma naturalidad con que llevaba su agenda bajo el brazo, cinco meses atrás. Aliana y yo, inmediatamente, habíamos establecido una especie de código secreto, producto de una mutua atracción; una suerte de mudo entendimiento que tras una decena de encuentros sólo se expresaba en miradas furtivas.

–Yo también estoy mal. Me peleé con Mauricio. Me tiene podrida.

–Qué pasó.

–No sé muy bien; es difícil de explicar.

Sin embargo lo hizo, aunque yo no podía dejar de mirarle las piernas, de carnes firmes, inmejorablemente torneadas, ni el suéter rojo que apareció cuando se quitó el tapado y que era tan ajustado que resultaba incapaz de evitar que yo pensara en un par de ubres pequeñas, redondas y duras; ni tampoco su rostro de labios gruesos y húmedos, mirada entre inocente y pecaminosa y esa mueca de insatisfacción permanente, impropia en una adolescente de dieciocho años, que tanto me excitaba. Imaginé que mi suerte cambiaba, pues la ocasión era óptima: seguramente debería escuchar sus penas amorosas y su desconsolado llanto, en solemne silencio, y luego haría lo imposible por comprenderla y transmitirle mi calidez y mi ternura, hasta que finalmente, sin saber cómo, nos encontraríamos en la cama. Recordé a Mauricio, a quien quería entrañablemente, como a un hermano menor; me fastidiaba la certeza de que tarde o temprano terminaría traicionándolo (quizá por eso nunca había intentado seducir a Aliana),

24

pero reconocí que si se presentaba la posibilidad lo haría sin que se me moviera un pelo.

En cierto modo, sucedió lo que había previsto: ella lloró sobre mi hombro, yo la comprendí como Jesucristo al mundo, de la ternura pasamos a la pasión, casi imperceptiblemente, y nos abrazamos con tanta fuerza como si temiéramos caernos del planeta. Supongo que entonces cometí la torpeza de pretender que el burro caminara delante de la zanahoria, no, por favor, dijo ella en mi oído, con su voz ronca, sensual, y yo le pregunté no qué, no quiero, dejáme, no quiero, repitió separándose hábilmente mientras me miraba con una expresión que no supe si era de desprecio, desilusión o miedo. Entonces recogió su tapado y salió dando un portazo. La espié por la mirilla y vi cómo se introducía en el ascensor, repentinamente arreglado para ella. Pensé lanzarme escaleras abajo para detenerla, pero en ese momento llamaron por teléfono. Era la voz de Aliana. Me dijo que estaba con Mauricio en La Perla del Once, que iban al cine, que me invitaban.

Corté la comunicación sin decir una palabra, arranqué furiosamente el cable del enchufe, desesperado, me puse un saco y salí, sintiendo un miedo atroz, insultando a la oscuridad de la escalera porque el ascensor continuaba descompuesto, golpeándome contra las paredes, tropezando y gimoteando, sin importarme el nuevo olvido de las llaves del departamento y jurándome que no me volvería loco, carajo, viernes de mierda, viernes batata podrida.

Afuera, la noche parecía robada a la Patagonia. El viento jugueteaba con la llovizna que abrillantaba los adoquines sobre los que viboreaban los fugaces destellos de las luces de los autos. Entré a ese horrible bar que hay en Santa Fe y Serrano, para tomar un café y hablar por teléfono con alguien. Necesitaba hacerlo, pedir ayuda, que no me dejaran solo. Había tres personas en fila frente al único aparato que funcionaba: un hombre maduro aseguró que el domingo se podría ir al Tigre, ya que el tiempo mejoraría porque se lo había prometido a su mujer y a los chicos; un muchacho con la cara plagada de unos granos que parecían garbanzos reventados insistió vanamente para que ella saliera con él esa noche, y después se alejó, fastidiado; la señora que me precedía informó al médico sobre la evolución de la gripe de la nena durante casi quince minutos. Cuando llegó mi turno, me di cuenta de que no tenía monedas.

En la barra, un jovencito que hablaba con acento norteño me sirvió un café y me cambió un billete. Cuando volví al teléfono, atropellé a un grandote que tomaba vino, el que se derramó prolijamente sobre su camisa. Me insultó mientras yo me alejaba pensando que siempre he sido un pacifista incapaz de responder a los que insultan a la gente, quizá por cobardía, quizá porque pienso que la gente necesita aligerar su rabia agrediendo a los demás. Eso le hace bien.

Tanto Llosa como Soriano tenían sus líneas ocupadas. Decidí esperar en la puerta que da a Santa Fe, mirando la lluvia que arreciaba, los micros repletos de gente y, detrás de la estatua de Garibaldi, la oscuridad de los predios de la Sociedad Rural. Me pareció escuchar el rugido de un león en el zoológico. Me juré que, de haber estado abiertas las puertas, habría entrado para acurrucarme a su lado. Pensé en Silvia, en su presencia todavía tan cercana, tan dolorosa, y la imaginé en brazos de otro. Me sentía como un fulbac que hace un gol en contra sobre la hora, en un clásico igualado cero a cero, y me convencí de que necesitaba verlo a Soriano, para emborracharnos juntos con ginebra; él me diría que las rubias de ojos azules son lo único capaz de destruir al mundo, yo estaría de acuerdo y a lo mejor lloraríamos abrazados.

Volví al teléfono. Soriano estaba terminando de comer una pizza.

—Y después me voy al cine con la China.

—Bueno, no te preocupes.

—Estás muy jodido, ¿no?

—Siempre estamos jodidos, Gordo.

Después llamé a lo de Llosa. Había salido y no sabían a qué hora regresaría. Entonces decidí ir al centro, a caminar por Corrientes, a mirar tras las ventanas a toda esa gente absurda del Politeama, del La Paz, los Suárez o los Pipos. Compré la Sexta y trepé a un 12 cuyo chofer parecía haberse divorciado media hora antes; tenía una sonrisa como la de Doris Day, dialogaba amablemente con todos y sólo faltaba que convidara cigarrillos a cada pasajero. Lo envidié durante unos segundos, hasta que me di cuenta de que en realidad me deprimía; intenté concentrarme en la lectura, pero las noticias me parecieron conocidas, como si ya las hubiese leído antes: una serie de atentados en Córdoba, Tucumán y el Gran Buenos Aires, una declaración del gobierno en contra de la violencia, el ascenso de siete generales, un nuevo anuncio del Viejo, desde Madrid, asegurando que a fin de año estaría de regreso, todo matizado con nuevas bombas en el Ulster, las eternas negociaciones en Medio Oriente y los avances del Vietcong. Cerré el diario, observé al chofer y sentí pena por el mundo. Varias cuadras después, descubrí que no era más que una artimaña para olvidar la pena que sentía por mí mismo.

Caminé un rato al azar, entré a un restaurante y comí medio plato de ravioles con manteca, desganadamente, y bebí un litro de vino, antes de emprender el regreso, desesperado porque el tiempo no pasaba, caprichosamente detenido, y porque a pesar del dolor de mis costillas, mi labio y mi diente, no estaba cansado. Me detuve en tres bares, a lo largo del camino, y perdí la cuenta de las ginebras que tomé. Empleé casi una hora y media en volver a Santa Fe y Serrano, donde el jovencito de acento norteño me sirvió un generoso trago de caña. Para entonces ya me sentía lo suficientemente mareado como para pensar que sólo se trataba de un mal día.

—Después todo volverá a la normalidad —me dije.

—La normalidad es la mierda que somos —me contestó, como si yo hubiera hablado en voz alta, un hombrecito que se acodaba en la barra y hacía ingentes esfuerzos por mantener la verticalidad de su cabeza.

Empezamos a conversar. Creo que los dos nos reconocimos lo suficientemente solos como para valorar ese momento compartido. Yo ansiaba dialogar, encontrar respuestas, confiar lo que me pasaba (aunque no lo sabía muy bien) a cualquiera dispuesto a escucharme. Ese es el inconveniente de las conversaciones entre borrachos: cada uno se duele tanto de la propia amargura que no escucha al otro; y cada uno necesita hablar, no que le hablen. Al menos, todos los borrachos que he conocido –y me incluyo– se han mostrado expansivos aunque habitualmente no lo fueran. El hombrecito y yo, como es fácil imaginarlo, nos las arreglamos para comunicarnos –los individuos desinhibidos por el alcohol siempre lo logran– y bebimos juntos hasta la madrugada. Si bien yo me mantuve consciente de mis actos, juro que todavía hoy me pregunto en qué momento perdí al hombrecito, pues él desapareció súbitamente; estábamos juntos y después me encontré solo, así de sencillo, el hombrecito se me perdió como uno pierde un paraguas y no sabe dónde; uno sólo recuerda que lo llevaba y cuando se dio cuenta ya no lo llevaba. Lo cierto es que volví a mi departamento pensando que uno puede tener catorce conceptos más o menos claros en la cabeza, estar convencido de haber logrado establecer algunas verdades y de que hay un par de cosas inmutables en la vida, pero basta una pequeña sucesión de hechos concretos, alguna demostración de realidades, para que todo se venga abajo como una villa que erradica el ejército. Cuando, finalmente, llegué a casa –previa furia de Julio, quien me aseguró que él trabajaba todo el día como un animal, de modo que no le parecía justo que además tuviera que oficiar de mayordomo de los que estábamos acostumbrados a vivir en carpa y volvíamos borrachos– el hombrecito era apenas una referencia de lo desgraciados que éramos él, yo y todos los habitantes de esta ciudad.

Me senté en el banquito de la cocina, fumé varios cigarrillos y después comí dos bananas ennegrecidas que encontré en la heladera. Me dolía la cabeza como si Cassius Clay se hubiera convencido de que yo era el enemigo número uno de los musulmanes negros y hubiera usado mi cara como púchinbol, y me sentía agobiadoramente solo y abandonado. Eructé con fuerza, me sequé una baba que se deslizaba por mi barba e intenté ponerme de pie. En ese momento escuché el suspiro en el dormitorio.

Tambaleante, salí de la cocina y me dirigí al otro ambiente. Aliana estaba acostada sobre mi cama, desnuda, durmiendo plácidamente. Fue una de las visiones más excitantes que he apreciado en mi vida: no me atrevería a describir sus pechos, sus caderas y la inigualable línea de sus piernas, sin advertir previamente que mi descripción jamás resultaría eficaz.

Me quedé, incrédulo, recostado contra la jamba de la puerta, mirando cómo el dormitorio comenzaba a girar, primero lentamente, después con mayor velocidad y finalmente a un ritmo vertiginoso que me hizo temer que Aliana se perdiera en el torbellino. De repente, yo suponía que ella podía cubrir el vacío de Silvia; suponía, ingenuo, que el amor era una simple cuestión de nombres y reemplazos. Cosa de borracho. Pero el temor se ensanchó como los giros del dormitorio y yo, desesperado, me lancé a correr detrás de Aliana, tropecé un par de veces, caí, rodé por el piso, logré incorporarme y la alcancé. Trepé a la cama, acezante, y la abracé. Pero entonces descubrí el vacío sobre las sábanas y el pelo castaño y brilloso de Aliana se convirtió en el lomo de una rata gorda, grasienta y pegajosa que huyó de mi mano, saltó sobre sí misma y contraatacó lanzándome dentelladas, mientras yo corría, despavorido, hacia el comedor, gritando con todas mis fuerzas, vomitando una pasta viscosa. La rata me seguía, beligerante, inmensa, hasta que consiguió arrinconarme en una esquina en la que empecé a pedirle perdón, perdón por lo que fuera, pero era inútil, de modo que no pude hacer otra cosa que abrir la puerta que daba al balcón y al gélido frío de la noche. Un segundo después, consciente de que estaba en el límite entre la locura y la razón, decidí arrojarme. Sólo recuerdo el viento, un golpe y la exacta, irrefutable noción que tuve de la muerte.

No me es posible explicar lo que sucedió después; sólo tengo presente la mañana en que me desperté con un terrible dolor de cabeza, que se me pasó luego de un largo y acongojado llanto que no intenté contener. Desde entonces, he procurado redactar esta historia pero, como dije al principio, ninguna versión me pareció verdaderamente fiel. Quiero agregar, nada más, que no he vuelto a ver a mis amigos —no los he llamado, es cierto, pero tampoco me consta que ellos lo hayan hecho—, no supe más de Aliana y ni siquiera he salido de este departamento. Y digo que seguramente ésta es la última versión de este relato, pues hace como una hora que cuatro peones de una empresa de mudanzas están llevándose mis pocos muebles y profiriendo soeces comentarios acerca de la suciedad y las manchas de sangre que hay en todos los ambientes. Pero eso no es lo peor; lo que me resulta francamente intolerable es que me ignoren y no me respondan cuando les pregunto qué voy a hacer de ahora en adelante.

DESDE ARRIBA ES OTRA HISTORIA

A Kike y Silvia Blugerman

Había que verlo al tío Clorindo montado en ese pingo; daba gusto con sus setenta años y sus innumerables arrugas, esos ojillos encendidos, el sombrero aludo echado hacia atrás de modo que el sol del crepúsculo, todavía, y casualmente, le daba en la cara, y con el frondoso bigote que se estiraba hacia las orejas a todo lo largo de su sonrisa, mientras aseguraba con un entusiasmo desusado algo así como pero ché, desde acá arriba es otra historia.

Ramírez, el capataz, le había advertido que tuviera cuidado con el alazán. El Impropio era un animal arisco, pateador, traicionero y duro de boca. Pero entre sus virtudes se contaba la que más podía fascinar al tío Clorindo: la velocidad, propia de los más nobles campeones correntinos. De inmejorable pédigre y con tres años recién cumplidos, el animal había debutado dos semanas antes en el San Martín, igualando el récord de la milla en pista pesada. "Fuerte y machazo" había sentenciado el tío Clorindo aquel día, después del paseo triunfal frente a las tribunas y mientras recontaba sus boletos, regodeándose como si el caballo hubiera sido de su propiedad.

—Sólo falta que lo monte un ratito —había comentado el doctor Alsina Mendoza, un ex senador nacional por el autonomismo, dueño del animal.

—Le tomo la palabra, amigazo —respondió el tío Clorindo, repentinamente solemne, emocionado por el gesto.

Después, durante días, comentó a todo el mundo que, aunque por espacio de unos breves minutos, sería jinete del caballo más famoso de Corrientes, el más promisorio, el que –según los cronistas del diario *El Litoral*– representaría a la mejor generación de purasangres correntinos en Palermo y en San Isidro.

Y el día tan ansiado en que llegó al haras de los Alsina Mendoza –un martes de febrero, presagioso y húmedo– desdeñó, por supuesto, todas las recomendaciones y advertencias acerca de las mañas del animal. Para él, testarudo, petulante y confiado como todo hombre que ha vivido casi tres cuartos de siglo sin dejar ni de fumar ni de beber, y sin siquiera haber sufrido –como decía– "ni una imberbe y atrevida gripecita", no valieron argumentos ni prevenciones. Nosotros sabíamos que hubiera sido incapaz de desechar esa oportunidad: montar a semejante animal, a pesar de sus años, era un placer reservado para conocedores; como saborear un pato picazo cazado en un estero una tarde de domingo y cocinado al vino blanco esa misma noche.

Para el tío Clorindo, trepar por el costado de El Impropio, sin ayuda, acariciando su pelaje, tensando sus músculos y realizando ese esfuerzo acaso desmedido para su edad, para luego enhorquetarse sobre el espinazo del animal, sonriente, feliz como una novia feliz, y desde allí contemplar el mundo, casi dos metros más abajo, era una oportunidad que por nada desperdiciaría. Cómo se iba a perder la oportunidad de ufanarse desde lo alto, inconsciente, si él era una de las más gloriosas tradiciones de la hípica del nordeste argentino, si su nombre siempre estaba asociado a los grandes premios, a las entregas de copas; y su asesoramiento resultaba indispensable para la adquisición de productos en las inolvidables jornadas del *tattersall* local, o para la elección del jockey adecuado para las condiciones de cada animal, cada domingo. Cómo se iba a perder semejante chance, si él era el más idóneo caballero de la región, y todavía se lo recordaba por su eficiencia y honestidad al frente del equipo de veedores cuando todavía no existía el moderno sistema de *fotochart*, siempre tan laborioso el tío Clorindo, ingeniándoselas para carecer de profesión conocida, por lo cual sus amigos lo llamaban León de Circo, porque aseguraban que había que pegarle para que trabajara.

Por eso fue que montó al alazán, en pelo nomás, luego de saltar un par de veces al costado, como lo hubiera hecho un joven peón de campo. Por eso nos miró desde arriba, sobrador, inocentemente pícaro, inconsciente del peligro que significaba ese peso desconocido para El Impropio, ese manojo de nervios y músculos que al cabo de unos segundos comenzó a encabritarse, a efectuar cabriolas y a lanzar patadas mientras todos gritaban cuidado, cuidado, don Clorindo, y los más jóvenes, alertados, intentábamos sofocar la ira del caballo, pretendiendo atrapar las riendas cuyo control había perdido el viejo, quien, sin embargo, no se inmutaba (o no se daba cuenta, esa especie de la ignorancia) y parecía ajeno al hecho, como si El Impropio fuera a arrojar a otro jinete, y mantenía su sonrisa arrogante, irresponsable, porque para él lo único importante, lo verdaderamente trascendente de ese momento era que él mismo –y no otro– montaba al animal más famoso de Corrientes, al ganador del último clásico del Hipódromo General San Martín.

El Impropio no tardó más de dos segundos en lanzar al anciano por el aire, despegándolo de su lomo como a una mosca fastidiosa, tiempo que no fue suficiente para que todos gritáramos nuestra angustia, nuestro irreprimible miedo a las consecuencias, por la frágil integridad del tío Clorindo, quien un momento antes había asegurado que desde arriba era otra historia, remedo criollo de Alejandro Magno, o de Atila, cuyo caballo desgraciaba los pastos de Europa.

Cayó sin estrépito a unos cinco metros de El Impropio, sin que sus huesos se atrevieran a protestar, sin un gemido y, asombrosamente, conservando su inveterada sonrisa dulce, el tierno mirar de sus ojillos encendidos, bajo un gomero que había a un costado del establo. Y ahí se quedó, enmarcado por decenas de florecillas de cinco pétalos amarillos, rosados y lilas, caídas al azar, tan débil como la carcajada de un tero, tan súbitamente viejo que parecía responder a la burla que le hacíamos los sobrinos diciendo que el tío estaba más arrugado que sobaco de tortuga.

Simplemente nos miró, sin atender al solícito que alcanzó a prevenir no lo toquen, no lo muevan, llámelen al dotor, y pareció perdonarnos nuestras culpas para enseguida buscar, desesperadamente, a El Impropio, al que contempló sin rencor, agradecido, yo diría que con cariño, mientras el animal befaba agitadamente, sacudiendo sus labios de los que caía una baba blancuzca al mismo tiempo que pateaba el piso de cemento y a mí me pareció que hasta producía chispas. El Impropio también lo miró, desafiante, altanero, como orgulloso de su sangre. El tío Clorindo, después de unos segundos, le dijo algo, un balbuceo inentendible, acaso un idioma misterioso que sólo comprendía el caballo. Y luego nos miró, con los ojos humedecidos y esa inconveniente, absurda e inolvidable sonrisa, y nos dijo ya ven, muero en mi ley, un instante antes de cerrar los ojos y estirarse, rígido, en el momento de la muerte.

Nos quedamos de pie, incrédulos, y lo contemplamos sin comprender, acaso confundidos por la arrolladora velocidad de los sucesos (ese estilo de la tragedia), hasta que escuchamos que Ramírez, el capataz, decía sí doctor y se acercaba a El Impropio para descerrajarle, de pie nomás, un balazo en el corazón mientras musitaba vos también carajo y alguien, detrás de nosotros, comenzaba a ordenar, con voz fría, profesional, los dos entierros para ese mismo, presagioso, húmedo martes de febrero.

COMO LOS PAJAROS

Para Gustavo Sáinz

Muchas veces, cuando uno se dispone a escribir un cuento, siente un irrefrenable y súbito deseo de hacer otra cosa. Es como una urgencia que impele a variar la actividad, aunque en realidad lo que sucede es que el esfuerzo que se requerirá parece, en ese momento, superior a la propia capacidad. Días atrás, conversando de este asunto con un joven y talentoso escritor chicano, Jesús Emilio Galindo Fuentes, me decía que él había desarrollado un método para elevarse sobre sus ideas —ésas fueron sus palabras— de modo que, como desde una atalaya, podía contemplar el cuento desde arriba y, luego, sólo le correspondía la sencilla tarea de describir lo que había visto.

Le planteé, entonces, una dificultad con la que yo tropezaba desde hacía más o menos un año: la imposibilidad de redactar ciertas ideas en forma de cuento, ideas que me habían asaltado durante la lectura de los originales de una *Historia Extraoficial del Yaguncismo en el Sureste del Brasil*, una erudita crónica que realizó hace unos treinta años un grupo de investigadores de la Universidad de Río Grande do Sul, con la dirección y coordinación de Agustín Melho Silveyra.

Parte de esa obra, que consta de tres voluminosos tomos mecanografiados, refiere la existencia de un legendario caudillo del Estado de Minas Gerais con cuyas características, a mi juicio, concuerdan totalmente las de dos personajes ya clásicos de la literatura sudamericana: Azevedo Bandeira, el astuto contrabandista que tiende una concluyente celada al joven y ambicioso Benjamín Otálora en "El muerto" (cuento incluido en *El Aleph*), de Jorge Luis Borges, y el Zé Bebelo que coprotagoniza la novela de Joao Guimaraes-Rosa *Grande Sertao:Veredas*. Mi hipótesis era –y es– que los tres individuos son uno mismo.

La incurable miopía de muchos editores latinoamericanos ha privado a la historiografía y a la literatura de un aporte fundamental, pues la *Historia Extraoficial* que menciono aún permanece inédita. Como tuve el privilegio de hojearla durante un par de semanas, intentaré ahora resumir esa crónica que me llevó a pensar que Azevedo Bandeira y el carismático jefe de yagunzos[1] Zé Bebelo no son personajes de ficción creados por Borges ni por Guimaraes-Rosa, sino versiones ficcionales de la biografía de un mismo caudillo. Lo que sucede, según sospecho, es que ambos narradores tuvieron acceso a la investigación que condujo Melho Silveyra. La historia es la siguiente:

En 1833, en un pequeño y sórdido caserío llamado Conçeição da Virgem (en la actualidad, creo, ya no existe, pero estaría ubicado en el Estado de Maranhão), nació Luiz Lima, hijo de un portugués y de una lavandera zamba. Casi nada se sabe de sus primeros años, salvo que aprendió algunos rudimentos de lectura y de grafía, que amaba cabalgar, que desde niño fue un excelente cazador

---

1. En el glosario de la edición de Seix Barral de *Grande Sertao:Veredas*, dice Angel Crespo, traductor del portugués: YAGUNZO (jagunço): *En un principio se dio este nombre a los individuos fanáticos que, a últimos del siglo pasado, se sublevaron, fijando su sede de operaciones en Canudos, en el interior del sertón, constituyendo una aguerrida tropa irregular que exigió grandes sacrificios del gobierno para ser dominada. Por extensión, se llamó así a los componentes de grupos o bandas puestos al servicio de los políticos locales o regionales y a quienes eran opuestos a ellos por los grandes hacenderos del interior. Dados sus particulares caracteres sociológicos, es preciso no confundirlos con los cangaçeiros ni con los simples bandidos o salteadores. La historia del yaguncismo, aún por hacer, revelará hechos importantes de la historia política brasileña.*

y tirador y que, cuando apareció en la Villa del Carmen de la Confusión, en el Estado de Minas Gerais, lo obsesionaban dos cosas: pelear y la estrechez de su nombre.

La primera de esas manías determinará su vida —como se verá a lo largo de este relato—, en tanto que la segunda fue fácilmente satisfecha cuando Luiz Lima adquirió el nombre de José Rebelo Adro Antúnes (alias Zé Bebelo) y se inventó una biografía verosímil: decía que su tatarabuelo había sido el capitán de caballos Francisco Vizéu Antúnes y aseguraba ser hijo legitimado de José Ribamar Pacheco Antúnes y de María Deolinda Rebelo, pareja por supuesto inexistente salvo en su imaginación. Asimismo, afirmaba haber nacido en "la abundante villa materia del Carmen de la Confusión", según cuenta Riobaldo, el relator de la novela de Guimaraes-Rosa, quien se inició como yagunzo oficiando de secretario escribiente de Zé Bebelo.

No se sabe con exactitud cómo se interesó por la política, pero lo cierto es que —y hay una cita al respecto, de puño y letra de Melho Silveyra— hacia 1862 este Zé Bebelo forma su primera banda de yagunzos, al servicio de un hacendero conservador llamado Jorgelinho Neto Dos Reis. Manda una tropa de treinta forajidos y se dice que hasta posee un cañón que ha robado a las fuerzas imperiales en un encuentro en la cañada del Paredón. Sus hombres, cariñosamente, lo llaman Papá Melhor. Sus aventuras se comentan —seguramente magnificadas— en todos los campos generales.[2]

Respecto de su personalidad, la define muy bien Riobaldo, en la versión de Guimaraes-Rosa: "Quería saberlo todo, disponer de todo, poderlo todo, alterarlo todo. No tropezaba quieto. Seguro que ya nació así, majareta, estirado, criatura de confusión. Presumía ser el más honesto de todos, o el más condenado... Zé Bebe-

2. Angel Crespo, op cit., dice: GENERALES: *Adjetivo usado en expresiones como campos gerais o Minas Gerais. La primera de ellas, muy usada en este libro, que se refiere a las llanuras de la meseta central brasileña, tiene un valor aproximado al de pampa; la segunda es el nombre del Estado brasileño en el que se desarrolla la mayor parte de la acción, muy rico en industrias extractivas.*

lo era inteligente y valiente. Un hombre consigue engatusar en todo; salvo en lo de inteligente y valiente. Y Zé Bebelo las cazaba al vuelo. Llegó un valentón, criollo de la Zagaia, recomendado. 'Tu sombra me pincha, yuaceiro', saludó Zé Bebelo con olfato. Y mandó amarrar al sujeto, sentar en él una zurra de correa. Actual, el tipo confesó: que había querido venir adrede para traicionar, en empresa encubierta. Zé Bebelo le apuntó a los rizos con el máuser: estampido que despedaza, las seseras fueron a pegarse lejos y cerca. La gente empezó a cantar la Moda del Buey".

Durante más de un decenio es amo militar de Minas Gerais, hasta que es derrotado, en 1874, en las Veredas del Arroyo Hermoso, luego de una batalla en la que se enfrentan más de mil doscientos jinetes. Su vencedor es un autotitulado capitán (en verdad, también era yagunzo) Kurt Carbalho Frías. Melho Silveyra sospecha que ese apellido es apócrifo: "Se trataría —afirma en una glosa— de un mercenario alemán que anteriormente comandó un batallón paraguayo en la guerra de la Triple Alianza y al que el general argentino Bartolomé Mitre pidió que se indultara en 1871, luego de lo cual apareció en Brasil como jefe de yagunzos".

En la novela de Guimaraes este hombre es identificado por Riobaldo con el nombre de Joca Ramiro —no hay alusión a su origen germánico— y se lo presenta como a un individuo de extrema sabiduría. En el transcurso del juicio a que es sometido luego de su derrota, Zé Bebelo se comporta con un valor admirable. Cuenta Riobaldo que éstas fueron sus palabras: "No confieso culpa ni retracto porque mi regla es: todo lo que he hecho, vale por bien hecho. Necesité este juicio sólo para ver que no tengo miedo. Si la condena fuese a lo áspero, con mi valor me amparo. Ahora, si recibiese sentencia salva, con mi valor os doy las gracias. Perdón, pedirlo, no lo pido: que me parece que quien lo pide, para escapar con vida, lo que merece es mediavida y doble de muerte".

A instancias precisamente de Riobaldo —quien aboga en su defensa—, Lima no es fusilado. Yo presumo que Carbalho Frías habrá recordado, en esos momentos, el indulto gestionado por Mitre. Simplemente, pregunta a su vencido si reconocerá el veredicto y si es hombre de palabra; la respuesta es afirmativa. Entonces, Luiz Lima es condenado al exilio en el Estado de Goiás por el término de treinta años, "hasta que de usted nadie se acuerde porque estará viejo y cansado", según sentencia Carbalho Frías, quien asimismo ordena que se le entregue un caballo descansado, una carabina, balas y vituallas para una semana.[3]

Taimado y temerario, el convicto no cumple su condena. Reaparece un par de años después, desconociendo que Kurt Carbalho Frías ha muerto y que lo ha sucedido Riobaldo. Se encuentran en un cruce de caminos, se abrazan, intercambian recuerdos (Zé Bebelo solía llamar a su ex secretario con apelativos como Tatarana, Bala Perdida, Mirada Fuerte y Come Monos, en otros tiempos, cuando gustaban confidenciarse acerca de mujeres, caballos, armas y estrategias guerreras) y hasta comen juntos un capivará que ha cazado un yagunzo. Al cabo de una densa jornada, preñada de anécdotas risueñas y dramáticas, Lima comprende que debe retirarse porque el yaguncismo no admite dos jefes. "Tengo que conducir urubúes[4] desde ahora", se justifica. "No sé ser tercero, ni segundo. Mi fama de yagunzo ha tocado a su fin."

Como siempre se han querido y respetado, ambos hombres se abrazan nuevamente, en solemne silencio, sospechando quizá que ésa es la única manera de evitar un enfrentamiento que ninguno de los dos desea. En algún momento, Lima redacta una breve carta —su texto consta, con las mismas confusa redacción y pésima gramática, en la *Historia Extraoficial*— en la que jura sumisión a Riobaldo, a quien apoda El Víbora Blanca ("Tú eres más terrible que ellas", escribe). La esquela finaliza con estas palabras: "Yo, que fui tu jefe, hoy te digo jefe a ti. Me voy, pues, compensado porque sé que la guerra queda en buenas manos. Una guerra en

---

3. Acaso por conveniencia dramática, Guimaraes-Rosa asegura que la sentencia debía tener vigencia mientras viviera Joca Ramiro (Carbalho Frías) o hasta que él mismo diera contraorden.

4. Angel Crespo, op. cit., dice: URUBU: *Especie de buitre negro, del tamaño de un cuervo, muy común en el campo y en las ciudades pequeñas.*

malas manos es, y fielmente lo garanto, como una guitarra estropeada por la lluvia. Recuerda, amigo Tatarana, lo que ahora afirmo, que me lo afirmó un viejo sabio: que todo lo que tiene subida, tiene bajada".

Luego, Zé Bebelo se encamina hacia el Sur, acaso rememorando su anterior partida, luego del juicio que se ha referido. Va sobre una mula, con la espalda encorvada, como si se hubiera apoderado de él una tristeza infinita, inexplicable. Corre 1879.

Algún tiempo después, reaparece en el Estado de Río Grande do Sul, con el nombre de Adhemir Campos Azevedo. Se ha vinculado a unos cuatreros que operan en las costas del río Uruguay y en la provincia argentina de Corrientes. A fines de 1880 se traslada a la frontera, ejerce el contrabando de ganado y lidera su propia banda. En las dos últimas páginas de *Grande Sertao: Veredas*, Guimaraes-Rosa menciona un reencuentro con Zé Bebelo "cerca, dice, de San Gonzalo del Abaeté, en el Puerto Pajarito", y lo describe muy cambiado, convertido en próspero y honrado comerciante que gana "oro en polvo" porque "negocia ganados". Asegura que no quiere saber nada del sertón, que piensa irse a la capital de la república, estudiar para abogado y hasta relatar sus guerras para ser retratado en los periódicos y ganar otras famas. Sin dudas, un final propio de novela.

Empero, la verdadera historia de Luiz Lima —convertido ya en Adhemir Campos Azevedo— es otra: en la localidad de Alegrete enferma gravemente del corazón, debilitado quizá por sus andanzas y por tantos sobresaltos. Se sabe que luego se instala, rodeado de una quincena de sus hombres, en una finca de las afueras de Uruguayana; además del abigeato, se dedica a reducir todo tipo de contrabandos que provienen del Paso de los Libres, en Argentina, y también a administrar un prostíbulo que ha abierto (se llama "El Oriental") y que llegará a ser muy famoso. Es presumible que allí haya conocido a la que sería su octava mujer, una uruguaya del departamento de Artigas, de nombre María Juana Bermúdez, treinta años menor que él, pelirroja y espigada, de caderas altas y duras, con la que contrae matrimonio el catorce de octubre de 1883 ante el juez Jacinto Gil de Saravia, según consta en actas que se reproducen en la crónica de Melho Silveyra.

Aunque ya ha pasado los cincuenta años, su vida en absoluto está terminada. En menos de dos años, recuperado ya de su afección, se convierte en el principal contrabandista del norte del río Cuareim. Gusta vestir elegantemente, a la moda europea (cortan sus trajes, se dice, los mejores sastres de Buenos Aires y de Montevideo), y hasta se permite fundar el Club Social de la ciudad de Salto, al que concurre mensualmente.

En este punto de la biografía de Luiz Lima, conviene recordar un episodio que refiere Melho Silveyra: una noche, en el festejo de una fecha patria uruguaya —acaso el 25 de agosto— un joven teniente del ejército oriental, borracho, se sobrepasa con María Juana. Desde la mesa en la que juega al póquer, Lima hace llamar al oficial. Este, sonriente, melifluo, se para ante él y le pregunta, desafiante, qué es lo que quiere. Con calma, Lima le asegura que tiene algo para él pero, como se trata de algo muy desagradable, no se lo dará siempre y cuando deje de molestar a su mujer. El oficial se ríe, con estentórea carcajada. Lima lleva su diestra a la barriga, extrae un revólver de entre su faja y le dispara un solo balazo, que penetra en la boca del desgraciado y acalla su risa. Mientras el joven militar cae, muerto, Lima redobla tranquilamente su apuesta sin haber visto sus naipes.

Al día siguiente, sus lugartenientes le aconsejan abandonar Salto. Entonces viaja en una galera, con su mujer, a la ciudad de Colonia del Sacramento, sobre el Río de la Plata. Desde allí dirigirá sus negocios, confiando su ejecución a la habilidad de Ulpiano Suárez, un mulato riograndense de su absoluta confianza que ha residido la mayor parte de su vida en Tacuarembó, quien lo obedece ciegamente y defiende sus intereses con probada eficacia.

Pasan los años y, en 1891, se cruza en su camino un jovencito arrogante, simpático, que le salva la vida en una reyerta, en un almacén de segundo orden. Es argentino, de Buenos Aires, y acaba de llegar a Colonia. Se trata del Benjamín Otálora a que se refiere magistralmente Borges en su cuento. Esa parte de la historia es totalmente veraz, salvo en el nombre de Lima, que entonces se hace llamar Adhemir Campos Azevedo, pero al que Borges bautiza en su ficción como Azevedo Bandeira. También omite decir este autor que la recomendación que trae Otálora es de un viejo amigo brasileño del jefe de contrabandistas, y acaso se equivoca al asegurar que el joven rompe esa carta. En realidad, necesariamente debió mostrarla y confirmar así, tras un interrogatorio inclusive, que la recomendación era cabal. Costaría creer, si no, que un hombre sagaz y desconfiado como Lima aceptaría la incorporación de un joven impetuoso a su banda, sin tomar precauciones ni hacer preguntas.

El muchacho, típico porteño, es altanero, presuntuoso, y detrás de su aparente humildad esconde inconfesadas ambiciones que no pasan inadvertidas para el astuto contrabandista, quien pronto se da cuenta de que el mozalbete disimula su afán de desplazarlo en sus tres valores —como dice Borges—: la mujer de pelo rojo, un caballo también colorado y sus provechosos negocios.

Pasa otro año y, en 1892, la salud de Lima vuelve a resentirse. Está canoso, agrietado, le falta vigor y parece que su corazón no resistirá mucho tiempo más. Sin embargo, sigue vivo. Y en la última noche de 1894 se desencadena la tragedia que describe magistralmente Borges en "El Muerto": Lima, avisado de los afanes de Otálora, permite que éste lo reemplace como amante y como patrón. Le permite disfrutar del amor, el mando y el triunfo. Entonces, lo hace matar por Ulpiano Suárez.

Como se ve, ambas ficciones (la de Guimaraes-Rosa y la de Borges) tienen un asidero histórico incuestionable. No sé por qué estos dos narradores desecharon el verdadero final de la biografía de Luiz Lima, porque es interesante y consecuente con su vida aventurera, violenta y extraordinaria. Parecería coherente en el argentino, quien con su formidable estilo y acrimonia habitual siempre toma aspectos parciales para describir la realidad. Pero no sé a qué atribuirlo en el autor brasileño.

Lo cierto es que la vida de Luiz Lima terminó un atardecer de 1901 cuando, ya retirado, vivía de las rentas que le producía una hacienda que había adquirido al sur de la ciudad de Santa María, en Río Grande do Sul, y se aplicaba al dictado de sus memorias. Entre las seis y las siete de la tarde, ante el mayordomo del establecimiento se presentó un viejito que podía tener entre sesenta y ochenta años, desgastado, marchito, de piel apergaminada y pulso temblequeante. Llevado a la sala donde descansaba Lima (todavía se hacía llamar Adhemir Campos Azevedo, pero exigía el trato de "Señor"), éste creyó reconocerlo al mirar los ojos del viejo. Nadie sabe si ese reconocimiento fue una certeza inmediata o sólo una presunción que se confirmó cuando el anciano manifestó que siempre había tiempo para la venganza, porque la venganza va y viene, como los pájaros, y que en efecto todo lo que tenía subida tenía bajada.

Luego de lo cual sacó un revólver de entre sus ropas, sin dar tiempo a que ni Lima ni sus guardias reaccionaran, y diciendo que lo único que no podía perdonarle era haber muerto a su hijo Benjamín le descerrajó todos los disparos del arma.

No dudo que tanto Borges como Guimaraes-Rosa conocían este desenlace, aunque ignoro, como dije, las razones por las cuales omitieron que el viejito que dio muerte a Luiz Lima, o Zé Bebelo, o Azevedo Bandeira, o Adhemir Campos Azevedo, no era otro que Riobaldo Otálora Da Silva. Por mi parte, a pesar de mis comprobaciones y de la charla que sostuve con Galindo Fuentes, sospecho que jamás podré escribir un cuento con este material. Por eso quise resumir estos datos: para que alguien, algún día, pueda hacerlo si le gusta la idea.

EL TIPO

A Osvaldo Soriano, que ama su soledad

Cuando salió de la París y sintió que el frío de la noche le pegaba como un latigazo en la cara, supo que el tipo estaría ahí, parado junto a la boca del subte, esperándolo, porque lo había seguido desde que abandonara el diario, muchas horas antes. Era un hombre alto, de anchas espaldas y un rostro de esos que parecen fabricados en serie, como para pasar inadvertidos, pero tienen esa expresión indolente, desolada, cruel, que los hace inconfundibles en su modo de inspirar miedo. Vestía un sobretodo negro que le quedaba grande y le cubría las piernas casi hasta los tobillos, y aunque aparentaba mirar una vidriera resultaba tan disimulado como un elefante paseando alrededor del obelisco.

Corrientes parecía un abatido lagarto iluminado, un barato insulto a la discreción. Algunos taxis se desplazaban tediosamente mientras los mozos del La Paz se arremangaban los pantalones para baldear los pisos, desañando el grado bajo cero. La calle que nunca duerme se moría de sueño, ese lunes a las cuatro de la madrugada, cuando reconoció al tipo, se encogió de hombros, insólitamente despreocupado, y empezó a caminar pensando que había tomado mucho, carajo, mezclé vino, café y whisky y ahora tengo el estómago revuelto, y encima con esta úlcera de mierda. Llevaba ocho horas de deambular bajo ese frío del demonio y sabía que estaba casi en el límite de su aguante; su resistencia física se había ido desinflando como un globo viejo, a pesar de su juventud. Y acaso eso lo agravaba todo; acababa de cumplir treinta años, se le había caído la mitad de los cabellos, tardaba dos horas, promedio, en conciliar el sueño y estaba harto del periodismo, de sus pocos amigos de la noche, de su propia parquedad y de mirarse siempre como a un extraño, pero a un extraño que le parecía cada día más triste e insoportable.

Esa nota lo había metido en líos. Nadie lo había obligado a firmarla sino ese deseo un tanto voluptuoso de fustigar a un personaje importante, a pesar de que era consciente de lo absurdo y desproporcionado que resultaba correr riesgos trabajando para una empresa que sólo le aseguraba un sueldo para sobrevivir. Pero así eran las cosas, y la consecuencia había sido esa llamada, al mediodía, para informarle que le costaría caro. De modo que él sabía mejor que nadie qué peligros lo acechaban. Con ciertos personajes no se juega, después de todo, y sin embargo él había dicho cosas muy graves, esas acusaciones cargadas de mala leche, viejo, sí, ya sé, pero es todo cierto porque investigué una semana ese negociado, como le explicó al director, quien sonreía como una puta satisfecha, escuchándolo, y entonces hay que decir todo esto, hay que decirlo, no podemos quedarnos callados, y previa consulta al asesor legal le dio el visto bueno, métale ché, dieciséis carillas, va en la contratapa, y él escribió todo lo que sabía para la edición matutina y al mediodía el director fue citado a declarar en el ministerio, adonde concurrió con cara de puta maldormida, lo hubieras visto, mientras a él lo amenazaba esa voz fría, hueca, que parecía venir de tan cerca que ni siquiera se asustó, simplemente colgó el tubo y se fue a tomar un café, solo, sin hablar con nadie. Casi se olvidó del asunto, que empecinadamente se negó a comentar con sus compañeros, hasta que a la noche se retiró de la redacción y no vio al tipo que lo seguía; reparó en él recién mientras cenaba, qué cara conocida, se dijo y casi lo saludó, y fue entonces que se dio cuenta de que la familiaridad resultaba de haberlo visto en el café y en la puerta del diario, como lo vería luego, en el mostrador de la París, en la boca del subte y ahora, indiscutiblemente detrás, caminando por Corrientes mientras él recordaba una ringlera de notas peligrosas, comprometidas, de esas que se solazaba en redactar con mordacidad, con ese desinterés por el mundo y esa especie de desidia interior que se había criado con él y que algunos amigos admiraban porque le concedía patente de duro, pero ninguna tan jodida como ésta, juro que ninguna con tanta mala leche.

Caminó lentamente, dibujando formas sobre las baldosas, bamboleándose apenas y pensando que todavía le faltaban como veinte cuadras para llegar a su departamento. Sabía que tenía las horas contadas, acaso su cuenta regresiva ya se había iniciado, pero se mantenía lo suficientemente frío y contenido como para que su adrenalina no aumentara desmesuradamente, como aquella vez que había ido al dentista, enloquecido de miedo y de dolor y no doy más, doctor, sáqueme esta muela de mierda, y en cuanto lo anestesiaron sintió un alivio maravilloso hasta que se le pasó el efecto de la xilocaína y descubrió que le habían extraído una muela que no era la que le dolía sino la de al lado, carajo, otra noche en vela y con la presión por las nubes; y a pesar de lo mucho que había bebido se conservaba lúcido, pero acaso todo se debía a su omnipotencia, porque él era un tipo duro, en efecto, y se jactaba de ello y entonces tenía que ser capaz de afrontar hasta ese supremo peligro sin desesperarse, desmerecedor de esa circunstancia y sin preocuparse demasiado por que el tipo lo siguiera, en última instancia morir de un certero balazo podía ser como un buen parto, pum y chau, sólo que en vez del berrido de un bebé resultaría un paráte de su corazón así que deseó que el tipo tuviera, por lo menos, buena puntería.

Pensó, haciendo una mueca que podía parecer una sonrisa amarga, que el mundo se quedaría con un anarquista menos. No porque él lo fuera, sino porque le importaba un reverendo bledo, en definitiva, lo que pasara con el país y con el mundo y sólo creía, a su manera, en un remoto orden natural que ni siquiera terminaba de imaginar. Era un testigo crítico del desorden gubernamental, que no desperdiciaba oportunidad de fustigar a sus personeros, nada más, una suerte de tirabombas solitario, moralista y esquemático que, en lo íntimo, hacía mucho tiempo que había dejado de interesarse por la sensualidad intelectual de querer arreglar el mundo desde las mesas de los cafés. Sus inventarios no incluían más placeres que los muy burgueses de fumar dos atados diarios, beber cualquier brebaje que contuviera alcohol y admirar, resignado, a toda esa recua de mujeres rubias, altas y flacas que andan sueltas por Buenos Aires con descarada impunidad. No le interesaban otras cosas. En cierto modo, se consideraba un infiltrado entre los seres humanos, un sujeto que había perdido la capacidad de interesarse y hasta la más elemental de pensar en sí mismo.

Quizá por ello no le preocupaba que el tipo lo siguiera, eficientemente, media cuadra más atrás. Consideró que quizá todo era una fantasía suya, una obsesiva deformación de su miedo, pero recordó la llamada telefónica del mediodía y las dos veces que había cruzado miradas con el tipo y se convenció de que esos ojos fríos, alertados y despreciativos, que ni siquiera parecían ojos de un criminal y por eso mismo infundían tanto miedo, no eran producto de su fantasía. Seguro que el tipo esperaba que llegara a su departamento para proceder. Calculó que le habrían pagado bien y, por eso mismo, le exigirían un buen trabajo. Quizá era un profesional. O un simple guardaespaldas en misión especial. Pero daba lo mismo: el tipo tenía aspecto de matón; bastaba observarle esas espaldas anchas, esos brazos largos, el lomo como un ropero, carajo, y seguramente la sensibilidad de un pedazo de madera. O bien podía ser un tipo que le debía favores a un funcionario de segunda categoría que había acomodado a su mujer en el ministerio. Y estaba bien: en cualquiera de esos supuestos había una razón para su accionar, lo mataría sin remordimientos, total no lo conocía, él no significaba absolutamente nada para el tipo y sólo ocurriría que la ciudad tendría un habitante menos. Ni los censos se darían cuenta. El tipo saldaría una deuda económica, o una deuda honorífica, cumpliría con su deber y después se iría a dormir tranquilo, satisfecho luego de terminar honrada y eficazmente su labor, sin nada que reprocharse, de modo que mi eliminación servirá para algo, sonrió, qué bien, la puta madre.

Claro que él podía detener a un patrullero de esos que recorren esta ciudad con tanto celo que parece ocupada, igual que esos pueblos italianos de posguerra que se ven en las películas norteamericanas en las que los policías militares andan por las calles mascando chicles en yips del ejército y las aldeanas, al verlos pasar, suspiran por ellos y los saludan festejando la victoria y los chocolates y los Chesterfield; también podía meterse en un bar y llamar al comando radioeléctrico, a riesgo de quedarse adentro debido a las influencias que moverían los funcionarios del ministerio (siempre hay formas de salvarse cuando uno sabe que lo están por matar, al menos se puede intentarlo, pero para eso hay que tener miedo, coraje y ganas de vivir, todo junto, y ése no era su caso), pero de pronto, cuando cruzó Callao, llegó a la conclusión de que todo sería inútil, si estoy marcado estoy frito, reconoció, porque aunque lograra eludir al tipo esa noche, mañana habría otro en su camino pues el único destino de su vida, parecía, era recibir una pequeña, mortífera dosis de plomo caliente.

Pensó entonces, con prematura nostalgia, que sus costumbres se quedarían solas (las costumbres viven con uno, no en uno, se dijo) y supo que ya no llegaría, como todas las madrugadas, para estar dos horas, promedio, fumando en la oscuridad de su departamento hasta conciliar el sueño. Su cama ya no lo vería desvestirse, borracho, en medio de la habitación, tirar el traje en el suelo, la camisa en el baño y los zapatos en cualquier lugar insólito de modo que al día siguiente no los encontrara. Y nunca más la corbata con el nudo siempre armado en la cocina. Y nunca más el diario debajo de la puerta, ni las aspirinas para mitigar el ineludible dolor de cabeza de todos los mediodías, cuando se levantaba con el pelo revuelto y ese indescriptible gusto a mierda en la boca. Y nunca más nada, se dijo, repentinamente acongojado, nunca más nada después de que este cabrón me reviente.

Dobló en Córdoba pensando que en el diario pondrían una flor en un vaso, sobre su escritorio, hasta que se marchitara (o hasta que viniera un nuevo redactor a cubrir la vacante), en la sexta edición se publicarían una nota sobre el crimen, un editorial "de repudio al vandálico episodio" y, en un recuadrito, una semblanza de su personalidad escrita por uno de sus compañeros. Se preguntó quién podría escribir dos líneas sobre su personalidad; tocarían de oído, meta guitarra, para decir lo obvio: que era un excelente profesional que había sabido granjearse el afecto, mentirosos, de todos los que lo conocieron y trataron, lo elevarían a la categoría de brillante redactor, mentirosos, un cronista talentoso y audaz asesinado porque su pluma veraz no sabía de claudicaciones y la dirección de este diario se compromete a hacer todo lo posible para esclarecer el crimen, mentirosos, lugares comunes, sanata, estupideces que redactaría el obsecuente de turno del director, o el mismo director, que andaría una semana con su cara de puta emocionada y solidaria, hablando de su muerte con la solemnidad y el encuadernamiento de su ineptitud, y acaso hasta deslizaría la rebuscada tesis psicologista de que había sido una forma de suicidio pues —escribiría— los interrogantes se suman y son infinitos: ¿por qué no avisó a sus compañeros de redacción?, ¿por qué no ofreció resistencia?, ¿por qué, llegaría a preguntarse el hipócrita, se atrevió a afectar intereses inafectables si conocía los riesgos que tal actitud le traería aparejados?

Pero lo lindo era que, en efecto, había pensado muchas veces en suicidarse, una idea que desechó por cursi, por fuera de época, por cobarde. Sobre todo por cobarde, porque él admiraba a los valientes, como Misterix, qué huevos tenía Misterix, carajo, tantos que no se había perdido un solo número en su infancia; había descartado cuanta idea suicida se le cruzó alguna vez, no entendía cómo puede un hombre quitarse la vida, si se puede dejar que la vida lo lleve a uno por delante, inútil resistirse, algún día ella sola se encarga de suicidarlo a uno. Entre la muerte natural y el suicidio sólo hay una diferencia etimológica, al fin y al cabo la muerte es un hecho cotidiano. Y mentira eso de la soledad, de las grandes depresiones; ahí estaba el ejemplo de Philip Marlowe, no había nadie en el mundo más solitario que Marlowe; ¿y se suicidaría él? En absoluto, qué ocurrencia, jamás lo haría, la soledad también es una cuestión de huevos, se dijo, y ni el hombre que menos se interesara por su propia suerte tenía por qué suicidarse.

El tipo seguía ahí, detrás, eso era lo concreto. Por cada paso suyo, uno del tipo. Si aceleraba la marcha, el tipo aceleraba. Si se detenía en una vidriera, el tipo miraba la que estaba treinta metros más atrás. No se podía negar, trabajaba a conciencia, sin demasiado disimulo, un poco despreocupadamente, como quien sabe lo que hace y no duda de que alcanzará el objetivo propuesto, con exasperante eficacia, de modo que inútil correr, inútil resistirse y, después de todo, para qué intentar torcer un destino inevitable; por más cerca que estuviera la muerte decidió que no cambiaría sus costumbres. Recorrería el camino de todas las madrugadas, abriría la puerta con la parsimonia de siempre, subiría por la escalera con las pausas que le exigiera su mareo y si el tipo quería seguirlo, adelante. Si prefería matarlo ahí mismo, en esa esquina de Agüero y Córdoba, o en la mismísima puerta de su edificio de departamentos también, era cosa suya, de ninguna manera se doblegaría ante el sentimentalismo de que ésa era, seguramente, su última noche. Estaba triste, ciertamente, pero una última noche no tenía por qué cambiar nada.

Ya estaba llegando: unos metros más y dejaría Córdoba para tomar por Mario Bravo y desandar esas cuatro cuadras lóbregas, pobladas de sombras y en las que sólo faltaba un monstruo para que pareciera imaginada por el doctor Jekyll. Y el tipo seguía, firme en la brecha, acaso especulando con que le pagarían el doble por la limpieza del trabajo, sin apuro, como convencido, paradójicamente, de que él era su cómplice, no su víctima, porque le facilitaba la tarea y no huía, no pedía auxilio, no intentaba nada sucio, era noble para morir. Se preguntó si el tipo valoraba su actitud, si habría pensado en lo odioso que le resultaría tener que correrlo, dispararle a la distancia, un blanco móvil, la posibilidad de errar y después tener que evitar a la policía y esconderse en un aguantadero. No, él jugaba limpio; todo estaba claro: había escrito un texto con mucha mala leche acerca de un personaje importante, el personaje importante le había encargado al tipo que lo eliminara, el tipo lo iba a eliminar de un balazo, el balazo le entraría por cualquier lado y se quedaría, caliente, preciso, alojado en su cuerpo cuando cayese en posición decúbitodorsal. Entonces él tenía que dejar que todo sucediese con la sencillez planificada, para que el tipo ejecutase su faena de acuerdo a lo previsto, cobrara su salario y se olvidara del asunto.

Anduvo la última cuadra sin que se le acelerara el pulso, sin controlar sus sensaciones, sin mirar hacia atrás, porque tampoco era el caso de invitar al tipo a que lo matara enseguida. Se suponía que sabía su trabajo, como él sabía sus costumbres; cada cual debía hacer su parte ordenadamente.

Abrió la puerta, entró, la cerró y se detuvo a escuchar, traicionándose, los ruidos de la calle. Caminó por el pasillo y empezó a subir por la escalera, preguntándose por qué no le había disparado todavía, y bueno, se dijo, tendrá sus razones, no es mi tarea adivinarlas, metió la llave en la cerradura, abrió, encendió la luz y miró el desorden del departamento, su querido desorden que se quedaría solo, pensó, pero también sabría arreglárselas y entonces se sintió excitado, súbitamente nervioso, incómodo como un jipi con corbata. Se dirigió a la heladera, sacó una lata de cerveza y bebió un largo trago, casi hasta la mitad, sintiendo cómo se le congelaban las tripas, qué ironía, pensó, en la noche más fría de este invierno, con una cerveza helada en la mano, me parece que me van a cocinar a balazos.

Se dirigió al dormitorio y se desvistió desganadamente, dejando las ropas esparcidas por el suelo, y notó que el calzoncillo tenía el elástico roto en el preciso instante en que escuchó los pasos en la escalera. Encendió un cigarrillo, inevitablemente estremecido, y tosió un par de veces, sin necesidad. Después sonó el timbre.

Hizo una mueca desprovista de intención, vació la lata de cerveza y caminó hacia la puerta. La abrió. Lo primero que vio fue la pistola con el silenciador puesto. Y lo último.

LA NECESIDAD DE VER EL MAR

A Osiris Chiérico y Carlos Llosa

Le juro, Carlitos, no hay nada más hermoso y poético que caminar de noche, sin prisa, por las calles que uno quiere, luego de haber trabajado todo el día, y seducido por la posibilidad cierta, incitante, de pararse en una esquina para tomar una ginebrita acodado contra el estaño. Mire, uno se siente como elevado para habitar en otras órbitas, excitado como esas degeneraditas que andan por ahí cuando ven un padrillo alzado, en el campo, con semejante mercadería colgando. Y todo lo demás (lo demás es la casa de uno, las cuentas, la oficina, los viajes en micro y la andanada de preguntas que uno evita hacerse cada día) pierde sentido; o, en todo caso, lo readquiere pero de modo que todo eso deja de ser obsesionante y lo único que a uno le interesa es que el tiempo pase, la vaciedumbre mental, la probable neutralidad que otorga el alcohol cuando sube lentamente. Entonces, uno se va sintiendo liviano, breve, casi religioso. Y aparecen las ganas de ver el mar. Y ése es el mejor momento.

Para mí, en cambio, lo que usted propone, lo que describe es medio como un julepe, ¿sabe, Osiris? Me asaltan las inseguridades, tengo miedo de estar soñando y que la amistad sólo sea un espejismo provocado por la ginebra. Le digo: no me preocupan ni la Tota ni las nenas, ni el laburo que siempre llevo atrasado en la oficina, ni la suspensión que pende sobre mi cabeza como un sombrero invisible al que no le doy pelotas. No, es algo más profundo: son miedos producto de mi ignorancia, de la cantidad de años que viví equivocado, de los negocios que no me salieron (la banca en la quiniela, el oficio de arbolito en Palermo, algunas otras cosas en el barrio de las que mejor no acordarme). Pero claro, todas son suposiciones intelectuales que no tienen sentido ante su invitación. Siempre hay una manera más sencilla de decir las cosas. Usted es amable, Osiris. La amabilidad es una cualidad que no siempre se valora en los amigos. Acepto.

Se acomodaron junto a la barra, entre un gordito de ojos semicerrados y un sujeto con cara de gallina que una vez por minuto perdía el equilibrio, se destartalaba, se recomponía y volvía a quedarse quieto, mustio, mirando fijamente la larga hilera de botellas de vino que estaba detrás del gallego que atendía. Osiris pagó las tres primeras ginebras, que bebieron en obstinado silencio, mientras Carlitos fumaba, tranquilo, pensando que lo verdaderamente agradable era estar así, sin pensar. Un rato después, luego de un informulado, tácito acuerdo, volvieron a la calle y caminaron hacia el centro porque Osiris dijo que en Viamonte y Carlos Pellegrini servían muy bien la ginebra, una expresión que Carlitos no entendió, ni se detuvo a analizar, porque confiaba en su amigo como un niño en su madre, sentía que lo quería entrañablemente y nada más le importaba.

Esa vez pagó Carlitos y bebieron cuatro copitas, mientras Osiris le explicaba que a lo largo de Carlos Pellegrini, y de su continuación, Bernardo de Irigoyen, conocía por lo menos siete bares donde servían una excelente ginebra. Quería invitarlo, desde luego, porque esa noche se sentía emocionado, vea, después de casi dos años de trabajar juntos, todas las tardes despidiéndonos con frases hechas, no podemos desperdiciar esta oportunidad de reconocernos, de fortalecer la amistad, de compartir la magia de estar juntos y jurarnos que somos almas gemelas y que cada uno es lo que más importa para la vida del otro, porque le juro, Carlitos, desde esta noche yo le pertenezco con la fidelidad de una novia enamorada, o mejor, con la de un perro fiel.

Carlitos dijo: me abruma, Osiris, pero lo entiendo y vale la recíproca. Sellaron el pacto con una quinta ginebra, bebida más ceremoniosamente, y Osiris salmodió nuevamente la enumeración de los bares que conocía a lo largo de esa calle, codeó a Carlitos y salieron a la vereda. Caminaron lentamente, aspirando el aire de la noche, intercambiándose una calidez novedosa con la que combatían el implacable frío que caía sobre Buenos Aires, en pleno agosto, y se alejaron tomados del brazo, la mano de Osiris en el codo doblado de Carlitos, y éste fumando un cigarrillo mientras observaba la punta del obelisco y calculaba, infructuosamente, su altura.

Se detuvieron, puntuales, desprevenidos, en cada uno de los bares que propuso Osiris. Compartieron los pagos sin discutir, como hacen los amigos, hablaron del pasado de cada uno, reconociendo gustos y aficiones comunes, y se contaron historias de terceros, acaso convencidos de que se amaban y eso era todo, no hacía falta seducirse con monólogos brillantes, relatos extraordinarios y anécdotas asombrosas. Osiris, simplemente, habló de su vocación de solitario y del extraño modo que el destino tenía para relacionarlo con las mujeres. Se había casado tres veces. A su primera esposa, Carmen, la había conocido una noche, durante una recepción en la Embajada de China, mientras bebía whisky escocés y comía canapés franceses. Detrás de él, una voz lo había subyugado. Tenía un timbre indescriptible, algo así como el zumbido del vuelo de un tábano, como el susurro de una multitud que ingresa a una cancha de fútbol, como el sincopado ritmo marcado por un tenor en el *allegro assai* de la novena sinfonía de Beethoven. No había querido darse vuelta; y si la voz se alejaba, él retrocedía, mientras se decía que debía conocer a esa mujer, a la que ya amaba más que a nada en el mundo. Un mes después, se casó con ella. Y luego de tres meses se separaron, porque usted comprenderá, Carlitos, que Carmen hablaba toda la mañana, toda la tarde, toda la noche, me volvía loco hablándome, y todo porque yo le había dicho que me gustaba su voz.

Un par de años después, una noche como ésta, salí a caminar y me metí en un piringundín de la calle Libertad. Era un sótano acogedor, tranquilo, había poca gente y sólo se escuchaba un piano, suavecito, emitiendo correctamente melodías de Cole Porter. Le juro que me sentía espléndidamente. De pronto, no lo va a creer, una voz gruesa, como un bajo femenino, empezó a tararear y a hacer *be-bop*. Era como una cascada de agua que caía susurrando, un viento leve. No miré hacia el pequeño escenario. Pero cuando empezó a cantar *Sentimental Journey* creí que me volvía loco. Me puse de pie, caminé hasta otra mesa junto al escenario y me senté a escuchar. Alguien comentó que se llamaba Olga. Era la mujer más fea que usted se pueda imaginar: hasta tenía bigotes. Pesaba como un camión liviano. Pero uno cerraba los ojos y esa voz, cálida como ninguna, le hacía correr un frío por la espalda.

Cuando terminó de cantar, me fui, jurándome que volvería. Y así fue como me convertí en habitué de ese sótano. Durante una semana, me hice presente todas las noches. La voz de esa mujer me fascinaba: impostaba como los dioses, o como uno se imagina que los dioses deben impostar cuando cantan, si es que cantan. Pero al cabo de esa semana, tuve que viajar a Córdoba, por unos asuntos de la empresa para la que entonces trabajaba. Estuve afuera poco más de un mes. El día que regresé, por la noche, terminé de redactar mis informes y me dirigí al sótano. Olga cantó como nunca: cada tema era un himno. Ella misma estaba hermosa, imponente, segura como si hubiera sido la Fitzgerald presentándose en el Carnegie Hall. Cuando finalizó su actuación, descendió del escenario y caminó directamente hacia mi mesa. "Cuánto hace que no venía", me dijo. Y yo supe que estaba loco por ella.

Llegaron a San Juan y Bernardo de Irigoyen. Después de dos ginebras, fueron juntos al baño y orinaron en silencio, mirando fijamente sus respectivos mingitorios. Osiris terminó primero, pero no se movió. Con una expresión preocupada y una voz ronca, que parecía un lamento, preguntó: ¿Usted se imagina, Carlitos, lo que son tres meses de vivir con una gorda bigotuda que canta todo el día, toda la tarde, toda la noche, que no hace otra cosa que cantar hasta que uno no sabe ni cómo se llama? Carlitos dijo que lo entendía, debía haber sido insoportable, a veces uno necesita silencio, también, quizá porque el silencio es una bella forma del amor.

Y como Osiris se había quedado triste, se acercó, le puso una mano sobre el hombro, le dijo vamos Osiris y salieron del baño y caminaron hacia la calle.

El frío de la noche los reanimó. Hicieron algún comentario referido a las virtudes de la ginebra para contrarrestarlo, ignoraron a un sujeto de saco raído que se acercó, les pidió unas monedas para tomar algo caliente y les dijo compañeros, y siguieron andando, fieles a esa vereda, como empecinados en quererse más y más el uno al otro. En algún momento se abrazaron y Carlitos dijo que la verdad es que las mujeres lo complican todo, aunque estuvieron de acuerdo en que son necesarias. Osiris propuso, entonces, desviarse hasta la calle Lima, donde conocía un bar en el que servían la ginebra helada; le parecía interesante beber un par de ellas, para después tomar una caliente, con un cafecito, lo cual, estaba seguro, debía producir una inigualable sensación de bienestar. A Carlitos le pareció una idea brillante y se lo dijo.

Al llegar a Lima, Osiris meneó la cabeza afirmativamente, puso un dedo sobre el esternón de Carlitos y lo golpeó varias veces mientras decía Rosa María era peruana, a veces su recuerdo me persigue, me cagó la vida. Rosa María había sido su tercera mujer. Carlitos señaló el bar, en la mitad de la cuadra, y le dijo venga, Osiris, venga y cuente pero no se me ponga triste, esta noche no, ¿no ve que somos felices?

Bebieron las dos ginebras heladas, se informaron de la técnica del patrón, quien conservaba la botella en un balde de hielo como si fuera champán, y luego Osiris, con voz monótona, relató cómo había conocido a Rosa María, en un cóctel de despedida de fin de año que había ofrecido una importante agencia de publicidad. En cuanto uno llegaba, Carlitos, lo abarajaban con una fuente de empanadas minúsculas, rellenas con carne, papas y muchísimo picante, tan ricas como yo jamás había probado. Esas empanadas eran un poema, créame; sólo unas manos privilegiadas podían haberlas preparado: destilaban ternura, calor, aroma. Su sabor era como un perfume dulce que se impregnaba en el paladar. Uno tenía la sensación de que hasta masticaba con el cerebro. Me volví loco, Carlitos, me bajé como dos docenas. Y no pude resistirme a la tentación: sentí unos incontenibles deseos, una necesidad, una cierta desesperación por conocer a quien las había preparado. ¿Me entiende, Carlitos? ¡Tenía que verle las manos! Yo estaba enamorado de esa mujer, sin conocerla.

El patrón dijo "convida la casa" y les sirvió otra vuelta. Estaba frente a ellos, acodado sobre el mostrador, escuchando atentamente el relato. Carlitos le pidió que bebiera con ellos. El hombre, sonriente, se atusó el bigote y se sirvió una copita. Improvisaron un brindis. Carlitos le explicó que hacía un montón de cuadras que venían compartiendo ginebras, que no había nada en toda esta parte del mundo como la ginebra para estrechar una amistad y que no pensaban variar de bebida porque las costumbres que unían a los verdaderos amigos debían ser pocas pero arraigadas. Osiris estuvo de acuerdo y dijo: Carlitos, usted es un filósofo. Brindaron nuevamente, los tres, y el patrón preguntó qué pasó con esa mujer, cómo era, ¿la conoció?, y Osiris dijo sí, claro, me casé con ella aunque era diez años mayor que yo y sólo medía un metro veinte y fue la que más me duró, como tres años, porque era una cocinera formidable, también hacía un locro que era para terminar en cuatro patas y pidiendo perdón, y un carnero a la huancayaqueña que si usted lo probaba después no le hacía falta conocer nada más en el mundo; pero la macana era que aparte de cocinar no sabía hacer nada, usted me entiende, nada de nada, y encima a todas las comidas les ponía mucho picante, vea, en esos años engordé veinticinco kilos, desde entonces soy tan gordo, y me quedó el hígado a la miseria.

Cuando salieron de ese bar, luego de despedirse del patrón con el mismo afecto con que se saludan las tías viejas, Osiris aseguró que había hablado mucho, discúlpeme Carlitos, a veces uno se embala y no se da cuenta, pero Carlitos dijo no faltaba más, ha sido un placer escucharlo, y caminaron sin rumbo hasta que llegaron a Plaza Constitución y reconocieron que estaban cansados. Se sentaron en un banco y miraron cómo los micros giraban en torno de la plaza, como si ellos fueran el centro de una calesita gigantesca, hasta que Osiris dijo qué bien se está acá, ¿no, Carlitos? y Carlitos dijo sí, pero hace frío, yo necesito otra ginebra, muchas, porque tengo miedo de que me empiecen a joder los recuerdos. Entonces se pusieron de pie y caminaron por Juan de Garay hasta que encontraron un bar cuyos vidrios estaban empañados o sucios (un punto que discutieron brevemente), y finalmente ingresaron y pidieron ginebras, mientras Carlitos hablaba de su recuerdo más querido, aquel 17 de octubre del '45 cuando se apareció la vieja y me dijo Carlitos hay que ir a la plaza a ver si lo sueltan al coronel, y yo no entendía nada, era un muchacho que sólo se entusiasmaba con las minas y el escolazo, pero me fui con la vieja y con toda la gente de la pensión; había uno que se llamaba Ruiz, que tocaba un bombo que no sé de dónde lo había sacado, y otro, Josecito, que armó un cartel con un palo de escoba y una foto de Perón, y todos cantaban y gritaban y todo el país estaba en las calles, vea, Osiris, había una fe bárbara en esa gente, de modo tal que yo supe que desde entonces y para siempre sería peronista.

Osiris lo miraba, asintiendo, y cuando vio los ojos húmedos de Carlitos dijo pero qué cosa, carajo, qué maravilla, a mí me pasó lo mismo en el '33, cuando murió Yrigoyen, mire, yo era un pendejo así y el viejo me dijo vení Osiris que vas a ver lo que es el pueblo, y me llevó al entierro del Peludo y ahí estaba todo el mundo, llorando su muerte, mirando con bronca para los costados porque estaba lleno de milicos por todas partes, si hasta parecía que la gente había salido a la calle nada más que para manifestar su repudio a los justistas oligarcas, mire si habrá sido grande Yrigoyen que hasta en la muerte arrastraba a las multitudes.

Se quedaron en silencio durante un rato, bebiendo, lenta, perseverantemente, una copita tras otra. Carlitos preguntó si era feliz, y Osiris pensó un rato, movió la cabeza y dijo que si había interrogantes para los que no tenía respuestas, ése era uno de ellos, que lo único que podía decirle era que en ese momento, circunstancialmente, se sentía el hombre más feliz de la tierra y que sólo le faltaba ver el mar para largarse a llorar de felicidad. Carlitos se entusiasmó y juró que era verdad, que si pudieran ver el mar en ese momento todos los problemas de sus vidas se esfumarían, porque el mar purifica los espíritus, según creo haber leído por ahí, y debe ser cierto, seguramente lo que sucede es que cuando uno lo mira adquiere una exacta dimensión de sí mismo, el mar es una manera de demostrarnos qué pequeños somos. Osiris terminó otra copita y sentenció: un filósofo, usted es un filósofo, Carlitos, mientras Carlitos, como si no lo hubiera oído, continuaba diciendo que el mar era un espejo que devolvía el verdadero tamaño de los hombres, y Osiris dijo qué grande, y los dos dijeron a coro qué ganas de ver el mar, pero qué ganas, al mismo tiempo que Carlitos se dirigía al petiso que atendía el mostrador para pedirle otra vuelta de ginebra.

Cuando estuvieron servidos nuevamente, Osiris enarcó las cejas y, soltando un eructo, puso una mano sobre el brazo de Carlitos: Necesito verlo —aseguró, convencido de que era el único tema de que se podía hablar en todo el país—, necesito sentir el agua salada en la boca, que me corran las gotas de mar por las comisuras, se bifurquen en mi barba y caigan sobre mi panza. Carlitos lo miró, asombrado, y comentó puta, es cierto, a mí me pasa lo mismo, qué macana que Buenos Aires no tenga mar, es lo que siempre digo: ésta es una ciudad adorable pero es una ciudad vacía, a quién se le habrá ocurrido fundar semejante ciudad sin mar, es una injusticia, eso es lo que pienso, pero Osiris seguía mirándolo sin verlo, y repetía sentir el gusto del mar, el gusto salado del mar, necesitamos ir ahora mismo, Carlitos, tenemos que ir al mar.

Pagaron la consumición y salieron, presurosos, sosteniéndose para evitar los tropiezos que les imponía el alcohol, y caminaron dos cuadras, buscando la estación terminal de alguna compañía de transportes, hasta que Osiris señaló, triunfante, con un dedo y dijo allá está, Micromar. Compraron pasajes a Mar del Plata en el primer ómnibus de la medianoche, uno que partía veinte minutos más tarde. Aprovecharon la espera, eufóricos como niños que se van de vacaciones, para beber otra copita, brindaron por el afecto que se tenían, por el deseo de que Buenos Aires algún día tuviera mar, por Perón, por Balbín, por las tres mujeres de Osiris, por el encanto de las noches de invierno y por la fidelidad de la ginebra, esa multifacética novia de los hombres que están solos. Antes de partir, Osiris sugirió que Carlitos debía avisarle a la Tota, pero Carlitos sonrió, dijo subamos nomás y después le explicó que ella no podría entenderlo, que él no sabría convencerla por teléfono, que las mujeres jamás pueden entender estas cosas y que él se había enamorado hacía muchos años pero sabía que había circunstancias imposibles de compartir con ella. Y que en última instancia estaba ansioso y feliz y le importaba un carajo de la Tota.

Viajaron tomados de la mano, mirando cada tanto el ensombrecido paisaje de la noche sobre la campiña. Bebieron varias copas de ginebra en cada una de las paradas del ómnibus −Chascomús, Dolores, Maipú− y finalmente arribaron a Mar del Plata, sin haber dormido, ojerosos pero alegres, confiados, apenas con las corbatas flojas y los sobretodos desprendidos. En la vereda de la estación terminal estiraron los brazos, soltaron algunas breves carcajadas y aspiraron, ruidosamente, el aire que venía de las playas. Caminaron a la máxima velocidad que les permitía la torpeza, agitados, tropezando algunas veces, mientras hacían comentarios acerca de la claridad que se insinuaba sobre el mar.

Al fin llegaron, acezantes, y se pararon en la Rambla. Contemplaron la inmensidad del horizonte, alertados, envueltos en un silencio extraordinario. De pronto, Osiris abandonó su quietud y comenzó a caminar lentamente hacia la orilla, mientras musitaba qué increíble, qué increíble, y Carlitos lo seguía, sin poder contener las lágrimas. Se metieron hasta que el agua les cubrió los zapatos, los tobillos, olvidados del frío del amanecer, respirando estrepitosamente, conmovidos por la emoción, y Osiris quiso agacharse, cautelosamente, pero enseguida comprendió que le sería imposible, por el tamaño de su panza y por la borrachera. Entonces Carlitos le dijo permítame y se inclinó para atrapar una pequeña ola con la mano, dejó que el agua retornara y le empapara totalmente el puño y después se irguió. Miró a Osiris y le acercó la mano a la boca. Metió sus dedos entre los dientes y le mojó la lengua. Chupe, Osiris, chupe, le rogó, temblando, lloroso, mientras Osiris jugueteaba con la lengua y exclamaba, con los ojos cerrados y la voz quebrada por su propio llanto, qué maravilla, compañero, qué maravilla.

EL SENTIDO DE LAS AGUJAS DEL RELOJ

*Creo que perdemos la inmortalidad
porque la resistencia a la muerte
no ha evolucionado; sus perfeccionamientos
insisten en la primera, rudimentaria idea:
retener vivo todo el cuerpo.*
ADOLFO BIOY CASARES

"Pero si me está llamando", se dijo.

Se incorporó y cruzó las piernas debajo de su cuerpo, mientras trataba de oír mejor ese cuchicheo que llegaba desde la planta baja.

Encendió la luz y observó la cama vecina. Un quinteto de ruleros de diversos tamaños delataba el sueño de su esposa, que transcurría, rítmico, bajo las sábanas. Levantó una revista del suelo y la arrojó hacia los ruleros.

—Ché, Matilde...

Después del sobresalto, la mujer emergió de entre las sábanas. Lo miró con rabia.

—¿No sentís que me llama, ahí abajo?

—Vos estás loco.

—En serio, Matilde. Es la gitana. Me está llamando.

—Todas las noches lo mismo —dijo ella, dándole la espalda y tapándose—. Loco de atar, y me toca aguantarlo a mí...

Desde hacía un mes, el doctor Isaac Magallanes se despertaba todas las noches, transpirado, taquicárdico, acosado por esos sueños que se repetían, insistentes, en los cuales las últimas inundaciones que había soportado la ciudad se reproducían, arrasaban con su casa y lo llevaban a navegar, apenas aferrado a los bordes de esa canoa en la que se convertía su cama, mientras en algún lugar de su sueño se oía, deleznable, la grosera carcajada de aquella gitana. Inexorablemente, sentía un extraordinario deseo de orinar; pero, con irrefrenable testarudez, contenía sus ganas y volvía a sumergirse en el sueño, el que se reiteraba hasta tornarse insoportable, hasta alcanzar ese punto en el que ya no se quiere ni dormir ni estar despierto y la vigilia es una tortura pasiva. Entonces llamaba a Matilde, quien lo ignoraba de diferentes maneras, todas agresivas. Y después, fastidiado, temeroso, se levantaba y se dirigía al baño, donde encendía la luz y se miraba, larga, fatigosamente, en el espejo. Se reconocía con alguna dificultad en esa cara regordeta, pletórica de arrugas superpuestas, en esos ojos que nunca parecían del todo abiertos pero que dejaban entrever una opacidad fría, sanguinolenta, seca, y en esa cabeza de entremezclados pelos rubios y grises que se elevaban como esos finísimos alambres de cobre que circulan por el interior de los cables de los veladores, caprichosamente estirados hacia el techo, hacia el cielo, como buscando allí una salvación inútil.

—Me está llamando de nuevo —musitó, y retuvo un sollozo—. Matilde, te digo que me llama...

La mujer no dijo nada, ni se movió, y Magallanes se sintió más solo que nunca (o que siempre, porque la soledad era como un microclima que lo acompañaba desde que tenía memoria, un estado natural que presidía sus éxitos profesionales, sus privilegios y su encumbramiento social). Con un leve movimiento mecánico, afirmó los pies en el piso y murmuró no puedo más, no puedo más, gitana de mierda, y recordó que todas las noches sucedía lo mismo: se despertaba oyendo la voz machuna, inconfundible, de esa gitana obesa que le había hablado en aquel circo de segunda categoría, un mes atrás, ahora llamándolo desde el comedor de la planta baja.

Entonces miraba a su alrededor, murmuraba dios mío y se ponía de pie, envuelto en su largo camisón de lino. Caminaba lentamente, reconociendo cada dolor producido por ese ya intolerable reuma que parecía escandalizarle las articulaciones; comprobaba que en la cama vecina su mujer dormía plácidamente; recorría el pasillo; se asomaba a la habitación de sus hijos, esos dos adolescentes que parecía que jamás dejarían de crecer, y finalmente se encerraba en el baño, esa especie de lugar neutral en el que el espejo le devolvía confusas visiones retrospectivas de su propia existencia.

Se miraba y sentía la incomodidad de quien comparte culpas ajenas, como si algunas escenas de las que retornaban hubiesen sido vividas por otro. El había sido un experto en el arte de atribuir a terceros ciertos hechos ominosos, y en el de no admitir la titularidad de ellos de modo que pareciesen siempre protagonizados por desconocidos. Se veía a sí mismo en el espejo, cuarenta años atrás, cuando era un aplicado estudiante, un brillante futuro abogado que aprobaba materias una tras otra, en Santa Fe. Y después, a poco de diplomarse, el traslado a Resistencia, el intento de seguir la carrera judicial que se limitó apenas a la redacción de unas cuantas sentencias luego firmadas por el juez titular, quien entre mate y mate aprobaba todas sus opiniones, más preocupado por la escasez de carnadas para ir de pesca el domingo que por la marcha de la "Secretaría del Doctor Magallanes", como pomposamente llamaba a esa pieza de cinco por cuatro y techo incalculablemente alto en la que había dos escritorios, un armario, una vieja Remington, un cajón de sellos y un calentador con la pava siempre a la temperatura adecuada. Y más acá, dolorosamente, también revisaba su casamiento con Matilde, única hija de uno de los más venerables caudillos liberales de la provincia de Corrientes, la que tardó como quince años en darle hijos (él sospechaba que por capricho, o por venganza por aquel amorío insustancial que le descubrió cuando regresaron de la luna de miel en Europa, obsequio del patriarca correntino) y que, mientras tanto, lo aborreció en silencio, lo desatendió y hasta lo agravió públicamente cuantas veces pudo, segura del poder que sobre él ejercía su condición de heredera. Y también veía su perdido amor por Gladys, aquella jovencita que un buen día desapareció de Resistencia harta de no poder ocupar un lugar en su vida; y veía las fiestas en el Club Social, y los desfiles de modas, y las interminables jornadas de trabajo en su estudio jurídico frente a docenas de expedientes que le importaban un bledo pero que le significaban buenos ingresos, mientras él, cada vez más, se sentía vacío de interés y de ilusiones. Todo eso lo veía en el espejo.

Algunas veces, durante ese último mes, había intentado hablar de sus angustias con su mujer. Matilde primero hacía como que lo escuchaba, ofreciéndole su cara flaca y carente de expresiones, mirándolo engañosamente, seguro que pensando en cualquier próximo vestido de fiesta, o en un futuro té-canasta, apenas con un dejo de incredulidad, hasta que él se daba cuenta de que su relato era, por lo menos, inoportuno, y también insignificante para ella. Entonces la odiaba suave, desapasionadamente, y se decía que estaba casado con una especie de yegua trasijada, flaca y desangelada como el Rocinante de un grabado de Picasso que había visto en un almanaque, y cambiaba de tema y rápidamente encontraba una excusa para retirarse.

Pero esa noche había escuchado el llamado más allá –o más acá– del sueño. Sí, y todavía podía oír el eco. Por eso había despertado a Matilde, por eso no iba al baño a refugiarse. Porque el reclamo era esta vez perentorio, carajo, no estoy loco, se dijo, si hasta me llama por mi nombre.

Caminó dos pasos, hasta la otra cama, y sacudió el cuerpo flaco y huesudo de la mujer.

Ella giró, furiosa.

–¡Tarado! –le gritó–. ¡Loco de remate!

Magallanes la miró con su viejo odio resignado, ahora no desprovisto de miedo, y gimió:

–Es la gitana, Matilde, ayudáme...

–¡Dejáme dormir, querés! ¡Loco!

–No querés reconocer la realidad, Matilde. Me dejás solo y...

–Terminála.

Y se dio vuelta nuevamente, y se tapó hasta los ruleros.

Isaac Magallanes se quedó observándola durante unos segundos, hasta que escuchó que la voz, desde el comedor, lo llamaba una vez más. Entonces decidió bajar.

Lo hizo lenta, cautelosamente. Sin mirar hacia atrás, encendiendo las luces a medida que pasaba junto a cada interruptor y puntualmente aferrado a la baranda de la escalera. Se detuvo en el rellano. Le pareció que había una luz en el comedor. Se juró que antes de acostarse las había apagado todas, mierda, lo hice con esta misma mano, y se agachó para ver mejor. Un revuelo de faldas rojas, amarillas, verdes y azules se deslizó fugazmente sobre el suelo. El dintel del arco que unía al comedor con el pequeño hall en el que desembocaba la escalera le impidió ver el torso y la cabeza de la gitana.

Entonces recordó, impresionado, la noche aquella, un mes atrás, en la que a Matilde se le había antojado ir a ese circo de morondanga que visitaba por primera vez la ciudad, porque "una noche en el circo es de lo más pop", había argumentado, ignorante de su propia, irrecuperable imbecilidad. El accedió sin objeciones y fueron solos, sin los hijos, y el circo resultó una triste sucesión de payasos famélicos y sin gracia, animales desnutridos y desprovistos de gloria y peligrosidad, malabaristas poco originales y un par de amazonas doble pechuga, como él definió, encantado de su propio chiste, mientras pensaba que la única razón que tenía para estar allí esa noche era que le habían regalado las entradas porque él había logrado que el empresario eludiera el pago de unos impuestos municipales mediante una oportuna, redituable llamada telefónica. Durante la función, una gitana maciza, de redondos pechos sostenidos bravíamente por un corsé y amplia falda acampanada de vivos colores rojo, amarillo, verde y azul, que parecía recorrer las gradas, se acercó al palco que ocupaban y le habló resueltamente: "Estás llegando al final, Isaac", le dijo con grave voz de contralto en la que se advertía un inconfundible acento andaluz; "y tu resistencia es tonta. Las agujas de tu reloj ya marchan hacia la izquierda".

El la miró con la misma sonrisa indulgente con que observaba el espectáculo, y dos horas después, de vuelta a casa, le preguntó a Matilde qué opinaba de las extrañas palabras de la gitana. Pero ella lo midió de arriba abajo, despreciativa, y le preguntó de qué gitana me hablás, cómo qué gitana, se enojó él, la del circo, o no fuimos al circo vos y yo, y ella siguió midiéndolo hasta que se dio vuelta y se metió en la cocina diciendo éste está loco, loco de remate, mal de la cabeza, mientras él la miraba alejarse, pensando lo mismo digo, vieja histérica.

Suspiró y dijo:

—Quién está ahí.

Pero sólo le respondió el silencio.

Isaac Magallanes sintió miedo. Pensó retroceder, volver a su dormitorio, procurar dormirse nuevamente o despertar a Matilde de una vez, por qué no, o pedirles a los muchachos que bajaran con él, que no lo dejaran solo, por una vez en su vida no quería estar solo. Pero enseguida supo que sería incapaz de dar marcha atrás. Las agujas de su reloj se movían hacia la izquierda, había dicho la gitana.

Descendió rápida, resueltamente los últimos escalones y se dirigió al comedor. La mujer estaba sentada a la cabecera de la mesa rectangular, sobre la que sus inmensos pechos parecían apoyarse cómodamente. Tenía la cabeza inclinada y no se le distinguían las facciones. Su pelo era negro, revuelto, sucio y se movía como mecido por el viento, aunque no había viento.

—Siéntese, Isaac.

Magallanes obedeció. Se ubicó a un costado de la mesa, frente al velador de pie. Se sintió súbitamente enceguecido, pero prefirió no cambiarse de lugar.

—Qué quiere —preguntó.

—Lo vengo a buscar —dijo la gitana, y sólo entonces Magallanes reparó en su voz: era una voz más gruesa que la de la noche del circo, más fría y metálica, más improbable.

—Para ir adónde.

—A mejor vida. A la inmortalidad.

—Eso es un lugar común —replicó Magallanes, repentinamente fastidiado, y recordó un sinnúmero de diálogos con la muerte que había visto en el cinematógrafo. En ese momento supuso, para su congoja, que le tocaba ser interlocutor de ella, y el juego de ajedrez de Ingmar Bergman se le mezcló con la partida de truco, bien criolla, de Leonardo Favio, y con los infiernos de Fellini y el otro, telúrico, también de Favio, en el que había admirado una vez más a Alba Mujica; y también recordó, atropelladamente, a los Faustos de Göethe y de Anastasio El Pollo que, no supo por qué, se le representaron fugazmente junto con el horroroso bicho de "El almohadón de plumas" de Horacio Quiroga, y con las estatuillas de San La Muerte que se venden en Corrientes, los grabados de José Guadalupe Posada y el asesinato de Emiliano Zapata a manos del traidor coronel Guajardo, y se sintió animoso, envalentonado.

—Quién es usted y qué hace en mi casa, señora.

—No me diga señora.

—Bueno, señor entonces. Lo que sea.

—Tampoco.

Magallanes resopló, molesto.

—No estoy dispuesto a tolerar su presencia aquí, sea quien sea. Diga lo que quiere, seriamente, o retírese. De lo contrario, voy a...

—No sea estúpido, Isaac. Bravatas a mí, no.

—¿Me está amenazando? —preguntó Magallanes con creciente dignidad, con una altivez que jamás había tenido, él que era un negociador por naturaleza, un hábil y escurridizo abogado provinciano de escaso éxito comicial en la política lugareña pero excelente cultivador de relaciones.

—Basta, no me sobra el tiempo —dijo la gitana, con su machuna voz seca—. Quiero que firme esta declaración jurada.

—De qué se trata —preguntó Magallanes, repentinamente interesado.

—De sus errores. De lo mal que ha vivido. Es un arrepentimiento expreso por todo lo que ha hecho, por ese tonto aferrarse a los bienes materiales, por el trivial deseo de conservar el cuerpo anestesiando la conciencia y, sobre todo, por esa tonta vocación de perder la inmortalidad.

Magallanes no respondió. Se mantuvo quieto, tratando de descubrir los rasgos de su interlocutor. El sabía mirar, conocía a la gente y cómo penetrarla, cómo adivinar sus segundas intenciones, cómo intimidar con su mirada pétrea, de oficio, habituada a las trampas tribunalicias. Maldijo la luz que lo encandilaba. Consideró un par de respuestas agresivas, pero se abstuvo de formularlas. Se preguntó si estaba arrepentido de algo y sintió miedo. Ese asunto de la inmortalidad perdida verdaderamente había sido un golpe bajo.

–¿Y qué hay si la firmo?

–Lo dicho: lo paso a mejor vida, a la eternidad.

La respuesta le causó una cierta pavura. Sintió deseos de replicar algo, pero no encontró qué. Se sintió derrotado: con la muerte no se juega, había leído y escuchado más de una vez, otro lugar común que ahora le parecía sabio, cruel, definitivo. Se irguió, dispuesto a resistirse hasta último momento, aunque también se preguntó qué era eso de último momento, último de qué, para empezar qué, esa mejor vida era sólo una fórmula, sí, esa eternidad perdida un golpe bajo...

–Y quién quiere su eternidad –se animó a preguntar. Y enseguida añadió, con una rara voz infantil:– A lo mejor allí hace mucho frío.

La gitana descargó un puñetazo sobre la mesa:

–¡Basta! ¡Esto va para largo y no estoy dispuesta! ¡Firme acá!

Magallanes sintió una íntima satisfacción. Siempre conseguía alterar a sus adversarios en los juicios.

–No firmo nada.

–Se va a arrepentir, lo voy a llevar de mala manera.

–Puede ser. Pero no firmo.

–¡Se está perdiendo una oportunidad única! ¡Lo voy a matar cruelmente, lo haré sufrir! ¡Firme!

–Tranquila, no se altere. No pienso hacerlo.

–Está bien –la gitana se calmó repentinamente–. Pero le advierto que lo único eterno que consigue por este camino es mi rencor.

Magallanes se puso de pie.

–¿Ha terminado?

La gitana, en silencio y con sorprendente velocidad, se dirigió a la puerta de calle. La cerró tras de sí.

Magallanes se derrumbó en la silla, agobiado, y supo que ese único momento de dignidad –¿había sido digno?– valía por toda su vida. Pensó en Matilde, en los muchachos, en centenares, miles de legajos apilados en su estudio jurídico. Trató de recordar el rostro de la gitana y sólo imaginó la borrosa cara de sus padres, muertos hacía casi medio siglo. Intentó ponerse de pie, pero no pudo hacerlo. Entrevió entonces la inmensidad de la noche que empezaba, pero pensó que le importaba un bledo que las agujas de los relojes marcharan en un sentido o en el otro. Y se quedó mirando el clarear de la mañana, del otro lado de la ventana que daba al jardín, mientras los primeros gorriones, madrugadores, inundaban el nuevo día con sus cantos.

Allí lo encontraron horas más tarde, cuando Matilde comenzó a gritar ante el cuadro que descubrió en el comedor: el doctor Isaac Magallanes estaba sentado en esa misma silla, con la cabeza apoyada sobre la mesa, muerto sin heridas exteriores pero con un largo vómito de sangre a su alrededor. Junto a él, había un papel en blanco. Y cuando sus hijos acudieron, alarmados por los gritos de la mujer, repararon de inmediato en el ruidoso tictac del reloj del amplio comedor, cuyo segundero marchaba implacable, rítmicamente hacia la izquierda. Horrorizado, uno de ellos se abalanzó para detenerlo y destruirlo, y en ese instante, con un repulsivo sonido metálico como el de los viejos sonajeros infantiles, el cuerpo de su padre se desintegró concluyentemente mientras Matilde, desencajada, súbitamente enloquecida, gritaba y reía con una horrorosa, vulgar, desconocida carcajada machuna.

VUELTA AL RUEDO

Para Ana y Eduardo

Los aficionados a los toros saben que, como aconsejaba Hemingway, hay que ir muy seguido a la fiesta para llegar a ver corridas verdaderamente artísticas, de las que se tornan inolvidables y hacen que uno se enamore del arte de la lidia. O, como dice Arturo Villanueva, en tono cáustico y escéptico, de buen conocedor y menos poéticamente, "hay que ver muchos bueyes bien disfrazados hasta encontrar un toro con casta".

La primavera en que la Plaza de Toros de Madrid festejó su cincuentenario, yo tuve lo que creí la fortuna de estar en la capital española. Naturalmente, fui, aunque rápidamente se supo que era una tarde prescindible en la que seis matadores de cierto renombre (Tomás Campuzano y el valiente Dámaso González alternaron con un veterano venido a menos aunque nunca había sido mucho más, dos jóvenes de dudosa ascendencia y un desdichado fulano que nadie se explicaba cómo había llegado a vestir el traje de luces) penaron frente a seis toros de prestigiosas ganaderías entre las que destacaban, aparentemente, bureles de Pedro Domecq y de Joaquín Buendía.

Con cuarenta grados, un sol infernal y absurdo a las siete y media de la tarde y la plaza bellísima pero semivacía, es justo reconocer que fue un opaco, triste aniversario. Una de esas tardes para el olvido, que, sin embargo, tuvo un matiz desusado, encantador, cuando las autoridades decidieron devolver el quinto toro por "evidente invalidez", como gustan designar los cronistas madrileños a los toros que cojean al salir al ruedo, y el público protesta, arma una tremolina formidable, y los jueces no tienen más alternativa que conceder el cambio de animales para que siga la fiesta, entonces a cargo del torero que estaba en el orden de lidia y el sobrero previamente anunciado. Aquella calcinante tarde de primavera, el toro de marras —cuyo nombre no recuerdo— debió ser sacado de la arena del modo acostumbrado, es decir con el auxilio de una cuadrilla de bueyes que entraron a pasear sus ridículas, cansinas estampas por el ruedo, al paso lento de cualquier campiña pedregosa, llamando al cojo con sus campanillas de cuello, con sus aires campiranos y, acaso, con secretos lenguajes ancestrales que, quizá, recordaban todavía los castrados. Pero el toro, cojo aunque no manso, se dedicó a correrlos, a no unirse a la tropilla, como diciendo "no señores, yo aquí vine a pelear hasta la muerte y no me voy arrastrado por eunucos".

La cosa se prolongó más de la cuenta. A la media hora, el público protestaba airadamente, con silbidos y expresiones soeces para ganaderos y autoridades. Una docena de veces, o más, los bueyes habían entrado a la arena para volver luego a los toriles sin la necesaria compañía del burel, que ni una sola vez dejó de cornear a sus congéneres, de atacar a los peones, de enfrentar y correr, soberbio, altanero, magnífico, a toreros, ayudantes, monosabios, jueces y público, como insistiendo: "señores, me importa un bledo vuestra fiesta; de aquí me sacan muerto".

Era noble el animal, aunque era cojo. Inválido para la lidia, su bravura se hizo cada vez más evidente. Pero nadie se dio cuenta durante esa larga media hora, al cabo de la cual toda la plaza parecía preguntarse "¿Y ahora qué hacemos?", porque no había manera de sacar a ese toro de la arena y la impaciencia se había apoderado de los protagonistas, y arreciaba la silbatina, la bronca en los tendidos, mientras se extinguía la calcinante tarde de primavera y se encendían las luces en lo alto. Nadie se dio cuenta, excepto don Agapito Rodríguez, anciano puntillero de la plaza.

Detrás de un burladero, el viejo debió admitir el coraje de ese

72

toro. Admiró su porte, seguramente, y me imagino que valoró en su exacta dimensión la casta del animal, su bravura contenida, su altanera y desafiante decisión de quedarse en la arena y jamás retornar al oscuro toril que una hora antes había recorrido para siempre, y menos detrás de una tropilla de bueyes campanillados, vetustos e innobles.

El viejo Agapito Rodríguez fue el único que entendió la determinación del cojo. Y cuando más furiosa estaba la gente por esa interrupción de la fiesta para la que habían pagado sus boletos, Agapito salió del burladero con su paso lento y artrítico, capote en mano y con la montera puesta, medio al desgaire, con una elegancia perdida quizá en mil tardes anteriores, en su frustrada vocación de matador, en alguna cornada que sólo él recordaría, quién sabe, salió al ruedo como quien no quiere la cosa, dispuesto a cumplir una misión atípica en un puntillero, que como se sabe sólo entra a la arena para dar la puñalada final, medular, a los toros ya estoconados y antes de que las mulas se lo lleven al destasadero.

Aquella tarde extenuante que moría, justo cuando empezaban a brillar las luces de la plaza para compensar la creciente oscuridad de las nueve de la noche, Agapito Rodríguez se plantó en la arena y se hizo ver por el cojo rebelde, le mostró la capa y alzó el mentón en un corto, imperceptible movimiento de cabeza, invitándolo a medirse. Y entablaron un diálogo mudo que al principio no todos comprendimos, pero que rápidamente recibió la aprobación general. Sólo él había sabido, primero que nadie, la interna, indeclinable decisión de ese toro. Y por eso se hizo ver, y agitó el capote y lo adelantó hacia el animal. Y lo recibió cuando embistió, y lo esquivó sin elegancia pero con firmeza, porque la elegancia no era su objetivo, ya estaba demasiado viejo para eso, y empezó a trabajarlo eficientemente, lo engañó un par de veces, y una tercera, y otra vez, y lo fue llevando hasta el burladero, seguro de que el cojo ya lo reconocía como su único enemigo, declarada ya por ambos la lucha por la vida, o por la muerte, y otra vez, sin gracia ni arte, sólo con convicción, comprensión y firmeza, arrimó al animal a las tablas y allí se escudó él mientras se miraban fieramente y el toro, en la arena, semialzaba su pata coja pero sin perder esa belleza inexplicable de los enemigos nobles.

Así estuvieron, mirándose, fijamente, por unos breves, bellísimos segundos en los que sopló un aire caliente y toda la plaza hizo silencio, atento el público que ya entonces comprendía el significado de ese enfrentamiento y empezaba a admirar al cojo. Agapito Rodríguez sacó la mano del burladero, como diciendo "acércate", y el toro se acomodó para embestir las maderas pero se quedó quieto, como diciendo "acércate tú, cabrón", y no escarbó la arena, como corresponde a los de casta, a los que no dudan y entonces, por eso, no arañan el piso sino que embisten, nomás, y simplemente dio un paso adelante y se quedó plantado a medio metro de Agapito, casi metiendo el hocico en el burladero, rayando las maderas con sus cuernos, casi acariciándolas, llamando secretamente al viejo, empujando a toda la plaza, hasta que Agapito, en un instante irrepetible, en un gesto fulminante y de una velocidad increíble para su edad, en un latigazo inverosímil de su brazo armado del pequeño puñal, apenas tocó la nuca del cojo y de una sola estocada, en el punto exacto de su enorme corpulencia, le dio muerte bellísimamente, concediéndole al cojo lo que él quería, salir muerto de ese ruedo.

Ese instante inolvidable duró sólo una centésima de segundo, tras la cual todo el mundo pareció recuperar la respiración para articularse nuevamente, estallar en aplausos, en gritería jubilosa y en ese coro estridente, unánime, emocionado –¡A-ga-pi-to! ¡A-ga-pi-to!– quizá la primera, única ovación que el puntillero de la Plaza de Madrid recibía al cabo de mil tardes, de todos sus sueños y de todas sus frustraciones como torero. Ese coro que creció, llenó todos los rincones y reclamó la presencia en la arena de Agapito Rodríguez, quien con la montera en la mano, descubriendo su brillosa calva de abuelo, ovacionado por todos, quizá con los ojos humedecidos y con una sonrisa tranquila que todos le vimos, dio la única vuelta al ruedo de su vida, mientras las mulas se llevaban el cadáver del valiente toro cojo, con un merecido, ceremonioso arrastre lento.

EL HINCHA

El 29 de diciembre de 1968, el Club Atlético
Vélez Sársfield derrotó al Rácing Club por cuatro
tantos a dos. A los noventa minutos de juego,
el puntero Omar Wehbe marcó el cuarto gol
para el equipo vencedor que, diez segundos
después, se clasificaba campeón nacional
de fútbol por primera vez en su historia.
A la memoria de mi padre,
que murió sin ver campeón a Vélez Sársfield.

—¡Goooooool de Vélesárfiiiiiiilllllll! —gritaba Fioravanti.

—¡Gol! ¡Golazo, carajo! —saltó Amaro Fuentes, golpeándose las rodillas frente al radiorreceptor.

Había soñado con ese triunfo toda su vida. A los sesenta y cinco años, reciente jubilado de correos y todavía soltero, su existencia era lo suficientemente regular y despojada de excitaciones como para que sólo ese gol lo conmoviera, porque lo había esperado innumerables domingos, lo había imaginado y palpitado de mil modos diferentes. Nacido en Ramos Mejía, cuando todo Ramos era adicto al entonces Club Argentinos de Vélez Sársfield, Amaro estaba seguro de haber aprendido a pronunciar ese nombre casi simultáneamente con la palabra "papá", del mismo modo que recordaba que sus primeros pasos los había dado con una pequeña pelota de trapo entre los pies, en el patio de la casona paterna, a cuatro cuadras de la estación del ferrocarril, cuando todavía existían potreros y los chicos se reunían a jugar al fútbol hasta que poco a poco, a medida que se destacaban, iban acercándose al club para alistarse en la novena división.

Ya desde entonces, su vida quedó ligada a la de Vélez Sársfield (de un modo tan definitivo que él ignoró por bastante tiempo), quizá porque todos quienes lo conocieron le auguraron un promisorio futuro futbolístico sobre todo cuando llegó a la tercera, a los diecisiete años, y era goleador del equipo; pero acaso su ligazón fue mayor al morir su padre, un mes después de que le prometieron el debut en primera, porque tuvo que empezar a trabajar y se enroló como grumete en los barcos de la flota Mihánovich y dejó de jugar, con ese dolor en el alma que nunca se le fue, aunque siempre conservó en su valija la camiseta con el número nueve en la espalda, viajara donde viajara, por muchos años, y aún la tenía cuando ascendió a Primer Comisario de a bordo, en los buques que hacían la línea Buenos Aires-Asunción-Buenos Aires, y también aquel día de mayo de 1931, cuando el *Ciudad de Asunción* se descompuso en Puerto Barranqueras y debieron quedarse cinco días y él, sin saber muy bien por qué, miró largamente esa camiseta, como despidiéndose de un muerto querido y decidió no seguir viaje, de modo que desertó y gastó sus pocos pesos en el Hotel Chanta Cuatro, después vendió billetes de lotería, creyó enamorarse de una prostituta brasileña que se llamaba Mara y que murió tuberculosa, trabajó como mozo en el bar La Estrella y se ganó la vida haciendo changas hasta que consiguió ese puestito en el correo, como repartidor de cartas en la bicicleta que le prestaba su jefe.

Desde entonces, cada domingo implicó, para él, la obligación de seguir la campaña velezana, lo que le costó no pocos disgustos: durante casi cuarenta años debió soportar las bromas de sus amigos, de sus compañeros del correo, de la barra de La Estrella, porque en Resistencia todos eran de Boca o de River, y cada lunes la polémica lo excluía porque los jugadores de Vélez no estaban en el seleccionado, nunca encabezaban las tablas de goleadores, jamás sus arqueros eran los menos vencidos, y Cosso, goleador en el '34 y en el '35, Conde en el '54, Rugilo, guardavallas de la selección (quien en Inglaterra se había convertido en héroe mereciendo el apodo de "El león de Wembley"), eran sólo excepciones. La regla era la mediocridad de Vélez y lo más que podía ocurrir era que se destacara algún jugador, el que al año siguiente sería comprado, seguramente, por algún club grande. Y así sus ídolos pasaban a ser de Boca o de River. Y de sus amigos, de sus compañeros de la barra.

Claro que había tenido algunas satisfacciones: 1953, por ejemplo, el glorioso año del subcampeonato, cuando el equipo terminó encaramado al tope de la tabla, sólo detrás de River. O aquellas temporadas en que Zubeldía, Ferraro, Marrapodi en el arco, Avio, Conde, formaban equipos más o menos exitosos. Todos ellos pasaron por la selección nacional: Ludovico Avio estuvo en el Mundial de Suecia, en 1958, y hasta marcó un gol contra Irlanda del Norte. Amaro había escuchado muy bien a Fioravanti, cuando relató ese partido desde el otro lado del mundo, y se imaginó a Avio vistiendo la celeste y blanca, en Estocolmo, admirado por miles y miles de rubios todos igualitos, como los chinos, pero al revés, y por eso no le importó que a Carrizo los checoslovacos le hicieran seis goles, total Carrizo era de River.

Amaro podía acordarse de cada domingo de los últimos treinta y siete años porque todos habían sido iguales, sentado frente a la vieja y enorme radio, durante casi tres horas, en calzoncillos, abanicándose y tomando mates mientras se arreglaba las uñas de los pies. Entonces no se transmitían los partidos que jugaba Vélez; sólo se mencionaba la formación del equipo, se interrumpía a Fioravanti cada vez que se convertía un gol o se iba a patear un penal, y al final se informaban la recaudación y el resultado. Pero era suficiente.

Todos los lunes a las seis menos cuarto, cuando iba hacia el correo, compraba *El Territorio* en la esquina de la catedral y caminaba leyendo la tabla de posiciones, haciendo especulaciones sobre la ubicación de Vélez, dispuesto a soportar las bromas de sus compañeros, a escuchar los comentarios sobre las campañas de Boca o de River.

Genaro Benítez, aquel cadetito que murió ahogado en el río Negro, frente al Regatas, siempre lo provocaba:

—Ché, Amaro, ¿por qué no te hacés hincha de Boca, eh?

—Calláte, pendejo —respondía él, sin mirarlo, estoico, mientras preparaba su valija de reparto, distribuyendo las cartas calle por calle, con una mueca de resignación y pensando que algún día Vélez obtendría el campeonato. Se imaginaba la envidia de todos, las felicitaciones, y se decía que ésa sería la revancha de su vida. No le importaba que Vélez tuviera siempre más posibilidades de ir al descenso que de salir campeón. Cada año que el equipo empezaba una buena campaña, Amaro era optimista y se esforzaba por evitar que lo invadiera esa detestable sensación de que inexorablemente un domingo cualquiera comenzaría la debacle, la que, por supuesto, se producía y le acarreaba esas profundas depresiones, durante las cuales se sentía frustrado, se ensimismaba y dejaba de ir a La Estrella hasta que algún buen resultado lo ayudaba a reponerse. Un empate, por ejemplo, sobre todo si se lograba frente a Boca o a River, le servía de excusa para volver a la vereda de La Estrella y saludar, sonriente, como superando las miradas sobradoras, a los integrantes de la barra: Julio Candia, el Boina Blanca, el Barato Smith, Puchito Aguilar, Diosmelibre Giovanotto y tantos más, la mayoría bancarios o empleados públicos, solterones, viudos algunos, jubilados los menos (sólo los viejitos Angel Festa, el que se quejaba de que en su vida nunca había ganado a la lotería, aunque jamás había comprado un billete; y Lindor Dell'Orto, el tano mujeriego que fue padre a los cincuenta y siete años y no encontró mejor nombre para su hija que Dolores, con ese apellido), pero todos solitarios, mordaces y crueles, provistos de ese humor acre que dan los años perdidos.

En ese ambiente, Amaro no desperdiciaba oportunidad de recordar la historia de Vélez. Podía hablar durante horas de la fundación del club, aquel primero de mayo de 1910, o evocar el viejo nombre, que se usó hasta el '23, y ponerse nostálgico al rememorar la antigua camiseta verde, blanca y roja, a rayas verticales, que usaron hasta el '40 y que todavía guardaba en su ropero. Y no le importaban las pullas, el fastidio ni los flatos orales con que todos, en La Estrella, acogían sus remembranzas. Como sucedió en el '41, cuando Vélez descendió de categoría y Diosmelibre sentenció: "Amaro, no hablés más de ese cuadrito de primera be", y él se mantuvo en silencio durante dos años, mortificado y echándole íntimamente la culpa al cambio de camiseta, esa blanca con la ve azul, a la que odió hasta el '43, una época en la que las malas actuaciones lo sumieron en tan completa desolación que hasta dejó de ir a La Estrella los lunes, para no escuchar a sus amigos, para no verles las caras burlonas. Pero lo que más le dolía era sentirse avergonzado de Vélez. Tan deprimido estuvo esos años, que en el correo sus superiores le llamaron la atención reiteradamente, hasta que el señor Rodríguez, su jefe, comprendió la causa de su desconsuelo. Rodríguez, hincha de Boca y hombre acostumbrado a saborear triunfos, se condolió de Amaro y le concedió una semana de vacaciones para que viajara a Buenos Aires a ver la final del campeonato de primera be.

Era un noviembre caluroso y húmedo. Amaro no bajaba a la capital desde aquella mañana en la que abordó el *Ciudad de Asunción,* rumbo al Paraguay, para el que sería su último viaje. La encontró casi desconocida, ensanchada, más alta, más cosmopolita que nunca y casi perdida aquella forma de vida provinciana de los años veinte. No se preocupó por saludar al par de tías a quienes no veía desde hacía tanto tiempo y durante cinco días deambuló por el barrio de Liniers recordando su niñez, rondando la cancha de Villa Luro, y el viernes anterior al partido fue a ver el entrenamiento y se quedó con la cara pegada al alambrado, deseoso de hablar con alguno de los jugadores, pero sin atreverse. Le pareció, simplemente, que estaba en presencia de los mejores muchachos del mundo, imaginó las ilusiones de cada uno de ellos, los contempló como a buenos y tiernos jóvenes de vida sacrificada, tan enamorados de la casaca como él mismo, y supo que Vélez iba a volver a primera A.

Aquel domingo, en el Fortín, las tribunas comenzaron a llenarse a partir de las dos de la tarde, pero Amaro estuvo en la platea desde las once de la mañana. El sol le dio de frente hasta el mediodía y el partido empezó cuando le rebotaba en la nuca y él sentía que vivía uno de los momentos culminantes de su existencia. Se acordó de los muchachos del correo, de la barra de La Estrella, de todos los domingos que había pasado, tan iguales, en calzoncillos, pendiente de ese equipo que ahora estaba ante sus ojos. Le pareció que todo Resistencia aguardaba la suerte que correría Vélez esa tarde. De ninguna manera podía admitir que alguno deseara una derrota. Lo cargaban, sí, pero sabía que todos querrían que Vélez volviera a jugar en la A el año siguiente.

Miró el partido sin verlo, y lloró de emoción cuando el gol del chico ese, García, aseguró el triunfo y el ascenso de Vélez. Y cuando salió del estadio tenía el rostro radiante, los ojos brillosos y húmedos, las manos transpiradas y como una pelota en la garganta, pero la pucha Amaro, un tipo grande, se dijo a sí mismo, meneando la cabeza hacia los costados, y después pateó una piedra de la calle y siguió caminando rumbo a la estación, bajo el crepúsculo medio bermejo que escamoteaban los edificios, y esa misma noche tomó el Internacional hacia Resistencia.

Desde entonces, cada domingo Amaro se transportaba imaginariamente a Buenos Aires, era un hombre más en la hinchada, revivía la tarde del triunfo, se acordaba del pibe García y lo veía dominar la pelota, hacer fintas y acercarse a la valla adversaria. Y todas las tardes, en La Estrella, cada vez que se discutía sobre fútbol, Amaro recordaba:

—Un buen jugador era el pibe García. Si lo hubiesen visto. Tenía una cinturita…

O bien:

—¿Una defensa bien plantada? Cuando yo estuve en Buenos Aires…

Y cuando los demás reaccionaban:

—¡Qué me hablan de Boca, de River, de tal o cual delantera, si ustedes nunca los vieron jugar!

A medida que fueron pasando los años, Amaro Fuentes se convirtió en un perfecto solitario, aferrado a una sola ilusión y como desprendido del mundo. La vejez pareció caérsele encima con el creciente mal humor, la debilidad de su vista, la pérdida de los dientes y esa magra jubilación que le acarreó una odiosa, fatigante artritis y el reajuste de sus ya medidos gastos. Como nunca había ahorrado dinero, ni había sentido jamás sensualidad alguna que no fuera su amor por Vélez Sársfield, su vida continuó plena de carencias y nadie sabía de él más que lo que mostraba: su cuerpo espigado y lleno de arrugas, su pasividad, su estoicismo, su mirada lánguida y esa pasión velezana que se manifestaba en el escudito siempre prendido en la solapa del saco, más con empecinamiento que con orgullo porque carajo, decía, alguna vez se tiene que dar el campeonato, ese único sobresalto que esperaba de la vida monótona, sedentaria que llevaba y que parecía que sólo se justificaría si Vélez salía campeón. Y quizá por eso aprendió a ver a la esperanza en cada partido, confiado en que su constancia tendría un premio, como si alcanzar el título fuera una cuestión personal y él no estuviera dispuesto a morir sin haberse tomado una revancha contra la adversidad porque, como se decía a sí mismo, si llevé una vida de mierda por lo menos voy a morirme saboreando una pizca de la gloria.

Casualidad o no, la campaña de Vélez Sársfield en 1968 fue sorprendente. Tras las primeras confrontaciones Amaro intuyó que ése sería el esperado gran año. Desde poco después de la sexta fecha, la escuadra de Liniers se convirtió en la sensación del torneo, y las radios porteñas comenzaron a transmitir algunos partidos que jugaba Vélez, en los clásicos con los equipos campeones, lo que para Amaro fue una doble satisfacción, puesto que también sus amigos tenían que escuchar los relatos y sólo se sabía de Boca o de River por el comentario previo o por la síntesis final de la jornada, como antes ocurría con Vélez, y éstas sí son tardes memorables, gran siete, pensaba Amaro mientras tomaba un par de pavas de mate y hasta se cortaba los callos plantales, que eran los más difíciles, confiado en que sus muchachos no lo defraudarían.

Era el gran año, sin duda, y la barra de La Estrella pronto lo comprendió, de modo que todos debían recurrir al pasado para sus burlas. Pero a Amaro eso no le importaba porque le sobraban argumentos para contraatacar: los riverplatenses hacía diez años que salían subcampeones, los boquenses estaban desdibujados, y todos envidiaban a Willington, a Wehbe, a Marín, a Gallo, a Luna y a todos esos muchachos que eran sus ídolos.

–¡Gooooooooool de Vélesárfiiiiiiiiiilllllllllll!

La voz de Fioravanti estiraba las vocales en el aparato y Amaro, llorando, sintió que jamás nadie había interpretado tan maravillosamente la emoción de un gol. Vélez se clasificaba, por fin, campeón nacional de fútbol, tras cumplir una campaña significativa: además de encabezar las posiciones, tenía la delantera más positiva, la defensa menos batida, y Carone y Wehbe estaban al tope de la tabla de goleadores.

Pocos segundos después de ese cuarto gol, cuando Fioravanti anunció la finalización del partido, Amaro estaba de pie, lanzando trompadas al aire, dando saltitos y emitiendo discretos alaridos. Dio la tan jurada vuelta olímpica alrededor de la mesa, corrió hacia el ropero, eligió la corbata con los colores de Vélez y su mejor traje y salió a la calle, harto de ver todos los años, para esa época, las caravanas de hinchas de los cuadros grandes, que recorrían la ciudad en automóviles, cantando, tocando bocinas y agitando banderas.

Caminó resueltamente hacia la plaza, mientras el crepúsculo se insinuaba sobre los lapachos y las cigarras entonaban sus últimas canciones vespertinas, y frente a la iglesia se acercó a la parada de taxis, eligió el mejor coche, un Rambler nuevito, y subió a él con la suficiencia de un ejecutivo que acaba de firmar un importante contrato.

–Hola, Amaro –saludó el taxista, dejando el diario.

–A recorrer la ciudad, Juan, y tocando bocina –ordenó Amaro–. Vélez salió campeón.

Bajó los cristales de las ventanillas, extrajo el banderín del bolsillo del saco y empezó a agitarlo al viento, en silencio, con una sonrisa emocionada y el corazón galopándole en el pecho, sin importarle que la solitaria bocina desentonara, casi afónica, con el atardecer, y sin reparar siquiera en el reloj que marcaba la sucesión de fichas que le costaría el aguinaldo, pero carajo, se justificó, el campeonato me ha costado una espera de toda la vida y los muchachos de Vélez, en todo caso, se merecen este homenaje a mil kilómetros de distancia.

Cuando llegaron a la cuadra de La Estrella, Amaro vio que la barra estaba en la vereda, ya organizada la larga mesa de habitués que los domingos al anochecer se reunían para comentar la jornada. Y vio también que cuando descubrieron al Rambler en la esquina, con la solitaria banderita asomándose por la ventanilla, se pusieron todos de pie y empezaron a aplaudir.

—Más despacio, Juan, pero sin detenernos —dijo Amaro, mientras se esforzaba por contener esas lágrimas que resbalaban por sus mejillas, libremente, como gotas de lluvia, y los aplausos de la barra de La Estrella se tornaban más vigorosos y sonoros, como si supieran que debían llenar la tarde de diciembre, sólo para Amaro Fuentes, el amigo que había dedicado toda su vida a esperar un campeonato, y hasta alguno gritó viva Vélez carajo y Amaro ya no pudo contenerse y le pidió al chofer que lo llevara hasta su casa.

Dejó colgado el banderín en el picaporte, del lado de afuera, y entró en silencio. Hacía unos minutos que su corazón se agitaba desusadamente. Un cierto dolor parecía golpearle el pecho desde adentro. Amaro supo que necesitaba acostarse. Lo hizo, sin desvestirse, y encendió la radio a todo volumen. Un equipo de periodistas, desde Buenos Aires, relataba las alternativas de los festejos en las calles de Liniers. Amaro suspiró y enseguida sintió ese golpe seco en el medio del pecho. Abrió los ojos, mientras intentaba aspirar el aire que se le acababa, pero sólo alcanzó a ver que los muebles se esfumaban, justo en el momento en que el mundo entero se llamaba Vélez Sársfield.

ADIOS, MARIANO, ADIOS

Fue una equivocación, seguro. Una fatalidad, un capricho del destino, qué sé yo. Estaba tan angustiado en esos días. Y vos, quiero creerlo, no te diste cuenta. Te arrebataste, furioso, y me dijiste que otra vez me hacía el esnob y que ya no aguantabas mis asedios; me acusaste de vulgar con pretensiones de exquisito, me trataste de estúpido. Pienso que se te fue la mano, Mariano. Sabías que yo no fingía, que me sentía mal de veras, que andaba de acá para allá como un cobayo enloquecido, cargado de una ansiedad que era incapaz de contener. ¿O acaso vos nunca te sentiste así, que no sabés qué hacer con tu vida, con tu cuerpo, que nada te interesa y es como si tuvieras a un enano metido adentro que se dedica a morderte las entrañas? Bastaba que no nos viéramos durante unos días para que yo me desesperara, extrañándote. Tenía presente a cada momento –como una pesadilla cotidiana– la noche aquella en la que, borracho, me gritaste que yo era un infeliz y que no querías saber más de mi vida; su solo recuerdo me irritaba porque ya te habías convertido en una obsesión, en algo pesado, irreal, que se posesionaba de mis pensamientos.

Fuiste tan duro, tan brutal y despiadado que ni siquiera me hirió tu actitud. Fue peor: yo pensé que las cosas dichas de esa manera no tenían por qué doler, ya que eran espontáneas y acaso no muy sentidas. Pero cuántas espontaneidades, cuántos momentos se tornan eternos. Y tu rechazo se hizo día con su noche, y otro día, y tres, y una semana, y no apareciste. Supe que no me llamarías, que estabas decidido a no verme nunca más; y lo que no me dolió al instante empezó a lastimarme después. Como cuando te cortás un dedo con una yilet y recién te molesta a la noche.

Desde entonces me sentía descompuesto, con el cuerpo entumecido, y constantemente me pellizcaba los costados como solías hacerlo vos cuando jugábamos en la playa. Comprendí que te estaba idealizando porque el resto de la gente me resultaba intrascendente, egoísta, desamorada. Sólo existías vos en el aire que respiraba, y tu recuerdo era tan grato como el de aquellas poesías que garabateabas en el café del Checo. Hasta que sencillamente me resultó imposible seguir esperando, contenido pero frenético, y pensé que a lo mejor, qué sé yo, vos me conocés y sabés cómo me pongo cuando se me entreveran las ideas: confundo todo, me desvelo, me impaciento y, bueno, Mariano, tenés que entenderlo: decidí llamarte.

Marqué tu número sin miedo: después de estos dos meses de pensar y pensar, de pronto tuve la certeza de que hacía bien y creo que hasta perdí el rencor. Disqué lentamente, recordando lo que decías, a veces, sobre si vale la pena vivir; cuando hago algo importante rememoro aquellas charlas nuestras de hace tres veranos, cuando nos lo preguntábamos y respondíamos que sí, que así sí; y me mirabas, Mariano, y te juro que yo entonces era capaz de dar la vida precisamente para afirmarlo.

Aunque tratara de ser objetivo –lo que es difícil, vos sabés lo temperamental que soy– creo que ahora no podría decir lo mismo. Al menos, si no te tengo, no me siento en condiciones de jurar nada, y no me importa que pienses que estoy incursionando en melodramas. Al fin y al cabo, uno sigue viviendo porque no se anima a pegarse un tiro; y yo tengo terror a la muerte, lo sabés, aunque a veces pueda hacerme el loco jugando con la pistola que compramos hace dos veranos en Pinamar, cuando hubo aquella ola de asaltos y cosas terribles. Sobre todo es el misterio de la muerte lo que me paraliza; porque uno ignora lo que hay detrás, lo que viene después si es que viene algo. ¿Te acordás que hablamos de esto una noche? Fue en "María la O": vos querías ir a pintar y yo te retenía con un café tras otro. Entonces sí te quedabas conmigo hasta la madrugada, Mariano: me mirabas con ternura, sonreías y seguías hablando, haciendo bromas y regalándome tus para mí fascinantes fantasías. Aquella noche estuvimos de acuerdo en que después de la vida está la nada. Y por eso mismo había que vivir: porque la nada era nada y vivir era algo. Pero la síntesis nos resultó demasiado simple y al rato te preguntaste por qué será que los hombres tenemos esa obsesiva resistencia a la nada.

Cuando disqué tu número, pensé en todo esto y cerré los ojos porque ansiaba tu voz segura, envolvente. Fui ingenuo: ni siquiera vislumbré una reacción tuya. Ninguna. Ni buena ni mala. Y te hablé despacio, calmo, sin histeria, como te gusta a vos. Pero me atendiste tan frío, Mariano, demasiado frío, y yo supe que ésa era la peor de tus reacciones. No querías verme. Como si tuvieras vergüenza. ¡Vergüenza vos, me resultó increíble! Te cité en "Carlos Quinto" porque sabía que te gustaba ese bar por los tangos, por ese pianista que estuvo preso y se hizo amigo tuyo después de haberte acompañado, una vez, cuando cantaste "Confesión".

—Esta tarde, a las seis —dijiste. Yo recordé que ésa era nuestra hora y me excité. Como antes. Porque habías dicho nuestra hora, ésa en la que ya no hay sol en invierno y Buenos Aires se oscurece como el pensamiento de un loco.

Cortaste y me puse a pensar. "Quirlos Canto", decías, y te reías a carcajadas; "Quirlos Canto" y tu risa y mi risa vagando por Callao y Santa Fe mientras jugábamos a nuestra alegría tan íntima y profunda, esa alegría que se adhería a nosotros como la humedad de esta ciudad. "Quirlos Canto", Mariano, y yo te amaba entrañablemente y a vos te gustaba, yo sé que te gustaba. Aunque a veces te hacías el recio y una cierta, porfiada rebeldía se asomaba a tus ojos, cuánto necesitabas sentirte querido, con qué fervor me pedías que omitiera tu niñez miserable de Catamarca, tu falta de padres, tu desolación de los doce años cuando viniste en un tren carguero a Buenos Aires.

Pobre Mariano. Pobre antes, y ahora y siempre. Pobre por tu

incapacidad de reclamar amor libremente, sin inhibiciones. Y pobre por la avidez con que consumías la ternura que yo te daba y sin embargo tratabas de disimular por vergüenza –sí, me duele decirlo pero era vergüenza–; hacías lo imposible para convencerme de que sólo eran estados de ánimo: la falta de dinero, un nuevo cuadro, el experimento con plasticola y vidrios, la tinaja dorada, el collage de los gitanos, el viaje a Europa. Pero no, lo que pasaba era que te gustaba sentirte amado pero te avergonzaba. Tus prejuicios estaban por encima de tus sentimientos, en medio de los dos.

Ya ves, yo lo temía. Intuía que alguna vez, dolorosamente, nos íbamos a separar porque tu vergüenza era más fuerte, porque eras incapaz de imponerte a una ciudad que ignoraba tu drama de no saber ni poder estar solo. Nunca comprendiste que hay soledades hermosas. Aislarse, te lo dije muchas veces, no sólo es un refugio, un escape, la gran cobardía; también es entrar en uno mismo y buscarse y encontrarse. Pero para eso hace falta valor. Para aprender a conocerse, para des-en-mas-ca-rar-se, Mariano, hay que ser muy valiente. Sin embargo vos, por vergüenza o incapacidad, te dejabas aplastar como una babosa por el tedio, la mentira, cierta gente absurda de esa que abunda en Buenos Aires. Y cómo los criticabas, Mariano, aunque eras uno de ellos.

No sé si entenderás, finalmente, pero yo tenía que llamarte. Te necesitaba. A veces (todo era a veces con vos, carajo), a veces extrañaba incluso tus gritos, tus golpes, tus insultos. Como si me hubiera mimetizado con vos. Por puro masoca, supongo, porque si me querías sumiso, yo acataba; si audaz, si violento, yo era. Sólo que a veces, siempre a veces. Nada era seguro con vos, nada estable, nada mío, absolutamente mío. Y uno no puede vivir sin posesiones, sin cosas propias, sin pertenencias, por nimias que sean. Porque si todo era a veces, había veces que no. Entendéme: yo iba dejando de ser yo. Ni sé quién era. Un extraño, quizá, un ente que se miraba en el espejo y se desconocía.

Para vos todo había sido muy cómodo, conmigo. Habías jugado al placer a costa mía, para después decirme que era cosa de mujeres pretender seguridad, estabilidad, exclusividad. Y te volviste obcecado, grosero, brutal. Como si yo hubiera debido no quererte, como si no hubiese tenido el derecho de pretender retenerte, de pedirte, de buscarte, no sé, cualquier derecho.

¡Inefable Mariano! Hasta en esta última cita te hiciste rogar. Claro, sabías que yo te esperaría igualmente, viejo conocedor de mi masoquismo sordo y estúpido; que contaría los minutos, inquieto, conteniendo mis tics y agotando sucesivos vasos de ginebra. Siempre gozaste con esa mala especie de cariño que yo le tengo a la impaciencia, a la desesperación. Como cuando jugabas con los cospeles sobre los manteles de los bares y yo te miraba durante minutos enteros, enloqueciéndome de celos de esas fichitas de mierda. Comprabas de a cien pesos y llegabas a juntar veinte, treinta cospeles que chocaban sin remedio en tus bolsillos. Los esparcías sobre la mesa y hacías montoncitos de a dos; después los apilabas de a cuatro, luego de a ocho. Una vez llegaste a dieciséis sin sostenerlos con el dedo. "Pisa", dijiste, y la torre se inclinó con tu respiración.

Qué poco te importaba mi ansiedad. Simplemente me mirabas.

—Un viaje en subte —leías—. Transportes de Buenos Aires.

También estuviste frío a pesar de la tardanza. Y digo a pesar porque creí que era un buen síntoma, fijáte qué tonto: ¡buen síntoma que llegaras una hora tarde y yo con cuatro ginebras encima! Qué idiotez suponer que te retrasabas adrede, porque te importaba; o suponerte preocupado por lo que yo pudiera pensar, ansioso por encontrarnos, deseoso de que no me fuera.

Pero no, el señor sabía que podía llegar tres días después y yo, el imbécil, estaría esperándolo como si nada.

Por eso me dolió tu saludo:

—Perdonáme, no pude venir antes.

Ni siquiera la excusa convencional del tránsito atascado, de la imposibilidad de conseguir un taxi, de la llamada de último momento, de la idea que llevar a la tela ahora mismo. Y tampoco puedo decir que te desconocí. Mentira. Eras vos, Mariano, eras vos en todo. Agrediéndome descaradamente, cagándote en mi modo de quererte tan frágil y obsesivo, es cierto, pero tan sin condiciones, con tanta entrega. Eras vos ignorándolo todo.

Te odié, te juro. Con todo mi amor desesperado, vi que te odiaba por necesitarte tanto.

—Por última vez —te pedí, pero estuviste agudo: advertiste mi trampa, esa celada estúpida que te tendí para estar juntos nuevamente.

—Nunca más. Y acabála.

Claro. Para vos era fácil. Todo fue demasiado sencillo siempre: demasiado pactadas tus derrotas; demasiado previstas tus victorias. Ni siquiera pensaste en lo que te dije: simplemente enunciaste. Yo no existía, era un cero a la izquierda.

Entonces supe que ya no había esperanzas, Mariano, finalmente lo comprendí. Y entonces desistí y salimos a caminar porque te dije que me ahogaba. Casi se puede decir que yo caminaba a tu costado como un apéndice fiel y a tu pesar. No veía nada: ni la noche, ni las luces de los autos, ni a vos te veía. Estaba ciego, de pronto, encandilado por la desesperación, el miedo y el odio infernal que sentía. Pero más que nada, miedo. Porque tenía la pistola en el bolsillo del bléizer. No sé por qué la traje, ni para qué ni cómo. Pero vos la viste, Mariano, no sé cómo pero la viste. Y te asustaste y gritaste "hijo de puta" y saliste corriendo.

Y no viste el micro ese que cruzaba Charcas, el 12 colorado y grandote que no alcanzó a frenar a pesar de mi alarido.

Y ahora sólo me queda llorar. No sé si yo te iba a matar, Mariano, pero te juro que me da una bronca bárbara que te haya matado otro.

TIEMPO DE COSECHA

Cada vez que Juan Gómez salía de una chacra, después de atravesar las tranqueras, suspiraba profundamente, se encogía de hombros y caminaba un centenar de metros. Buscaba una sombra y se tendía boca arriba, con las manos bajo la nuca; silbaba entre dientes durante unos segundos, observaba el vuelo de alguna bandada de cotorras y al cabo murmuraba, suavemente:

—Puta madre.

Poco a poco comprendía que la vida era aún más amarga que lo que ya sabía. Hacía una semana que deambulaba en busca de trabajo. Le habían dicho que en la zona de Quitilipi se necesitaban braceros, pero ahora que veía que en todas las chacras la cosecha estaba avanzada se daba cuenta de la inutilidad de su peregrinaje. Ya no era como en las épocas que solía recordar el manco Nepomuceno, quien gustaba repetir que no había mejor tiempo que el tiempo de cosecha, cuando el Chaco parecía vestirse de blanco y todo el mundo se lanzaba a la recolección del algodón.

Cada vez se plantaba menos, en las chacras todos se quejaban del gobierno (que escamoteaba créditos y permitía la importación de esas fibras que tiraban abajo los precios locales, según había escuchado) y, naturalmente, había menos tierra cultivada, menos que recolectar, menos trabajo, menos dinero. Para colmo, un año había sequía y al siguiente inundaciones. Todo andaba mal.

Después se levantaba lentamente, se sacudía el polvo del pantalón y volvía a caminar sintiendo cómo la tierra arenosa se le metía entre los dedos de los pies, filtrada por los pequeños agujeros de las alpargatas. Cada tanto, receloso, revisaba su atadito y comprobaba que le quedaban unos pocos panes a pesar de que casi no comía; entonces continuaba su andar, imperturbable, ofreciéndose aquí y allá, esperando que por su silencio y su mansedumbre alguien le encargara cualquier tarea, anheloso de juntar unas monedas, hasta que al cabo de cada jornada, mientras masticaba parsimoniosamente un trozo de pan, pensaba, optimista, que todo cambiaría porque era tiempo de cosecha; y después se acostaba en el suelo, debajo de un árbol, y se dormía profundamente.

Al terminar la octava mañana de marcha, salió —nuevamente decepcionado— de una chacra llamada La Rosita y anduvo media legua rumbo al norte, como dirigiéndose hacia Pampa del Indio, hasta que divisó, a un centenar de metros, un almacén que daba al camino. Era una casona vieja, cuadrada y chata, con un enorme lapacho a cada lado y un antiguo y destartalado surtidor de nafta de manija en el frente. Sintió sed y apuró el paso. La noche anterior había optado por no comer, para que sus ya menguadas provisiones le duraran otro día. Mientras se acercaba al almacén, decidió que hoy comería un pan entero; y compraría una botella de caña para sentirse animoso cuando volviera a andar. La llevaría envuelta en el atadito y así podría considerarse acompañado cada vez que se detuviera a descansar. Le costaría más de la mitad del dinero que tenía, pero rápidamente se convenció de que merecía obsequiarse esa mínima opulencia; había adelgazado mucho y la cuerda que usaba como cinturón estaba por lo menos dos centímetros más ajustada. Lo peor seguía siendo su tristeza, la falta de conchabo; no el hambre, todavía.

Sacó un pan que parecía de piedra, lo escupió y lo lamió para que se ablandara y después logró arrancarle un pedazo. El sol, que caía a pique, lo abrasaba y tuvo que frotarse la cara con la manga un par de veces: los granitos de arena que traía el viento norte se le adherían a la piel transpirada y podía morderlos al morder el pan. Calculó que la lluvia caería en cualquier momento, luego de que se aquietaran las ráfagas más calientes y se terminara de encapotar el cielo. Después la humedad sería insoportable, pero prefirió pensar que caminaría sintiendo el exquisito olor de la tierra mojada y mirando el renovado verdor del monte.

Durante los últimos metros recordó todas las chacras a las que había entrado, donde los braceros trabajaban febrilmente, sumergidos en el silencio denso del verano chaqueño, con sus sombreros calados hasta las orejas y los infaltables pañuelos mojados alrededor del cuello. Se miró las manos y las sintió endurecidas, ávidas por volver a recoger algodón, mientras desde adentro le crecía una oleada, mezcla de envidia y de rabia, como un cosquilleo, una súbita urgencia por hundir los dedos él también entre los capullos para arrancarlos, por ver sangrar nuevamente los callos de sus yemas.

–Güenas –dijo, al entrar.

Se dirigió al mostrador, que estaba a unos cuatro metros de la puerta, en una semipenumbra engañosa a la que le costó acostumbrarse. El piso era de ladrillos. Había tres pequeñas mesas cuadradas, dos de las cuales estaban ocupadas: en una, un moreno de hombros anchos y brazos capaces de levantar un tractor dormitaba una siesta o una borrachera; en la otra, tres paisanos que parecían hermanos mellizos –con idénticos bigotitos finos, apenas del ancho de sus narices, y los chambergos encasquetados bajo los cuales sobresalían matas de pelos ensortijados– conversaban inanimadamente, con un murmullo de palomas.

–Qué andás buscando –le preguntó la mujer que estaba del otro lado del mostrador, apoyada sobre sus codos. Tendría unos cuarenta años, pechos como mamones maduros y unas manazas que parecían dos gordas arañas pollito.

–Caña –respondió Juan Gómez–. Una botella.

La mujer giró y al volverse tenía la botella en la mano, como si ésta hubiese estado suspendida en el aire.

–Son trreciento.

Juan Gómez buscó en sus bolsillos, contó tres billetes, los desarrugó y los depositó sobre el mostrador. Ella los tomó sin contarlos y los guardó entre sus pechos.

–Si m'empresta un vaso, patrona, le viá tomá un poco.

Ella continuó mirándolo, como si no hubiera escuchado.

–Un vaso –repitió él–, déme un vaso.

–No, ahora te vas.

–Pero emprésteme nomá. Por favor. Pa'tomá un poco.

–No, te dije. No te doy nada. Acá no le queremo a ustéden.

–¿Y quién, nojotro?

–Los bracero que vienen de ajuera. Nuay trabajo ni pa'nojotro, así que no sé pa'qué vienen a buscar. Alpedamente nomá. Y abaratan tóo lo jornale.

–Güeno, chamiga patrona, pero yo ando buscando nomá. Pa'mis gasto. Y ando solo nomá, y no le molesto a nadien. Y lestoy pidiendo un vaso pa'tomá la caña que me vendiste, y despué me voy nomá.

–No, andáte ya. Sali d'acá. No les queremo a ustéden.

–Vengo solo, patrona, ya le dije. Y no m'eche así que no soy perro.

–¡Salí, carajo!

Juan Gómez la miró fijamente, achicando sus ojos hasta que se convirtieron en dos pequeños tajos oscuros, llenos de odio. Observó que los parroquianos estaban en completo silencio, atentos a su diálogo con la mujer, mientras la temperatura parecía haber aumentado un par de grados. Antes de que pudiera replicar –o de que se decidiera a hacerlo, ya que algo, dentro de él, le recomendaba que se mantuviera en calma–, apareció un hombre por detrás de la mujer; era mayor que ella, semicalvo y redondo como un paloborracho, y tenía una mirada sin brillo, como la de un muerto, y así de fría. Preguntó qué pasaba y ella se apresuró a responder:

–Este 'stá jodiendo, Pedro. No se quiere dir anque ya le dije que acá no le queremo a los bracero de mierda.

El gordo miró a Juan Gómez.

–¿Qué querés? ¿Peliar?

–No, patrón, un vaso nomá le pedí, pa'tomá mi caña. Tengo sé.

–¿Vó venís de Saespeña?

–De Napenay.

—Igual é. Quién te trajo.

—Nadie —Juan Gómez sonrió, encogiéndose de hombros—. Vine solo nomá.

—Y pánde vas.

—Onde encuentre trabajo.

El gordo lo contempló, despectivo, con su gélida mirada, como permitiendo que el silencio cayera, denso, contundente, sobre las espaldas de los parroquianos; luego murmuró algo, desdeñoso, casi al mismo tiempo que escupía a un costado un gargajo oscuro y compacto y estiraba una mano sudada que tocó el hombro derecho de Juan Gómez y lo hizo retroceder.

—¡Veanlón al hijo 'e puta! —enronqueció, dirigiéndose a los demás—. ¡Busca trabajo que le saca a ustéden, y como si nada! ¡Pa'eso los traen, pa'jodé a la gente d'esto lao! ¡Se venden como putas y abajan lo jornale además de quitarle'l trabajo!

—No, stá equivocáo —replicó Juan Gómez, tratando de apaciguar al gordo con las manos—. Yo no le quiero quitar nada a nadien. Pa'cada uno lo suyo nomá, la platita que se ganó. Y no me trajieron. Vine nomá.

—A vos te trajo Ramíre, no mienta.

—¿Quién Ramíre? No le conozco.

—Y te mandó pa'burlarte, pa'mortificarle a la gente.

El moreno de hombros anchos, que se había puesto de pie, avanzó hacia Juan Gómez; con ambas manos lo tomó de la camisa, que se rasgó, y le dijo, suavemente y echándole su fétido aliento a la cara:

—Vó sos un hijo 'e puta.

Juan Gómez retrocedió un paso, mientras sentía que toda su sangre se le concentraba en la cara. Sintió miedo y reprimió una respuesta, mientras comprobaba que su corazón parecía haber perdido el ritmo y golpeaba con fuerza contra sus costillas. Los tres paisanos de la mesa restante se pusieron, también, de pie y se acercaron al mostrador. Juan Gómez retrocedió otro paso, colocándose de modo que nadie quedara a sus espaldas; miró de reojo hacia la puerta por la que se filtraba un rayo de luz caliente y gordo y se arrepintió de haber entrado.

–Le trajo Ramíre n'el camión –aseguró el más menudo de los paisanos–. Yo le vi'sta mafiana cuando Ramíre traj'una camionada 'e gente de Quitilipi; uno jhindio y demá; y éste venía ahí.

–Qué va'ser de Napenay –dudó otro.

–Y si é m'importa un carajo –terció el moreno, estirando una mano abierta que se estrelló violentamente contra la cara de Juan Gómez.

Despúes le lanzó un derechazo a la mandíbula, que lo levantó en vilo y lo hizo caer sobre una mesa, a la que volteó en su recorrida hasta el suelo. No tuvo ocasión de incorporarse: un enjambre de piernas lo pateaba en todo el cuerpo, y apenas atinó a cubrirse con los brazos mientras escuchaba su propia voz gritando de dolor e impotencia. La mujer, enfervorizada, azuzaba a los hombres. Juan Gómez, sintiendo que mordía un líquido pegajoso y salado, rodó sobre sí mismo y alcanzó a ver su propia sangre. Logró escabullirse y ponerse de pie. Recibió un fuerte golpe, como si le hubiesen descargado un planazo con una pala, y se abalanzó hacia la puerta. El gordo a quien llamaban Pedro intentó retenerlo, tomándolo de la camisa, pero Juan Gómez, al pasar, le apretó los testículos con toda su fuerza y salió al camino mientras el otro caía, aullando de dolor.

Empezó a correr, seguro de que lo perseguirían. En algún momento miró hacia atrás y pudo comprobarlo: el moreno y dos de los paisanos lo seguían a un centenar de metros; uno empuñaba una escopeta. Juan Gómez se apartó instintivamente del camino y se internó en el monte, apretando la botella de caña contra su pecho. Desesperado, golpeó el pico contra un algarrobo y se lo llevó a la boca; tragó el licor con vehemencia, sin importarle que el vidrio roto le lastimara los labios, como si súbitamente necesitara endulzar su propia sangre, y cuando reemprendió la carrera, siempre asido a la botella, comprobó que estaba llorando.

No supo cuánto tiempo anduvo, pero cuando se echó, extenuado, de cara al suelo, sintió que le temblaban las piernas y que sus manos no respondían a las órdenes que su cerebro les enviaba. Sabía que su única alternativa era seguir huyendo, pero su cuerpo, agotado, se resistía a ponerse vertical. Alzó la cabeza y vio que todo se nublaba. La transpiración, la sangre que aún le caía de la ceja izquierda y los melosos restos de caña le empañaban la vista. Dejó el pedazo de botella a un costado y se pasó la manga de la camisa por los ojos. Ya no lloraba. Se incorporó apenas y comprobó que estaba en un abra; apoyó todo su peso sobre uno de los codos y miró en derredor, escuchando atentamente los ruidos del monte, hasta que distinguió un inmenso guayacán y la visión volvió a hacérsele borrosa. Se llevó una mano a los ojos y reaccionó, impresionado, por la sangre que recogió. Entonces oyó los ladridos de los perros.

Se puso de pie de un salto y echó a correr nuevamente, superando al cansancio y al dolor; la maleza lo lastimaba y los arbustos espinosos le abrían tajos en los brazos y en la cara, le rasgaban los pantalones y los restos de la camisa. Pero el miedo que sentía era superior a todo eso, acaso porque el miedo es un dolor más intenso que el dolor. No anduvo mucho, sin embargo; los ladridos de los perros, frenéticos, perentorios, se escuchaban cada vez más nítidos. Y él sabía lo que era un perro en el monte, su olfato, su tenacidad.

Acezante, se detuvo junto a un quebracho colorado de más de un metro de diámetro y se dejó caer pesadamente. Su corazón latía produciendo ruidos secos, aturdiéndolo, y su jadeo le resecaba la boca; sus piernas eran como las cenizas de un cigarro, a las que se podría llevar el viento; su mandíbula enloqueció súbitamente, con un castañeteo furioso que no pudo controlar hasta que, de pronto, se le endureció acalambrándole la lengua.

Los ladridos volvieron a sacudirlo, aterradoramente cercanos, pero ya no tenía fuerzas para seguir huyendo. Ni siquiera intentó levantarse; tomó lo que quedaba de la botella, abierta como una corona de vidrio, y sorbió un breve trago. Lamió hasta la última gota sin importarle que las astillas del vidrio lo hirieran dentro y alrededor de la boca.

—¡Por aquí! —gritó una voz, tan cerca que le pareció que retumbaba en sus oídos.

—¡Seguíle al perro, Pedro! —urgió otra voz, apenas más lejana.

Juan Gómez se pasó una mano por el pelo, a la vez que dejaba escapar un sollozo entrecortado. Cerró los ojos y se recostó contra el árbol, mientras se preguntaba cómo había llegado a esa situación, tan luego en tiempo de cosecha, cuando todo en el Chaco era mejor. Pero un segundo después, cuando vio aparecer a los perros que se abalanzaron sobre él, advirtió que jamás llegaría a saberlo.

SEMPER FIDELIS

Para Pedro Orgambide, Luz Fernández,
Gustavo Masso y Octavio Reyes

La noche del pasado martes de Pascua, en Oaxaca, fue una no-che calurosa, húmeda, densa. En el Hotel Señorial, ese viejo edifi-cio que da a la recova llamada Portal de Flores, frente al zócalo presidido por la Catedral y por el Palacio de Gobierno del Estado, los meseros aseguraban que la temperatura era la normal para la época, tan normal como la asombrosa invasión de turistas nortea-mericanos que esa noche prácticamente se apoderaron de la plaza principal, como pájaros preparados para emigrar pero que, antes de hacerlo, se apostaban en bancos y banquetas, en prados y esqui-nas, en torno al kiosco de los músicos y sobre él, dondequiera que se mirara, para guardar espacio a otras aves, sus hermanas, que se unirían a la segura, masiva emigración del próximo domingo.

Esas presencias distraían a cualquier observador. Era casi impo-sible concentrarse en un rostro, en una figura. Cerca de donde es-taba la orquesta, en un banco de hierro hacia el poniente, una mu-chacha de cara muy triste estaba sentada extrañamente sola. Tenía los ojos pálidos, desprovistos de brillo, una inexpresiva boca de la-bios finitos y el pelo negro, largo, peinado hacia atrás en forzada laciedumbre, ineficaz para disimular los rizos naturales. Se adver-tía en ella una infinita desesperanza, que se manifestaba en su cuerpito magro, deslucido, de piernas flacas y nudosas y esas ma-nos cruzadas sobre la falda corta en actitud de resignación, de in-capacidad de pedir auxilio, quizá porque ya lo habían pedido muchas veces y la vida, parecía, sólo les había dado muestras de su faceta más cruel.

Junto al kiosco donde tocaba la banda, al pie de una de las cuatro escalinatas, estaba echado un hombre no mayor de treinta años, babeando su borrachera junto a un montón de papeles que había recolectado durante el día. A un costado, un cuarteto de jovencitos recorría un sector de la plaza: tomados de la mano y vestidos con ropas provocativas, sonreían desafiantemente a los hombres y hacían sonar las sortijas de sus muñecas y alguna insolente, llamativa campanilla que pendía de algún cuello. Más allá, una niña cuyo mongolismo resultaba tan evidente como cruel, procuraba, empeñosa, sorber un helado, tarea que era superior a su coordinación, mientras su madre —parecía la madre— platicaba, de espaldas a ella, con un obeso sujeto al que le faltaban la pierna izquierda y tres dedos de una mano. Completaba el cuadro, esa casi alucinante coreografía, el andar incesante de varios centenares de ciudadanos anónimos, peatones fieles y puntuales que con rostros sombríos, con signos de fatiga o de abnegación, con muecas de desagrado, con expresiones de incomprensión y de asombro, se deslizaban con el paso apresurado de las multitudes que parecen estar yendo siempre a ninguna parte.

La muchacha no advirtió nada de eso. Tampoco desvió su atención de la vieja, bélica, emocionante marcha "Semper Fidelis", de John Phillip Sousa, que en ese momento atacaba la banda y que era lo único que retenía su concentración. Como todos los días —de fiesta, de fin de semana, feriados nacionales y religiosos, y aún los laborables—, la banda y la marimba del Estado tocan en esa plaza. Y todos esos días —todos los días— la muchacha se hace presente, ocupa casi siempre el mismo banco y contempla a todos, desde los huaraches hasta la cabeza, mientras pasan las horas que van de las siete a la diez de la noche.

Lo hace por dos motivos igualmente válidos para ella: uno es que en Oaxaca la vida provinciana no ofrece demasiadas alternativas de diversión popular, de modo que dar vueltas a la plaza principal y escuchar a las orquestas estatales son una atractiva rutina necesaria; la otra razón es más simple, menos sociológica: la muchacha está enamorada de ese joven alto, de cara angulosa y demacrada, ojos hundidos, nariz vulgar y bigotitos delgados e impersonales que hace chocar los dos enormes, estridentes platillos de la banda.

Se trata, sin embargo, de un amor no correspondido, esa constante otoñal que afecta a tantas mujeres, aún en las ciudades de más encendida primavera, como Oaxaca en un martes de Pascua. Y es tan no correspondido que el platillero –o como se llame a quien tiene a su cargo tan deslucido papel en las bandas pueblerinas– ni siquiera sabe de la pasión que ha despertado. Pasión que empezó a tomar forma hace más de un año, cuando una tarde de Navidad ella vio pasar a la banda rumbo al kiosco del zócalo, caminando marcialmente por la calle Valerio Trujano, al compás firme y preciso de, justamente, la "Semper Fidelis" de Sousa. Aquella tarde la chiquilla siguió de cerca a la banda, fascinada, hasta que descubrió que toda la orquesta adquiría las angulosas facciones de ese joven alto, último de la formación, que hacía sonar los platillos, descompuesto su paso marcial en un chán-chán, chán-chán no siempre oportuno que hubiera resultado intolerable para cualquier melómano afinado.

Caminó la muchachita tras el conjunto, lo vio trepar al kiosco sin perder demasiado el sentido rítmico, acomodarse entre dos y fas precariamente sostenidos y culminar la "Semper Fidelis" con esa imponencia militar, ese sabor metálico y solemne que quiso Sousa. Entonces, se ocultó tras las inmensas higueras del zócalo, los espigados fresnos de alrededor de la glorieta, los robustos nogales que dan a la avenida Hidalgo, desplazándose, inexplicablemente subrepticia, por las dos diagonales que cruzan la plaza, observando, escuchando, atenta especialmente al entrechocar de los platillos.

Desde entonces, todas las tardes la muchacha sale de su trabajo, terminadas sus labores como dependiente en una farmacia del sur de la ciudad, toma el camión y se baja en el zócalo justo a la hora en que las orquestas comienzan su función. La fidelidad de la muchacha se patentiza porque asiste todas las tardes con la secreta, inconfesada ilusión de ver a su amado, pero también porque ha aprendido a amar esa expresión vocinglera y entusiasta, esos sonidos metálicos extrañamente salidos de esos teclados de madera de hormiguillo que hacen vibrar los tubos de cedro, alegremente ejecutados por seis o a veces siete músicos que recorren los dos inmensos xilofones con esas curiosas, mágicas mazas que poseen la virtud de convertir al bosque en notas musicales, con acompañamiento de batería y contrabajo.

A lo largo de esos años, la muchacha ha sabido dominar su impaciencia de adolescente, sentada siempre en el mismo banco, matizando esa infinita espera con paseos entre la gente, con algunas pláticas con amigos –siempre se encuentran amigos en las plazas de provincia– o a solas con sus pensamientos, refugiada en esa serenidad propia de los que tienen objetivos alentados durante mucho tiempo. A las nueve y media, o simplemente después de que la banda arremete con la "Semper Fidelis", camina lentamente hacia la catedral, donde espera el camión que, poco antes de las diez, la deja en la esquina de su casa, al oriente de la ciudad.

Esa paciencia –sólo una forma, en realidad, de curiosidad reprimida– le ha permitido conocer algunos aspectos de la vida del platillero: una noche se acercó, sigilosa, a la banda y lo oyó hablar en un entreacto con el viejito que toca la tuba. Supo que el joven vive en una pensión de la calle Xochitl y, por su acento, se dio cuenta de que es costeño, acaso chiapaneco.

Otra noche, conversó con el baterista de la marimba, a quien le preguntó, ruborizada, visiblemente nerviosa, por el músico que ama. El baterista, un cuarentón dicharachero, simpático, confesó que casi no lo conocía pero le aseguró que si a ella le interesaba –lo dijo con una sonrisa cómplice– averiguaría algunos detalles de su vida durante los ensayos de los domingos a la mañana, cuando los músicos se reúnen a afinar sus instrumentos, a intentar nuevos temas y, necesariamente, conversan, se conocen, acaso intiman.

Ella no alcanzó a decirle que no, que no lo hiciera, porque el baterista se desvió a otra plática, con un gringo interesado en conocer los secretos del original, metálico sonido de la marimba, luego de lo cual el director ordenó ejecutar "La llorona" y la muchacha, sin poder evitar una repentina sensación de desaliento, se alejó controlando su angustia, incentivada por la canción que arremetía la marimba, aunque con la íntima confianza en que el baterista tendría algo importante que contarle en otra ocasión.

Pasó mucho tiempo hasta entonces, si el transcurso de varios meses puede ser considerado mucho tiempo. En todo caso, para esa muchacha la espera fue dura, lenta, angustiosa. Se nutrió de rutina, de ilusiones, de desconsuelos, y aun de ese frío inexplicable como el que se siente en las noches de estío cuando se espera a quien se ama. Se nutrió, en el fondo, de una profunda ternura pueblerina, inocente. Alguna vez, incluso, siguió discretamente al platillero hasta la pensión de la calle Xochitl, le escribió poemas que se sabe de memoria y hasta rezó en la centenaria catedral oaxaqueña por una mirada del joven, por una conversación. También aguardó que el baterista de la marimba finalmente le contara algo referido a su amado, lo que finalmente sucedió esa noche de martes de Pascua, cuando el baterista se acercó a ella y, tras disculparse por no haberle hablado antes, se limitó a anunciar que el joven platillero se iba de la ciudad para radicarse en la capital de la república: dio muy pocos detalles sobre la soledad del muchacho y sus deseos de estudiar ingeniería, interés que contrastaba con su creciente desinterés por el oscuro papel que desempeñaba en la banda del Estado. La muchacha, cortésmente, agradeció la información y el baterista ascendió nuevamente al kiosco.

Ella permaneció en silencio, absorta, descubriendo una solvencia anímica que desconocía. No derramó una sola lágrima. No varió su posición, su actitud de dignidad resignada, ni desvió sus ojos de la contemplación de esa multitud que circulaba por el zócalo, compuesta de ciudadanos de los más diversos orígenes y de esa asombrosa cantidad de gringos que se desplazaban, curiosos, imperturbables, sobre zapatillas de goma o sandalias de plástico, hasta que la banda reemplazó a la marimba y con una estridencia y una belicosidad que a la chica le parecieron desusadas atacó la "Semper Fidelis".

Ella revivió, entonces, su fidelidad de esos años. Como la marcha, ella también había sido "siempre fiel", un sentimiento tan fuerte, difícil y sublime como el amor o como el odio. Contempló al infeliz platillero que estaba ahí, en el kiosco, como un atleta en el podio, meta golpear estúpidamente, chán-chán y chán-chán, ignorante y alegre porque se iba. Lo miró sintiéndose desgarrada, con esa tristeza infinita, pertinaz, que manifestaban sus ojos deslavados, como si lenta y marcialmente fuese descubriendo que esos platillazos, esa sonoridad, eran como una vuelta de tuerca para ella, un cambio de hoja de vida, una celebración de la grandilocuencia inútil, una secreta señal de quién podía saber qué triunfos que habrían inspirado a Sousa.

Quizá fue esa mirada tan intensa y completa la que hizo que en medio de la estridencia el platillero se diera vuelta casualmente, o intencionadamente —no era posible saberlo— y mirara hacia la joven y la viera a los ojos, directo, sin disimulo, por primera, por única y acaso por última vez. Fueron ambas miradas tan íntimas, y tan quemantes, que resultaron una sola. Y en los platillazos finales, a mí —que observaba todo con la misma distraída atención de las palomas— me pareció que en esa mirada había un significado especial, no desentrañable, imposible de narrar y tan sugestivo que, después de todo, ni el propio Sousa habría sospechado jamás. El significado de una despedida.

Porque diez segundos después en ese banco sólo quedaba la súbita ausencia de la muchacha, que al fin y al cabo había dejado apenas un imperceptible y hermoso calor en la plaza, esa tibieza de las palomas heridas.

EL SEÑOR SERRANO

"Un instante después, Mike sintió la mirada, clavada en su propia nuca. Giró súbitamente y, al encontrar los ojos de ella, más azules que nunca, encendidos como los potentes reflectores de un Lincoln ocho cilindros en medio de una tormenta, esbozó su más irresistible sonrisa. Sheilah se puso de pie, sin dejar de mirarlo, y con ambas manos se alisó el vestido, que crujió como una papa frita en el momento de ser masticada, lo que hizo resaltar sus perfectos senos túrgidos y las líneas que delimitaban su excelente figura, de caderas poderosas y unas esbeltas piernas que terminaban en un par de sandalias doradas, si se podía llamar sandalias a esas tiritas de cuero que de alguna manera se las ingeniaban para dejar a la vista sus uñas carmesí. Caminó hacia él con la contundencia de un destróyer en una bahía del Caribe colmada de colegiales. 'Es una lástima, nena', musitó él mientras extraía su 45 de la sobaquera ante la mirada incrédula de ella. Un segundo después, Sheilah parecía un lujoso maniquí maltratado al que le habían pintado un grotesco punto rojo en el medio de la frente."

—'ta madre —dijo el señor Serrano, abandonando el libro a un costado de la cama y poniéndose de pie para apagar el calentador que estaba sobre la mesita, junto al ropero. Dio unos golpecitos al mate, para asentar la yerba, y luego empezó a cebar mientras observaba la pieza de paredes descascaradas, con ese almanaque del año pasado que no se había molestado en cambiar, como único adorno, y volvió a sentarse, en el borde de la cama, dejando la pava junto a sus pies y considerando que el frío no era lo más terrible para un viejo; él tenía sesenta y cuatro años y podía soportarlo perfectamente, mucho mejor que a esa pertinaz, intolerable soledad que parecía envolverlo como una telaraña.

Vivía en esa pieza desde hacía veinte años. Cada mes le costaba más pagar el alquiler, no porque le aumentaran la cuota, sino porque su jubilación se tornaba ostensiblemente impotente en su cotidiana lucha contra la carestía. Tenía un gato al que sólo veía cuando dejaba comida en el balcón, dos malvones, un helecho y un gomero nuevo que le habían traído de Misiones el verano pasado y que, seguramente, no sobreviviría al invierno. Tomaba dos pavas de mate por día, como mínimo, leía el *Clarín* todas las mañanas, dormía poco, se aburría mucho y odiaba a todos sus vecinos del edificio de igual modo que todos lo odiaban a él, quizá porque silbaba permanentemente, quizá porque la gente desprecia o teme a los solitarios.

—Basta de leer, me voy a volver loco —se dijo, y se quedó pensando en su vida, que no le parecía otra cosa que una constante pérdida de tiempo. Todo lo que había hecho era igual a cero. Nada de nada. Y ya no podía echarle la culpa a la dichosa retroactividad que no le pagaban desde hacía por lo menos diez años; no era tonto, sabía que sólo a él le correspondían las culpas, quizá por no haber estudiado ni tenido ambiciones. Pero ni siquiera estaba seguro de eso; a veces recapitulaba su vida como se ve una película que uno conoce de memoria y sabe que no es una gran película. Y se perdía en elucubraciones, detalles intrascendentes, lagunas de olvido, rostros difusos, y siempre se topaba con una sensación de agobiante soledad.

Quizá por todo eso, desde hacía varios meses (desde una tarde en la que se había despertado luego de una breve siesta, lloroso y aterrado porque en su sueño un agresivamente más joven señor Serrano le había gritado que era un pobre tipo), sólo pensaba en hacer algo grande algún día. Soñaba con cambiar su destino, si lo tenía, si acaso el destino fuera a ocuparse de él. Y lentamente fue decidiendo que llegaría el momento de probarse que no era un pusilánime, que su vida sólo había sido un reiterado desencuentro con las oportunidades de hacer algo grande. Entonces dejaría boquiabierto a más de uno, saldría en los diarios, sería famoso y discutido.

Se puso de pie, sacó del ropero la bufanda y los guantes de lana, se los calzó, salió al balcón y se recostó en la baranda, mirando la calle adoquinada, siete pisos más abajo, mientras consideraba la idea que acababa de concebir. *Si bajo por la escalera evito un ascensor delator. Espero que la chica abra la puerta, tranquilamente sentado y sin silbar, y así eludo tocar el timbre. Cuando aparezca me asomo y le digo cualquier cosa; ella no va a sospechar de un viejo manso, de modo que podré acercarme y meterme de prepo en su departamento. Adentro la acorralo y antes que grite le tapo la boca y la estrangulo. Todavía tengo fuerzas. Será sencillo, fácil y nadie sospechará de mí. Y yo estaré orgulloso de mi obra. Los voy a sobrar a todos, ya van a ver.*

Terminó de sorber el mate, entró a la pieza, se cebó otro y salió nuevamente, imperturbable, sin importarle la baja temperatura de la mañana ni el viento gélido que le cortaba la cara. Tenía la piel curtida, dura, de hombre que ha pasado toda su vida a la intemperie, castigado por soles y fríos.

Desde que se iniciara, a los quince años, como aprendiz en una carpintería de la calle Victoria, había trabajado sin cesar hasta que se jubiló como oficial de la casa Maple, justo cuando lo consideraban un artista de la garlopa y del escoplo pero se interpuso en su camino aquella sierra que le cortó un par de tendones en el muslo derecho y le produjo esa odiosa renguera que le dolía tanto los días de lluvia y a la que jamás se resignó. Entonces, a los cincuenta y dos años, todavía no conocía la dimensión de su propia soledad; todavía se reunía, por las noches, en el almacén de Gurruchaga y Güemes para jugar al dominó, haciendo pareja con el finado Ortiz, aquel viejito que tenía tantos nietos como pelos en la cabeza, una impecable sonrisa permanente y la sólida convicción de que moriría de un síncope mientras estuviera dormido; todavía pasaba los domingos por el Jardín Botánico, se sentaba en un banco a leer el diario, espiaba a los chicos y a los ancianos que confraternizaban jugando al ajedrez bajo los árboles, y después, al mediodía, comía un sángüiche en alguna pizzería frente a Plaza Italia, caviloso, antes de ir a la cancha para ver a Atlanta y comprobar su incapacidad de emocionarse, de festejar un gol, de lamentar las tan reiteradas derrotas.

"Qué tiempos", solía repetirse, como si el pasado tuviera elementos envidiables, materiales para la nostalgia, alguna mujer —por lo menos— cuyo rostro recordar. Porque en su vida las mujeres no habían ocupado un lugar destacado. Acaso una, Angelita Scorza, la hija del enfermero que vivía en Republiquetas y Superí, lo había embriagado alguna vez hasta tal punto que le juró amor eterno y eterna fidelidad; pero la pasión que en ella despertó un estudiante de medicina de quien ya no se acordaba el nombre denigró sus sentimientos. Angelita se casó, finalmente, con el muchacho, una vez que éste terminó sus estudios, y él se aplicó a las faenas del olvido sin que le costara demasiado, envuelto en sus meditaciones de carpintero hasta que, luego de unos años, el rostro de Angelita se fue convirtiendo en una referencia vaga del viejo barrio, en un simple matiz de su adolescencia. Y ya no hubo mujeres en su vida, salvo alguna que otra prostituta sin cara, de esas que frecuentaban las cercanías de Puente Pacífico y con quienes protagonizaba simulacros de pasión que, después, no hacían otra cosa que ratificar su desamparo, su desarraigo, el inmenso abismo que lo iba separando del mundo.

Al acabarse el agua de la pava, el señor Serrano sintió como una vaharada de calor, una extraña sensación de urgencia que no supo controlar. Nervioso, se alejó de la baranda y penetró en la pieza apenas iluminada por el resplandor de la mañana plomiza, tan típica de julio en Buenos Aires, y contempló, sin conmiseración, esas cuatro paredes sórdidas y húmedas por las que los días pasaban, aterradores, llevándose lo que le quedaba de vida sin que él pudiera resistirse, sin que siquiera lo intentara.

Entonces pensó que, quizá, había llegado el momento. No tenía sentido seguir esperando, y leyendo novelitas policiales de segunda categoría, mientras el tiempo se esfumaba; no podía permitir que sus fuerzas se agotaran ni que se le terminaran de ablandar los músculos que habían desarrollado sus brazos y sus manos después de tantos años de manipular maderas.

Se dirigió al lavatorio y se miró en el espejo, sólo por un segundo, como evitando detenerse en los profundos surcos de la frente, en la palidez de su piel, en la casi tangible vacuidad de su mirada, o acaso simplemente tratando de huir de sus propios ojos, que lo hubieran observado acusadoramente, quizá con sorna también, para indicarle que estaba perdido, que jamás haría algo grande porque sus proyectos, siempre, habían habitado más el campo de los sueños imposibles que los terrenos de la realidad. Se alejó del espejo, disgustado, se encasquetó el viejo y manchado sombrero de fieltro y salió al pasillo, conmovido y asombrado por el odio que sentía.

Luego de comprobar que todas las puertas estaban cerradas, bajó por la escalera sin apuro, luchando por serenarse. En el piso inferior se detuvo, vigilante, pegado a la pared, mirando la puerta de un departamento, dispuesto a esperar. Así estuvo no supo cuánto tiempo, con la mente despejada, tan en blanco como una cucaracha de panadería, hasta que se abrió la puerta y una joven de enormes ojos negros, menuda y perfumada, se asomó al pasillo.

Ella lo miró, extrañada. "Hola, señor Serrano", le dijo, con una breve sonrisa. "Buen día, señorita Aída", contestó él, acercándose un paso, alzando una mano en el aire y sin dejar de mirarla. La muchacha cerró la puerta y pasó a su lado, deteniéndose junto a las rejas del ascensor. Apretó el botón y una pequeña luz roja se encendió sˇ bre su dedo. Miró la mano del señor Serrano, que parecía suspendida en el aire, como una mano de yeso. Y él, súbitamente tembloroso, también la observó, y la bajó, y enseguida clavó sus propios ojos en la mano de la joven que ahora tomaba la manija de la puerta acordeonada. Y empezó a silbar un tenue, atónico soplido entrecortado.

"¿Le pasa algo, señor Serrano?"

"No…, no, m'hija, nada. No pasa nada", dijo él. Y se dio vuelta y subió hasta su piso, por la escalera.

Antes de abrir la puerta de su departamento supo que era, definitivamente, un pobre tipo y que su sueño de hacer algo grande, algún día, era tan lejano e inimaginable como la cara de Dios.

LA ENTREVISTA
(1986)

ANTOLOGIA PERSONAL
(1987)

LA ENTREVISTA

Para el Pelado Szmule y para Claudia Bodek

Anoche soñé que una revista norteamericana me encargaba la realización y redacción de una entrevista a Jorge Luis Borges. Fue un sueño inquietante, a pesar de que Borges me es particularmente familiar desde hace ya muchos años. No sólo por lo que a todo el mundo asombra —su extraordinaria longevidad— sino porque mis conocimientos de su obra se remontan a lejanos días del siglo pasado, cuando yo aún ejercía el oficio de periodista.

Desde entonces, he seguido de cerca a este viejo insólito al que tanto he admirado y, claro, tanto detesto todavía. Porque —y debo decirlo de una vez— ya no resulta admisible que en pleno transcurso del siglo veintiuno, en los albores navideños de 2028, este sujeto centenario continúe vivo, abroquelado en su ceguera irreversible, convencido de sus propias mentiras y necedades, y tan fatuo como hace cincuenta años.

El caso es que, en el sueño que menciono, un editor de voz meliflua, de ojos de sapo y mofletes que parecían de papel maché tratado con demasiada prisa, me encargaba una entrevista, para lo cual me adjuntaba un cheque por una interesante, aunque imprecisable, cantidad de dinero, y boletos para viajar a Buenos Aires.

Yo me incomodaba por diversas circunstancias. En primer lugar, porque cada vez que se me presenta la oportunidad de regresar a mi país, me excito. En segundo lugar, porque se me ofrecía la ocasión de retomar una práctica —la del entrevistador— que en una época me fue útil para sobrevivir pero que actualmente, ya viejo, retirado y con esta gastritis que por las tardes me exaspera, no sé si me permitirá lucirme. Y cualquiera sabe que los ancianos somos vanidosos. Y más, los periodistas ancianos. En tercer lugar, porque no sabía si realmente tenía ganas de volver a ver a Borges.

Lo conocí, si mi memoria no falla, en 1970 o 1971, en un restaurante de la calle Paraguay, entre Maipú y Florida, cuyo nombre no consigo recordar, aunque sí alcanzo a ver, todavía, unos manteles a cuadritos rojos y blancos, unos vinos de Mendoza sobre estantes de madera clara en las paredes y, creo, unos suculentos jamones serranos colgados del techo. Yo comía con tres redactores de un efímero hebdomadario porteño que se llamó *Semana Gráfica,* y de pronto descubrimos que en la mesa vecina, en una esquina del estrecho salón, discretamente encajado junto al pasillo que llevaba a los baños, comía Borges con una muchacha. Ella era muy joven, de unos veinte años, y lucía una larga cabellera morena, brillante y lacia, que le ocultaba la cara si uno la miraba desde donde yo estaba sentado.

No hubo anécdota, pero sí me quedó la impresión de haber visto al monstruo en persona, al estatuario sujeto de carne y hueso, setentón y marchito, dirigir sus ojos muertos a la joven, con esa mirada gélida, diría que horrorosa, como la de los pescados que se acumulan en las bodegas de los barcos. El acababa de divorciarse de su única, otoñal esposa y, como periodistas, los cuatro comensales de mi mesa fabulamos todo tipo de conjeturas sobre infidelidades y pasiones tardías del viejo narrador.

Mi segundo encuentro con Borges se produjo pocos años después, antes de que yo saliera de Buenos Aires cuando la larga noche que se inició en 1976. Fue en una sucursal del Banco de Galicia frente a Plaza San Martín, casualmente ubicada en la misma manzana que el restaurante de la primera coincidencia. Yo hacía cola para retirar algún dinero, no sé, acaso para pagar una cuenta, y me sentía fastidiado por el anciano que con extrema lentitud, y con inigualable torpeza, me precedía. Vestía un impecable, severo terno azul marino, camisa blanca de cuello almidonado y corbata en varios tonos de azul y bordó. Usaba un bastón y, a su lado, lo llevaba del brazo un hombre joven, quien hacía una exagerada ostentación de su célebre compañía. No puedo hablar de cantidades, pero recuerdo que en aquella ocasión me impactó más la suma retirada por el anciano (equivalente a algo así como una docena de sueldos míos de entonces) que saber que el anciano era Borges.

En aquellos tiempos, en Buenos Aires, era moda contar anécdotas de él, haberle dado la mano, cruzado unas palabras con "El Maestro", en fin, futilidades de gente imbécil. Esas historias, verosímiles o increíbles, eran repetidas, salpimentadas y exageradas, por toda la clase media intelectual de la ciudad. Necesariamente, los periodistas recurrían a ellas cada tanto y las adornaban con intenciones, detalles, personalismos y vanidades, en los innumerables reportajes que se escribían sobre Borges, porque debe saberse que en aquellos tiempos no era posible tener un buen currículum si no se incluía tan importante apellido.

Por supuesto, en las redacciones en las que yo trabajaba siempre se hablaba de él. Era lo que se llama un "tema culto", un asunto de lucimiento. Pero en aquellas circunstancias yo me sentía en cierto modo en desventaja. El fervor juvenil —yo tenía, entonces, sólo 25 alborotados años—, y la falta de tiempo producto de los excesos amorosos, de los excesos de la militancia política, de los excesos típicos de la profesión, me habían impuesto otras prioridades. Fue un hecho casual el que me puso frente a la obligación —luego convertida en placer— de leerlo. Y ese hecho fue el haber ganado un campeonato de ajedrez en la revista en que trabajaba. El premio, instituido por el editor, consistió en las obras completas de Borges.

A partir de ese acceso a su mundo onírico y maravilloso, fui estableciendo una relación muy peculiar con él. Digo peculiar porque creo que, como sucede entre los peces, es el chico el que teme al tiburón. El tiburón jamás se preocupa por la sardina. Su cometido es comer. Entonces come.

Durante los años de exilio, después de mi regreso a la Argentina, a lo largo del extenso proceso de guerras frías, de guerras calientes, de retrocesos y avances de la humanidad en los candentes años finiseculares, y aun en estos últimos, excitantes años galaxiales que hemos estado presenciando, he seguido de cerca a Borges. He leído las páginas críticas, encendidas y casi panfletarias de Pedro Orgambide; me he familiarizado con los elogios desmedidos –como todos los elogios– de Malcolm Thompson; he conocido la brillantez de los análisis ideológico-semánticos de Enrique Chao Barona; he compartido algunas de las conjeturas eruditas del chino Tuan-Chi-huei; he sospechado del enigmático seudónimo Oswald Paris (que se me ocurre debe ser un vulgar *nick néim* de Osvaldo Soriano) en sus cáusticos desdenes; en fin, también me he alterado ante la obvia injusticia de que la Academia Sueca le siga negando el Premio Nobel, aunque es claro que lo que más me sorprende, como a todo el mundo, es que Borges haya cumplido ya 130 años.

He narrado todo esto, nada más que para justificar mi propio azoramiento, a pesar de tanta cercanía, al encontrarme, en el sueño, con Borges.

Estábamos en su casa de Buenos Aires, él en su silla de ruedas, encogido y mustio como un clavel seco; yo sentado frente a él, aferrado a mi bastón y lamentando la pertinaz evolución de mi gastritis, tomando té negro, sin azúcar, hablando como dos viejos adversarios: con mordacidad, con una cierta monotonía, con respeto y con bastante humor.

Mi vista ya no es buena; no podría describirnos. Diré que sólo éramos dos voces. En cierto modo, éramos una oscuridad quebrada por dos sonidos que, en semitonos y bemoles, enhebraban palabras, sueños e ideas que luego yo debía redactar –dictar, mejor dicho– para enviar al editor norteamericano de la voz meliflua.

Yo le pregunté cómo se explicaba el hecho de haber vivido tantos años, y él me respondió que lo que sucedía era que yo todavía era muy joven para entender ciertos enigmas. Y citó a Kierkegaard: "La juventud es incapaz de comprender la esclerosis mental de los ancianos, y su omnipresencia en la vida cotidiana". Aseguré que creía que Kierkegaard jamás había dicho semejante cosa.

–Es probable –dijo Borges–, entonces a lo mejor la cita es de

Schopenhauer. No tiene importancia. El ser humano no tiene, ni puede tener, dimensiones precisables. Es sólo un punto invisible en una encrucijada; una arista de los espejos, un rincón de un parque repleto de laberintos que confluyen, senderos galácticos que se bifurcan, inmortalidades inmensurables. El hombre deambula, frenético, en innumerables bibliotecas de Babel, pero jamás encontrará el Nekromikon.

—Le faltó mencionar al hombre de la esquina rosada —dije yo, molesto ante tanta pedantería.

—Mi memoria es frágil —se defendió—. Es memoria de anciano. Pero ese hombre que usted recuerda ahora, fue sólo un mensaje. Peor aún: el atisbo de un mensaje. Y sucedió que no tuve ganas de profundizarlo. Era un sujeto vulgar, nada distinguido, un prosaico sin alcurnia.

—Me parece que usted desvaría un poco, Borges.

—Usted es un chiquilín atrevido. No lo soporto.

—Yo tampoco a usted. Y tengo ochenta y un años, si eso es ser chiquilín...

—Podría ser su abuelo.

—Dios me libre y guarde.

—Usted habla como un ateo.

—Lo soy.

—Y no es nada original. Durante decenios la gente me ha acusado de desvariar. Pero ¿qué es la vida, sino un constante desvarío? Yo soy un agnóstico. Y usted no es nada original.

—Ni lo quiero ser.

—Como la buena moza de una canción que mi madre me cantaba, de niño. ¿Sabe que me la cantaba en inglés?

—Lo imaginé. Su cultura es británica.

—Y judía. Los judíos son la gente más inteligente y sólida del mundo. La única raza que tiene objetivos precisos. Ellos saben que deben sobrevivir, y sobreviven. Y sobrevivirán siempre. Saben qué quieren y se afanan por lograrlo. Una maravilla.

—Esta declaración le va a gustar al editor de la revista. Es un judío norteamericano.

—Casi todos los norteamericanos tienen algo de judíos. Pero los americanos en general son mediocres e ignorantes. Y además son nacionalistas, sin darse cuenta de que el nacionalismo es la manía de los primates.

—Usted en una época fue nacionalista.

—En el siglo pasado, sí, como también fui comunista, radical, conservador. Sólo los imbéciles no cambian nunca de ideas.

—Y los que cambian demasiado, ¿qué son?

—Usted me agrede. Es un tipo violento. Seguro que es un demócrata que abusa de las estadísticas. La democracia es una peste bubónica. La estupidez es popular.

Sorbió un trago de su té, carraspeó y concluyó, un poquito nervioso:

—Oiga, esta entrevista me está cansando. No sé qué va a escribir usted. —Pensó un momento.— ¿Por qué, mejor, no supone que yo soy un mediocre, e inventa un cuento en el que me dedico a borrar todo lo que otro escribe? Me paso años siguiendo a un escritor talentoso, robándole sus páginas, borrándolas, y él no se da cuenta de que lo que va creando es destruido. Entonces, un buen día, cuando han pasado muchos años y los dos ya somos ancianos, descubro que yo soy el otro y que me he pasado invalidando mi obra.

—¿Y cómo lo descubre?

—Mirándome en un espejo, por supuesto. Los nihilistas jamás se miraron en los espejos. Digamos que en su relato yo sería un nihilista extraordinario.

—¿Y usted habría asesinado al zar Alejandro segundo? Mire que el nihilismo fue una secta revolucionaria. Yo preferiría que usted fuera, en ese supuesto cuento, un epicúreo.

—No podría ser. Yo no creo que el placer sea la fuente de la vida. La fuente de la vida son los enigmas, las paradojas, las contradicciones, las parábolas. Vivimos en un mundo de palabras y sólo las palabras tienen sustento. Así decía Egon Christensen.

—¿Quién?

—Egon Christensen, un ingeniero danés, de Copenhague, que llegó a Buenos Aires creo que en 1942. Era jefe de máquinas de un carguero que no se atrevió a partir del puerto por temor a ser hundido por los acorazados alemanes que navegaban en el Atlántico Sur. El gobierno terminó comprando el barco y Egon Christensen se quedó en la Argentina. El era un solitario, de modo que no sufrió demasiado por dejar a su novia en Dinamarca, de la que nunca más tuvo noticias.

—¿Y qué dijo de las palabras?

—Egon Christensen revalidó su título de ingeniero en la Universidad de La Plata y se conchabó en el Ingenio Ledesma, en Jujuy, como jefe de la planta de electricidad del pueblo y de la fábrica. Su pasión era el ajedrez y, naturalmente, admiraba a Max Euwe.

—¿Por qué naturalmente? Max Euwe era holandés.

—No importa, lo admiraba igual. Egon Christensen no era chovinista; era un hombre inteligente. Pero se encontró con un problema: se pasó veinte años buscando con quién jugar al ajedrez, enseñando a obreros y empleados. Cuando por fin logró que sus discípulos tuvieran un cierto, decoroso nivel competitivo, organizó un campeonato local y un muchachito de catorce años lo eliminó en la primera partida. Eso fue la evidencia, para él, de que había vivido al revés y de que su suerte era una desgracia. Se sintió abatido y se fue a vivir a las montañas, en la zona de Caimancito, en un pueblo en el que seguían gobernando alcaldes y corregidores, como en la época de la colonia.

—¿Y qué dijo de las palabras?

—No me acuerdo, pero era un sujeto fascinante. Lo imagino alto, fuerte, de ojos azules.

—¿Cómo que lo imagina?

—Sí, lo acabo de inventar. Puede que algún día escriba esa historia.

Nos quedamos en silencio. La vieja casona de Maipú y Paraguay testificaba el paso de las horas de esa mañana, con la misma serenidad de un siglo atrás. En el ambiente se olía un suave aroma a incienso, que apenas se imponía al aire viciado de la habitación, en la que dominaba el tufo de la piel ajada y grasienta de Borges, marchitada como los apéndices que se conservan en formol.

Yo caminé unos segundos por la estancia, con la inconfundible sensación de que era observado, de que acaso los húmedos ojos del anciano no se habían ennoblecido, de que quizá su famosa ceguera no era tal y sólo se trataba de una broma centenaria, de una vil humorada que Borges había pergeñado para llamar la atención y para reírse de la gente.

Mientras andaba, preguntándome adónde conducía tanta incomunicación, mientras indagaba dentro de mí qué cuernos hacía yo allí, trabajando para una revista norteamericana cuando en realidad estaba fatigado y tenía ganas de regresar al hotel, quitarme los zapatos y mirar las aguas barrosas del Río de la Plata desde mi habitación del piso veinticuatro, Borges, en un susurro, me preguntó de dónde era originario. Le dije que del Chaco y, entonces, él suspiró, repitió "el Chaco" y afirmó:

—En esa tierra se aplicaban los hombres a narrar las historias más fantásticas. Alguna vez supe de una leyenda de los indios tobas según la cual se explicaba la sumisión de las mujeres. Creo que una india, trastornada porque a su hombre una maldición lo había convertido en árbol, se trasmutó ella también y, en forma de orquídea, se abrazó a su amado para compartir su destino. Desde entonces las orquídeas viven prendidas al tronco de los lapachos y los urundayes, como las hembras a los machos.

Yo lo miré, sospechando que una vez más fabulaba. Entonces él me preguntó si no estaba yo fatigado, como él, y le dije que un poco. Dijo "yo mucho" y me pidió que calláramos un rato. Luego de un largo silencio, sugirió que quizá yo lo notaba esquivo, y si era así se debía a que no tenía bien identificada mi voz; dijo que los ciegos reconocen por la voz la calidad de sus interlocutores. Y que la mía le despertaba recelos. Que lo comprendiera, por favor, y que no lo creyera descortés.

Le dije que había vivido muchos años en México, sabiendo que la sola mención de ese país inevitablemente despertaría en él evocaciones de su amistad con Alfonso Reyes, que mencionaría a Sor

Juana, a Vasconcelos y aun a "ese muchacho que me han dicho que se sentía el Borges azteca, un tal Octavio Paz". Lo hizo, claro, y luego sentenció que la revolución mexicana fue una lástima, que "México hubiese sido un gran país si Porfirio Díaz no hubiera zarpado hacia París una lluviosa tarde de mayo de 1911".

Lo escuché, sin ánimo de polemizar, hasta que él hizo una pausa después de afirmar que lo que más rechazaba de los mexicanos era su persistencia en creer en dios y en el diablo. "Un pueblo místico —dijo— tiene misterio, pero nunca tendrá grandeza, porque tiene miedo."

—No crea —intervine—, yo conocí una población en el Estado de México en la que sus habitantes habían visto a Satanás. Y lo que menos tenían era miedo.

—Habrán creído que lo vieron —me corrigió.

—No, señor, ellos lo conocieron. Fue en Chipiltepec, donde Satanás vivía a principios del siglo pasado. Moraba en un cerro en el que la gente solía buscar leña. Los fines de semana bajaba al poblado, vestido de charro, pletórico de lujos, montado en un caballo negro, lustroso, y enamoraba a las muchachas. Doña Celia, una mujer nativa de la región, lo describía como un hombre bellísimo, decía que Satanás era "la tentación a caballo" y que las doncellas de Chipiltepec dejaron de ir al cerro a buscar leña y flores porque corrían el riesgo de encantarse.

"La gente del pueblo, entonces, advertida de quién era ese caballero, organizó una procesión religiosa para ir a colocar una cruz en lo alto del cerro, y los domingos los padrecitos encabezaban marchas para dar misas y orar junto a esa cruz. De tanto que rezaban, Satanás comprendió que su vida allí se haría cada vez más intolerable y dejó de bajar en su caballo al pueblo, para seducir a las muchachas. Hasta que un buen día un padrecito calculó que el diablo ya se habría ido, y todos subieron al cerro, a ver si ciertamente ya no estaba en su morada, una cueva de la montaña.

"Fue entonces que todos descubrieron que, a la entrada de la cueva, estaban el escritorio de Satanás y su sillón, los dos convertidos en piedra. Y sobre el escritorio, también petrificada, había una carta que todos leyeron, en la que él decía que renunciaba a seguir allí. Pero advertía que en su cueva quedaba la cola de un lagarto gigante y que nadie debía entrar jamás a ella porque él lo sabría, ya que la cabeza del lagarto estaría debajo de su nueva casa, en la capital de la república. Y, junto a su firma, estaba grabada en la piedra su nueva dirección en México.

—Asombroso —dijo Borges, y carraspeó largamente. Luego continuó:— Me va a disculpar, pero estoy muy cansado. Los viejos nos cansamos muy fácilmente. Somos ñañosos.

"Dígamelo a mí", pensé yo, recordando mi gastritis. Entonces él se puso de pie y, tanteando el aire con su bastón, se acercó a mí y me preguntó, cordialmente, si no tendría la bondad de acompañarlo a hacer una diligencia. Le respondí afirmativamente, por supuesto, sin darme cuenta de que Borges estaba de pie. Se había levantado de la silla de ruedas con una cierta jovialidad, con un movimiento asombrosamente ágil para su edad y su reconocida invalidez.

Me pidió que lo esperara un momento y se dirigió a otra habitación, de la que regresó luego de unos minutos vistiendo un severo terno azul, camisa blanca almidonada y corbata en varios tonos de azul y bordó. Me dijo "vamos" y tendió su mano derecha, para tomarse de mi antebrazo izquierdo, que prestamente estiré hacia él. Y así, los dos viejos salimos de la casa y nos asomamos a la cálida mañana porteña, caminando por Maipú rumbo a Plaza San Martín.

Tardamos muchos minutos en llegar a la sucursal del Banco de Galicia, minutos que anduvimos en silencio, y que yo ocupé en suponer que debíamos ser observados por los peatones pues, sin dudas, éramos dos ancianos llamativos y uno de ellos era nada menos que Borges.

Mientras hacíamos cola, esperando llegar a la ventanilla de cambio de cheques, él me preguntó cómo me sentía. Le dije que bien, aunque enseguida debí rectificarme y confesar que, en realidad, no me sentía muy cómodo, más bien inquieto, acaso desdichado súbitamente.

—La desdicha es una experiencia más rica que la dicha —dijo él—. Es mejor materia para la estética; es más plástica, más maleable, y la prueba está en que casi no hay poesía de la felicidad, ¿no le parece?

—Es cierto —admití, cuando nos llegó el turno.

El presentó un cheque, que firmó con mano trémula, e hizo unas preguntas acerca de su estado bancario. Mientras la muchacha que nos atendía consultaba quién sabe qué computadoras, Borges se inclinó hacia mí y musitó que siempre preguntaba lo mismo, aunque jamás entendía nada. "Pero se supone que si uno va al banco, debe ser cortés con los empleados. Y a ellos les fascina mostrarse serviciales e idóneos."

Los dos sonreímos. Yo hice un movimiento leve y vi a un joven detrás de nosotros, fastidiado ostensiblemente. Suspiraba con sonoridad, como para indicar su molestia, seguro que por nuestra lentitud, nuestra torpeza de ancianos. Cuando nos retiramos del banco, tuve la sensación de que la cara del joven me resultaba conocida, casi familiar, aunque en ese momento no fui capaz de precisar a quién me hacía acordar.

Ya en la calle, Borges dijo:

—Sucede que tenemos el deber de ser felices, pero ése es un deber que, desde luego, no cumplimos. La idea de la desventura es una herencia byroniana y romántica.

—Qué curioso —dije yo— que usted elogie la desdicha. Porque fíjese que el tango es una música de desasosiego, de infortunios y abandonos, y a usted nunca le gustó el tango.

—Es verdad, yo prefiero las milongas. Es una música bravía, más atrevida y menos frívola que el tango. El tango es música mediocre.

—Discúlpeme, pero en eso no estoy de acuerdo con usted.

—No se preocupe, jamás un argentino estuvo de acuerdo conmigo en ese punto. Lo invito a comer.

Acepté. Caminando lentamente, llegamos a un restaurante que quedaba en la misma manzana del banco, sobre la calle Paraguay, antes de llegar a Florida, cuyo nombre no consigo recordar. Pero me encantaron los manteles a cuadritos rojos y blancos, unos vinos de Mendoza sobre estantes de madera clara en las paredes y, creo, unos jamones serranos que pendían del techo. Nos ubicamos en una mesa encajada discretamente en una esquina interior del salón, junto al pasillo que llevaba a los baños.

Borges se sentó con las manos sobre las piernas, dejó que su mirada ciega se fijara en un punto lejano, con el mentón un tanto alzado, los párpados caídos y las cejas levantadas como en una mueca de asombro, y dijo, como para sí mismo:

—Hace muchos años, en el siglo pasado, yo solía venir a este sitio con una muchacha a la que apreciaba. Pero ya no me acuerdo de su nombre. Jé..., uno siempre es más proclive a olvidar lo agradable que lo terrorífico.

Yo reaccioné instintivamente. Abrí los ojos todo lo que pude, me detuve en el rostro imperturbable de mi anfitrión, luego miré en torno y sentí que me desesperaba.

—Esa muchacha —pregunté, alarmado—. ¿Era joven, de unos veinte años, y tenía una larga cabellera morena, lacia, y se fascinaba al escucharlo?

—No sé si su cabellera era morena; nunca pude verla. Pero tengo la certeza de que, igualmente, hablamos de la misma persona.

Me horroricé. Me di cuenta de que todo se repetía: Borges caminaba, el terno azul, la corbata... Y nuestra torpeza en el banco, dificultando el avance de la cola, la impaciencia del joven de rostro familiar detrás de nosotros... Brinqué, aterrorizado: ese rostro..., no, no podía ser. Pero..., sí, era mi cara, mi propia cara en el siglo pasado, cuando yo tenía veinticinco años. Y el restaurante, claro, los manteles, los vinos, los jamones. Miré a Borges con espanto, detestándolo. Me puse de pie.

—¿Qué le pasa? —preguntó—. ¿Por qué se levanta?

Y estiró una mano hacia mí. Salté hacia atrás, tirando la silla, que cayó sobre el espaldar.

—¡No me toque! —le grité—. ¡Hijo de puta, miserable!

Y volteé, y busqué la salida, desesperado, atropellando mesas y personas, asqueado por el desconcierto, por el descubrimiento de que vivía una situación ya acontecida, de que Borges me había envuelto en su telaraña, en una paradoja horripilante en la que la realidad era fantástica y la fantasía, verosímil. Y ya no supe en qué año estaba –aunque sospechaba que había regresado al siglo veinte– pero corrí todo lo que pude, tembloroso, empavorecido, con la urgente necesidad de respirar otro aire, maldiciendo esa mañana, y abrí la puerta del restaurante y me topé con un ciego de mentón elevado, de párpados caídos y cejas alzadas, que enseguida reconocí como Borges, y entonces me detuve, brinqué hacia atrás tapándome la cara con las manos para no verlo, y empecé a gritar, a gritar, a gritar, a gritar...

Entonces desperté. Por un momento, continué asustado, pero poco a poco me calmé, y pensé que después de todo sólo había sido una pesadilla. Un mal sueño que quizá debió terminar con que su protagonista –yo– descubría que no estaba en el siglo veintiuno, ni Borges era un geronte de 130 años. O bien –otro final posible– la conclusión debía ser que al despertar del sueño el protagonista se encontraba con la carta de un editor norteamericano que le encargaba la realización y redacción de una entrevista a Jorge Luis Borges. Pero enseguida me di cuenta de que sigo siendo un viejo gastrítico, caprichoso, que se empeña en imaginar lo imposible. Mañana cumpliré 82 años y lo más probable es que nadie, jamás, me encomiende entrevistar a Borges. Quien, por otra parte, vive muy lejos.

ALLA BAILAN, AQUI LLORAN

Para Juan Rulfo

Juana hunde la pala y se seca la transpiración. Vuelve a hundir el instrumento en la tierra, quita otros terrones, respira agitada, dolorida, y sigue y sigue. Cada tanto, se yergue, se inclina hacia atrás, arqueando la espalda, y luego vuelve a palear. Piensa que antes de que oscurezca debe tener el fuego encendido en ese rectángulo de tierra que está preparando, como de cuatro metros por cuatro. Oye la música de la bailanta que se organiza en la otra cuadra, en el rancho de Vicenta Torres, chamamés invitadores, uno que otro paso doble, alguna cumbia alegrona, procaz, incitante, y prefiere no pensar en la alegría de ese 24 de junio, cuando todo el pueblo se lanzará a cruzar las brasas encendidas con los pies descalzos, sin quemarse (así dicen) porque es la noche de San Juan y en todo el Chaco se celebra la fiesta de Tatá Yejhasá.

Y vuelve a palear porque ella no siente alegría alguna, porque en el interior de su rancho, entre cobijas y sobre la mesa de madera, junto al catre donde se apretaron unas pocas veces (ahora le parecen demasiado pocas, insuficientes), bajo una cruz de bronce que le prestó el cura y rodeado de una decena de velas ardientes, está el cadáver de Rosauro, con su cara quieta y relajada y sus ojos, que eran negros y bellos, y saltones como los de un yacaré, cerrados para siempre. Y vuelve a palear. Para no pensar más.

En la victrola ponen ahora "Puente Pexoa" y el rasguido doble llena la tarde, mientras Juana se arquea otra vez y ya parece que termina el cuadrilátero justo antes de encender el carbón que rociará por todo el espacio que prepara, porque ella es devota, se dice, y no es cuestión de fallarle al santo, y aunque no irá a la fiesta ella cruzará las brasas, como al Rosauro le hubiese gustado, si en cierto modo por eso lo mataron. Bueno, no fue así exactamente, pero en cierto modo sí fue. Porque él quería lucir, esa noche del 24, unas alpargatas nuevas, negras, de lona limpia, que suplantaran a esas bigotudas que ahora sobresalen del borde de la mesa, detenidas para siempre, nunca más bailadoras, nunca más andariegas, juguetonas. El quería unas alpargatas nuevas y por eso fue que se conchabó con los turcos administradores del ingenio, aunque le dijeron que no lo hiciera porque estaban en huelga y no era cuestión de ser carnero, porque la solidaridad, porque los ingleses explotadores y todo eso. Pero ella sabía que él no tenía ninguna mala intención; sólo quería unas alpargatas nuevas y, había dicho, también plata para una tela floreada con la que ella, Juana, se podría hacer un vestido para la fiesta de San Juan.

Y otra palada, que parece la última, acaso lo sea, y volver a erguirse, apoyarse las palmas en las caderas, medio hacia atrás, sobre los riñones, y mirar el campo: esa planicie empecinada, interminable, reverdecida por las últimas lluvias, con los cañaverales desgastándose, secos ya en algunas partes, inútilmente germinados en otras, porque la huelga lleva ya dos meses y la fábrica no muele y si hasta parece que el olor a bagazo y a alcohol han desaparecido del aire. Y entonces la última palada y a prender el fuego de carbón de leña campana, como ella sabe hacerlo, creándole un corazón de llamitas en el centro, soplándole suave pero indetenidamente por los costados, colocada en cuatro patas y apantallándolo con un pedazo de cartón, para que crezca como un niño sano, como el que soñaron con el Rosauro y que ella no tendrá porque acaban de llegarle las sangres de ese junio fresco, apenas otoñal.

Y enciende el carbón, de abajito, despacio y bueno, fuerte el fuego, impetuoso, mientras escucha "Mi linda paloma blanca" y evoca un abrazo, otra bailanta de hace un par de años, una escapada a la orilla de la laguna, el vigor de Rosauro soltándole el pelo y arrancándole el calzón, y no puede evitar un estremecimiento, un llanto incontenible que por un ratito no reprime, porque después de todo, qué mierda, se dice, cómo no viá llorar si él está ahí tan muerto, y después se enjuga las lágrimas en el antebrazo moreno, descubierto, transpirado, y sigue apantallando el fuego, que sube lento, desde el corazón, como un sentimiento noble.

Y se oyen los primeros gritos, los saludos y sapukays cuando llegan las carretas y los sulkys, y se maniatan los caballos al palenque, a las ramas bajas de los naranjos; y hay un como rumor que llena el aire, rumor de voces, de diálogos breves, de salutaciones y primeros brindis, porque ya cae la noche y las estrellas empiezan a reverberar en el cielo, y ella recuerda la noche de antenoche, cuando Rosauro volvió de la fábrica y dijo "estoy cansado, molido, y tengo miedo", y ella dijo "salite, Rosa, andan diciendo que'stá mal lo que hacés", pero él replicó "sólo sigo hasta el viernes, por la alpargata, ¿sabés?", y se rió al ceñirle la cintura y echarse sobre ella, en el catre que pareció cloquear con el suave golpeteo contra el piso de tierra.

Sólo sigo hasta el viernes, recuerda Juana, esa frase la ha repetido miles de veces, y se jura que la repetirá siempre, toda la vida, si la vida es siempre, al menos un siempre imaginable, sólo sigo hasta el viernes, y sí, el viernes se detuvo, lo detuvieron, piensa ella, no pudo seguir porque se le cruzó alguien para matarlo, al salir del ingenio, junto a un muro lateral de la fábrica. Dos puntadas le dieron, sabias, certeras, una con leve error y la otra más precisa, que le partió el corazón, así le dijeron las amigas, doña Vicenta, Encarnación, la Martita, la Eduviges, cuando llamaron a la puerta del rancho, palmeando muchas veces, le partió el corazón, repitieron, encimándose, como rivalizando para ser cada una la primera en dar la infausta nueva, dos puntadas, de cuchillo grueso, así de grande, como machete, pero corto, le dijeron mientras ella aspiraba, semiahogada, como estaqueada al piso y sin entender, aunque reconociendo que se cumplían sus presagios ese viernes de noche, porque ella había tenido tanto miedo. Se lo había silenciado al Rosauro esa mañana, cuando él se fue para el ingenio y la saludó "hoy termino,

Juana" y pucha si era cierto, ahora que todas medio le gritaban, excitadas como avispero apedreado, ahora que algunas ensayaban su función de lloradoras y doña Encarna la rodeaba con sus brazos gordos, anchos como durmientes de ferrocarril y le decía "vení, mijita, tenés que ser juerte", y ella se preguntaba qué era ser fuerte, y qué llorar, si se quedaba sola, si todos sus presagios se cumplían y a lo mejor era porque estaba maldita.

Y entonces repele unos mosquitos que le chupan el tobillo, vuelve a pasarse el antebrazo por la frente y se queda mirando las llamas embravecidas, crepitantes, que ya abarcan todo el enorme contorno de leñas, el fuego está listo, piensa, pero lo deja un ratito más, mirándolo cómo sube. Se aparta un poco del calor y mira por sobre la fogata, la inmensidad del campo y allá, como a cientocincuenta metros, la fiesta que se pone linda, en lo de Vicenta Torres, donde se ha congregado todo el pueblo para cruzar las brasas encendidas, porque es la fiesta del Tatá Yejhasá y no se queman las plantas de los pies, y para después bailar y empedarse y gritar, gritar hasta el amanecer, gritar como ella evita hacerlo en este instante en que escucha a sus espaldas que el último asistente al velorio se despide: "Chau, Juana, ya me voy", dice, culposo, el viejo Roque Pérez, y agrega: "áhi se queda un ratito más la Eduviges, pero vos entrá, chamiga, que no se lo debe dejar solo", y se da vuelta y sale, mientras ella lo mira rodear a paso lento el rancho, agitando una mano en débil saludo a la Eduviges, que está adentro, sentada en un banquito, junto al cadáver, llorando desde las seis de la tarde, cuando suplantó a la Rita Brozniky, que lloró desde las tres, cuando se retiró la Lucre Bertini, que estuvo a la siesta, y antes ya ni se acuerda ni tiene importancia. Porque lo que importa ahora es que deberá volver al rancho para que salga la última y ella se quedará sola con el Rosauro muerto, enfriado y pálido, y todavía más empalidecido a la luz de las velas y el Soldenoche que cuelga del travesaño de algarrobo del techo, quién sabe si a punto de terminársele el querosene.

Lentamente, se pone de pie y esparce el fuego. Palada a palada va colocándolo en el cuadro que ha trazado, de apenas unos centímetros de profundidad, mientras mira su propio accionar, mecánicamente, sin pensar, sin escuchar los nuevos gritos y la música estridente de "Los Wawancó" que arranca nuevos bríos al jolgorio de la otra cuadra, de donde también le viene el ruido de uno que otro botellazo, de un relincho, de un beso que imagina entre la hierba. Reparte prolijamente las brasas, que parecen adquirir nuevo brillo al caer, al despedazarse los carbones, y cuando acaba suspira profundo, mira al cielo, se muerde el labio inferior para reprimir su angustia y se dirige al rancho, al que entra apartando la cortina de arpillera.

La Eduviges la ve y cesa su llanto. Se seca las lágrimas con un pañuelo de trapo amarillento, se recompone con facilidad, y le dice:

—Me voy, Juana, seguí vos.

—Andá nomá, chamiga, y gracia. Yo sigo, sí.

Y cuando la otra se retira, ella se repite a sí misma que yo sigo, sí, yo sigo, sí, y se sienta en el banquito de sentadera caliente y se pregunta si va a llorar, y se distrae mirando las alpargatas viejas, deshilachadas, de Rosauro, asomarse bajo la manta que cubre su cuerpo ensangrentado, de pecho enrojecido y seco y frío. Y piensa y se dice que debe haber sido el Rufino el matador, porque siempre le tuvo celos al Rosauro, porque la quiso primero a ella pero cuando ella era muy niña y no lo aceptó, hace ya no sabe cuántos años. Y se dice que después de todo no importa, nunca lo sabrá, y siente una pizca de culpa pero especialmente porque ahora es incapaz de llorar; simplemente mira el cadáver y entonces empieza a hablarle, en voz bajita, total está sola en el rancho, todo el pueblo está en la fiesta de San Juan, y já, se ríe, irónica, allá bailan, aquí lloran, pero enseguida se pregunta quién llora si ella misma no es capaz de hacerlo, si no tiene fuerzas, ni ganas, porque hay que tener fuerzas también para el dolor, para imaginar siquiera una venganza. No, es imposible, está sola, derrotada, sola y sin Rosauro.

Y entonces se quita las zapatillas y se queda así, en patas, contemplando el penumbroso ambiente envelado hasta que descubre que, involuntariamente, sus pies siguen el ritmo de un tema de Palito Ortega que ha silenciado la cadencia del último chamamé.

Entonces piensa en rezar, pero cuando llega a mas-líbranos-de-todo-mal se da cuenta de que es inútil, ni de eso tiene ganas, quizá de bailar con el Rosauro y se ríe, y se pone de pie y da los dos pasos que la separan de la mesa sobre la que se tiende, abrazándose a su hombre, decidida a no pensar en la huelga, ni en los cañaverales, ni en las alpargatas nuevas que él quería, ni en que debería llorar porque a los muertos hay que llorarlos, ni en que acaso fue el Rufino, ni en que le partieron el corazón de dos puntadas, una errónea, la otra certera, cómo le partieron el corazón.

Y cuando la voz de Palito Ortega se repite en la victrola lejana y a ella como que le aletean los pies, listos ya para entrar a las brasas, porque así debe ser en una noche de Tatá Yejhasá, porque así lo iban a hacer juntos, él quitándose sus alpargatas nuevas y ella recogiéndose la pollera, para cruzar sonrientes, confiados, medio rezando entre los rezos de la gente, quizá profiriendo grititos amorosos, esas brasas de la casa de Vicenta Torres, cuando Palito canta "La felicidad jajá-jajá", a Juana se le ocurre la idea y alza, robusta, pujante, el torso de Rosauro, yergue su cuerpo semiendurecido hasta que consigue ponerlo de pie, en esa extraña rigidez encorvada de cadáver que tiene, y se lo lleva, medio arrastrando, medio forcejeadamente, respirando agitada, hasta el patio posterior del rancho donde arde el cuadrilátero de brasas, y allí se lanza, con el Rosauro grandote, el Rosauro lindo, amado, pesadísimo, en sus brazos, y pisa los primeros carbones que le queman la carne, le calcinan chicharreantes las plantas de los pies, a pesar de lo cual ella danza que "La felicidad jajá-jajá", la voz de Palito parece que sube al cielo y baja sobre ellos dos, y ella soporta el dolor y se olvida de rezar, única manera de que el Tatá no te queme, le han dicho, se olvida de rezar y desfallece y siente, aterrada, que se le cae el cuerpo del Rosauro, que empieza a chamuscarse sobre el fuego, y ella titubea un segundo pero se acuesta junto a él, aguantando el dolor, convencida de que la muerte no tiene por qué doler, y aguanta, y aguanta, y aguanta...

SENTIMENTAL JOURNEY

Mientras esperaba el bus en el paradero de la Greyhound, en Buffalo, no se dio cuenta de su presencia. Pero en cuanto ascendió al coche y se sentó, en el primer asiento de la sección de fumar, le llamó la atención la belleza de esa mujer. Era una negra alta, altísima, como de un metro ochenta, que arriba terminaba en un escandalizado pelo afro, sobre un rostro entre agresivo y dulce, no demasiado anguloso y de un cutis terso y brillante en el que se destacaban los labios carnosos, rosados de un rosado natural, sin pintura. Pero lo grande de esa mujer, en todo sentido, era su cuerpo, sencillamente magnífico. Era un ejemplar de unos pechos tan amplios, tan generosos, como nunca había visto. Y sin embargo, no necesitaban sostenes y acaso se hubieran reído de ellos, si los había para su medida; se expandían dentro de un brevísimo vestido blanco, de escote profundo como un precipicio tentador en el que cualquier tipo querría suicidarse. Cuando se hubo quitado el abrigo, él pudo ver también que su cintura era estrecha y apenas sobresalía una pequeña, sensual pancita, como la de una mujer que ha sido madre unos meses antes y su figura está reacomodándose, mientras seguramente le explota adentro una renovada sexualidad.

Se quedó mirándola fijamente, sin poder respirar, atónito, admirado de la gracia gatuna de esa mujer espléndida, que acomodó el abrigo en el portaequipajes, ocasión que él aprovechó para recorrer la línea perfecta de sus piernas, enfundadas en unas medias negras que parecían emerger de entre la ligerísima tela blanca del vestido de satén. Rápidamente se le secó la boca, y el libro que tenía en la mano no fue abierto. Meneó la cabeza, sonriente, y se dijo que jamás había visto una mujer igual, que además de la belleza irradiaba una firme dignidad, una elegancia natural en el porte, en el modo de sentarse en el asiento de junto, y una calidad espontánea, de esas que no se aprenden ni se imitan. Y aun su manera de encender ese cigarrillo larguísimo, finito, de papel negro, cuyo humo aspiró sin ruido para luego soltarlo despacito, sensualmente, todo le hizo sentir, de súbito, que su sangre hervía, y supo que ése no sería un viaje tranquilo.

Claro que el problema, reconoció enseguida, era su inglés más que pobre. Mentalmente, se hizo chistes un tanto procaces, como decirse que con semejante hembra ni falta que hacía hablar unas palabras. Se prometió todo lo que le haría si tuviera oportunidad. Sabía perfectamente que no era la clase de tipo que pasaba inadvertido para las mujeres de buen ojo. Y esa negra tenía aspecto de saber mirar a los hombres. Pero de todos modos no pudo evitar sentirse un tanto frustrado: miró hacia afuera del coche mientras se ponía en marcha, y a su vez encendió un cigarrillo como planeando alguna forma de abordaje o, acaso, disponiéndose a una ligera resignación.

* * *

Cuando llegó a la estación, apenas un par de minutos antes de que partiera el expreso para New York, y vio a ese tipo que ascendía al bus, advirtió una súbita inquietud, y casi involuntariamente se detuvo unos segundos para arreglarse el pelo y se abrió el abrigo que había cerrado al bajar del taxi. Sabía qué impresión podía causar con el solo hecho de abrirse el tapado de piel de camello. E instantáneamente caminó hacia el coche, detrás de ese hombre.

Era un fulano que no podía dejar de ser mirado. Mediría unos seis pies y algunas pulgadas y su cuerpo era del tipo sólido (no gordo ni mucho menos, pero sí sólido), grandote sin apariencia de pesado. Vestía con cuidada elegancia y esos jeans desteñidos le calzaban a las maravillas y dibujaban piernas gruesas, que imaginó muy velludas. Se notaba la fuerza de esas piernas y le encantó ese trasero alto, duro y todo lo otro, demonios, era un bulto magnífico.

Se quedó mirándolo fijamente, desde atrás, mientras él se instalaba en el primer asiento de la sección de fumar. Obvio, se sentaría junto a él. El bus no iba del todo lleno; había otros lugares vacíos pero ella tenía todo el derecho de elegir su sitio. Y tampoco le importaba demasiado lo que pensara el tipo. Esas preocupaciones son de ellos, se dijo, sonriendo para sí, mientras al quitarse el abrigo hundía su abdomen y su respiración alzaba sus pechos, como globos aerostáticos de indagación meteorológica. Sabía las catástrofes que podían provocar. Aprovechó, fugazmente, el pasmo del hombre para mirar su mirada. El no le quitaba los ojos de encima. Pues bien, que se diera el gusto; hizo todo muy despacio: colocó el abrigo en el portaequipajes, giró lentamente como para ofrecerle nuevos ángulos de observación y se sentó cruzando la piernas. El vestido se le trepó varias pulgadas sobre las rodillas.

El tipo era hermoso, de veras. Tenía una nariz pequeña, griega, y una mirada entre verde y gris, que denotaba algo de miedo, pero a la vez era una mirada de descaro; ese tipo no decía que no a una buena oferta, y ella era una oferta sensacional. Sonrió para sí, pensando en la cara que pondría el tipo si supiera que ella, bajo el vestido, estaba desnuda; y largó el humo, suave, sensualmente. Se sentía excitada, aunque a la vez le pareció que algo fallaba. El tipo tenía un libro en la mano; ella vio de reojo que se trataba de una obra de Thomas De Quincey. Pero estaba en español, y eso podía ser un problema. No sabía una sola palabra de español, más que "gracias" y "porfabor". Se le ocurrió que sería divertido escuchar todo lo que el tipo podría decir en ese idioma extraño. Bueno, con semejante macho al lado, quién querría ponerse a charlar. Por un momento cerró los ojos y se dijo que, si la dejaran, le enseñaría mucho más que a hablar inglés. Luego se quedó fumando, mientras el bus arrancaba, y sintió un ligero temor, una cierta resignación impaciente.

* * *

La noche se hizo en pocos minutos, cuando Buffalo quedó atrás y él observó el pueblo desde la ventanilla. Qué paisaje tan distinto de los de su infancia. Qué pulcritud, qué limpieza, pero a la vez qué falta de misterio. Miró a su vecina de reojo. ¿La negra, cómo se llamaría? ¿Lenda, como suelen decir los gringos a las que se llaman Linda? ¿Algo tan vulgar como Mary? ¿Algo fascinante como Billy May, aquel personaje de *Tobacco Road*, de Caldwell? ¿O Nancy, ese nombre tan corriente en los Estados Unidos? Qué curioso ese asunto de los nombres. Una designación es algo tan caprichoso. ¿Por qué una mesa, a la que ya sabemos representar mentalmente, se llama mesa y no caballo, o libro, o bugambilia, o matsikechulico? Pero qué importancia tiene una designación, después de todo, si lo que importa es la materialización. Esta mujer es hermosa, es negra, una negra bellísima, y no sé su nombre. Qué importa; sé que es negra y que es bella y que es mujer. Quizá se llamaría Bella. O simplemente Ella; ese nombre también debía gustarle a los gringos negros. Ella Fitzgerald. O quizá su nombre fuera un pronombre español; también eso les gustaba a los gringos: hay mujeres que se llaman Mia, y hay muchas Jo, y qué estupidez, se dijo, esta divagación absurda para no reconocer que no me atrevo a hablarle.

Porque bien podía suceder que ella fuera dominicana, o jamaiquina (no, carajo, en Jamaica se habla inglés). Podía ser cubana, aunque no, estaba muy joven para ser gusana.

¿Brasileña? Humm, difícil, y el portugués también le sonaba a sánscrito. Era gringa, evidentemente, se notaba en su manera de sentarse, en esa especie de arrogancia de su porte, en ese aire imperialista —aunque fuera negra— que parecía estar diciendo hey, aquí estoy yo. Y cómo no, si se notaba su turbación, la de él, que ahora miraba de reojo, aunque no quisiera, el meneo formidable de esos pechos que parecían budines de gelatina. Pero no gelatinas blanditas, aguadas, sino duras, capaces de hamacarse todo lo necesario pero conservando su firmeza esencial, su consistencia cárnea totalmente apetecible.

Ella reclinó su asiento y extendió las piernas, dejando que el vestido, una minifalda, se trepara aún más sobre sus muslos. Era una invitación, carajo, qué descaro, qué hembra, debe saber que la estoy mirando, cómo no va a saberlo, si lo hace a propósito, hija de puta, me calienta impunemente. Y no podía dejar de mirar, siempre de reojo, las piernas enfundadas y la mini que parecía querer seguir subiéndose y dios mío cómo será esa vaginita, toda mojada, me tienta, me tienta, y ahora se me para, ay carajo es incómodo viajar así, tengo que hacer algo. Pero en realidad no dejaba de pensar que lo que tenía que hacer era metérsela, negra linda vas a ver lo que te doy. Y ella, como respondiendo a sus pensamientos, con los ojos cerrados inclinó la cabeza hacia él y pareció que sonreía de pura placidez, como disponiéndose a dormitar recordando la última vez que le habían hecho el amor, acaso una hora antes, o como una niña que se duerme sabiendo que al día siguiente su tío más querido la llevará al zoológico. Y miró su boca semiabierta, de labios perfectamente delineados, de una carnosidad que invitaba a beber en ellos, húmedos como una pera jugosa pero del color de una cereza pálida.

Y la miró con descaro, jurándose que si ella abría los ojos no desviaría la mirada; le sonreiría y diría algo en su chapucero inglés a ver qué pasaba. La observó respirar por la boca, que se empeñaba en resecársele, y metió su vista en el valle de esos pechos soberbios, increíblemente grandes y firmes, y se imaginó acariciándolos. No cabrían en sus manos, sobraría tersura por los cuatro costados. Y los pezones, ay, se notaban bajo el satén y parecían champiñones colocados al revés, así de carnosos, así de morenos. Y cuando ella pestañeó sin abrir los ojos todavía, pero anunciando que los abriría, él desvió los suyos rápida, vergonzantemente, hasta clavarlos en el respaldo del asiento de adelante, sintiéndose ruborizado, cobarde como el Henry de Crane antes de Chancellorsville.

* * *

El tipo miraba hacia afuera, interesado en ver cómo se oscurecía Buffalo. Sin dudas era un extranjero, ningún americano se quedaría viendo con tal curiosidad la campiña. ¿De dónde sería? No parecía hispano; seguramente era un europeo. Quizá español, por el libro que tenía. Mexicano no podía ser; ni dominicano ni puertorriqueño. Era demasiado lindo tipo. Aunque los españoles tampoco eran gran cosa. No conocía muchos, pero... Una vez había visto en el Carnegie Hall a un cantante petiso, de nombre ridículo y medio amanerado. Cantaba bien, pero nada del otro mundo, ¿Raphael? Sí, y Candy lo adoraba, pero ella jamás entendió por qué Candy adoraba ciertas cosas. La entrada le había costado doce dólares; nunca se lo perdonaría. Miró al hombre de soslayo. ¿qué edad tendría? No menos de treinta pero no llegaba a los cuarenta. La mejor edad, sonrió, cerrando los ojos y enderezando las piernas, felina, sensualmente. Juntó los omóplatos hacia atrás, como desperezándose, conocedora del efecto que ello provocaría en el fulano, porque sus pechos se ensanchaban y el satén hasta parecía más brilloso en esa penumbra, al estirarse por la presión de las ubres. Mantuvo una semisonrisa mientras pensaba que ésa era una edad simpática en los hombres, pero a la vez aborrecible. Muchos descubren formas de impotencia, se desesperan, empiezan a descubrir que ya no son los potrillos de una década antes, sospechan que pasados los cuarenta ya no servirán más que para hacer pipí, les resurgen en tropel los más insólitos temores infantiles. Curiosos, los tipos. Tuvo ganas de reírse. Si el tipo supiera lo que ella pensaba.

Se sentía excitada, pero con miedo. Siempre, las mujeres pensamos que nosotras somos las únicas que tenemos miedo, se dijo. Los hombres son la seguridad, el sexo fuerte; nosotras somos lo incierto, el sexo débil. ¿Será verdad? Respóndeme papacito, háblame, y ay, qué tipo más sabroso. ¿Me dirá algo? ¿Le voy a responder? Tiene linda boca. Y entreabrió los ojos, justo cuando empezaba a imaginar la pinga del fulano. Era alto, grande, fuerte. Bien podía ser un mequetrefe. Pero no lo parecía.

Había algo en él que la atemorizaba. ¿Cómo sería —se preguntaba con insistencia— puesto a trabajar en una cama? ¿Y su pinga? Muchas veces los hombres son completamente decepcionantes: cuando no se disculpan porque la tienen chica, hacen advertencias por si acaso no se les para; o bien la tienen como de madera pero no la saben usar. O si no, son faltos de imaginación, tanto como la mayoría de las mujeres. Eso, se dijo, eso es lo grave: la falta de imaginación. Se pasó la lengua por la boca. ¿Por qué lo provocaba? ¿Por qué se excitaba al coquetearlo, si también ella sentía miedo? Si cada vez que un hombre la abordaba sentía esa cosa hermosa, gratificante, de comprobar su poder, pero a la vez temía, no sabía bien qué, pero temía como una niñita perdida de sus papás. ¡Ah, si el tipo la mirara en ese preciso instante, en que con los ojos cerrados se pasaba la lengua por los labios, já, se volvería loco!

Seguramente, él estaba pensando en cómo iniciar la charla. ¿Qué le diría? Ellos siempre creen que son originales, pero siempre dicen lo mismo. Todos, lo mismo. Y una siguiéndoles la corriente sólo si el chico nos interesa, pero también diciendo lo mismo. Los hombres —amplió la sonrisa, escondió la lengua— son como animalitos: torpes, previsibles, encantadores. Pero también terroríficos, peligrosos cuando adquieren fuerza o cuando se ponen tontos. Que es lo que casi siempre les ocurre.

Entonces pensó en mirarlo a los ojos. No le diría nada, no necesitaba hablar. Sencillamente le regalaría una mirada, una media sonrisa y bajaría los ojos. Eso sería suficiente para que él supiera que podía empezar su jueguito. Y vaya que se lo seguiría. Pero decidió pestañear primero, por si él la miraba en ese instante; sería como un aviso, y a la vez una incitación. Si mantenía su mirada al ser mirado y luego le hablaba, cielos, ese tipo valía la pena.

Entonces abrió los ojos y buscó la mirada del hombre, pero él contemplaba, en extraña concentración, el respaldo del asiento delantero. No pudo evitar sentirse un tanto frustrada.

* * *

Durante un rato, se reprochó crudamente su miedo, su cobardía. Decidió que no haría nada tan estúpido como encender la lucecita de lectura y abrir el libro. De Quincey le parecía, de repente, el autor menos interesante de toda la historia de la literatura universal. Prendió otro cigarrillo y, otra vez fugazmente, observó de reojo a su compañera. ¿Estaba ella esperando que él iniciara una conversación? ¿Y qué carajos podría decirle si apenas hablaba inglés como para no morirse de hambre en los restaurantes? ¿Por qué mierda no había estudiado ese idioma, o acaso no sabía que en el mundo desarrollado el que no habla inglés está jodido porque así son las cosas en esta época? Pero debía reconocer que no sólo era el idioma la barrera, sino su miedo. Era un gallina infame, un aborrecible sujeto que se atrevía con las mujeres que intuía más débiles, pero con ésta que estaba junto, y que parecía un acorazado de la segunda guerra, toda artillada y más grandota que Raquel Welch, no se atrevía. Era un pusilánime.

Hasta se sintió vulgar, despreciable, porque apenas la espiaba de reojo, como un voyeurista adolescente que miraba calzones en los tendederos y se masturbaba imaginándose los contenidos. Cerró los ojos con fuerza, y terminó el cigarrillo fastidiado consigo mismo, nervioso y ya casi convencido de que la batalla estaba perdida. Pero, ¿por qué? Si él tenía el sexo hecho un monumento al acero de doble aleación, y sabía muy bien cómo manejar a semejante muchacha, y la colocaría así, y le besaría aquí, y la acariciaría allá, y otro poquito así, y ay, a medida que se imaginaba todo, y la veía desnuda, encandilado por el brillo incomparable (seguro, debía ser así) de su sexo profundo, negro, vertical y jugoso como durazno de estación, a medida que fantaseaba se turbaba más pero también se dolía porque empezaba a pensar, a darse cuenta de que esos pechos magníficos, esa piel oscura y brillosa y como bañada en aceite de coco, esas piernas monumentales como obeliscos paralelos, no serían para él.

Le empezó a doler la cabeza. Cerró los ojos y se dijo que lo mejor era dormirse. Llegarían a New York al amanecer.

*   *   *

Durante un rato, esperó que el hombre le hablara, pero al cabo se dio cuenta de que no lo haría. ¿Era que no le gustaba? No, no podía ser. La forma como la había mirado. Demonios, era obvio que él la espiaba; pero se lo notaba turbado. ¿Por qué no le decía algo, por qué no le ofrecía fuego cuando ella, ahora, encendía también otro cigarrillo? ¿Sería gay, acaso? Caramba, no lo parecía. De ninguna manera, ella había visto la codicia en sus ojos, varias veces. Si hasta le costaba tragar saliva cuando por cualquier movimiento a ella parecían elevársele los pechos.

Estaba caliente. A pesar del frío de la noche, de esos campos nevados que atravesaban, estaba excitada. Tenía muchas, muchísimas ganas de que semejante padrillo la montara. Porque debía ser un padrillo, caray, cómo se le abultaba la mercadería debajo del pantalón; le recordaba a esos sementales de las granjas de Oklahoma, que pacían tranquilos, indiferentes, con esas mangueras negras que les colgaban como flecos. Mejor cambiaba de tema. Aunque no podía. Quizá el tipo estaba cobrando coraje, adquiriendo fuerza. ¿Qué le pasaba? ¿Acaso ella lo había amilanado? ¿Acaso resultaba tan impresionante que el otro se retraía? A veces sucede eso con nosotras las mujeres, se dijo, asustamos a los hombres. O si no, ¿podía ser que fuera un asqueroso racista, un cerdo wasp que se vomitaba ante una negra a pesar de que muy bien que estas tetas y toda mi carrocería lo tienen con el pene endurecido? ¿Sería un cerdo, inmundo marica racista?

No, leía en español; debía ser un latino, un hispano y esos son racistas con sus indios. Casi no tienen negros, dice Candy, y al contrario, parece que se vuelven locos pensando en que algún día puedan hacerlo con una negra. Já, Candy dice cada cosa. Pero, como fuere, el fulano sigue en lo suyo. Incluso, me doy cuenta que me espía y luego cierra los ojos, como ahora. No entiendo, es un idiota; no sabe lo que se pierde. Pero ella tampoco, se dijo, también se lo estaba perdiendo al semental, dios, y entonces, ¿por qué no le digo algo, yo, y empiezo la charla? No, mejor no, a ver si es, nomás, un asqueroso marica racista. Que hable él o calle para siempre. Mierda, si fuera un negro ya estaríamos saltando uno arriba del otro. Y se rió, nerviosa, excitada, pero a la vez con la decepción de pensar que la noche era todavía larga, y no era lindo dormir en el bus al lado de semejante especimen, sin hacer nada. Y llegarían a New York a las seis y media de la mañana. Qué desperdicio.

* * *

No podía saber la hora, pero el traqueteo del camión era acompasado y supuso que ya debían estar en el estado de New York. No hacía falta mirar el reloj: con la calefacción del autobús al máximo, ahora que estaba abrazado a esa hembra se sentía sensacional. La casualidad era sabia: se habían encontrado en el último asiento del carro, que providencialmente estaba vacío, junto al pequeño baño, y ahí coincidieron y cambiaron unas sonrisas. El, en una curva, medio se cayó sobre ella, quien no se resistió, y así se quedaron, abrazados, y empezaron a hacerlo, y ahora ella le lamía la oreja derecha y decía *daddy, daddy*, y él tocaba sus pechos, dios mío, decía, nunca he tocado algo igual, y era asombroso porque ella estaba semidesnuda, con las tetas fuera del vestido, y la mini levantada completamente, y con las piernas abiertas, sobre él, a horcajadas.

A ella algo le decía que era la una de la mañana. La una, número uno, número fálico, como eso que sentía metido adentro. Oh, dios, cómo le gustaba. Lo tenía descamisado al padrillo; y su pecho era tan peludo como lo había imaginado, y recorría con los dedos esa maraña y le acariciaba con violencia las tetillas, y el respondía, se excitaba y decía cosas en español, "porfabor, porfabor", y se hundían en el otro con desesperación y alcanzaban un orgasmo atómico, universal; ese hispano era un macho soñado, maravilloso, tierno y bruto como le gustan los hombres a las mujeres, y dios mío, se decía, qué miembro, qué pene, qué palo, qué lingote de acero, y le daba y le daba, y ella pedía y él daba, y el pedía y ella daba, claro que le daba, le daría todo lo que quisiera esa noche inolvidable.

141

*   *   *

Los dos despertaron cuando el Greyhound entró en el Lincoln Tunnel, y el ritmo acompasado se mutó por un sonido como hueco, cuando cambió la presión en el momento en que el bus fue cubierto por el río Hudson y las luces del túnel dieron la sensación ineludible de que estaban en un tiempo que era imposible de precisar, que podía ser ayer o nunca, o mañana o siempre, y la mañana o la tarde o la noche. Despertaron casi a la vez y se dieron cuenta, sorprendidos y amodorrados, de que tenían las manos entrelazadas: la derecha de él con la izquierda de ella. Se miraron las manos que formaban una extraña figura asimétrica pero hermosa, como una bola amorfa de chocolate blanco y chocolate, y de inmediato desanudaron, a causa del azoro, esa figura que él pensó irónicamente hermosa y fugaz, y ella pensó fugazmente hermosa e irónica.

Y aunque no se miraron a los ojos, ni les importó ver la hora, los dos supieron que los dos sonreían. A él se le habían pasado la turbación y el miedo a un supuesto enojo por su atrevimiento; y a ella se le habían pasado la excitación y la decepción de la noche porque él no hacía nada. Y cuando llegaron a la estación de la calle 42, en silencio, sin mirarse, cada uno decía para sí mismo, sin que el otro lo supiera, que había sido un sueño hermoso, mamacita, y que *what a dream, guy*. Hasta que abandonaron los asientos y bajaron del camión, y sin saludarse, los dos con leve desilusión y a la vez intrigados por un sueño que adivinaron común y compartido, se fueron cada uno por su lado a la gélida mañana neoyorquina, que los recibió con una nieve lenta, morosa, asexuada.

EL CIEGO

El jaque mate final al Rey Rojo será hallado
por cualquiera que se tome la molestia de ubicar
las piezas y hacer las jugadas indicadas.

LEWIS CARROLL

Juan de Dios era el único hijo de un matrimonio que cualquiera sabía que se había concretado por conveniencia: Esteban procedía de una familia de comerciantes bastante prósperos, lo que le permitió vivir sin sobresaltos hasta que no quiso estudiar más y sus padres lo enfrentaron con la alternativa de trabajar o irse de la casa. Naturalmente, él escogió lo primero; le entregaron un valijón repleto de muestras de los artículos que vendían y lo enviaron a recorrer las cuatro provincias del Nordeste. Cristina, por su parte, había sido criada muy humildemente, pero rodeada de consentimientos porque su padre —un viejo médico paraguayo que vivía en el Chaco desde los comienzos de la guerra contra Bolivia— sostenía que no había nada mejor en el mundo que su hija. El resultado fue una muchacha hermosísima pero altanera y caprichosa, ignorante y necia, que sólo se destacaba por su belleza morena, de magníficos ojos verdes y figura perfectamente armoniosa, y cuya única ambición era agradar a los hombres, objetivo que lograba irrefutablemente. Tenía sólo diecisiete años cuando conoció a Esteban.

Luego del casamiento y de la luna de miel en Córdoba, se instalaron en una casita cerca de Barranqueras. Esteban se convirtió en un viajante de éxito y Cristina empezó a trabajar en las Grandes Tiendas Ciudad de Messina, más por hacer algo y no aburrirse que por necesidad, como solía ser común en las señoras de las burguesías provincianas.

Juan de Dios nació exactamente nueve meses después de la boda, en un marco de inmejorables augurios que se transformaron, a los pocos días de su advenimiento, en una inocultable desazón porque sus ojos, constantemente húmedos, tenían una empecinada, desagradable frialdad, como si en el celeste grisáceo de sus pupilas hubiera una nube blanca. Y la duda que se apoderó de todos, y el inmenso miedo que los ganó cuando el pediatra declaró que el niño muy probablemente fuera ciego, recibieron confirmación después de algunos estudios especializados.

Es presumible que Cristina y Esteban se sintieron padres de un monstruo, que rápidamente se convirtió en un elemento de perturbación, en un disgregador de la pareja. Su sola existencia les provocaba una tácita culpa y les planteaba un interrogante —quién de los dos guardaba en sus entrañas la causa del mal— de modo que al poco tiempo empezaron a acusarse mutuamente. Esteban veía en el niño una extensión fallida de sí mismo, mientras Cristina sencillamente lo odiaba porque era una especie de objeto deslucido, un animalito dócil pero desagradable, silencioso y anormal que, además, le inspiraba un absurdo miedo.

"La exclusión del niño fue unánime", explicaba mi madre años después, cuando sucedió todo: padres, abuelos y tíos mantuvieron hacia él una mal disimulada actitud de indiferencia. Quizá por ello, y con la única finalidad de sacarlo de la casa por las tardes, lo enviaron al Instituto Braille desde poco después de cumplir dos años. Quizá fue ahí donde, inconscientemente, empezó a incubar sus primeros, vagorosos sentimientos de venganza.

El Instituto fue, durante muchos años, todo el mundo para Juan de Dios. Ahí reía, lloraba y se entretenía jugando con cubos primero, y después con bloquecitos de plastilina que muy pronto comenzó a modelar con refinada habilidad, gracias al método que intuitivamente desarrolló —se recorría la cara con los dedos, para luego reproducir sus formas, y también sus manos y sus pies, como un anatomista obsesivo—, y hasta aprendió canciones que por las noches, cuando se hacía el dormido y se quedaba pensando en cosas oscuras como su visión, seguramente extrañaba. Porque su vida familiar se reducía a estar junto a una ventana escuchando la radio, mientras imaginaba universos ignotos frente a doña Cándida, una vieja sirvienta que cobraba un plus por hacerle compañía y soportar su glacial, vacía mirada.

Quizá la falta de ejercicios y el estar casi siempre dentro de la casa, expuesto a la única luz de la ventana, lo hicieron esmirriado, pálido, quebradizo. La soledad y la tristeza definieron su carácter, tímido e introvertido, y sus movimientos fueron volviéndose cada vez más sigilosos, inadvertibles como los de los gatos, de manera que era común que asustara a quienes entraban a la casa y lo veían —como después contaba mi madre— sentado en el suelo o agazapado en algún rincón, luciendo expresiones enigmáticas y desplazándose, felino, en obstinado silencio.

A medida que fue creciendo, Juan de Dios debió percibir el clima que lo rodeaba: sus padres se distanciaban ostensiblemente y él siempre aparecía mencionado en sus ácidas discusiones. Siempre eran iguales los días que Esteban estaba en Resistencia, ya que viajaba de lunes a viernes, cada semana a una provincia distinta y la quinta semana se tomaba vacaciones. Sin embargo, para ese niño la comprobación más rotunda del desencuentro conyugal debe haber sido el darse cuenta de que los ruidos que oía algunas noches en el dormitorio paterno —el movimiento de la cama y esos jadeos eran para él un símbolo de unión—, se hicieron cada vez más espaciados.

Llegado a la pubertad, y de tanto tocarse, es obvio que tuvo noción de su propio sexo y entendió el significado de esos ruidos y jadeos, acaso incentivado por la vieja Cándida, quien por maldad o por inconsciencia —como se especuló después— se había complacido en explicarle perversamente la función de los sexos y ciertas costumbres eróticas de los seres humanos. Aunque Juan de Dios sólo sabía vagamente cómo era una mujer (lo que tenía en el pecho, la falta de un miembro para orinar y, en cambio, ese agujero peludo, como le habría dicho y acaso permitido tocar, trémula y fascinada, la vieja Cándida), su imaginación debe haber acelerado su primera, espontánea masturbación.

Debe haber sido una noche de horror, durante la cual habrá soñado con indescriptibles formas femeninas, acaso monstruosas, por qué no imaginar que deformes, desarticuladas, opinaba mamá. Invadido por un súbito deseo que lo habrá alterado debe haber incurrido, urgente, en el manoseo de su propio sexo hasta eyacular, me imagino, en medio de insólitas y desconocidas convulsiones. Y por qué no pensar, también, que ya no pudo dormirse hasta el amanecer, seguramente impresionado y tratando de convencerse de que no era cierto que de ahí en más cada vez que sus padres se aparearan en el cuarto vecino él se masturbaría en el suyo, desesperado, quizá soñando ya con vengarse por esa vida tan desdichada.

No abundaré en el relato pormenorizado del crecimiento de ese muchacho, ni en las circunstancias poco felices de esa familia. Pero sí hay que decir que a los cuarenta años Esteban ya tenía manías de viejo, se sentía amargado a pesar suyo (culpaba, por supuesto, a su mujer) y se sabía vencido por las circunstancias, ese lugar común al cual nunca había tratado de sobreponerse. Cristina, en cambio, mantenía intacta la belleza que había subyugado a su padre y a toda una generación de jóvenes chaqueños. A los treinta y dos años, poseía el encanto del misterio que envuelve a las mujeres que maduran decepcionadas, se sienten solas y se resisten al desperdicio de su plenitud. Yo mismo la recuerdo, bellísima, pasar por la puerta de mi casa cuando por las tardes salía de la tienda, caminando lentamente con esas piernas espléndidas que tenía y esa mirada transparente que, sin embargo, no le disimulaba una cierta expresión, un gesto apenas perceptible, de amargura e insatisfacción. Su trabajo la ponía en contacto con todo tipo de gente, le concedía pequeños halagos, y ahora puedo suponer que la convencía de que nada podía esperar de la vida más que disfrutar ciertas tentaciones, una vez superados sus propios reparos.

Juan de Dios debe haber intuido todo eso, se me hace que más con miedo que con dolor, más con rabia que con pena, hasta que una noche tuvo la certeza de que todo estaba perdido: su padre estaba de viaje pero desde la habitación matrimonial le llegaban, nítidos, irrefutables, el ruido de la cama y los jadeos. Su paralización tiene que haber sido total, como su desesperación y el crecimiento de su furia. Quién sabe qué horribles imágenes vio en su ceguera, en la oscuridad o en la blancura incandescente de sus párpados; quién sabe qué inconcebibles monstruos lo habrán asaltado cuando escuchó el placer de su madre. Quién sabe si no se masturbó, inclusive, incentivado por esa mezcla de goce y repugnancia. Seguramente, fue durante esa noche que Juan de Dios comenzó a pergeñar, fría, metódicamente, la materialización de su venganza.

Una tarde de julio, como ya se había hecho costumbre desde hacía unos meses, Cristina no volvió de la tienda. Mi madre decía, después, que a "esa mujer" ya no le alcanzaba con un solo amante. Todo el pueblo decía lo mismo. Por teléfono avisó a doña Cándida que comería afuera, que no la esperaran y déme con Juan de Dios, te mando un beso, querido, dormíte temprano, y Juan de Dios dijo sí y pensó en su padre, que estaba en Formosa, y cenó en silencio y se acostó, sin dudas excitado, porque evidentemente había decidido que ésa era la oportunidad de ejecutar su plan.

Como luego se estableció, Cristina llegó cerca de la medianoche; y es fácilmente conjeturable todo lo demás. Juan de Dios escuchó el ruido del auto que se detenía. Cuando se abrió la puerta, el viento helado del invierno se introdujo en la casa junto con el susurro de su madre y el de una voz de hombre que no reconoció. Después, todo fue muy rápido: el rito erótico se cumplió paso a paso y al cabo Juan de Dios oyó los gemidos en la otra habitación. Con increíble paciencia —paciencia de ciego, se comentó después en el pueblo— repasó uno por uno sus movimientos, consciente de que si sus desplazamientos eran los adecuados no fallaría.

Se levantó cuando estuvo absolutamente seguro de que los amantes se habían dormido. En ese momento no le habrá importado ser ciego; confiaba en las sutilezas que podían captar sus tímpanos y en su sentido del tacto, extraordinariamente desarrollado. El sabía caminar en las tinieblas porque su vida misma era una tiniebla.

Con el completo dominio de la situación que le conferían catorce años de conocimiento de su casa, se dirigió, resuelta, silenciosamente, a la cocina. Aunque sabía que la ventana del dormitorio de sus padres que daba al patiecito interior estaba cerrada, fue a comprobarlo una vez más y luego volvió a la cocina. Desconectó la garrafa y la llevó, a través del pasillo, hasta la puerta cerrada de la habitación materna. Después se dirigió al comedor y repitió la operación con el cilindro que estaba dentro de la falsa chimenea. Buscó el tercero en el baño, con eficaz y serena determinación, pues había sabido esperar al día siguiente a la reposición general del gas de la casa, tan bien había planeado todo. Lo depositó junto a los otros y alineó los tres garrafones junto a la puerta; después pasó los tres tubitos de plástico a través de la separación que quedaba entre la puerta y el umbral, e inmediatamente extrajo el paquete de algodón que guardaba en el bolsillo de su piyama y rellenó los espacios entre las tres bocas, cuidando que no quedara el más mínimo resquicio.

Entonces abrió los pasos de gas apenas lo suficiente como para que todo fuera lento y silencioso, pues él sabía que la vieja Cándida no trabajaba al día siguiente, porque era sábado, y regresó a su dormitorio pensando que cuando llegara su padre, cerca del mediodía, él estaría despierto, esperándolo.

Y así fue. Cuando Esteban entró en la casa y se asombró por el olor del gas, vio a Juan de Dios sentado, en cuclillas, a la puerta del dormitorio y se alarmó. El muchacho le dijo que adentro estaba Cristina con un hombre. Esteban corrió, saltando sobre su hijo, a abrir la puerta. Y en ese momento Juan de Dios encendió el fósforo.

LOS MISMOS

Para el Colorado Willie y el Negro Flores

Sabíamos que en algún momento la Gladys era capaz de aparecerse, y eso nos tenía nerviosos. Había un cierto fervor en todos nosotros: una expectativa desfavorable, digamos, un deseo generalizado y unánime de que pudiera contenerse, que se aguantara el dolor sola, en su casa. Y era de esperar que alguna amiga del barrio ya hubiese corrido a asistirla, a distraerla y acompañarla para que no compareciera, para disuadirla de ir al velorio de Ramón.

Estábamos los mismos de siempre, en la puerta del comité, preocupados, atentos a los coches que doblaban la esquina enfilando por López y Planes, no fuera a llegar la Gladys en el Fitito azul, el cascajito ese que le regaló el Ramón en el sesenta y ocho, cuando echó buena en tiempos de Krieger Vasena y se hizo onganiísta y empezó a defender a los militares como si hubiese hecho la colimba. Estábamos ahí, muertos de calor, sofocados por la humedad de la mañana, bajo el jacarandá de la puerta del comité, fumando y hablando en voz baja todavía, aunque ya el Rengo Luis había soltado un par de carcajadas con los primeros cuentos que narró Gómez, el peluquero, reprochado lo cual se excusó diciendo que bueno, no era para tanto, el Ramón se había muerto a las cuatro de la mañana y desde las siete estábamos todos ahí de modo que nadie podía quejarse; encima era domingo y el domingo es buen día para morirse así vienen los amigos bien temprano, además toda la familia ya había visto nuestras caras de tristeza y ultimadamente los cuentos de Gómez son buenísimos.

Ya habíamos recorrido la previsible variedad temática para la ocasión: política, inflación, el desastre de Racing, el repunte de For Ever, los últimos ilícitos de los milicos a cargo del gobierno provincial, y hasta le habíamos sacado el cuero a más de uno y Carmencita había hablado del arte –como siempre hace– diciendo que era una sensibilidad que no podía expresarse con palabras porque el arte es indefinible "pero es algo que se siente". Castillo se burló de él y el Rengo le festejó una grosería, y entonces yo tuve que decir ché, carajo, respeten un poco. Naturalmente, a primera hora de la mañana ya habíamos recuperado y repetido todos los lugares comunes sobre la muerte, y también las paradojas que siempre se detectan en los velorios, como que Ramón moría el mismo día 23 antes de Navidad que su finado padre, fallecido veintitrés años atrás, qué increíble, qué casualidad.

Estábamos ahí, mirando la esquina, y Pianello dijo "va a venir, la loca esa va a venir" y puso cara de semental cansado, que es la única que sabe poner pero que ya no le sienta porque a los setenta y cinco además de los pelos lo que se le cayó es la virilidad. Castillo opinó que "habría que ir a la casa de Gladys, digo yo, para detenerla", y Krasniasky replicó "entonce andá vos, queride, si 'stás tan procupado por chica esa". Castillo dijo "no, mejor que vaya Carmencita, andá Carmencita que entre minas se entienden" y lo codeaba a Martinolli que se reía mostrando esos dientes que tiene, tan grandes que parecen tarjetas de funcionario. Carmencita los miró con ironía y le retrucó a Castillo "no, mejor andá vos, pero a la puta que te parió". Pianello, encendiendo un cigarrillo con angustia evidente, dijo "acábenla ché que la loca esa va a venir, lo presiento acá" y se tocó el esternón desnutrido, chupado hacia adentro como si en las tripas tuviese una aspiradora, mientras yo pensaba pobre Carmencita, tan buen tipo, por qué será que nos banca y mantiene esa sonrisa de bueno que, como dice el Rengo, parece Juan Pablo Segundo en la ventana de San Pedro bendiciendo al mundo como se lo ve en la tele.

Nos quedamos un rato en silencio, después, cavilosos, como retornados a la tristeza que había que mostrar, con la cual recibimos al Turco Mata y a Benito Lugones, quienes se acababan de enterar y lógicamente no lo podían creer, y a quienes entre todos informamos rápidamente con frases cortas y voces graves, y quién hubiera dicho, tan joven todavía, justo ahora, pobre Ramón. Yo me quedé pensando en ese "justo ahora" inevitable, justo cuándo y cuál juventud si Ramón a los sesenta ya había jodido de lo lindo y le debía ofensas a media ciudad. El Rengo dijo "hoy aquí, mañana quién sabe", y Gómez lo corrigió "no te hagás el chistoso que mañana me tenés que devolver la guita que te presté", y desde adentro llegaba, desgarrador, el llanto de la viuda, quien lloraba despacito, con cierta dignidad solemne la señora, rodeada de sus hijos, sus cuatro hermanas, dos cuñados, el cura Kourchenko, todos los Marpegán (que son como mil; una unidad básica peronista ellos solos) y algunas viejitas lloradoras de esas que se anotan en todos los velorios, como nosotros, que siempre somos los mismos, sólo que nosotros nos quedamos en la puerta, discretos, custodiadores, firmes como granaderos, aunque a veces, hay que admitirlo, algo estentóreos.

La mañana transcurría en calma, y de no habernos dominado el temor a que apareciera la Gladys, habría sido un velorio más. Entraba mucha gente, se quedaba un rato y luego salía. Nosotros, en la puerta, saludábamos a todos, prestábamos lapiceras para quien quería firmar una tarjeta de pésame, indicábamos dónde estaba el cajón, dónde la viuda, si había café, anís, esas cosas, y quién estaba y quién no, a quién se le había avisado y a quién faltaba avisar. También matizábamos sacando el cuero a éste o aquél y nos contábamos los mismos chistes que ya todos sabíamos, en todo caso asombrados por la coincidencia de esa Navidad, ese diciembre negro en el que ya llevábamos seis velorios al hilo: el Pelado Cobián, de cáncer; el gallego Urruti, de viejo; el turco Moussa, de avaro (eso lo dijo Krasniasky); el sueco Lagerqvist (de aburrido, según Castillo); el colorado Marpegán (siempre hay un Marpegán para morirse, si aquí media ciudad son marpeganes) y, caso increíble, el hijo del Fideo Zelecchini, que se estrelló en la bicicleta contra una vaca en la ruta 11 y cayó con tanta mala suerte que se desnucó. Por supuesto, en la comparación de todos los velorios del año la mayoría coincidíamos en que ése debía haber sido el accidente más pelotudo del país. Pero también, para nosotros, el más conmovedor: el Fideo partía el alma a todo lo largo, flaco y rubio que era, igualito que el muchacho en el cajón, había sido realmente una injusticia de Dios —como dijo Carmencita— tan lindo chico, joven, fuerte y viril.

Y así, entre una cosa y otra, se nos pasan las mañanas porque somos siempre los mismos y siempre diciendo las mismas tonterías. Un chiste de Gómez, una puntada graciosa de Castillo, las carcajadas de el Rengo, el mal humor de Pianello, en fin, todo eso que siempre hacemos para aliviar la tristeza de los velorios. El propio Ramón había estado con nosotros muchas veces y quizá por eso se sentía algo diferente en la mañana dominguera, como un aire nervioso porque todos esperábamos, aunque dijéramos que no, la llegada de la Gladys. Porque habrá sido lo que quieran, Ramón —oportunista, trepador y controvertido—, pero jamás dejó que les faltara nada a ella ni tampoco a su legítima, la verdad sea dicha. Fue un duque y hasta producía envidia. Como afirmó Krasniasky: "Un modelo, queride: modelo de cabayere y modelo de hico de puta".

Yo pensaba en todo eso cuando Gómez, tocándose la nariz para taparse la boca y que no se viera que era él quien hablaba, dijo: "Miren, miren, ché", y todos miramos: desde el centro, como a una distancia de tres cuadras, venía el cochecito de la Gladys regulando lentamente bajo el sofocón del mediodía, reverberante como un espejismo.

El autito avanzaba despacio, como si viniera pensando, rumiando una pena. Denunciaba ese modo de conducir que tiene la gente concentrada en sus determinaciones, que sólo mira para adelante, no se fija en las esquinas y encima tiene la suerte de que nunca se le cruza otro coche. Así marchaba el 600 y Carmencita dijo: "viene; la loca esa viene; no hay decencia, qué barbaridad". Pianello se sobresaltó: "¿No les dije? Lo sentía acá" y se golpeaba el pecho magro. Y Krasniasky auguró: "Cagamos, ahora se arma podrida".

Yo dije para mis adentros que había que detenerla y Martinolli propuso que mejor no la saludáramos, mejor hacernos los burros sino qué iba a pensar la viuda de Ramón, si después de todo era buena gente, la señora, siempre haciéndose la que no sabía que nosotros sabíamos que ella sabía lo que había que saber.

De adentro vinieron el llanto de uno de los pibes, un sollozo de la viuda y dos o tres suspiros de las lloradoras justo antes de retomar impulso para los gemidos más largos y sufridos. También se podía oír cómo en un rincón del comité el Padre Kourchenko rezaba otro rosario, seguido por un coro de señoras. Y enseguida vimos que alguien que estaba en la puerta, detrás nuestro, se metió como rata sorprendida, seguro que para ir con el chisme adentro o para solazarse en privado porque la maldad humana no tiene límites. Yo presentí la tragedia y lo codeé a Gómez, que estaba a mi lado: "Se pudre todo", le dije.

El Fitito azul frenó junto a la vereda de enfrente al comité, detrás de la camioneta de un Marpegán, una Ford roja, la de Gregorio el exportador de cueros, pero contra lo esperado la Gladys no se bajó del coche ni miró hacia nosotros. Se quedó con la vista clavada en el horizonte, como mirando la estatua de Belgrano que estaba en la plaza, allá adelante, como preguntándole a la historia qué iba a hacer en ese futuro inmediato que sin dudas ella también intuía violento, trágico, irremediable.

En nuestra vereda todos estábamos en absoluto silencio, éramos un ballet congelado, como detenido en una fotografía: formábamos una especie de pasillo de tristeza, de dolor y resignación por el cual iba a terminar circulando la Gladys. Porque nadie quería suponer que había venido en tren de provocación, simplemente a quedarse ahí y que la viéramos, que supiéramos de su congoja. No, la Gladys no era de hacer eso; yo supe que iba a bajar del coche y que entraría al comité. Carajo, era mucha mujer, mucha hembra: había dejado todo en la vida: familia, novios posibles, honor y juventud por el amor ciego, desmesurado, casi candorosamente ingenuo que le tuvo al Ramón. Lo que pasaba —me explicaba a mí mismo— era que la Gladys debía verlo, tenía derecho. Además él ni siquiera pudo despedirse de ella cuando le vino la trombosis en el Club Social, ganando al póker, una semana antes y para nunca salir del coma. O sí salió pero para ir al cajón que le hicieron los Debonis a pedido de un servidor, de algarrobo lustrado y manijas doradas con el Cristo gaucho que me encargó una vez, en La Estrella, cuando después de unas elecciones en que los socialistas fueron unidos con los conservadores para perder igual frente al peronismo me dijo lo tenemos merecido, camarada, porque por gorilas terminamos votando junto a los oligarcas, me quiero morir. Aquel insólito deseo indeseado, y mentiroso, lo hizo recordar que debía tomar precauciones y entonces fue que empezó a construir el panteón de mármol de Carrara que le costó un dineral pero que pagó con un negociado que hizo con el jefe del regimiento, luego de lo cual me obligó a prometerle que me ocuparía del cajón que quería tener. Y yo había cumplido esa mañana con su deseo, a nombre de su viuda.

Nos quedamos petrificados, digo, por el impacto de ver a la Gladys con ese vestido morado —el mismo tétrico color de las cintas de palmas y coronas—, demacrada pero todavía buena moza, lozana sin pintura, con los pechos erguidos diría que con orgullo, y toda ella con una dignidad tozuda, empedernida, admirable. Linda mujer, debía andar por los cincuenta y no se marchitaba. Había querido hijos pero no los tuvo por amor a Ramón, quien siempre le juró que la amaba pero no hasta el punto de engendrar hijos en dos casas, la vida era así —decía Ramón— y él no tenía la culpa si le puso primero en el camino a su legítima. La Gladys debía comprenderlo.

Y cómo comprendió, qué nobleza, qué amor tan grande, sublime, envidiable, cómo saben amar las mujeres. Se entregan con todo, sin reservas, aunque sepan que los hombres son unos canallas. La Gladys dejó todo por ese amor y fue abominada por su familia, criticada por la iglesia, soslayada por sus amistades, y todo porque aceptó ser amante de Ramón, porque se entregó al imperio de sus pasiones –como dijo Carmencita un día, en La Estrella, entornando los ojos y sonándose un moco, completamente cursi–; cómo lo amó, si hasta la echaron de su puesto de vicedirectora de la Escuela de Niñas con ese traslado infame a una escuelita de campo en Machagai, nombramiento que declinó con toda dignidad para abrir el kiosco que durante años atendió en la ventana de su casa con su madre, mientras tuvo madre porque doña Florinda murió en el setenta y dos de un cáncer al hígado, renuncia que significó abandonar su vocación docente por ese hombre al que ahora velábamos nosotros, los mismos de siempre, un hombre cínico, interesado y egoísta que siempre fue amigo de los gobernadores y de los intendentes, y sobre todo de los militares con los que jugaba al polo de joven, les vendía forrajes para las caballadas de grande, y les prestaba el nombre para los negocios turbios de viejo, jodido Ramón, siempre de turno para aplaudir en los palcos de los interventores militares, para asentir ante los patrióticos discursos, para abrazarse con los obispos después de los tedéums, para apadrinar la inauguración de monumentos y las fiestas de la primavera y los desfiles de la Semana del Algodón. Pobre Gladys, que amó a quien no lo merecía, acaso para confirmar que el amor es ciego, es tonto, torpe, pero también cruel como las tormentas del verano, como las inundaciones que no perdonan cuando desborda el Paraná.

Firmes y compactos, vimos cómo la Gladys parecía juntar fuerzas, tragarse el llanto y la rabia, tomar el último impulso necesario. La mirábamos, alelados, pero nadie se atrevía a intervenir, a decirle Gladys, mejor váyase, chamiga; a ofrecerle una compañía piadosa, una mano en el hombro para sacarla de allí. Nuestra impotencia y nuestra cobardía estaban en el aire, suspendidas como ropa expuesta al sol en una tarde sin viento, colgadas como los sucios y culposos calzones de nuestras conciencias. Nos preguntábamos qué iría a hacer la Gladys: si sólo bajaría del coche para instalarse en la vereda y espiar por la ventana o si la vencerían la incordura, el dolor y la rabia. Todos sabíamos que jamás se habían cruzado con la viuda: ésta nunca había pisado la calle Bartolomé Mitre en la cuadra del kiosco, ni la Gladys caminado la cuadra de la calle Dónovan entre Tucumán y Salta donde vivía la familia legítima de Ramón, las dos tácitamente decididas a conservar sus investiduras, sin atreverse a transgredir la imposición del hombre amado, abroqueladas ambas con sus respectivos (y respectables, como dijo Krasniasky un día y no supimos si fue broma o dificultad de dicción) rencores de la una hacia la otra, en sus envidias, en sus silencios, incapaces ambas de condenar —siquiera de juzgar— al mismo Ramón que no dejaba de cumplir ni sus deberes de marido ni sus rituales de amante, eso sí, hay que decirlo, porque ese turro fue fiel a ambas a su manera.

Todos nosotros, los mismos de siempre, nos interrogábamos con las miradas pero éramos incapaces de hacer nada; sólo esperábamos ansiosos, porque todo sucedía con extrema lentitud: la Gladys continuaba aferrada al volante del Fitito, Pianello mascullaba por lo bajo "lo presentía, lo siento acá" y se daba golpecitos en el esternón como en un meaculpa; Krasniasky hablaba solo, moviendo los labios como si rezara en el templo; Gómez seguía cubriéndose la nariz con la mano y cada tanto soltaba un humm…, humm…, humm… como una sirena de barco de juguete; Castillo fumaba un pucho que sostenía con el índice y el pulgar sin quitar los ojos del Fitito. A Martinolli, el Rengo, Mata y Lugones yo no los podía ver, y a Carmencita tampoco pero detrás mío lloraba, me di cuenta que lloraba, pobre, enamorado del momento, tan sensible Carmencita que es capaz de lagrimear cuando declama de memoria versos de Bécquer o de Nervo, tan maravillosamente pelotudo que, con los amigos que tiene, de repente va y escribe una oda a la orquídea silvestre como hizo vez pasada, o se larga a recitar palíndromos berretas del tipo "amar a la rama" o "¡Salta, Atlas!". Todos, ahí, sentimos un mismo estremecimiento en el momento en que la Gladys alzó los pechos, cargados por el aire de la decisión tomada, y abrió la puerta del cochecito con violencia, con una energía imprevista y tras dar un portazo que nos hizo temblar, al Fiat y a nosotros, cruzó la calle taconeando sobre el pavimento, rumbo al comité.

Entró seguida ipso facto por todos nosotros y por otros vecinos que se habían acercado al velatorio y se sintieron cautivados por la duda silenciosa de la Gladys, como el matrimonio Belascoaráin, los Gandolfo, los Melnik y varios más, todos los cuales nos cerramos en abanico tras el paso de la Gladys, quien entró a la casona como Roca en toldería y sin decir una palabra, y ante el azoro general pero en primer término de la viuda, que se dio vuelta y la miró con rencor, sacó de en medio al padre Kourchenko cuando pretendió intervenir, y con esa voz hombruna que tiene y dirigiéndose al cajón, proclamó:

—Este macho ha sido mío y lo velo yo o no lo vela nadie.

Seguido de lo cual apartó a dos comedidos como Alan Ladd abriendo la puerta del *Saloon*, caminó hacia la viuda, la miró con desprecio y en un medio giro hacia el féretro, alzó una pierna y de una patada tiró el cajón a la mierda.

Ramón cayó dando una vuelta sobre sí mismo, en medio del estrépito de los altos candelabros que también se desmoronaron, con palmas y coronas y cintas moradas, y quedó boca arriba (y boca abierta porque se le salió la cosa esa que le ponen a los muertos para apretarle los dientes) mirando absurdamente los calzoncillos de Kourchenko, pues dio la casualidad que también se le abrieron los ojos y quedaron justo bajo la sotana. Sólo la bestia de el Rengo fue capaz de reírse en tal circunstancia, con su carcajada procaz, para festejar el comentario en voz bajísima de Gómez, quien dijo que los huevos del cura eran tan inútiles que sólo merecían la mirada del finado. Y de repente reinó el alboroto, y el llanto de algunas mujeres se hizo histérico, y en medio del caos fue impresionante ver a la Gladys agacharse sobre Ramón para acariciarle la frente, cerrarle los ojos y darle un inexplicable beso en la boca, que a mí se me antojó heroico y asqueroso a la vez. Le dijo: "Hasta siempre, mi amor" en voz alta, dirigida al alma de su amado pero también a la conciencia de los allí presentes, y luego se puso de pie y salió despacito, desafiante, caminando a la manera segura y fanfarrona de los policías gordos y con callos plantales, rumbo a la vereda, a la calle, al Fiat que puso en marcha y arrancó, lenta, desahogadamente y para nunca más volver.

Porque esa misma noche de domingo, en La Estrella, circuló la noticia —que confirmaríamos al día siguiente— de que la Gladys se había ido de Resistencia sin despedirse de nadie, sin dejar una nota, un saludo, rumbo a un exilio que con el tiempo la gente se encargaría de fantasear innoble y que ha de ser otra historia que seguramente nadie, nunca, va a saber en Resistencia.

Y a nosotros, los mismos de siempre, la Gladys nos impuso así el triste deber de recordarla en cada velorio. Pues desde entonces nunca más hemos podido asistir a uno sin evocar a esa mujer excepcional.

APASSIONATTA NUMERO CERO

Desde que en Resistencia hubo televisión, la historia de Roque y Titina —que tantas veces me fue referida— pareció sumergirse en un laberinto misterioso e irresoluble, una especie de trampa que el destino les hacía y de la que acaso no sabrían zafarse. Sin duda, la historia se enriqueció con el paso del tiempo y con el trajinar implacable de las comadronas de la ciudad, cuyos efectos fueron como el fino polvillo que con el decurso de los años se acumula sobre los muebles de una casa abandonada. De todos modos, no tengo razones valederas para restar veracidad a lo acontecido por lo menos hasta poco después del acceso de dicho medio de comunicación a la provincia del Chaco. De lo que sucedió luego con la pareja sólo he recibido vagas noticias, quizá porque siempre ocurre que la gente se acuerda de la gente sólo por sus actitudes más contradictorias. Pero, al margen de esta circunstancia, considero que el resumen de las narraciones de que puedo dar fe merece ser contado.

Cuando Roque y Titina llevaban cuarenta y siete años de noviazgo la rutina diaria, saturada de horas vacías que ellos llenaban con sus respectivas presencias, se les había hecho soportable y, peor aún, tornado imprescindible. En verdad, se necesitaban el uno al otro como un pedazo de tierra a una gota de agua. Se reconocían en cada uno de sus gestos, de sus reiteradas manías; se intuían casi oníricamente; se olían desde lejos y hasta se hablaban, mudos, durante sus largos y arrogantes silencios. Cuando la televisión llegó a Resistencia, Roque ya se había jubilado como empleado del Banco Nación y Titina estaba casi ciega después de haber cosido y tejido toda su vida (literalmente, toda, porque sus recuerdos más remotos la ubicaban en la ya demolida casona de la calle Edison, haciendo labores bajo la parra del fondo, con su madre y un par de tías). de modo que de ellos no podía decirse que fueran chapados a la antigua; eran antiguos.

Al principio de su relación, como casi todas las parejas provincianas, se veían dos veces por semana, los martes y los jueves, de siete a nueve de la noche; pero después de los primeros meses Roque hizo más asiduas sus visitas y, a veces, hasta salían a dar unas vueltas a la manzana. Al cabo de unos años, los paseos se extendieron a toda la ciudad, preferentemente la plaza 25 de Mayo, tan grande y sombría (sus sombras fueron testigos de sus primeros escarceos amorosos, de besos fugaces y desapasionados), por la que caminaban los domingos hasta poco después de la hora del crepúsculo. Jamás tuvieron apuro —ni aparentaron tenerlo— y el tiempo pasó en los almanaques y se llevó todo lo irrecuperable: los años más lozanos de Titina, los pocos ímpetus de Roque. Y les dejó las primeras y las últimas muertes, las canas que poblaron sus cabezas, la sempiterna visita diaria y el puntual sentarse en la vereda todas las tardes, Roque con el vaso de anís en la mano, Titina con su tacita de té, mientras hablaban, al principio, de las hormigas que devastaban los rosales del jardín, o del trabajo de Roque en la sección Caja de Ahorros (lo habían trasladado allí porque Cuentas Corrientes requería mucha atención y él estaba cansado y el gerente estuvo de acuerdo en concederle el cambio), hasta que poco a poco fueron encontrando menos temas de conversación. O acaso ocurrió que las palabras perdieron su simbología y ya no hicieron falta, de modo que ellos llegaron a un ideal estado de silencio, a una síntesis que más que economía de palabras era una simbiosis de dos seres que se entendían con gestos y miradas. O ni siquiera eso, y lo único importante era estar juntos.

Cada noche, al dar las diez, Roque se ponía de pie y ayudaba a Titina a plegar los sillones de lona que luego colocaban en la cocina, a un costado de la vieja heladera de querosene. Después decía "me voy" (o simplemente murmuraba algo, el significado era el mismo) y se dirigía hacia la puerta, seguido por Titina, y entonces se saludaban con un movimiento de cabeza y él partía, caminando lentamente bajo la intimidad de la vereda arbolada, con las manos en los bolsillos, fumando un Avanti, acaso pensando en la vigilia de la noche. Seis cuadras más allá (años atrás, Titina le había sugerido que se hospedara en la pensión Santa Rita porque era una buena santa y quedaba cerca de su casa), se encerraba en su pieza, abría la ventana que daba al patio, olía los jazmines durante unos minutos y después se acostaba a leer un libro de Borges hasta que se quedaba dormido. Siempre era un libro de Borges (se sabía párrafos y poemas enteros de memoria, aunque jamás los recitaba) porque sostenía que Borges envejecía con él, se estaba quedando ciego como Titina, era conservador y tenía un sentido del humor y del absurdo del que él carecía por completo.

Titina, entretanto, verificaba —más por costumbre que por necesidad— que todos los postigos estuviesen cerrados, apagaba las luces y las llaves de paso del gas y se encerraba en su dormitorio. Controlaba la hora en el despertador y disponía la aguja de modo que la alarma sonara a las seis y media. Entonces se acostaba, miraba la oscuridad y pensaba en sus muertos, uno por uno, recordando la sonrisa de su padre (aquel viejo maquinista del Ferrocarril Central Norte Argentino), las manos de su madre (que parecían de porcelana y eran tan transparentes que se les veían los prolijos deltas de sus venitas azules), y hasta aquel pequeño gato que se llamaba Ernesto y al que mató el almacenero de Edison y San Martín, un francés que castraba a todos los gatos del vecindario para engordarlos y comerlos a la cacerola. Se quedaba dormida sin darse cuenta, pero siempre trataba de que su último pensamiento fuese para el tejido que terminaría al día siguiente, antes de que llegaran las clientas a probarse.

Hacía ya muchos años que Roque no le insistía para que hicieran el amor. Si bien nunca habían sido apasionados, más de una vez, ruboroso y solemne, él se lo había pedido. No como prueba ni como prenda, sino por la simple razón de querer hacerlo, por una urgencia que, cada tanto, parecía incendiársele en las venas. Alguna vez (borrosa vez que ya casi no recordaba) una mano de él había incursionado por su espalda y acaso investigado sus pechos, pero los mismos torpes movimientos, la misma economía de palabras y ciertas miradas elocuentes los habían recompuesto. Y sin hablarse, siempre, fatigosamente, se habían separado: ella para acomodar un mantel, él para arreglar el tutor de algún rosal. El deseo, o ese algo parecido que ellos pudieron sentir, se les fue muriendo como los pocos parientes, como las plantas que no se riegan, como el algodón de los barbechos. Y cuando la televisión llegó a Resistencia, aquellas ansias ya estaban sepultadas.

Una tarde Roque fue a lo de Titina con el rostro apenas más expresivo que de costumbre. "Tomá", le dijo, y le entregó una boleta de Casa Aides prolijamente doblada, que delataba la adquisición de un telerreceptor que al día siguiente le sería entregado. Ella dejó el papel sobre la mesa al mismo tiempo que Roque sacaba los sillones a la vereda; después sirvió dos copitas de anís y fue a sentarse con él, a aspirar con él el aire tibio del verano, el aroma de los chibatos en flor, mientras el tiempo continuaba pasando, implacable.

Al día siguiente, y a partir de entonces, Roque y Titina se instalaron en la vereda, pero mirando hacia adentro de la casa, hacia el televisor que ubicaron en el zaguán. Sin quererlo, o acaso Roque se lo había propuesto, encontraron otro motivo de silencio, de modo que la franja de unión entre ambos se hizo más sólida, como si en el mundo que se habían construido tras cuarenta y siete años de noviazgo el código del afecto se nutriera de ese mutismo pegajoso, y necesitara, cada tanto, ponerse a prueba con nuevos abismos que los unieran más y más. Previsiblemente —aunque no para ellos—, igual que si el televisor se hubiera constituido en un protagonista más de esa historia todo empezó a cambiar: la pareja se descubrió a sí misma como parte integrante de un terceto en el que ese objeto, inanimado y tan viviente al mismo tiempo, jugaba papeles protagónicos y anarquizaba sus tradicionales, gelatinosos silencios. Titina lo comprobó una noche, semanas después, cuando pensó que era absurdo retener todas esas ficciones que proponía el aparato. Sintió que peligraba su veterana intimidad, que estaban aislados, que el televisor era una especie de juez, o mejor, un fiscal acusador que los señalaba y los sumía en un silencio diferente del de esos cuarenta y siete años, un silencio con peso propio, capaz de imputarles, insolente, lo solos que estaban. La certeza la sobresaltó como un frío repentino. Se cubrió la espalda con el chal de ahó-poí y dijo, desviando la mirada del televisor:

—Decíme, Roque... ¿por qué nunca nos casamos nosotros?

El no la miró. Siguió observando, aparentemente atento, las imágenes cambiantes. Tardó unos minutos en buscar una respuesta. No pudo encontrarla, o no supo, o no quiso.

—No sé —dijo—, quizá no hizo falta.

—Claro —admitió ella.

Pero claro no, pensó enseguida, modificando su vieja costumbre de conceder todo y después, acaso, arrepentirse y estar en desacuerdo pero jamás decirlo. Se irguió unos centímetros.

—Ché... ¿y qué te parece si nos casamos?

Entonces Roque desvió su vista del televisor, lentamente, quizá no tanto por parsimonia sino más bien porque nada lo sobresaltaba, porque nada lo había conmovido jamás. Pero por su mente desfilaron, súbitamente, mil rostros, mil recuerdos, mil veces esa misma pregunta a punto de hacérsela a una Titina treinta o cuarenta años más joven, y mil noches (y más, muchas más) de luchar contra el asedio del deseo (un deseo en su estilo mesurado) y contra el tedio y el calor y hasta los llantos en las mil pensiones que fue la Santa Rita.

—¿Y para qué, Titi? —preguntó a su vez, hamacando su cabeza, manso como un perro que duerme la siesta—. ¿Quién nos va a dar bola a esta altura?

Y se quedó mirándola, mientras ella lo miraba. Y ambos se olvidaron del aparato, cada uno metiéndose a la fuerza en el interior del otro, como buscando respuestas (o buscando evasivas, porque quizá ya sabían las respuestas); y así estuvieron durante quién sabe cuánto tiempo, hasta que ella dijo:

—Roque, qué solos que estamos.

Y él dijo:

—No estamos solos; estamos viejos, nomás.

Ella pensó durante unos segundos. Recordó algo que solía afirmar su padre: que el tiempo no se hace responsable de los errores de los hombres; y que los males del mundo son como el agua y el pan; no se puede vivir sin ellos.

—Es lo mismo —afirmó—: pero por lo menos, si nos casamos, no vas a tener que andar de noche ni dormir solo en la pensión.

—Es cierto. Y vos no vas a tener más frío.

—Y acaso nos vamos a morir juntos. Debe ser importante no morirse solo, ¿no? Quién te dice...

—Sos una trágica, vos.

Y se quedaron nuevamente en silencio, y el tiempo —que parecía haberse detenido— volvió a ponerse en marcha, sólido y preciso, para seguir delineando destinos, como antes, como durante cuarenta y siete años, como siempre porque para ellos esos cuarenta y siete años eran siempre.

Y mientras se miraban, ambos supieron que era mentira eso de casarse, pues ninguno de los dos sería capaz de protagonizar semejante historia.

Pero al cabo de un montón de minutos, o quizá de horas, Roque se puso de pie, más lentamente que de costumbre, y empezó a plegar los sillones mientras Titina apagaba el televisor y llevaba las copitas de anís y la tetera hasta la cocina. Allí se encontraron, luego de que él acomodó los sillones y cerró la llave de paso del gas, y se quedaron frente a frente, de pie, mirándose con una profundidad no habitual, como si no comprendieran lo que iba a suceder, o acaso comprendiéndolo cabalmente y sólo tratando de convencerse.

EL DUELO

En mi país hay muchos contadores de cuentos, algunos muy famosos; y los hay sutiles y agudos. Uno de ellos es comprovinciano mío, y ha llegado a ser reconocido en toda la nación. Se trata de Carlos Camporeal, un hombre que no termina de gustarme por determinadas actitudes que tuvo durante la dictadura, pero en quien reconozco genialidad para el oficio de contar con gracia, con *tempo* exacto, historias de la gente simple del interior de la Argentina, especialmente del litoral y el centro-norte.

De él quiero referir una narración que, cuando se la escuché, me hizo reflexionar acerca del odio y el rencor, esos materiales tan argentinos y que tanto daño nos han hecho. Camporeal, a su vez, atribuía ese relato a don Mario Millán Medina, músico correntino, compositor de los que consagraron al chamamé como parte insoslayable del folklore nacional. Probablemente, este hombre lo hubiese asignado a algún otro narrador oral, y éste a su vez a otro, de modo que la historia se fue completando y seguramente el final ha de haber sido modificado varias veces hasta la versión que yo conozco, cuya resolución parece imaginada por un místico, acaso un desenfadado, todo lo cual confirma la idea —de todos conocida— de que las historias pertenecen a los pueblos y no a quienes las narran.

Esto sucedió en Corrientes y tuvo por protagonistas a dos personajes algo primitivos, semiletrados; dos hombres de campo de esos para quienes la simpleza es una cualidad y un estilo de vida. Gente de sentimientos recios, vehementes, unidireccionales; de amores y odios sin rebuscamientos. El uno, Herculiano Mansilla, natural de Alvear, era hombre de los arenales de la costa del río Uruguay, silencioso y solitario, buen jinete por su oficio de tropero, afiliado al Partido Liberal y por ende sujeto de pañuelos celestes, el color partidario, siempre anudados en el cuello. El otro, Ercilio Concepción Montiel, originario y habitante de Gobernador Virasoro, era un afamado jugador de truco, mujeriego, padre de varias parvadas de niños en leguas a la redonda, y contrabandista en las tierras del nordeste correntino, en el límite con la provincia de Misiones y con el Brasil. Los dos se odiaban, no se sabía muy bien por qué razón, aunque presumo que habrá sido por esos viejos rencores de la política argentina, pues el uso de pañuelos rojos y listones colorados denunciaba a Montiel como afiliado al Partido Autonomista, el que fundara don Adolfo Alsina a fines del Diecinueve.

Posiblemente los enfrentó ese encono secular de los correntinos, aunque no debería descartarse la existencia de alguna falda disputada, de un agravio de juego o de un negocio turbio, pues el mundo de esos hombres era pequeño —no más de cincuenta leguas a lo largo del río Uruguay, y otras tantas desde la costa hasta los esteros del Iberá— y habrán sobrado ocasiones para ofenderse. El diablo —se asegura allá— siempre mete la cola y siembra cizaña.

El caso es que habían jurado matarse cuando y donde se encontraran. Era vox populi, como se dice, que los dos no cabían en la misma región. Y cuando dos no caben, en un territorio apasionado como es Corrientes, la promesa de muerte es un compromiso de por vida, una obligación, una obsesiva determinación que domina las acciones de cada uno.

Sin embargo, curiosamente, en cierto modo se esquivaban. Un tanto morosos en la búsqueda del encuentro, casi al desgaire, cada uno odiaba al otro en silencio, rumiando su rencor. Pero ninguno se afanaba por apresurar el momento que el destino habría dispuesto para que se realizara ese duelo inevitable. Los dos sabían de la peligrosidad del adversario, y no era cuestión de tentar caprichosamente a la muerte que el otro significaba. O bien, acaso cada uno se preparaba, lento y en secreto, para el instante en que el azar los reuniera en esa batida que sería, sin dudas, la última.

Hay que apuntar, en este relato, el papel de la gente de la comarca, que como la de cualquier lugar de mundo es siempre proclive a los chismes, a la fascinación que provoca el morboso contemplar desdichas ajenas. Impelida a llevar su fantasía a lo ilimitado, la gente de a todo lo largo de la costa del Uruguay agrandaba la diferencia y exageraba la obsesión de los rivales. Se decía, por ejemplo, que en Santo Tomé unos arrieros habían detenido a Montiel cuando iba a unas carreras cuadreras en las que apostaba Herculiano Mansilla; o que en Ituzaingó, en el velorio de un diputado autonomista, se le había advertido a éste que mejor no anduviera cerca. Y se contaba que en tal fiesta patria, que en aquel casamiento, que esto y que lo otro, habladora, la gente, chismorreaba con esa ansiedad que se expresa en las risitas nerviosas que produce la vecindad de la tragedia. Se hablaba del duelo con cierto temor reverencial y era fama, en la región, que sobraban comedidos capaces de incitar los rencores con comentarios maliciosos.

Sólo una vez estuvieron a punto de enfrentarse. Fue en un asado municipal que se hizo en la estancia de los Navajas, cerquita de Virasoro. Temerariamente, Herculiano Mansilla, que no era de por ahí, se acercó arreando una tropa para unos brasileños que pensaban cruzar los animales a nado, arriba de Sao Borja. Una llovizna pertinaz, oblicua por acción del viento del sur, que lo agarraba de frente, lo había obligado a descansar un poco, a desfangarse después de dos días de marcha, y la noticia del asado llegó a sus oídos. Acaso Mansilla se sintió atrevido, ganador; lo cierto es que se lanzó hacia Virasoro, territorio de su enemigo. Pero fueron varios los que lo reconocieron cuando llegaba, e informaron al comisario del pueblo, quien con respeto, pero enérgico, interceptó al de Alvear y a pie firme le recomendó que mejor se marchara: "Andáte nomás chamigo —le dijo, dicen— que Corrient'es provincia grande con mucho campo ande dirimir cuestiones".

Herculiano Mansilla, de odio preciso, no era chúcaro con la autoridad. Respetuoso, sin bajarse del zaino, se tocó el chambergo, hizo recular a su montado y volvió adonde su tropa. Y la historia quiere que Ercilio Concepción Montiel ese día bebió de más y anduvo jurando que había olido en el aire a su enemigo.

Pero la muerte es un bicho tozudo, se sabe, e inevitablemente un día iba a provocar el choque. No hay subterfugio, no hay argumento cuando la fatalidad anda con ganas, briosa. Si dos se tienen apetencia, si dos se buscan, si se prometen la muerte y están dispuestos a pelear contra la suya propia antes que con la del adversario, finalmente han de encontrarse. Dicen, en Corrientes, que en algún lugar todo está escrito y que estaba escrito que Montiel y Mansilla terminarían frente a frente.

Y así fue, un día de cuadreras por el lado de Yapeyú, en un campo a media legua de la ruta 12. Bajo una arboleda se preparaba el asado, se bebía vino tinto y se hacían las apuestas. Herculiano Mansilla miraba la pista desde arriba de su zaino, tomando cada tanto unos mates cebados por una de las patronas de la estancia y acercados por una guainita que esperaba, junto al caballo, que él le devolviera el porongo. Esa vez nadie temía el encuentro porque se daba por cierto que Ercilio Concepción Montiel estaba en Misiones, por el lado de Oberá, en un contrabando de maderas.

Y sin embargo Montiel llegó, en su tostado moro, tranquilamente inadvertido. Ninguno de los participantes reparó en su arribo, ni a nadie llamó la atención su pañuelo colorado pues eran muchos los rojos que se mezclaban en esa fiesta, no política, con los celestes. Claro, la tragedia elegía un momento óptimo: todos estaban desprevenidos e incluso Montiel había recibido noticias de que Mansilla había bajado a Libres para un asunto del Partido Liberal. De todos modos, y casi por rutina, ni bien llegó le preguntó a un distraído, un opa que miraba a ningún lado, vacío de pensamientos.

—Decíme, muchacho, ¿no anduvo por aquí uno que se llama Herculiano Mansilla?

El opa se ajustó las amplias bombachas, rascó el piso con la alpargata y habló con voz chillona, por debajo del bigotito, delgado como un suspiro negro.

—Sí, ahí'stá. Es aquel que le mont'al zaino.

Y señaló hacia un eucalipto bajo el cual Mansilla devolvía, con una sonrisa, el mate a la muchachita.

Ercilio Concepción Montiel se trasmutó y una furia oscura, viscosa, le deformó la cara: cuentan que se le agrandaron los ojos como cuando se ve al Maligno. Se le pusieron como de lechuza: fieros, redondos, negros.

—¡Herculiano Mansilla! —gritó, hacia el eucalipto.

—Pa'servirlo —respondió éste con la misma sonrisa con que devolviera el mate y girando en la silla sobre el zaino para mirar a quien lo reclamaba.

—¡De vaina me vas a servir, añá membí! ¿Sabés quién soy?

El gentío se llamó a silencio y la pregunta quedó flotando en el aire. Como un rayo, como una maldición, la muerte se instalaba en la reunión, hecha un ruidoso silencio súbito lleno de presagios. Ni los pájaros volaron, ni se movieron las hojas de los árboles. Dicen que ni bosta hicieron los caballos, y que ni babas soltaron cuando Mansilla achicó los ojos y desvaneció su sonrisa con el reconocimiento.

—Más puta será tu madre —dicen que dijo, en el exacto volumen anterior al grito pero suficiente para que todos lo escucharan, especialmente su rival—. Y vos vas a servir de chaira pa'mi cuchillo, porque ya me estoy imaginando quién sos: Ercilio Concepción Montiel.

Al unísono, unánimes como dicen en Corrientes, los dos desmontaron y palmearon las grupas de sus cabalgaduras, que enseguida fueron tomadas de las riendas por esos solícitos que siempre hay en los asados de campo y que pareciera que prefieren ocuparse de menudencias, acaso para no soportar la visión de la violencia que los fascina.

Los enemigos se afirmaron en tierra y ya no pronunciaron palabras. Envolvieron sus brazos izquierdos en los ponchos y extrajeron los facones de las espaldas. Eran aceros opacos, duros y pesados antes que lucidores; aceros de trabajo, de carnear, de todo servicio. Se fueron acercando lentamente mientras daban pasos cautelosos hacia sus respectivas derechas, formando un círculo como de tres metros de diámetro, encerrado en otro más amplio que hizo la gente, de varios metros más de cancha, un círculo trágico de silencio en el que se escuchaba, como murmullo de palomas en un frontispicio, el rezo colectivo *diostesalvemaría* de boca de todas las mujeres, allá atrás, persignándose frenéticamente en señales de la cruz y *llenaeresdegracia*, mientras Mansilla y Montiel caminaban, felinos, lentos, hacia la derecha, luego hacia la izquierda, como agujas enloquecidas de un reloj delirante, sólo capaces de girar simétricas, como si el tiempo se hubiese detenido, incontable, tiempo perdido, extraviado, *benditatúeresentretodaslasmujeres* y así los duelistas formaron las nueve y cuarto, y las seis en punto, y las doce y media, girando uno y otro, mirándose, desentendidos de las bocas abiertas de la concurrencia, y de los rezos *benditoeselfruto* y del pasmo fascinado de quienes los observaban mientras el viento se llevaba los rezos *detuvientrejesús*.

No me es posible contar el duelo. Según Camporeal duró cuarenta y ocho horas. Probablemente se trata de una exageración. No creo que se haya prolongado tanto, y en realidad no es un dato importante. Para mí, si fue largo, duró un par de horas. Lo seguro, e impresionante, es que ninguno de los dos aflojó. Montiel marcó primero a su enemigo, eso está confirmado. Pero también, cuentan, fue verdad que desde el comienzo Mansilla se mostró más certero e hirió más veces. Sin duda el coraje de ambos, su habilidad, el rencor que los animaba, hicieron que no hubiese tregua y cada hora fuese inapelable, sin un minuto de descanso ni un fugaz relajamiento de músculo. Y aseguran que, durase lo que durare, ni una sola vez quitaron su mirada llena de odio de los ojos del otro.

Al cabo de ese tiempo imprecisable, agotados ambos, tras haberse arrastrado por el suelo de tierra ya barrosa de sudor y de sangre, con las venas abiertas aquí y allá, el que murió primero fue Montiel. Y cabe el adverbio de tiempo porque Mansilla también murió, un par de días después del duelo, de las heridas que recibió del facón de Montiel.

Y hasta aquí es la historia de lo que sucedió en la tierra correntina.

Sin embargo la imaginación popular, formidable como el ingenio de la gente de campo, quiso agregar otro final a lo ocurrido, seguramente para exaltar la hidalguía de los correntinos: Herculiano Mansilla, vencedor del duelo en la tierra, apenas llegó al cielo pidió una entrevista con San Pedro, quien lo atendió luego de un largo rato porque como se sabe siempre está muy ocupado.

—¿Qué se te ofrece, hijo?

—Dígame —respetuoso, Mansilla, con el chambergo en las manos y acomodándole tímidamente la cinta celeste:— una persona de Corrientes, en la Argentina, de nombre Ercilio Concepción Montiel, natural de Virasoro y que murió hace dos días de herida de arma blanca, ¿no habrá andado por aquí?

—Sí —respondió el Apóstol—. Está aquí adentro.

—Ajá... —titubeó, emocionado, Mansilla—. ¿Y usté puede hablar con él?

—Sí, claro, por supuesto —sonrió San Pedro.

—Bueno, entonces le voy a pedir un favor —y bajó los ojos Mansilla, con humildad, para luego fijarlos en la profunda y cálida mirada del hombre de Dios:— Dígale que estuvo Herculiano Mansilla y que vine a decirle que yo también morí. Que descanse en paz, nomás, que el duelo terminó empatado.

LA NOCHE DEL TREN

Eran las ocho de la noche de ese 24 de diciembre en que yo cumplía dieciséis años, a principios de los sesenta, y apenas habíamos pasado Intiyaco cuando la tía Berta se irguió en su asiento, quitándose el sudor del cuello con un pañuelo mojado, y me dijo:

—No vamos a llegar a tiempo.

Veníamos de Buenos Aires en el "Estrella del Norte", pero habíamos salido de Santa Fe con una demora de cuatro horas y todo el pasaje, apiñado y sudoroso en esos doce vagones, parecía impulsar a esa máquina carcajeante, atosigada, para que se acelerara, aunque nadie tenía fe en que pudiéramos arribar a Resistencia antes de las doce de la noche.

Mi tía Berta y yo íbamos en el cuarto coche, y ella viajaba sumamente malhumorada por el calor y, me di cuenta, también por el cada vez mayor retraso, pues la locomotora bufaba, irregular, y no sólo no recuperaba el tiempo perdido sino que era evidente que nos demorábamos más y más.

—No vamos a llegar a tiempo —repitió, y yo preferí no hacer comentarios. Ella tenía entonces treinta y dos años y una como mueca constante de acritud, quizá porque pensaba que iba a quedarse soltera y eso la preocupaba mucho, yo no sé. En realidad las que estaban más preocupadas con eso eran mamá y las tías mayores, que decían que Berta era demasiado neurótica y demasiado agria para su edad. Pero también era encantadora por su calidez y camaradería, al menos para conmigo y cuando estaba de buenas. Eso a mí me gustaba tanto como esas tetas espectaculares que tenía, y que todavía suelo evocar en algunos sueños eróticos, que sueño cuando estoy muy cansado. No era linda, pero a mí me encantaban su largo pelo negro y su voz sensual y sus ojos que a veces tenían un brillo pícaro, irónico, invitador a complicidades. Era yo, claro, muy joven todavía para saber que es casi un lugar común que los adolescentes se enamoren de las tías. Pero no sé si yo estaba enamorado de Berta. Sólo sé que me fascinaban su presencia, su compañía, sus cuotas de desenfado y malhumor, y que ese viaje había sido muy grato hasta Rosario, porque ella charló mucho, me preguntó si tenía novia, hizo chistes y me obligó a confesarle que me gustaba la hija de Romero, Laurita, pero que no me daba ni la hora. Se rió mucho y después me contó cómo las monjas del Colegio María del Socorro, cuando ella hacía la secundaria, le tocaban los pechos haciéndose las descuidadas para enseguida santiguarse con rubor. También jugamos a las cartas, hasta que súbitamente Berta volvió a agriarse, dejó de hablar y se dedicó a leer el *Para ti* o a mirar la pampa por la ventanilla. Y después que salimos de Santa Fe tuvo el humor de un gato.

Cada hora el calor aumentaba, y ella, befante, se veía inquieta e irritable. Cada tanto, se sacudía la blusa y la tela se pegoteaba contra sus pezones, que eran oscurísimos. Yo la miraba, nomás, porque conocía su genio. Me divertía verla así, sentada como los hombres, con las piernas muy abiertas, de modo que la pollera se le deslizaba pegada a su sexo y resaltaba sus muslos, macizos como lapachos jóvenes.

—No vamos a llegar a tiempo —volvió a decir, y yo no sabía a tiempo para qué. Y me lo preguntaba, cuando el convoy empezó a perder velocidad. No se frenó inmediatamente, pero resultaba obvio que nos estábamos deteniendo, si hasta se apagó el tronido de la locomotora y, al asomarme, vi que casi todo el pasaje de mi lado sacaba las cabezas para ver que la vieja máquina ya no echaba humo y parecía deslizarse sobre los rieles con el mero impulso de su inercia. Sentí rabia, pero me dije que iba a ser un cumpleaños original.

Ya era de noche y, cuando la máquina se paró, un guarda gordo y calvo, con el uniforme todo manchado de comidas y cafés, recorrió los vagones anunciando que habíamos sufrido un desperfecto mecánico y que si queríamos bajar cuando el tren se detuviera podíamos hacerlo, pero que nadie se alejara mucho de las vías.

El paisaje era desolador, como siempre es el paisaje en el Chaco: se veía el monte y eso era todo. Adonde uno mirara, uno que otro algarrobo se alzaba sobre la fronda, o un quebracho muy erguido, o por ahí un lapacho. Pero no había arriba ni abajo, la planicie era tan redundantemente plana que la visión se hacía cortísima: a una docena de metros de las vías empezaba la vegetación cerrada y sólo se apreciaba el oscuro entretejido de la selva. Teníamos la sensación de que estábamos en una especie de túnel, o en un pasadizo a cielo abierto en medio del monte.

La gente empezó a levantarse, muchos se desperezaban, y la mayoría se bajó del tren en cuanto éste se detuvo.

—¿Bajamos, Berta?

—No, yo no —y negó también con la cabeza, fastidiada como si estuviera por faltar a una cita muy importante—. Andá vos, si querés.

Encendí un Fontanares y me bajé a fumarlo entre la gente. Todos comentaban la mala suerte que nos tocaba, y casi inevitablemente el comentario se refería a las cenas de Navidad perdidas. Las madres aprovechaban para cambiar pañales y algunos hombres se dirigían, curiosos, inútilmente interesados, hacia la locomotora, donde se veía que había dos tipos con overoles azules que daban la impresión de estar completamente desconcertados. Unos pocos más, los optimistas, caminaban hacia el final del convoy como para sentarse a esperar que llegara alguna zorra con mecánicos. Pero todos sabíamos que esa zorra podía tardar una hora o un par de días y que, en todo caso, lo peligroso sería que apareciera el tren de la mañana siguiente, o algún carguero, y que vinieran inadvertidos de nuestro percance. Esos hombres resultaron, además de curiosos y optimistas, precavidos, porque encendieron grandes fogatas un centenar de metros más allá de la máquina y del último vagón correo, sobre las mismas vías.

En la noche, y con el tren a oscuras, era impresionante ver el convoy enmarcado por los fuegos, a todo lo largo de casi medio kilómetro y a cuyos lados florecían fuegos más pequeños, alrededor de los cuales la gente se arracimaba para calentar agua para los mates, para entibiar las mamaderas o para espantar mosquitos, jejenes y, acaso, algún animal curioso que pudiera salir del monte. La luna brillante, en esa límpida noche navideña, parecía tan iluminadora como caliente.

Caminé, fumando, sin alejarme demasiado de nuestro vagón, y al cabo de unos minutos empezó a escucharse un chamamé, música que venía de uno de los últimos vagones, de la Segunda Clase: era un rasguido monótono, más de bordonas que de primas, que acompañaba a un desfalleciente, desinflado bandoneón. Enseguida se improvisó un dúo para cantar "Tirolpuéeee / blitoqueriiiidoooo / rinconciii / toabandonadooo / recordaaaan / domipasadoooo / yojamáaaaaas / teolvidaréeeee" y me llamó la atención el croar preciso de esa segunda voz, baja y llorona, cantando como debe cantarse el chamamé.

Alguna gente se separaba del tren y se metía entre la maleza, entre los primeros, no demasiado tupidos matorrales, en absurdas incursiones escatológicas pues en los vagones había baños. Sucios, pero baños. Y sin embargo todos preferían adentrarse en busca de la otra intimidad de la arboleda. Y era divertido, porque cada uno que se metía en el monte dejaba un familiar o un amigo en el descampado, junto al tren, para poder orientarse al volver, o para que alguien escuchara su grito si aparecía algún animal peligroso o asustador. Y los que estaban de este lado parecían hablar solos en voz alta, mientras uno debía imaginar a los otros, en cuclillas y arrimados a los árboles, charlando desde la espesura.

El calor era agobiante, como todos los diciembres en el Chaco. Bandadas de insectos parecían atacar en picadas a la gente, como minibombarderos temibles, como Stukas mortíferos. Se oían las palmadas en los brazos, en las mejillas, en las piernas. Cada tanto, uno que otro daba un salto al sentir las picaduras, y en varios sitios surgieron minúsculos fuegos de bosta encendida, que aunque malolientes ahuyentaban a mosquitos y jejenes. Ya pasadas las nueve de la noche, el tema de la gente era que un cura que viajaba en la Primera Clase había prometido improvisar una misa de gallo, y que estaba bien que en el vagón comedor hubieran decidido racionar el agua y las bebidas embotelladas. No obstante, era evidente que en varios grupos corrían, abundantes, la cerveza caliente y las enormes damajuanas de vino.

Regresé a la ventanilla donde debía estar mi tía. No la vi, pero la llamé desde la caída del terraplén.

—Qué hay —me respondió su voz. No se asomó y la voz me sonó desagradable, como si yo hubiera importunado algo, un sueño acaso. Estaba muy nerviosa.

—Asomáte —le pedí—, o bajá un ratito, aquí está más fresco.

Escuché sus movimientos y luego vi que sacaba la cabeza por la ventana. A la luz de la luna y de las fogatas se veía transpirada, con los pelos pegoteados en la frente, ese largo pelo negro que parecía más brilloso por la humedad y el calor. Me sonrió.

—Bajaron todos, ¿no?

—Sí, y hay algunos que están chupando. Y allá en la Segunda, cantan.

—Dentro de un rato van a estar todos borrachos.

—Y esto va a terminar en bailanta —me reí—. ¿Por qué no bajás? Berta se mordió el labio inferior: parecía súbitamente divertida.

—No tengo ganas.

—Nos van a estar esperando —dije yo—.¿En la estación les avisarán, no?

—Supongo.

Y se quedó así, con el mentón recostado sobre la ventana, mirando en derredor. Saqué un cigarrillo, se lo ofrecí y luego le di fuego. Encendí otro para mí.

—Qué Navidad vamos a pasar —dijo ella—. Y qué cumpleaños el tuyo. ¿Sabés qué fue lo que pasó?

—No, no pregunté. Da lo mismo. Se habrá reventado la caldera o algo así.

—La que voy a reventar soy yo: el calor es insoportable. Y los mosquitos. ¿No habrá algo de tomar? ¿Algo fuerte?

—Si querés, voy a ver si consigo algo de vino.

—Sí, dále —se le iluminaron los ojos—. Tomá —y metió la mano entre sus pechos, irguiéndose sobre la ventana, y sacó un billete. Yo me quedé mirando ese seno increíble, profundo, húmedo. Cuando me tendió el billete, ella también me miró. Lo tomé y me fui al coche comedor.

Ya se estaba organizando una especie de Navidad multitudinaria; acabadas las lamentaciones, y mientras sonaba "Puerto Tirol" por cuarta o quinta vez, la gente parecía recuperar el humor ante la idea de una Navidad bastante insólita. En el comedor la gente se anotaba, en una planilla improvisada, para recibir las bebidas de que se disponía. Lo único que no daban era agua, por si acaso, pues se reservaba para los niños. Había que regresar entre las diez y media y las once y media a buscar las botellas asignadas a cada grupo. A nosotros nos tocaría una botella de vino tinto, que dejé pagada. Y aparté también un paquete de "Criollitas".

Volví a nuestro vagón y encontré a Berta sentada en la escalerilla, con las piernas colgando y apantallándose con el *Para ti* ajado. Mordía un tallito de pasto que tenía una diminuta flor amarilla en la punta. En la semipenumbra parecía más gorda, pero me excitó pensar en toda la carne sudada que había debajo de su blusa y de su falda livianas. Le expliqué la cena que tendríamos, se rió con una carcajada fresca, vulgar, y me dijo "bueno, falta más de una hora, vamos a caminar un rato". Y de un brinco bajó adonde yo estaba.

Berta era igual de alta que yo y se deslizaba moviendo las caderas excesivamente. Nunca supe si era un defecto de su modo de caminar o era porque estaba muy cargada de carnes en las nalgas. Papá, siempre que jugaba al truco, juraba "por el culo de mi cuñada" como si dijera "por las barbas de Cristo". Anduvimos en silencio por el costado de las vías, sorteando a la gente, apiñada en círculos y sobre mantas o sábanas tendidas en el suelo. Algunos dormían, otros simplemente miraban el cielo estrellado como pidiendo una brisa fresca que no llegaba y que todos sabíamos que jamás llegaría. Pasamos la locomotora, que parecía muerta como los dinosaurios del museo de La Plata, y antes de alcanzar la enorme fogata final, sobre las vías, Berta cruzó los brazos sobre sus pechos, como si hubiese sentido un escalofrío, y dijo:

—Hay algo que me da miedo, esta noche.

Y se detuvo y miró hacia el monte, a nuestra derecha. Yo me quedé pensando en lo mucho que la deseaba. Ella siguió:

—Estoy toda transpirada; no me aguanto.

Y yo me dije que había adivinado mis pensamientos. Bajamos del terraplén por el otro lado. Había igual cantidad de gente, o acaso más porque el monte empezaba un poquito más lejos; era un claro como de treinta metros de ancho, a todo lo largo del convoy. Me pregunté si la gente no tendría miedo de que aparecieran las víboras; las yararaes se enloquecen con el calor.

En ese momento, Berta se me acercó y se colgó de mi brazo.

—Volvamos, Juancito, no sé qué me pasa.

Y caminamos así, yo imaginando que como dos novios, ella mordiendo su pastito ya despedazado, hasta nuestro vagón. Sin decir palabra, se descolgó y subió al coche. Le dije que se iba a morir de calor y me replicó que le daba lo mismo, que ya estaba muerta, y nerviosa y cansada.

Me quedé abajo, mirando la tierra polvosa, el monte sucio y oscuro y ese cielo tan límpido como inalcanzable hasta que se hizo la hora de buscar nuestra cena. No sé por qué, se me ocurrió subir antes al vagón. Estaba completamente vacío, y en la oscuridad sólo se adivinaba la figura de Berta, acostada a lo largo de nuestro asiento, con las piernas recogidas contra sus muslos. Parecía dormir, con la cabeza sobre su bolso de mano. Los pechos se le caían uno sobre el otro y los dos sobre el asiento de cuero, y parecían sobrar la tela liviana. Tenía las manos sobre su sexo y yo me excité muchísimo. Paralizado, no pude hacer otra cosa que quedarme mirándola, con la boca entreabierta, reseca. Metí una mano en el bolsillo y acomodé mi erección. Mi corazón latía brutalmente, y latió aún más cuando observé que su mano derecha en realidad acariciaba su sexo, suave, lenta, firme, sensualmente, y me di cuenta de que debía estar despierta y que era seguro que sabía que yo la estaba mirando.

Retrocedí en silencio, aterrado, diciéndome a mí mismo "enseguida vengo; voy a buscar la cena", y bajé del vagón completamente alterado.

En el coche comedor había una fila larga pero que avanzaba bastante rápido. Delante mío había dos tipos bien vestidos que comentaban, molestos, que no era posible que hasta en ese solitario paraje los negros de la Segunda Clase cantaran a los gritos la Marcha Peronista entre chamamé y chamamé. Y detrás, una señora joven y linda que vestía un vaquero flamante le contaba a otra, bastante mayor, lo fabulosa que había sido la última Navidad que pasaron en Córdoba, en la casa de Jacinta.

Cuando me entregaron las galletitas y la botella de "Toro Viejo", con dos vasos de cartón, y el guarda gordo y calvo que ayudaba a dos mozos de camisas blancas en el reparto me dijo mecánicamente "que pasen feliz Nochebuena", me dio miedo volver al vagón. A la Marchita siguió, una vez más, "Tirolpuéeeeee / blitoqueriiiidooo", pero las risas de la gente no me quitaron el miedo.

Regresé rápido, de todos modos, tratando de ocultar mi turbación, de aquietar mis fantasías protagonizadas por los pechos de Berta y por la seguridad de que se había estado masturbando. Y subí al coche muy despacito, casi en puntas de pie, con la esperanza de volver a verla en la misma posición.

Así fue. Y ya no me quedaron dudas de que Berta se hacía la dormida, mientras su mano me imantaba la vista, moviéndose como una culebra, ofídicamente, maravillosamente sensual sobre su sexo. Ella también se movía, excitada, y su cuerpo grueso parecía el de una maja ondulándose sobre el asiento de cuero que crujía con un chirridito exasperante. Me quedé tieso, absorto, mirando su mano que viboreaba y el alzarse rítmico de sus enormes tetas, y su boca entreabierta, por donde su respiración producía un silbidito que por un momento me pareció acompasado con la música que se oía a lo lejos. No sabía qué hacer, estático, con la botella en una mano y el paquete de galletitas en la otra, hasta que Berta abrió los ojos y me miró sin sorpresa, porque sabía que yo estaba ahí, parado, viéndola, moviendo los labios estúpidamente e incapaz de proferir palabra, y no sé si hizo un gesto, nunca lo sabré, o si fui yo nomás que dejó sobre el asiento de enfrente la botella y las galletitas, pero me tiré sobre ella y ella me recibió abriendo esas piernas robustas, fuertes, que toqué por primera vez sintiendo cómo mis manos se hundían en su carne, y todo eso mientras ella buscaba mi braegueta y yo le besaba esos pechos magníficos que reventaron la blusa de tela liviana.

Después bebimos el vino y comimos las galletitas con excelente humor, deseándonos muchas felices navidades como ésa, y muchos cumpleaños así. Volvimos a hacerlo y nos dormimos abrazados, sobre el asiento. La zorra llegó a la madrugada y el tren volvió a arrancar al amanecer. A media mañana arribamos a Resistencia, sin que me importara el insoportable calor decembrino. Al bajar del tren, y después de besar a mamá, vi a un mendigo que pulsaba una guitarra frente a una gorra deshilachada, recostado contra una columna de la estación. Le pedí que tocara "Puerto Tirol" y en cuanto arrancó con las primeras notas deposité un billete en la gorra. Mamá y los demás parientes me miraron con extrañeza. A mí me pareció que la tía Berta sonreía.

ROSITA, LA VIDA SE ACABA

"Rosita, la vida se acaba, pasa el tiempo y tú no debes seguir así, detrás de un imposible; la desgracia, tú sabes, no pide permiso, la desgracia es insolente y una debe ser fuerte y mirar hacia adelante", dice Gladys, la chilena del octavo be. Pero Rosita no la escucha, y mantiene la vista melancólicamente depositada en la Cathedral Parkway, donde ahora pasan unos negritos lanzándose pitchazos imaginarios que batean con palos también imaginarios.

Rosita, la vida se acaba, no saben lo que dicen —replica, musicalmente, como para sí misma—; se acaba si una deja que se acabe, siempre lo dice Orestes. nosotros somos los arquitectos; pero no somos la historia. Y Orestes sabe, nunca me ha mentido y yo le creo, le he creído siempre, jamás dejaré de creerle aunque él me diga que no hay que pensar en siempre, jamás o nunca porque son palabras falsas, piba, como perdones de curas; tienen buena intención pero eso no puede cumplirse porque no se sabe qué hay dentro de los nuncas, los jamases y los siempres, así dice, mi Orestes querido no es capaz de mentirme.

"Pero Rosita, m'hija, ¿no te das cuenta? Eres muy joven y dialtiro ya debieras estar buscándote otro güevón que te sacuda, para eso tienes el cuerpazo que tienes y que todas las niñas te envidiamos; no es posible que te la pases esperando al gallo ese que no volverá nunca más."

Rosita, la vida se acaba —salmodia ella, repetidora—, no me ha-

181

gan reír, no van a creerlo cuando lo vean, yo sé que todavía me pide que lo espere y le sea fiel, porque el Orestes es celoso; dice que soy la más hermosa del mundo, que no vive más que para amarme y yo le creo, siempre, todo, todo le creo. Sólo lo que él dice es verdad para mí. No es cierto, entonces, que no ha de volver, que me ha dejado. "Ni el partido será capaz de separarme de vos, gurisa linda", me juró después de darme el último beso, aquí, en esta misma sala, cuando partió hacia Buenos Aires, de donde iba a cruzar a Montevideo. "Te prometo que regreso, pequeña diosa azteca, vos esperáme, esperáme siempre", dijo y sonrió, mostrando los dientes, achicando sus ojos claros, y me agarró de la cintura para levantarme, como a un cáliz, y me abrazó con fuerza, tan alto y grandote, tan poderoso mi Orestes. Y yo: claro que sí, mi amor, toda la vida, siempre te voy a esperar. Y él: pero no digas siempre, ché, que estamos de paso, yo lo digo pero vos no, y enseguida me susurró tierna, dulce, linda, vení, vení, y me buscó la carne bajo la falda, mi Orestes, y aquella última tarde me bajó la pantaleta y se metió adentro mío, sólo él, nunca otro, toda suya, hoy, ayer, siempre, todavía. Que la vida se acaba, que no volverá, no saben lo que dicen.

"Pero Rosita, chica, tú ehtás mal de la cabeza, peldóname que sea metiche, cómo dicen ustés, pero es veldá que la vida se acaba y tú no pués estar en un duelo tan lalgo, chica, pol dió que tié razón la Gladys", se escandaliza Lourdes, la puertorriqueña del veintiuno jota.

Pero Rosita tampoco la escucha. Sigue, como hablando consigo misma, con esa sonrisa inescrutable mientras mira la avenida donde ahora hay una pareja de latinos que se abraza y se besa largamente bajo el farol de la mitad de la cuadra, olvidados del frío del atardecer, ignorantes de esa viejita que camina trabajosamente apoyada en un bastón y que a su vez los ignora como si no quisiera ser testigo del amor.

La vida se acaba, no saben lo que dicen —piensa Rosita—, no entienden porque no son amadas, porque están casadas con machos que las usan, que las llenan de hijos y de obligaciones, que se pasan el día en el billar o perdiendo el tiempo en la Broadway Avenue, o quién sabe dónde y haciendo qué, pero nunca están con ellas, sino cuando llegan borrachos, de madrugada, o cuando se instalan a ver el canal 41 y encima les ordenan que les traigan sus cheves y les quiten los zapatos. No tienen Orestes como tengo yo, no saben de ternura, y eso no se acaba jamás, sí, jamás, Orestes, déjame que lo diga, porque tú me lo enseñaste: que el amor, cuando es de veras y es profundo, no se termina por un lapso de ausencia, aunque la ausencia vaya siendo larga. No se acaba, Orestes mío, porque también me enseñaste cómo se vive sin ti; entonces miente el bolero, tú sí que me enseñaste y por eso te soy fiel y puedo esperarte aunque tu partido me haya comunicado ahora eso tan feo que no quiero ni pensar.

"Rosita, la vida se acaba", siguen las otras, plañideras como viudas: "Niña, cómo no entiendes, ya han pasado dos años y ahora recibes la confirmación". "Pero chica, pol dió, tú ehtás mal de la cabeza, peldóname que te lo diga otra vé, pero el Orestes..." Y Rosita no, basta, chavas, por favor, Lourdes, Gladys, déjenme sola, ya no me lo digan.

De algún departamento proviene la voz de Bienvenido Granda con la Sonora y "angustia de no tenerte aquí / tormento de no tener tu amor". Rosita camina lento, siempre con esa sonrisa de Gioconda, absorta en sus ideas y se dirige al baño y enseguida al dormitorio, mientras el tema sigue: "angustia de no besarte más / nostalgia de no escuchar tu voz".

Y se encierra en su cuarto y se talla los ojos, para no llorar, y lentamente empieza a bailar el bolero que canta Granda en algún lado, "nunca podré olvidar / nuestras noches junto al mar", y siente cómo Orestes la abraza y la lleva bailando hasta una playa y la aprieta fuerte, alto y poderoso Orestes, y luego le mete las manos en las nalgas y le alza el vestido y con su mano velluda, sabia y tierna, firmemente empieza a acariciarle el clítoris, como a ella le gusta, como se lo hizo desde la primera vez, cuando se conocieron en el Central Park, aquel domingo de mayo en que hablaron de Acapulco y de Paysandú, y sabiamente la excita sobre el calzón, para luego tirarla sobre el tapete, donde ella se tiende y abre las piernas para recibirlo. Con los ojos cerrados, Rosita mueve una mano, que es la mano de Orestes, refregándose el sexo, agitándose, respirando violentamente, excitadísima, mientras con la otra mantiene la hojita de rasurar que recogió en el baño, y sin dejar de gozar por la habilidad de ese dedo esciente, perito de Orestes, sin que disminuya su enajenamiento, su placer, se estremece apenas un segundo cuando la navaja rasga profundamente los tendones del tobillo que tiene junto a su nalga, y por eso mismo acrecienta la presión del dedo, Orestes, Orestes mío, ay mi amor, házmelo siempre así, que nada se acaba si uno no deja que se acabe, y prolonga sus espasmos mientras en el otro piso la voz de Bienvenido sigue prometiendo almíbar en cada canción y Rosita siente un adormecimiento y Lourdes y Gladys hablan en la sala de que pobre Rosita, debe entender que la vida se acaba, que nomás se vive una vez, que no puede seguir así.

LOS PERROS NO TIENEN LA CULPA

Debo advertir, ante todo, que ya estoy viejo para dar explicaciones y además me resulta muy difícil explicar por qué he odiado tanto a los perros. No se debe a que sueño con ellos. No me atacan en mis pesadillas, no me muerden ni amenazan. Apenas si ladran, como voces confusas, cuando me da por repasar mi vida. Es inevitable que uno repase, cada tanto, su propia vida. No sin disgusto.

No quiero detenerme en justificativos, propósitos, intencionalidades. Como todos saben, los viejos nos volvemos intolerantes. Y además, hoy es mi cumpleaños, y los aniversarios, con el tiempo, pierden ceremoniosidad como sentido. Y si los viejos parecemos fastidiosos es porque los demás, los jóvenes principalmente, andan buscando siempre sentidos para sus vidas, y nosotros, bueno, no es que ya lo hayamos encontrado para las nuestras; es que ya lo hemos perdido y, o bien no nos resignamos, o bien nos damos por vencidos con muecas de hartazgo que, por cierto, evidencian lo evidente: que somos nosotros los desganados. Y ello se debe a que la vejez es pasado que se hace presente, como bien razonó Serenus Zeitblom, doctor en filosofía; la vejez no es más que pasado cubierto con capas de presente. La vejez es un pasado cosmético, pincelado con pátinas de modernidad, falso como un Goya de este siglo al que le descascaráramos la firma apócrifa. Hay demasiados estúpidos en el mundo, que, con pretendida piedad, llaman experiencia a lo que es simplemente deterioro.

Estoy viejo, he dicho, y fastidiado, y por consiguiente ha de tenérseme la necesaria paciencia pues quiero hablar de mi odio a los perros, y no de mi decrepitud. E insisto en lo de "necesaria paciencia", pues, por si no lo saben, los viejos valoramos a la paciencia no como muestra de sabiduría sino como posibilidad de revancha. No es la paciencia una virtud que se adquiere con los años, sino uno de los pocos recursos que nos quedan para mejor manejar nuestra resistencia a la resignación.

Los perros no tienen la culpa de mi odio. Si Dios existe, es su entera culpa que yo los haya odiado, como lo es que tanta gente simple los ame irresponsablemente. Por otra parte, Dios debería —si existe, digo— asumir que no es justo (ni en la justicia humana, ni en la divina) que a El se le atribuyan méritos y virtudes solamente, y que se le consagren fastos y glorias por todo lo bueno de este mundo, a la vez que se lo exculpa irresponsablemente de los muchos males que padecemos. Y no me refiero a males menores, pecadillos, sino, por ejemplo, a las guerras, las inundaciones, la perfidia, por citar sólo tres calamidades demasiado frecuentes. Y si Dios no existe, como yo honradamente pienso y he pensado toda la vida (entre otras cosas porque Alguien tan grande, poderoso y magnífico no podría ser tan tonto en la elección de sus representantes en esta Tierra, ni admitiría que sus Iglesias fueran lo cínicas que son, capaces de pasarse milenios hablando del alma y del espíritu cuando en realidad su preocupación de milenios han sido el cuerpo y la carne, y los pecados del cuerpo, que así llaman a las delicias de la vida), entonces, si no existe, digo, la culpa debe ser entera y simplemente mía.

El otoño pasado, en Augsburg, en la lejana Alemania, pasé una noche en un hotelito de ésos de sólo dos modestas estrellas pero tan decentes; esa noche no hubiera tenido nada de excepcional si no fuese por un par de detalles: uno es que yo siempre había querido conocer ese país al que amo y admiro con la misma intensidad con que siempre le he tenido desconfianza. (Han de ser mis antepasados judíos, que en algún lugar levantan sus dedos acusadores, sus llantos seculares, su dolor infinito como es el dolor de los judíos. O quizá sea el recuerdo de los ya lejanos días de la última guerra, cuando el tío Iósele venía todas las noches a traernos las noticias de los crímenes y decía "el mundo marcha hacia el nazismo, estamos rodeados de nazis, también en la Argentina, hijos de puta"; y aun en el Chaco, como en todo el mundo, ser judío era vivir en la zozobra, vivir azorados por ese carnaval de horror que fue la guerra, vivir el sobresalto y el sobrecogimiento de las noticias amargas, como siempre son las noticias de las guerras.) Y el otro detalle —la otra razón— era que antes de dormir yo había ido a la pequeña callecita Aus der Rhin, que quiere decir callecita de la orilla del río, para quedarme de pie mientras se hacía la noche a las cuatro de la tarde, velozmente, cerrada y fría, como sucede en el otoño alemán, ante la casa donde nació Bertoldt Brecht, ese hombre que fue digno y luchador, socialista sin dogmas, hombre libre e independiente, contemporáneo de Borges (hecho que mucha gente olvida en este país) y no menos grande, y mi propio contemporáneo aunque eso no tiene importancia más que para mí.

Esa noche en Augsburg cené ligeramente unos *calamari ripieni* en un restaurante alemán (los mejores restaurantes alemanes son italianos, como admiten los mismos alemanes, no sin nostalgia más que con humor) y me fui a acostar con la ilusión de un largo descanso que merecía y mi cuerpo demandaba, pues ese día había viajado cuatro horas desde Heidelberg en un magnífico tren, pero a mi edad cuatro horas son cuatro horas y no hay comodidad transportista que valga. Me acosté, y mientras pensaba en lo que haría al día siguiente, como piensa un vulgar turista domesticado, traté de evocar a Brecht y resultó que sólo conseguí recordar un enorme perrazo, un gran danés descomunal que había visto en Heidelberg esa mañana en una casa de antigüedades de una de las calles que van a morir en el Neckar, probablemente una Köenigstrasse, o Rudolfstrasse, o tal vez una Marienstrasse, que así y no de otro modo es como se designa a la mayoría de las calles de Alemania.

Era un inmenso animal de ojos fijos que estaba cerca de la puerta del local, sentado sobre sus cuartos traseros, con las patas delanteras (que los veterinarios llaman manos, no sé por qué) musculosamente tensas, y sacando pecho en actitud que yo diría militar. El gran danés, obviamente de tamaño natural, brillaba bellamente y yo supuse que era un perro de una extraña y fina porcelana porque en el sitio había decenas de objetos de porcelana aunque también de hierro, de marfil, de maderas nobles, y eran aves, soldados, campesinos, casas en miniatura, anaqueles, mobiliarios, trípticos, juegos de mesa, de ajedrez, ballestas, tapices, mesas labradas, escritorios florecidos de compartimientos secretos, sillas medievales, probables anillos pontificios, mitras cardenalicias, cuadros representando escenas de caza, artículos de cetrería, útiles para arqueros, pequeñas bombardas, petos de acero, vajillas de oro y de plata, y todo eso compartía su estática vida (si así puede designarse a esas infinitas formas de fría existencia) con el animalazo que brillosamente parecía custodiar la entrada a la tienda donde se convocaban todos esos artículos, objetos, cosas, como es natural que convoquen los anticuarios y que muchos llaman maravillas mientras que para mí no son sino infames, crueles y agresivos testimonios de lo peor, que es el tiempo pasado, lo que quedó atras. Yo no acuerdo en lo más mínimo, ustedes se darán cuenta, con ese estúpido lugar común que pretende que todo tiempo pasado fue mejor. Para mí no hay mejor tiempo que el que estoy viviendo, el que aún me queda, y así lo he pensado en cada presente, en cada año de mi vida; me parece francamente idiota evocar lo que no fue (ciertamente, el pasado nunca pudo haber sido, ni fue, como se lo evoca) y evocarlo como un tiempo pintado de hermosura que no fue, disfrazado de haber sido, es un engaño como el de la virginidad de la virgen o la promesa del Mesías, y sí, soy plenamente consciente de lo herético de estas afirmaciones. Y en fin, en ese ambiente misterioso y fantástico —todas las tiendas de anticuarios lo son, a pesar de mi desdén— el enorme gran danés llamaba mi atención más que cualquier otra pieza de cualquier tamaño y valor.

Con no inocente curiosidad —ya he dicho que me anima un inexplicable odio a los perros, y acaso porque quería preguntar el precio para comprobar cuánto era capaz de pagar alguien por esa enorme cosa— decidí entrar. Confieso que, también, sentí ganas de charlar con el viejo que andaba por el fondo de la tienda, a quien le propondría hablar en iddisch o en inglés, si bien en este último caso él me respondería en cualquier otra lengua pues he descubierto que en Alemania en general, y en Heidelberg en particular, odian hablar en inglés aunque lo entienden, y todos se rehúsan siempre con un expresivo, desagradable y autoritario "¡Nein!", que suena a los oídos del extranjero como el croar de los sapos machos de las lagunas de los alrededores de Resistencia. Con no inocente curiosidad, decía, me dispuse a abrir la puerta vidriada cuando un brevísimo movimiento en la oreja del animal, un como leve espantar una mosca, me hizo advertir que el perro no era de porcelana ni de anticuario, sino un joven, bien alimentado y seguramente mejor entrenado y desagradable perro vivo. Sentí que mi falta de inocencia se convertía en completa repugnancia y detuve la mano que se dirigía al picaporte. La aparté con un retraimiento casi espasmódico, como si tocar ese sitio fuera tocar la cara de un leproso. Incluso mi gesto tuvo una velocidad, una juventud, diría, desusada para mis años y mis ya moderadas maneras. Ese movimiento de la oreja del perro —la oreja derecha, que yo veía izquierda, lo recuerdo a la perfección— fue como el grito de alerta de los teros de los patios chaqueños, y a él respondí sacando el cuerpo, como siempre se hace ante los gritos de alerta, pero en lugar de sentir un inmediato alivio sentí palpitaciones furiosas; la furia que me producía el haber estado a punto de caer en la trampa.

El resto del día olvidé —no quise recordar, debiera decir— el incidente. Y el viaje en tren, la llegada al hotel, una breve caminata por la Hauptstrasse (que significa calle principal, y por eso en Alemania todas las calles principales se llaman Hauptstrasse, lo cual habla o de una pobre imaginación para ciertas cosas, o de un abrumador sentido práctico para resolver lo que no es importante), los camarones que cené y un té de hierbas alpinas, todo eso ayudó a borrar mi impresión. Pero todas las impresiones reaparecieron de golpe cuando me acosté, quise pensar en Brecht, intenté leer algún fragmento de Novalis, o un poema de Hölderlin, y sólo pude recordar al gran danés de la casa de antigüedades.

Alejé la desagradable evocación imponiéndome pensar en otras cosas. Me tomé una doble ración de Lexotanyl y me acordé, con breve nostalgia, de mi médico, el doctor Isaac Frydenberg, a quien llamo querida e ilustre eminencia de Barranqueras, y quien cuando no se queja de las obras sociales que no le pagan se lamenta porque los caballos sueltos le comen el pasto del jardín delantero –y los eucaliptos, los paraísos y los sauces que planta– y siempre suspira y dice que la municipalidad debería hacer algo, y si son peronistas se pregunta qué hacen los radicales, y si son radicales se pregunta qué hacen los peronistas, pero siempre se queja, Isaac. Aunque con razón, porque en Resistencia hay demasiados caballos sueltos y no hay jardín, cantero ni plaza que resista tanta barbarie. Encima, con ese verano eterno que es todo el año. Y cuando no es tiempo de sequías lo es de inundaciones; y como pregunta Isaac: "Adónde vamos a ir a parar, ché, decíme vos" y doble ración bebí, porque él me permite "en ciertos casos" –como advierte, alzando un índice– que en vez de una pastilla me tome dos. Y éste era un cierto caso, a la vez que un caso cierto de lo que yo llamaría terroris senectudis o algo así, denominación que sin dudas Isaac aprobaría, pues tiene mis mismos años con igual salud aunque mejor humor.

No me costó tanto dormirme, pero el sueño que tuve fue horrible, con Gina y con Gardel, una pesadilla que aún hoy, al escribir en esta calma tarde del otoño austral, mientras miro el Paraná deslizarse mansa y gigantescamente, tan ancho e infinito, tan imprevisible e imponente como habrá sido el Nilo para Moisés, o el Mississippi para Twain, o como el Amazonas para Thiago, yo siento todavía la impresión de hace sólo seis meses, el otro otoño, el boreal.

Gina se llamó una perrita que tuve cuando niño. Fue mi animal predilecto, junto con Arturo, un viejo loro que se decía era centenario y yo lo creía porque no me animaba a preguntar a nadie en la casa cómo se podía saber la edad de los loros, y cuyas únicas gracias eran decir *"vecchia pendeca"* a toda hora y a cualquiera –presumiblemente se lo habría enseñado algún dueño anterior, inmigrante italiano, un friulano de los que colonizaron el Chaco– y cagarle la mano a todo el que lo convencía de que se posara en la suya. Claro está, niño al fin, yo quería más a Gina porque era más activa. Lógicamente, un perro siempre tiene más atractivo que un loro, por colorido y hablador que éste sea. El problema de los loros es que llaman la atención súbitamente, poseen como una brillantez fugaz, impactan brevemente, pero enseguida uno se da cuenta de que no tienen sustancia. Con mucha gente pasa lo mismo. En cambio, la relación con una perrita es algo más profundo. Hay, aunque pequeña y precaria, una cierta inteligencia en los perros, y eso todo el mundo lo sabe, por lo tanto no me voy a extender al respecto. Gina era capaz de hablar con sus miradas, con sus juegos, con su lealtad y compañerismo, valores que suelen no necesitar palabras, también en los humanos. Era una fox-terrier blanca, con un tercio de su cuerpo manchado de negro, en manchas irregulares, indescriptibles. Nerviosa y traviesa —es la naturaleza de los fox-terriers— debo decir a efectos de este relato que no importan tanto los detalles físicos de ella como el sentimiento dominante y mejor de nosotros dos en aquel tiempo: Gina y yo estábamos enamorados.

Soy plenamente consciente de las palabras que utilizo. Un niño no quiere a su perra; se enamora de ella y la ama intensa, irreflexiva y arbitrariamente, como debe ser el sentimiento amoroso. Hay entre ellos un juramento de fidelidad, de amor, de cuidado y atención, como se brindan los amantes. Hay también celos, demandas, desplantes, desatenciones, exigencias, enojos, reencuentros. El idilio de un niño con su perro, o con su perra (el sexo no es demasiado importante a esa edad; los convencionalismos sociales posteriores son los que se encargan de bastardear los sentimientos en estado puro, manchándolos con la señal del pecado —que es una concepción moral producto de la inteligencia vergonzante del ser humano— y con las miradas sucias, las represiones e imposiciones acerca de preferencias sexuales, en fin, todo eso que motiva que el amor fracase generalmente porque se pierde su sentido ontológico y todo se reduce a abominables y moralizantes "debe ser") es un idilio caprichoso como todo buen idilio, y es constante, y es lúdico, y está lleno de secretos. Yo amaba a Gina de ese modo, y creo que no hace falta extenderme más al respecto, pues temo que hacerlo sería como intentar una teodicea, una justificación de Dios no sólo a partir de lo bueno que le incumbe sino también de lo malo que le atañe y de lo cual no es justo eximirlo irresponsablemente. Y es que, en efecto, la bondad divina es lo que permite la maldad, precisamente para que a partir de la maldad pueda relucir la bondad. El vicio es requisito para que reluzca la virtud, lo que nos coloca en presencia del tema del doble, que es inevitable condición de lo humano y que ha sido materia constante de la literatura. Amor al poseer y odio al ser poseído son matices, caras de un mismo asunto, una misma moneda.

Pero la propia condición traviesa y retozona del animalito, su espíritu libre y —creía yo— el amor que me profesaba (que nos brindábamos mutuamente) le hacía sentirse capaz de todo. No otra cosa es el amor, que una infinita capacidad al servicio de una infinita posibilidad. Y Gina, sin dudas, enamorada ella misma, cometió un error producto, estoy seguro, de aquel entusiasmo: fue un domingo, después de comer (los domingos era mi propio padre, severo toda la semana, quien cocinaba y hacía chistes, silbando alegremente mientras sazonaba los arenques, plegaba las hojas de parra, cocía los blintzes que él mismo había amasado, o me daba en la boca un matze con manteca y pastrón) cuando Gina entró, sin que nadie se diera cuenta, en la habitación de mis padres, donde en una cunita dormía la pequeña Féiguele, mi hermanita menor, a la sazón una bebita de sólo nueve meses. Yo sé que sin mala intención, acaso para darle un beso, para verla de cerca, o —inocente Gina— por un fugaz momento de celos, saltó al parecer sobre la cuna y logró treparse en ella tendiéndose junto a mi hermana. Yo sé que sólo la lamió un poquito y seguramente habrá mordisqueado un sonajero de lata de esos que eran comunes a principios de siglo en las casas de los inmigrantes y que la niña tenía al alcance de sus manitas, y que sonaba cada vez que se mecía la cuna. Pero mi mamá, cuando ingresó al dormitorio luego del postre, para ver a Féiguele, interpretó todo mal. Antes de empezar a desmayarse profirió un grito agudo y escalofriante que hizo saltar a mi padre de su silla, y a mí tras él, y a Moishe y a Benjamin, mis otros hermanos, y todos llegamos en cuatro pasos, como se dice, a la habitación, y vimos —yo lo vi, perfectamente— cómo papá se lanzaba hacia la cuna, apartando a mamá (quien se deslizaba con suavidad hacia el suelo, recostada contra la jamba de la puerta y gimiendo histéricamente) y llegaba a la cuna de un modo tan grosero y violento como nuestra entrada en tropel. La pobre Gina se asustó y se arrojó mediante un ágil y bello salto (no puedo dejar de mencionar la gracia de aquel brinco, la perfección de su suave y sólida musculatura), pero con tanta mala suerte que al estirar las patas traseras éstas impulsaron, con el despegue, la cuna hacia un costado, producto de lo cual perdió estabilidad y mi hermanita cayó al suelo golpeándose la cabecita con un ruido seco y sonoro contra el piso de baldosas, y con tan mala fortuna —aquellos segundos fueron una sucesión de desdichas— que un zapatón de papá aplastó y quebró el bracito y la mano derecha de Féiguele, para terminar pateándola en la oreja pues mi padre también se desestabilizó y perdió el equilibrio, si de equilibrio alguno se puede hablar en una situación como aquélla.

El lector me excusará si, en este punto, considero indispensable hacer una digresión acerca del sentimiento más fuerte que tuve. La culpa, para un niño, es un sentimiento dominante. Al crecer y desarrollarse, el niño sabe que empieza a ocupar un lugar en el espacio. Quizá debiera decir —mejor— que lo intuye, lo cual es una manera de saber. Pero la culpa de un niño judío, y enamorado de una perrita que causa un accidente cuya víctima es la hija menor de una familia judía que es su propia familia, es sencillamente una tragedia. Mis padres, no obstante, no lo entendieron así, y no aceptaron disculpa alguna de mi parte. Ni me escucharon siquiera, ocupados en alzar a Féiguele del piso de baldosas, en gritar y llorar mientras se clamaba por un médico, se auscultaba histérica e ineficazmente a mi hermanita, se me propinaba una cachetada que todavía me duele recordar (y que me dejó un ojo morado que me duró casi un mes y que estoy seguro tuvo que ver con mi inmediata miopía del ojo derecho, que prácticamente me lo invalidó para toda la vida) y se marchaban a un sanatorio de donde Féiguele sólo regresó semanas después, para sufrir una debilidad mental pronunciada, de la que jamás se repuso hasta su muerte, ocurrida hace ya muchos años, cuando apenas tenía veintidós.

Yo sabía que era culpable, en la medida en que los humanos podemos serlo —y debemos serlo— cuando son nuestros animales, nuestras mascotas, los que causan daños. De modo que afronté la situación y procuré —aunque fue inútil— hacer saber a mis padres que yo me sentía responsable por la tierna irresponsabilidad (no sé designarlo de otro modo) de Gina. Ella, acaso advirtiendo la gravedad del drama que había provocado, quizá consciente —si cabe en un animalito— de las desdichas ocasionadas por su entusiasmo, por ese, diré, exceso de su espíritu libre, prácticamente se esfumó de la escena. Se escondió detrás de la heladera —un sitio que le gustaba, sobre todo en invierno, por el calorcito del motor, esa tibia oscuridad en la que el ronroneo la adormecía para sólo responder a mis llamados cuando yo volvía de la escuela— y se pasó toda esa tarde y esa noche gimiendo, llorando con su aullidito triste que yo escuchaba desde el comedor donde me quedé, solito, hasta que al caer el sol papá volvió del sanatorio. Recuerdo esas horas y me estremezco: yo tenía sólo nueve años recién cumplidos, y si más de cinco horas de soledad son mucho tiempo, cinco horas para un niño desesperado, un niño judío que se siente culpable por algo que en realidad no hizo y que está solo en una enorme casa, oyendo llorar a su perrita detrás de la heladera, agobiado por las infinitas preguntas que se hace acerca del sentido de la justicia, y que clama por un Dios que no lo escucha, y que siente unos inmensurables deseos de morirse, es un tiempo extraordinariamente más largo, inacabable como la peor de las pesadillas, insalvable como el silencio de ese Dios.

Cuando papá entró a la casa traía la mirada como de loco, los ojos hinchados por el llanto, y parecía que la barba le había crecido ensombreciéndole el rostro. Su expresión era la de alguien que está prometiendo que jamás perdonará algo. Es una expresión más densa, más impactante y terrorífica que la del rencor. Cuando se está más allá del rencor, se está en el límite del poder absoluto. Y es que cuando una persona dice o expresa algo así como "no te lo voy a perdonar nunca" es porque, seguramente, teme su propio rencor. Necesita perdonar, en realidad, para aliviarse. Quitarse ese peso puede ser un problema exageradamente grande en el futuro. Pero exagerado es el odio, en tanto exige una disposición, un esfuerzo proporcional al agravio. Mi padre, pues, necesitaba perdonarme, pero no podía. Y eso lo hacía más temible. Había algo entre él y yo que no diré que se cortaba, no, no era una interrupción; era, al contrario, algo que se establecía: un rencor que nos dolería a ambos para siempre y que a él lo haría sufrir hasta su muerte. Y que a mí, por eso mismo, me condenaba a que la distancia, y el tiempo, jamás pudieran impedir que la memoria de ese drama todavía me persiga.

Yo lo quería a mi papá, y lo admiraba como supongo admiran todos los niños de nueve años a sus papás. Era propietario de una panadería en un barrio popular de Resistencia, cerca del Club de Regatas, del Parque 2 de febrero y el Balneario Municipal, área que en aquellos tiempos ni siquiera estaba pavimentada y que, los días de lluvia, se convertía en un lodazal irresistible en el cual, en las siestas, me fascinaba observar cómo peludeaban —así decíamos los chicos del barrio— los colectivos de la línea dos y los pocos coches que se atrevían por esas calles. A cuatro escasas cuadras del río Negro, del viejo e inolvidable puente de madera construido por los primeros inmigrantes italianos —luego destruido por inundaciones reiteradas y quitado inauditamente por administraciones militares cuya imaginación restauradora les imposibilitaba pensar en arreglarlo, quizá por esa manía militar de que todo lo que está quieto se pinta, lo que se mueve se saluda y lo que está roto se quita— la panadería se recostaba, en su lado derecho, vista de frente, en una laguna plagada de bagres bigotudos, de tortugas de pantanos, de ranas escandalosas y de escuerzos monumentales, geografía que no sin miedo, pero con adolescente irresponsabilidad, yo correteaba con algunos amigos. La gente, en el barrio, lo llamaba

Don Isaco esto, Don Isaco lo otro y lo saludaban cuando bajaba del colectivo; había veces en que él arrojaba, consciente de su popularidad y para acrecentarla, galletitas a los chicos más pobres que corrían junto al viejo camión bañadera. (En Resistencia, en aquel tiempo, sólo había otra línea, la número uno, que iba desde la Plaza 25 de Mayo hacia Barranqueras, competidora con el ferrocarrilcito de Dodero que se inauguró a principios de siglo y que ya se veía condenado al fracaso económico; y entre ambas líneas tenían sólo cuatro autobuses, cuatro viejos Ford modelos T o A, de unos veinte asientos, descapotables —y de hecho, por el calor de casi todo el año, descapotados casi todo el año— que se llamaban bañaderas porque eso parecían: bañaderas rojas y blancas, a rayas horizontales, de las que asomaban las cabezas asoleadas de los pasajeros que semejaban iguanas al sol, saludadoras, porque en aquella época todos se saludaban en el Chaco y andar en bañaderas era tan hermoso y placentero como barato y amistoso.) Los chicos corrían junto a los Fords si se sabía que allá viajaba mi padre, si alguien daba la voz de alerta, "ahí va Don Isaco", o "ahí va el ruso Seibelt" lo cual a mí me llenaba de orgullo.

Mi papá era un judío nacido en Aleppo, Siria, de familia azhkenazi (alemanes de la católica región de Eichstätt que por algún casamiento o exilio, siglos atrás, habían recalado en Asia Menor, maravillas de la diáspora), quien llegó al Chaco, previo paso por Buenos Aires, un 24 de noviembre de 1909. No era una fecha importante para nadie más que para él —y para nosotros— pero él la pronunciaba ceremonioso y afectado, como un prócer anuncia la independencia de un país, o como un general habla de las batallas que ganaron generales de otro siglo, cosa que les encanta a los militares: "Un 24 de noviembre de 1909", decía, y nosotros nos dábamos cuenta de que en ese enunciado se encerraba un significado inexplicable pero trascendente. Pero la razón por la que yo más quería a mi papá era otra, menos compleja: se trataba de un hombre bueno, paciente, silencioso, trabajador, honrado. Y, aunque no muy cariñoso, equilibrado en sus juicios y lo suficientemente dulce en su modo de mirarnos como para que cada uno supiese que era amado por él, y en qué medida él amaba a cada uno.

No ignoro que me he detenido en esta pintura, en estos trazos, como también sé que estoy refiriéndome a los rasgos más bondadosos de mi padre, Isaac Seibelt Malamud, porque es indispensable que el lector que hasta aquí ha llegado en su lectura comprenda mi dolor y mi azoro ante lo que entonces me pareció, y me pareció toda la vida, y me sigue pareciendo, una injustificable y desproporcionada reacción que no sólo no hizo justicia –si eso fue lo que mi padre pretendió– sino que fue un acto de crueldad innecesaria.

Papá entró a la casa con aquella mirada que jamás olvidaré, y se dirigió directamente a buscar a Gina. Quizá exagero –por la distancia y por cierta magnificencia a que somos afectos los viejos, con los hechos que evocamos– pero yo diría que no me saludó, ni se interesó por mí, y sólo fue resueltamente a la cocina a buscar a mi perrita. De un zarpazo, con una fuerza física que yo desconocía en él, en sus maneras tan suaves, corrió la heladera de su lugar. Y cuando Gina, aterrada porque era consciente de lo que había hecho y de lo que pasaría, salió como disparada, él la pateó, brutal y rencoroso, en medio del pecho, y yo escuché el gemido seco, como de bandoneón que se desinfla, de sus pulmones. Enseguida, mi padre consiguió atraparla. La sujetó, le colocó el collar con correa que yo solía usar para sacarla a pasear por el barrio (y por la orilla del río, y los costados de la laguna, y por todas las calles de Resistencia, en aquel tiempo una ciudad abarcable, caminable, diría que peripatética, paseos que nos llevaban a veces hasta la plaza central, a la catedral repleta de palomas inalcanzables y ariscas que a Gina le encantaba ladrar, y correteábamos por esa plaza tan grande, de cuatro manzanas arboladas y floridas en la que ya entonces estaban representadas todas las variedades de árboles, plantas y flores del Chaco, una especie de jardín botánico natural, un territorio en el que Gina y yo éramos libres) y en cuanto la tuvo bien sujeta se la llevó jalándola, sin mirarme, sin explicar nada.

¿Sobra decir que nunca más vi a Gina? No pudimos ni siquiera despedirnos, y yo no me atreví a preguntar por ella sino hasta dos días después, a la hora en que mi papá se levantó de su siesta, hora en que supuse que estaría de mejor humor, y mientras se vestía para ir al sanatorio donde mamá no se despegaba de Féiguele pues así se arreglaron las cosas: mamá, día y noche en el sanatorio; Moishe con los tíos en Corrientes porque era chiquito y no iba a la escuela; Ben con los Marognoli, unos vecinos italianos muy simpáticos que vivían a la vuelta de nuestra casa y cuyo hijo, Miguelito, era su íntimo amigo en los dos años que llevaba en la escuela y quien de grande huyó de la ciudad con un millón de dólares que expropió (no encuentro mejor verbo) a una docena de usureros; y yo en casa, solito casi todo el tiempo, condenado al silencio, apenas malatendido por la señora Sara, quien venía a la mañana, me daba el desayuno, vigilaba que me vistiera para ir a la escuela y se marchaba dejándome la comida del mediodía y de la noche, que tomábamos papá y yo en silencio, sin mirarnos a los ojos, como enemigos que se odian y se temen. Y todo por la Féiguele. ¿O debería decir y todo por Gina?

Cuando me atreví a preguntar por ella, papá dijo:

—Se murió. La pisó un camión.

Y yo me quedé atónito. No lloré, ni fui fuerte ni fui débil. Simplemente, sentí que vivía una situación injusta y que la víctima de todo no era Féiguele; era yo. Supe de inmediato que papá mentía. Eran demasiadas las cosas que se me derrumbaban a la vez. Es difícil llorar en esos casos. Aun para un niño.

No crea el lector que ésa fue mi única experiencia para odiar a los perros. Las cosas no son tan simples, creo yo, aunque no es fácil darse cuenta de ello. Digo "darse cuenta", o sea advertirlo completamente, a cabalidad, para lo cual hace falta haber vivido mucho. Haber tenido otras experiencias. En nuestro caso, hubimos de criar a otros perros, uno al que llamamos Képele porque nos pareció legítimo ponerle nombre judío a un animalito amado en nuestra casa, y porque era un pequeño Chihuahua que parecía tener un sombrerito de pelos en la cabeza, como un quepis de soldado turco, y quien murió –me refiero a Képele– electrocutado en la calle durante una tormenta de verano que derrumbó postes y sembró las veredas de cables e inundó las calles convirtiendo a la ciudad en un mar de alta tensión que iba más allá de la metáfora por los tiempos que se vivían, en los años de la segunda preguerra, cuando terminaba la década infame y los demócratas se desconcertaban como es frecuente en las democracias no consolidadas, y los militares miraban un modelo de grandeza en la megalomanía hitleriana que era un espejo de bruja para ver brillante a su propia, opaca, megalomanía; y el otro, al que nombramos Gardel en obvio homenaje al así llamado Zorzal Criollo, ese mozo de bella voz de tenor abaritonado que sintetizó en su éxito y en la simpleza de sus canciones todo el machismo y el anhelo de trascendencia de los argentinos, y por eso se ganó la adoración de los argentinos, y quien nos provocó –Gardel el perro, no el cantante– otro enorme dolor que llamaré, si se me permite, dolor canino.

Empleo aquí el plural, como habrá advertido el lector, no con ánimo de modestia (virtud que no me sobra, por cierto) sino porque corresponde al trato debido a mi tercera familia, la que formé y tuve con mi amada esposa Mirta y de la que nacieron Fanny, Diana y Mirtita, mis adoradas hijas, hoy destacadas profesionales cada una en su campo, a saber: la computación, el comercio minorista y la arquitectura respectivamente. Si debo, antes de seguir adelante, hacer una referencia a mi segunda familia, ésta debe ser necesariamente muy breve, por el desgano que me produce evocar a mi primer y desdichado matrimonio, relación de la que no quiero acordarme, como diría el gran maestro de la lengua, porque Rosita Calderwood, aunque pertenecía a una distinguida familia de origen británico avecindada en el Chaco cuando la construcción del ferrocarril, a fines del Diecinueve, resultó una mujer vulgar como una norteamericana vulgar. Y yo aprendí que si no hay nada más refinado y afectado que una anglosajona educada, no hay nada más vulgar que una norteamericana vulgar. Las norteamericanas se ponen vulgares cuando beben, y se les nota cuando ríen: sueltan las carcajadas como los fruteros de la feria municipal; se comportan como los burócratas escandalosos que se mondan los dientes en la vereda del Bar La Estrella, mostrando los agujeros de sus bocas saturadas de caries; el alcohol las desencaja y entonces golpean las mesas y se dan de codazos como los funcionarios en las madrugadas calientes del Chaco, en los cafés de los altoburgueses, desesperados por sofrenar sus impulsos homosexuales, por ocultar sus frustraciones. Chupan como beduinos y terminan despatarradas, con las piernas abiertas como si el calor de adentro les resultara intolerable, y conforman cuadros groseros, grotescos, dignos de una descripción rabelaisiana. Y Rosita Calderwood era así. De modo que cuando empleo el plural me refiero a mi tercera, mi verdadera familia, en la que después de Képele tuvimos a Gardel, ese hermoso, inolvidable pastor inglés que un día nos trajo la Mirti, regalo de una compañerita de la escuela y al que adoptamos con alborozo, seducidos por su vitalidad y simpatía.

Ya habían pasado los días aciagos, cuando toda Europa se desangraba por la locura de ese paranoico infrahombre al que no mencionaré. En estas tierras de paz los judíos aún sentíamos algunos temores pero, la verdad, no dejábamos de sentirnos seguros. Bueno, algo es algo, y como ustedes han de saber un judío nunca llega a sentirse completamente seguro en ningún lugar del mundo, en ninguna circunstancia, y quizá por eso es que tenemos tanto talento para sobrevivir. Habían pasado esos tiempos, pero se avecinaban otros no menos inquietantes, con la guerra fría, la caliente de Corea, la inestabilidad del Estado de Israel, y aquí, los militares argentinos todavía insuflados de doctrinas rencorosas, de un nacionalismo que luego nos haría pasar lo que pasó: horas sórdidas, corrupción, asesinatos, dictaduras, exilios, el descalabro del país de promisión que muchos miles, millones, como mi padre Isaac Seibelt Malamud creyeron que era esta tierra, y en fin, la frustración del país de las clases medias, que son —somos— los más exigentes en todas las sociedades, los que encumbramos a quienes luego nos zahieren y traicionan, los que demandamos orden pero después nos disgusta que nos ordenen, los que anhelamos y votamos por la democracia pero luego somos sus principales denostadores y críticos despiadados, y que siempre tenemos en la boca la demanda precisa para que "otros" —ese adjetivo impreciso y cobarde que a veces sustantivamos en quienes saben pronunciar elegantemente las promesas que nuestros mezquinos deseos consideran necesidades— se hagan cargo de lo que nosotros no hacemos. Eran tiempos de posguerra y parecía que todo iría a cambiar (el cambio: esa obsesiva esperanza de las clases medias, es siempre la palabra del futuro pero a la vez de la frustración) y a mí se me figuraba, entonces, que realmente era posible. Llamábamos dictadura a un gobierno imperfectamente democrático, pero constitucional: soñábamos con una libertad cuyos paladines, como se demostró luego, fueron los anticipadores del terrorismo de estado, de la mojigatería, el fanatismo religioso, el medievalismo y la inquisición. Los Rousseau prometidos en esta tierras resultaron Torquemadas con cuatro siglos de atraso. Y en ese contexto, en ese clima ilusorio que vivíamos, en aquellas esperanzas, Gardel fue para nosotros un símbolo de alegría. Su movilidad y su cola indetenible, aun su orinarse de felicidad al encontrar las caricias y aprobaciones que siempre buscaba, todo eso era como una metáfora de los tiempos venturosos que se acercaban y una expresión de nuestra armonía familiar.

Gardel fue, también, en cierto modo, el primer amor de mis hijas, y especialmente de la Mirti. Ya he explicado que ese amor es posible, y yo lo comprendí cuando vi a mi hijita enamorada de ese animal. Mis recuerdos personales eran sólo míos, y entendí que pertenecíamos a generaciones distintas en un mundo diferente. Hoy que lo he perdido todo, que se ha muerto mi amada Mirta y que mis hijas viven sus propias vidas y ya no me necesitan porque tienen sus propias luchas, sus ilusiones, y son responsables de sus desaciertos, y me ven como a un ser querido pero lejano —ahora, quiero decir, en que hay una distancia insalvable entre ellas y yo, y cuando mi vocación de abuelo es tan débil como mi capacidad de ser el abuelo que ellas y mis nietos esperan— puedo dudar de mi propia condición humana y desdeñarla con franqueza. Me parece un verdadero sarcasmo, la condición humana. Puaj. Los jóvenes son distintos de nosotros. Hoy lo comprendo mejor, pero posiblemente ya lo intuía cuando repetía, sin reflexionar, tantas frases hechas como cada generación ha repetido. He vivido, lo confieso, como ha vivido el mundo por generaciones y generaciones: en base a ideas ajenas; a concepciones maniqueas sobre dios y el diablo; a visiones esquemáticas, pretenciosas y siempre oportunistas sobre la Historia. Hemos vivido no diré equivocados, diré imbécilmente. Y por eso no caigo en ironía sino que lo digo de modo franco y brutal: la condición humana me produce asco. Una náusea persistente, sostenida e insalvable, como la del dispéptico que toma mate amargo con medialunas de grasa, combinación tan deliciosa como inoportuna. La condición humana es todo un día a mate amargo y medialunas de grasa en la vida de un dispéptico.

Cuando vi a mi hijita enamorada de Gardel, hoy puedo evocarlo, yo sentí la necesidad –¿debiera decir, también, la necedad?– de repetir frases hechas de esas que aman los humanos, tan mentirosas pero tan caras, porque son falsas. Y pronuncié los mismos lugares comunes: que los niños y jóvenes de hoy, que el mundo es de ellos, que la juventud es maravillosa y demás inexactitudes que sólo ahora comprendo que en realidad significan un peso insoportable para los jóvenes, que son –la verdad– mucho más conservadores, menos audaces y osados que lo que creemos, y cuyas tales atribuciones sólo son envidia aplicada por y de los mayores. La juventud, si se me permite la digresión, no es en absoluto un estado envidiable: quizá no lo hemos sabido comprender, por generaciones, pero Telémaco era tonto y pusilánime; fue la propia madurez de Ulises la que le proveyó el ingenio, el valor y la constancia para vencer las innumerables dificultades. Decir que la juventud todo lo puede es una tontería, y la frase "el mundo es de los jóvenes" una peligrosa manifestación irresponsable de los mayores, en primer lugar porque no es verdad, y en segundo lugar porque si así fuera habría que convenir en que el mundo sería más desastroso de lo que ya es. Fue la infancia de Judas, sugiere Housman en su poema, la que traicionó a Cristo. Fue su juventud, su inexperiencia, su educación la que modeló al traidor. Un hombre es lo que es su historia y la historia de un hombre requiere tiempo, maduración, ejemplos. No, la juventud no es la mejor etapa de la vida, ni es justo encajarles a los jóvenes virtudes y potencialidades que, quizá, no poseen y que estoy cierto que ellos no siempre juzgan tener. Al contrario, he visto que se sienten inseguros, viven tropezando, llenos de incertidumbre, con culpas, desazones, lirismo, ideales, contradicciones a cada paso y encima con la obligación de soportar que los mayores les enjaretemos una maravillosidad de la que ellos desconfían, recelan.

No me detendré más en este relato, pues si el lector siguió hasta aquí ya estará reclamando saber lo que pasó. Y aunque sospecho que acabará decepcionado, pues nada pasó sino que me está pasando —me sucede en este preciso instante en que siento extrañas mutaciones—, diré que, divagaciones aparte, Gardel vivió con nosotros cinco años, en los cuales se nos volvió familiar, querible, entrañable, como saben hacerlo los perros. Cuando escuchábamos la radio, por las tardes, gustaba acostarse a todo lo largo del sillón del living, con su larga quijada apoyada en mi pierna, mientras yo leía *La Nación* y *El Territorio*, alternativamente (esa vieja costumbre de comparar la información porteña con la local, y aun la nacional e internacional considerada desde el punto de vista local), y Mirta tejía y revisaba los deberes escolares que las niñas hacían en el comedor. Gardel, a pesar de su nombre, no gustaba demasiado del "Glostora Tango Club" que oíamos por Radio El Mundo, y sus predilectos parecían más bien los programas cómicos como el de Pinocho y el de Tatín, o dramones familiares como "Los Pérez García". Como fuere, aquéllos eran momentos inolvidables, y yo los valoraba ya entonces porque la armonía familiar, el sentido de tierra firme, de raíz y permanencia, es lo que siempre buscamos y con mayor ahínco defendemos, y yo tenía todo eso y era feliz. A veces sacaba a pasear a Gardel por las suaves y apacibles, caliginosas noches del verano chaqueño, cuando oscurece apenas a las nueve, después de lo que llamamos la hora del mosquito, cuando se silencian las últimas cigarras que escandalizaron la tarde y las gentes sacan sillones y reposeras a las veredas para sentarse a considerar el estado de sus ilusiones y fracasos saludando a los transeúntes. Caminábamos cuatro o cinco cuadras, devolvíamos alguna reverencia, inclinación o ademán de los vecinos, Gardel hacía sus necesidades en este árbol o en aquél (no era un perro de costumbres arraigadas) y volvíamos a casa tranquilos, sedado él tras sus evacuaciones y sereno yo por la caminata, tan sana para mí como sus corridas para él. Eran paseos hermosos, reconfortantes, que yo siempre procuraba que en el regreso tuvieran un cierto sentido religioso, de oración.

Pero no porque yo rezara, sino porque sentía que éticamente mi vida no era demasiado censurable. No puedo decir que yo haya sido siempre un hombre virtuoso, pero sí me considero uno que intentó serlo. No hay mayor posibilidad de estabilización para una persona que saberse buscadora de la dignidad y del honor. Uno debe saber que no lo conseguirá jamás, a totalidad, pero lo que es válido es la búsqueda, el procurar vivir éticamente. Más allá de todo otro tipo de diferencias, eso lleva incluso, creo, a ciertos parecidos físicos inexplicables, tanto entre perros como entre personas. En ese sentido, Gardel me resultaba una reencarnación de Képele, pero especialmente de Gina. Había una manera de mirarme, de mirarnos, que los eternizaba más allá de la desdichada limitación que es el período vital canino, nunca mayor de catorce o quince años contados en el sentido de la cronología humana. Yo no podría describirme, pero en más de una ocasión he visto fotos, retratos de gente, que me daban un poco la idea de estar mirándome ante un espejo. ¿No es verdad que muchas veces los humanos se ven a sí mismos parecidos a otros humanos que admiran, y aun hay ocasiones en que —aunque inconfesadamente— se contemplan similares en muchos rasgos a personas detestables, de conductas ominosas? Es una especie de voluble rueda de la fortuna que se detiene siempre en diferente número, pero caiga el número que caiga uno siempre leerá el único que sabe. Quiero decir que hay parecidos notables entre, por ejemplo, Ezra Pound al salir de los campos de concentración donde los norteamericanos lo retuvieron después de la guerra por su presunta colaboración con los fascistas; el León Trotzky de 1940 en México, en los días previos a que lo asesinaran; y el último Lisandro de la Torre, el de las fotos que luego caracterizó Pepe Soriano; y todos ellos recuerdan al Matisse de los años veinte, del período de Niza y su obsesión por pintar mujeres. Y aunque no podría describirme, bueno, yo me veo parecido a todos ellos, y a veces creo que todos ellos son en cierto modo anticipos de esta forma física que soy, que he venido siendo y que ahora siento que se trasmuta. Los veo en retratos, en fotografías, en grabados impresos, y es como mirarme en espejos: encuentro similitudes morfológicas que, en efecto, establecen relaciones que van más allá de los pensamientos, de las ideas, del talento artístico o político, y lo digo porque no quisiera que el lector pensara que pretendo equipararme a, ni compararme con, ninguno de ellos. Bien sé –y soy el primero en lamentarlo y quien más lo hace– que soy sólo un viejo hijo de panadero judío, sastre de profesión y hoy jubilado, viudo y solo, lector de Borges, Brecht, Bashevis, Mann y de todo autor nacido antes de 1910, mis contemporáneos, disidente de un taller de reflexión psicológica para la tercera edad, desinteresado del comprensible desinterés de sus tres hijas. Es todo lo que soy, y un casi anciano que recorre esta ciudad que hoy nadie aprecia, eternamente enamorado de sus chicharras, de sus tipas y jacarandaes y de sus lapachos y chibatos en flor. Un inveterado caminador que vivió toda su vida en el Chaco preguntándose si quería quedarse, por qué no se iba, por qué soportaba el humor local tan pantagruélico y procaz, y que sólo de viejo pudo conseguir la colección completa de discos de Brahms, y que viajó a Europa porque, bueno, no hay judío que se precie, en Argentina, que alguna vez no destine ahorros a un viaje a Europa, como los italianos y españoles de la clase media se fascinan por ir a Miami a comprar chucherías electrónicas, vaya, cada uno con sus gustos y yo me di los míos, al fin y al cabo no hice fortuna pero viví bien, eduqué a mi gente, procuré ser ético, no me deshonré engañando a nadie, fui un honesto artesano y comerciante textil y cuando se murió mi amada Mirta empecé a gastar el dinero que tenía y que obviamente no me servía para darme lo único que hubiese querido comprar: la perdida juventud. Eso soy, aunque a veces me quiera ver un poco Pound, un poco Trotzky, Matisse, Lisandro, a quienes en verdad sólo me iguala esta barbita judía y *a la mode* de los años treinta. Sólo eso soy: alguien que sufrió de aguda canofobia y que en estas páginas que escribe mirando deslizarse el Paraná, intenta explicar que los perros no tienen la culpa, que a ellos hay que redimirlos, que fue la humana vida la que impuso ritmos, precisiones, odios, desamores y desazones insuperables, y que, *zol got hophitn*, divaga pluma en mano con esta caligrafía de viejo alemán, con firuletes góticos que me envidiaría Gutenberg y que hoy sólo se ven en las bibliotecas de los anticuarios y en los pocos incunables que nadie visita en las hemerotecas de este país. Y por todo eso que soy, dejaré de ser, en esta hora de mutaciones.

Ruego que se me perdone una vez más mi tendencia divagatoria. Prometo no distraer más al lector. Gardel —de él estaba hablando— fue el primer amor de mis hijas, y era un bello pastor inglés, muy peludo, un poco atolondrado y con vocación de héroe (quizá por su origen británico: de espíritu aventurero, un tanto mercenario e irreprimiblemente orgulloso) quien tenía el defecto de su constante y fortísima flatulencia, enfermedad incurable aunque simpática, como definió, condescendiente y piadoso, el veterinario amigo de la casa, el Pollo Mastrogiovanni, que era un gordo inmenso, de esos que siempre tienen argumentos para explicar la inocuidad de su gula; la clase de gente que resulta encantadora a primera vista pero que a medida que se conoce, por invasora y negativa, acaba siendo agobiante, quiero decir un tipo de esos que tienen teorías para todo, se consideran propietarios de la razón pura y siempre son capaces de negar la existencia de Dios pero jamás pueden afrontar una discusión para explicarlo. Era un personaje francamente colosal, desproporcionado, al que en Resistencia nadie llamaba Carlos, sino Pollo, o Pollo de Criadero, no por su profesión sino porque había que apagarle la luz para que dejara de comer, tan voraz era, tan impresionante que una vez que lo invitamos a casa Mirta bromeó advirtiéndole que la fuente de las milanesas y la ensaladera eran de vidrio porque si no capaz que se las comía, y bueno, me dispersé otra vez pero el lector comprenderá, es que lo que me sucede en este momento también debilita, parece, mi inteligencia, mi secuencialidad expositiva; lo que quería decir era que Gardel me fastidiaba con sus flatulencias espantosas, groseras y casi inadmisibles que nos hacían pasar papelones cuando recibíamos visitas en casa, aunque pobre perro, él no tenía la culpa de las fermentaciones de sus tripas, si bien tampoco era un asunto tan simpático como apuntaba el Pollo Mastrogiovanni tragando chipás uno tras otro, y yo lo he visto comerse dos fuentes enteras para desasosiego de Mirta. De todos modos no era esto lo que iba a contar, sino el esfuerzo que hice para quererlo –a Gardel, digo, no al Pollo– y en efecto llegué a quererlo y por eso lo paseaba, como he contado, con un cierto aire ritual que, no lo ocultaré, amaban mis hijas era también una forma de que me quisieran a mí, en tanto valoraban mi amor por su animalito amado.

Por eso mismo fue que odié tanto a Gardel aquel sábado de octubre en que mis hijas se fueron al Club de Regatas a jugar al tennis, y a nadar y a hacer todo lo que hacen los niños y las niñas cuando se acercan a la adolescencia, y mi amada esposa Mirta se quedó atendiendo la sastrería y yo leí los diarios al atardecer y cuando llegaron las chicas me fui a pasear al perro porque se anunciaba tormenta y el viento Norte nos daba una tregua tan fresca como insólita para la época. Salimos los dos y en la primera esquina de regreso de la plaza el estúpido animal desobedeció nuestro pacto ritual y echó a correr y cruzó la calle desoyendo mis exhortaciones, mi grito, mi desesperación, por lo cual fue aplastado por el Kaiser Carabela azul del abogado Bentolila, un paisano sefaradita que no era mi amigo y con quien siempre nos encontrábamos en el Templo de la calle Ameghino, y que era el más exaltado en reclamar garantías ante los gobernadores militares por los petardos y pintadas antisemitas que cada tanto hacían su víctima de nuestro templo.

Me quedé alelado, estupefacto, viendo a Gardel rodar bajo las ruedas del coche, para luego quedar tirado junto al cordón de la vereda, respirando apenas, herido de muerte, sufriendo hemorragias internas, con un hilo de sangre que le brotaba de la boca, delgadito como si una única vena se hubiera quebrado, sin gemidos, mientras el imbécil de Bentolila seguía de largo, sin frenar, como si no se hubiera dado cuenta, yo diría que canallesca, cobardemente. Me acerqué todo lo rápido que pude pero no me animé a tocarlo. Entreví las miradas de toda la cuadra posadas sobre mí, acusadoras, y pensé en los accidentes de los humanos: siempre hay alguien que dice que no lo toquen, que venga un médico, un médico, por favor, pero yo no tenía modo de llamar al Pollo Mastrogiovanni ni a mi amada Mirta, y de pronto me acordé de Gina y advertí que me correspondería el deber de contarle el hecho a mis hijas, y entreví su llanto y mi culpa combinados, mi ridícula culpa, mi grandísima culpa como dicen los *goyim*, y me poseyó la rabia incalificable que sentía, la paradoja que se me presentaba porque el odio me era insoportable y realmente yo quería matar a Gardel con mis propias manos pero a la vez quería salvarlo, acongojado, me sentía como un niño, un chiquilín y dónde estaba mi papá, por qué mató a Gina, por qué pasan las cosas que pasan, papi, y condenarme de nuevo (la Mirti), por qué no lo detuviste (Dianita), qué vamos a hacer ahora (Fanny), todas llorando, las mujeres siempre lloran, Féiguele tonta, idiota, y Gina, y hasta Moishe y Benjamín mirándome acusadores, y mamá desmayada y papá brutal, injusto, asesino de perros inocentes, todo eso era mi culpa y mi odio, mi odio más violento que me maniataba, me impedía reaccionar hasta que la voz, esa voz chillona que jamás pude olvidar, de una mujer vestida de sirvienta, con delantal blanco de tela de repasador, quien limpiaba la ventana de la esquina, la sirvienta de la casa de los Müller, me gritó:

—¡Pero haga algo, hombre, no ve que se está muriendo!

Y yo le encajé un manotazo con toda mi furia, mi resentimiento, y le grité, perdóneme el lector por estas palabrotas:

—¡Por qué no se va a la puta madre que la parió!

A pesar de lo cual ella se agachó y le acarició la cabeza a Gardel, quien tenía cara de triste, de dolor, de angustia casi humanos, y parecía mirarme de reojo –mirada que tampoco olvido– con un cierto reproche, y empezó a morirse velozmente, primero con un par de arcadas, un vómito negro enseguida y dos o tres espasmos finales que lo dejaron tieso. La sirvienta de los Müller exclamó "pobrecito" y me dedicó una mirada miserable; algunos curiosos se acercaron y alguien dijo no sé qué cosas de la municipalidad y la perrera. Yo me volví a casa sintiendo que mi odio era pesado como una conversación con Dios, y sin saber qué hacer, cómo decir, qué explicar. Mi única decisión fue no tocar ese cuerpo querido. Huí, cobardemente, con el peso del rencor, y debí soportar toda esa noche, y mucho tiempo más, las miradas enjuiciadoras de la Mirti y de la Fanny y de Dianita, y hasta un cierto reproche de mi amada esposa, y el sopapo de mi padre y tanta añeja, tanta larga culpa acumulada, tan tirana, tan irreprimible.

Ah, las miradas. Miradas que acusan, que juzgan, que desnudan, que reprimen. Miradas judías, miradas argentinas, miradas, en fin, de los humanos, mi especie que hoy siento vergonzante. Miradas que agobian, que aplastan, miradas duras las de toda esa gente, esos días, miradas chaqueñas, letales como las de esos hombres siempre solos que se sientan en las veredas de los cafés clasemedieros, La Financiera, La Biela, el Zan-En de los otros japoneses, el eterno La Estrella, hombres siempre solos que anhelan mujeres, poder, dinero, y que viven –desviven, mejor dicho– por las mujeres, el poder y el dinero, y que desviven mirando y miran como miran los yacarés en los riachos: silenciosos, lascivos, temibles, llenos de enconos y de envidias, resentimientos, ambiciones, prejuicios; miradas de diputadillos, de leguleyos, de subtenientes de infantería, de supremas cortes provinciales, miradas infantiles, en el fondo; irresponsables, temerosas, inmaduras, todas esas miradas sentía sobre mí a consecuencia de la muerte trágica de Gardel, muerte que hacía honor al mito: imposible llamarse Gardel y no morir trágicamente, y qué dolor, qué dolor, qué dolor me causaban las miradas…

Yo no sé si el lector entiende lo que quiero significar. Mi odio a los perros tiene raíces, no sé si profundas pero sí sólidas, válidas para mí. No es que ellos tengan la culpa, en realidad, sino las circunstancias. ¿No es acaso reconocido que son los imprevistos los que definen las conductas y las actitudes humanas? ¿O es que los hombres y las mujeres seguirán siendo tan pretenciosos como para creer que doblegarán a las circunstancias y que sus decisiones y sus gustos se impondrán siempre de modo de cumplir todos sus deseos? Sabemos que no es así. Sabemos que somos capaces de tomar decisiones y de realizar actos éticos, y aun de dictar una que otra sentencia cautelosa. No más que eso. Como a seres limitados por su propia racionalidad, sus miedos y sus culpas, la inteligencia a los humanos apenas les alcanza para indagar, cuestionar, preguntarse. Dudar; que es la mayor limitación impuesta por el sueño inalcanzable de grandeza; dudar es la frontera que la más vasta fanfarronería, la mayor impetuosidad y la más grande autosuficiencia jamás podrá cruzar. Lo máximo que puede alcanzar un hombre con su raciocinio es una –acaso– interesante capacidad de duda. Nada más. Y eso es lo mismo que nada. Por lo tanto, ser hombre es igual a cero y todo lo que los hombres creen ser es pura superficialidad, aire, viento, apenas respiración.

No pretendo que nadie comparta estas palabras que dejo en testimonio final. No tiene la menor importancia que las palabras de un hombre sean comprendidas, compartidas o combatidas. Los hombres creen que las palabras lo son todo. Viven con palabras, trabajan para ellas (aunque lo ignoren) y creen relacionarse mediante ellas. No pueden vivir sin palabras. No saben decir, sentir, no son, sin palabras. E incapaces de justificar lo injustificable, lisiados de los mejores sentimientos, viven (creen que eso es vida) eludiendo culpas y destinos mediante armazones de palabras. Y logran lo único insólitamente maravilloso (en el sentido de que lo maravilloso es fantástico, fuera de lo ordinario) que es vaciar de contenido a las palabras que pronuncian.

Pienso esto mientras miro deslizarse el Paraná desde esta casa que enfrenta el largo puente, de espaldas a la ciudad que amé durante años, y asumo la mutación que se produce, que deseé, que espero y sé inexorable. Abandono las palabras mientras me acerco al punto final y me dejo sentir como ha de sentir el río, en silencio, a paso aparentemente lento, morosa y amorosamente apasionado, amodorrado y parsimonioso pero fatalmente violento, un paso seguro, caudaloso, frugal, contundente, de río confiado en su destino, en su rumbo cierto, inmodificable, hacia lo eterno que es el mar. Me dejo sentir como sienten los perros, que no tienen la culpa de la humana soberbia, carentes como son de esa presunta y fatua impunidad de quienes pronuncian palabras agraviantes convencidos de que los que escuchan en realidad no entienden. Los perros, como los ríos, son pura mirada blanda, puro sentimiento, transcurrir, desprovistos del miserable ropaje de palabras de que se viste el hombre. Y también pueden ser pasión, odio desatado, materiales, quizás, de una felicidad incomprensible para los humanos.

Este rencor que desato en este que será el último párrafo que escriba, las últimas palabras que pronuncie, no es —no se crea que es— un acto irracional, un oscuro resentimiento, sino una meditada y decidida liberación. Y es un acto piadoso para conmigo mismo, si toda liberación es una exculpación, un acto pío y generoso. La piedad no es necesariamente un sentimiento espontáneo. A veces también hace falta un razonamiento, una inteligencia, para sentir piedad. Yo he odiado a los perros durante años, y ahora, en esta depresión en que me sumo, en esta vejez y esta soledad, como dije al comienzo, advierto que los perros no tienen la culpa. Me gustaría poder inspirar la piedad que los perros inspiran. Muchas veces, en mi larga vida, me he preguntado por qué razón hay tanta gente que guarda mejores sentimientos hacia los perros que hacia los humanos. Envidiable situación. He visto amos que se aplicaron a sus animales con un amor, una sensualidad incluso, una inclinación reverencial ante la supuesta inocencia de los animales, que yo confieso haber odiado también. Y que ahora, en vísperas de mi declinación total, confieso envidiar. Durante todo este relato he sentido —y resistido— una notoria inclinación a sentirme perro, a *ser* un perro. Y es que en realidad, la culpa de mis desdichas la tuvieron los humanos. Mi condición humana fue la responsable de mis desaciertos, de mi insatisfacción. La condición humana es el límite mismo de la felicidad. El intelecto, el sentimentalismo. El sentido mezquino de nuestra capacidad de amar. Si volviera a nacer yo quisiera ser un perro. No me avergüenza decirlo. Lo escribo, como todo este relato, responsablemente. No pretendo que nadie comparta esta idea. Sólo aspiro a que nadie se sienta agraviado por ella. Yo deseo ser perro, me gustaría vivir mis últimos días como perro. Puede que tuviese verdaderos amigos. Puede que mis últimos días, mis últimos ladridos, me exonerasen de un juicio final que, honestamente, temo y cuya sentencia me desespera. Quisiera sentir en mí una trasmutación lenta pero absoluta. Nadie me espera, porque nadie me queda. Yo detesto este mundo y ahora me parece, me parece, digo, que visto con mirada canina ha de ser diferente, quizá mejor. Ha de ser visto, incluso, con una mirada entre irónica y piadosa. La de los que mueren sin conciencia del dolor, y sin juicio, sin castigo y sin culpa. Guau.

CARLITOS DANCING BAR
(1992)

CARLITOS DANCING BAR

Para Eric Nepomuceno

Tengo la imagen de Jackson con una mujer a babucha, abrazada a él por la espalda y rodeándole el cuello con dos brazos cortos, redonditos y sólidos. En la nuca de Jackson sólo advierto una cabellera negra, enrulada, tupida. La carga como una mochila y tiene los brazos en jarra, y a cada lado una pierna de la muchacha. Digo muchacha, porque parece un cuerpo joven. Usa medias blancas, y mueve el pie derecho como si marcara compases mentalmente. La escena es en un hotel de Passo Fundo, a las cuatro de la mañana. Jackson ha golpeado la puerta de mi habitación sólo para que yo lo vea.

—Cardozo —me dice—, vine para que te mueras de envidia.

—Exhibicionista de mierda —me río—. ¿Está buena?

—Me la mandó Dios.

—Como a mi cerveza —y le muestro la lata de Brahma que enarbolo en la mano como la antorcha de la Justicia.

Jackson y Paulo y Walmir, borrachos los tres, han ido esa noche al cementerio a visitar a un amigo que murió la semana pasada. Cirrosis fulminante. Fueron a beber una cerveza junto a la tumba del amigo. Era poeta, un buen poeta, dijeron, pero yo no quise ir. Los amigos eran ellos; yo no conocí al fulano. Hacía mucho frío, además, un frío absurdo, inexplicable. Hace un rato estuvo nevando y yo me dije nieve en Brasil qué cosa más ridícula. Al final los acompañó Dóia, que tampoco conocía al poeta pero declaró que la vuelven loca los poetas, la cerveza y los cementerios de noche.

Cosas de gente de más de cuarenta años. Pisan los cincuenta y se enferman de recuerdos. La nostalgia los hace pensar que lo mejor de la vida ya pasó pero como son poetas tienen el optimismo incurable de los que sienten que todavía no escribieron la página mejor. Eso le da sentido a sus vidas.

Yo preferí ir al Carlitos Dancing Bar. La marquesina se ve desde la ventana del hotel, y ayer me dije que debía ser un lugar digno de visitar. Hoy estuvimos toda la tarde discutiendo sobre arte y posmodernidad. Había mucha gente en el auditorio de la universidad, quizá porque en los diarios de la mañana aparecieron nuestras fotografías. Jackson estuvo brillante y seductor, como siempre, con esa voz de bajo profundo que tiene, y yo me aburrí bastante porque cuando los brasileños leen ponencias me cuesta entender su portugués. Lo mejor de la tarde fue lo que dijo el animal de Paulo: que no hay mujeres humoristas porque para ser humorista hace falta ser cáustico y estar bien informado. Yo dije lo mío, coseché aplausos, hubo algunas preguntas que me tradujo Jackson y después me fui a caminar por la ciudad. Me paré a tomar una cerveza en un bar que se llama "Jones" y al rato se me acercó un argentino que me reconoció, según él, porque mi cara, dijo, la tenía de algún lado. Del diario de hoy, le dije. Ah, claro, usté es el escritor, Cardozo, qué grande, ya me parecía, una vez lo vi en la tele. No, no había leído nada mío, no, la verdad es que yo para los libros no soy, ¿vio? Pero sí lo tengo visto, claro, usté es un tipo famoso.

Gabriel, se llamaba el tipo, y se sentó y empezó a hablar. Decía estar muy interesado en lo que yo hago pero no paraba de hablar de él. Siempre pasa lo mismo. Me convidó otra cerveza. Tomaba dos por cada una mía. Cuando le pregunté y usté qué hace, me contó que vino a vender un cargamento de ajos y habló de triangulaciones comerciales para mí completamente extrañas. Según parece, compran ajo en la Argentina, hacen como que lo venden en Brasil pero en realidad el ajo termina en un puerto de Holanda. Un negoción, dijo el tipo. Con semejante crisis, algo hay que inventar.

Después me invitó a conocer el Carlitos Dancing Bar. Se entra por una especie de portón de garage y adentro hay una barra semioscura, mesas que parecen fraileras, y bancos largos en los que algunas parejas se besan y se prometen fantasías. Cada tanto se ponen de pie y bailan en una pista de cuatro por cinco. La música es atronadora y Gabriel no para de hablar mientras yo pienso que los poetas estamos todos locos, quién entiende a los artistas, le digo, y Gabriel dice qué grande, el arte, cuando yo era chico quería ser pintor pero la vida lo lleva a uno por donde se le canta.

—Claro.

—Cómo dice.

—Que la vida lo lleva a uno por donde se le canta.

—Eso.

Sonreímos y brindamos y nos quedamos mirando a las parejas que bailan en la pista.

—Igual que estos brasucas —dice—: quién los entiende.

—¿Por?

—Nunca se deprimen; siempre son piernas para la joda. Ni que fueran todos filósofos.

—O todos poetas, Gabriel. Y a lo mejor lo son.

Al cabo de un rato pongo un montón de cruzeiros sobre la mesa, digo permiso ya vengo, y me dirijo al baño. Meo largo, concentrado y tristón, y paso por el bar rápidamente, le guiño un ojo a la chica que atiende la barra, que me tira un besito alzando el mentón, y me disparo hacia la calle.

Ha vuelto a nevar: unos copitos lentos y blandos que se licuan enseguida. Pero a mí es la desolación lo que me pega el cachetazo que siento. No es el frío; es la desolación.

En el lobby del hotel hay cuatro poetas recitando sonetos y riéndose a carcajadas. Beben, fuman, gritan; tengo la sensación de que se están muriendo pero no lo saben. O no les importa. Me invitan y me excuso en portuñol. Ellos continúan, posesos, felices, en sus recitaciones.

Todo me suena a payasada, a demostración de nuestra generalizada decadencia.

—Cardozo, qué negativo estás —le digo a mi cara reflejada en el espejo del ascensor.

Cierro la puerta de mi habitación, enciendo la tele y saco una Brahma del servibar mientras evoco unos versos de Pessoa en los que dice que los artistas fingen porque siempre están desesperados, o algo así.

Es entonces cuando Jackson golpea la puerta de mi habitación y yo abro y él está en el pasillo con la mujer a babucha.

Tomo un trago de la Brahma de la Justicia, la alzo sobre mi frente como un caballero a su espada, y le cierro la puerta en la jeta. Apago el televisor y me quedo pensando en esa imagen, la de Jackson con la muchacha en la espalda, y me digo que la prefiero a los cazadores del arca perdida.

La imagen se me graba en el lado de adentro de los párpados mientras me voy quedando profundamente dormido.

TURBULENCIA

En cuanto amaneció vio que un buitre volaba en círculos sobre los palmares. El silencio era irreprochable. Miró cómo el bicho revoloteaba mientras descendía lentamente hasta posarse en el tronco de una palmera talada.

Le dolían las piernas y las costillas del lado izquierdo, y a las manos no las sentía. Sencillamente no sabía dónde estaban.

A unos dos metros alcanzó a leer un par de enormes letras azules pintadas sobre un pedazo de chapa de acero tachonado de tornillos.

Recordó la voz del comandante, desgarradora, y la falsa seguridad que había intentado transmitir. Una palabra se le había quedado grabada en la confusa memoria del episodio: turbulencia. Tanto la habían gritado todos que era como si esa palabra hubiera silenciado el estruendo de la caída.

Una mujer viajaba a su lado, pero no pudo recordar su cara. Sólo que era rubia y bonita. Evocó también al gordo que se paró en el pasillo a gritarle a Dios que no lo matara, que a él no. Tampoco recordaba su cara, pero sí unos enormes lagrimones sobre los cachetes inflados. A veces la desesperación desfigura los rostros, se dijo, pero los detalles siempre quedan grabados. Como los gritos en la memoria.

El buitre seguía allí, como sacando pecho, marcial y raposo, en la punta de esa palmera descopada. Le pareció que lo miraba a él, el miserable. Y lo miraba como ignorando el banquete que tenía alrededor.

Sintió una puntada en una pierna, como un latigazo, y enseguida un extraño alivio. Cerró los ojos y creyó caer en una especie de súbita, pesada somnolencia. Volvió a abrirlos.

Amanecía y la humedad prenunciaba otra jornada calcinante. Calculó cuarenta grados a la sombra. Suspiró profundo y se recomendó no dormirse. No podía moverse, pero estaba lúcido. Me salvé, pensó, pero no se atrevió a pronunciarlo. Por cábala, pensó. De inmediato sintió miedo, y enseguida desesperación.

Se empeñó en escuchar los rumores de la selva para mantenerse despierto. Pero el cansancio pudo más e inexorablemente lo fue venciendo, imperceptible y sólido, ese sueño lento y cálido que le impidió ver a la primera patrulla de salvamento que incursionó en la selva y que salvó su cadáver de las fauces del buitre.

ESE TAL ROGELIO BUDMAN

No respondió. No pestañeó, no se le movió un solo músculo, no intentó siquiera un mínimo gesto. Simplemente miró al hombre, pero como sin verlo, como a una ilusión vieja. Y se mantuvo erguido, sereno, analizando la sorpresa, midiendo su asombro, con un quietismo alerta que no era otra cosa que su única manera de reprimir la manifestación de su pavura.

–Mi nombre es Rogelio Budman –repitió el hombre–. Usted ya me conoce.

Parecía abarcar todo lo ancho y todo lo largo de la puerta. Lo miraba a los ojos, estático, con la actitud cortés –o amenazante– de quien espera que lo inviten a ingresar, serio como un auriga en su puesto que aguarda a una reina para llevarla a pasear, cuidadoso hasta de la respiración de los caballos, celoso del buen tiempo porque el buen tiempo es imprescindible para que las reinas salgan a pasear.

Melchor Gaspar y Baltazar Grispo comenzó, lenta, irremediablemente, a reconocer su miedo. Como si despertara de un lánguido sopor, la silueta del visitante se le hizo borrosa primero, nítida después, nuevamente confusa y finalmente todo lo clara que podía ser la figura de un sujeto vestido de negro, alto, robusto, de ojos tan profundos que no alcanzaba a distinguir, y quien le hablaba con esa voz aterciopelada que había pronunciado ya dos veces un nombre y un apellido ominosos, fatídicos.

Pensó en hacerlo entrar, en invitarlo a sentarse en un sillón de la sala para que se repantigara cómodamente. Le diría que su perro, ahora echado sobre la alfombra de la sala, indiferente a lo que acontecía en la puerta, era manso, como ciertamente era, y le convidaría algo de beber. Así discutirían ese asunto que los relacionaba desde hacía tanto tiempo (¿cuánto?, no lo sabía; acaso desde siempre. ¿La eternidad es factible de mediciones?): esa materia que con la sola mención de un nombre y un apellido definía una situación, una insoslayable responsabilidad, la certidumbre de que de ese encuentro difícilmente resultaría nada bueno para él. Pero sólo registró su miedo, su parálisis súbita, su incapacidad de reaccionar y esa reciente –y creciente– desesperación indisimulable. Se le ocurrió, también, estrellar la puerta contra el marco obedeciendo a ese impulso que lo urgía a negar esa infausta, amenazadora presencia. Pero advirtió que hubiera sido inútil; comprendió que Rogelio Budman era algo más que la figura que abarcaba ese espacio enfrente de él.

Lo miró, intensamente. Se miraron, aunque los ojos del visitante le eran por completo insondables. Y en el intercambio, Melchor Gaspar y Baltazar Grispo recibió la confirmación de que estaba más solo que nunca.

Con un leve movimiento mecánico, acomodó sus pies dentro de los zapatos, afirmándolos sobre el suelo como para comprobar que estaba vivo, y despierto, y repasó velozmente la trágica historia de Rogelio Budman, hasta entonces ese desconocido sin cuerpo ni rostro, en realidad apenas un nombre, invento de sus sueños.

Rogelio Budman era propietario de un vasto feudo del entonces recién descubierto, e incipientemente colonizado, territorio del Chaco, a fines del siglo pasado. Vivía solo, en una inmensa casona de techos altísimos, apenas rodeado por una jauría de mastines y un centenar de mocobíes que trabajaban el algodón y extraían tanino del quebracho. Su poder era tan incuestionable que desde hacía por lo menos diez años que nadie subía, desde la capital, para cobrar las gabelas. Ese poder había provocado sucesivas migraciones, además de alguna insurrección rápida y cruelmente sofocada por la docena de guardias armados que vigilaban sus tierras, en medio de la selva, en los parajes que todavía se conocen como "El Impenetrable", cerca del límite con las provincias de Formosa y de Salta. Como consecuencia, sobrevinieron el paulatino empobrecimiento del feudo y la desagradable, arrolladora proliferación de millones de ratas que avanzaron por toda la comarca, devastando las míseras viviendas abandonadas, los graneros y hasta las pocas parcelas que aún se cultivaban.

Velozmente –vorazmente–, la invasión comenzó a sentirse en los alrededores de la residencia de Budman, quien una noche escuchó la cruenta pelea que protagonizaron, en el patio, sus mastines y los roedores, algunos grandes como gatos pero más feroces. Se acercó a una ventana y admiró la bravura y fidelidad de sus perros, los que se debatieron durante dos noches hasta el agotamiento, circunstancia que aprovecharon sus antagonistas para devorarlos.

A partir de entonces, el desdichado Budman ya no pudo dormir, ni salir en busca de alimentos, y apenas alcanzó a sellar con tablas las puertas y las ventanas de su casa, primero; de su habitación, luego; hasta que el hambre y el cansancio comenzaron a vencerlo y vio ingresar a las ratas en su alcoba, victoriosas tras el prolongado asedio, enardecidas, excitadas por una incierta locura asesina al abalanzarse sobre él.

Siempre, en ese punto, Melchor Gaspar y Baltazar Grispo se despertaba, angustiado, oyendo esa voz –¿la de Rogelio Budman?; ahora sabía que sí– que lo llamaba. Algunas veces era sólo un gemido; otras, más escalofriantes, un largo y agónico lamento sin pausas que parecía penetrar en todas las habitaciones de la casa, en las alacenas, en los roperos, en los aparadores, en los adornos de las repisas, en la vajilla y hasta en las porcelanas de los baños, como buscando una caja de resonancia gigantesca, multiplicada hasta el infinito.

Ese sueño se repetía, con ligeras variaciones, casi todas las noches, producto acaso de una patología incurable, de una paranoia acechante e inconfesada. Melchor Gaspar y Baltazar Grispo no tenía ni amigos ni parientes; de haberlos tenido, quizá les hubiese confiado la existencia de ese sombrío, puntual habitante de sus sueños. El secreto que siempre se conserva frente a los seres queridos —esa inevitable condición que alcanzan ciertas personas y que él desconocía— habría sido, en su caso, ese sueño persistente, incisivo, letal.

Unos años atrás, preocupado por la historia de ese tal Rogelio Budman, urgido, por lo menos, por comprenderla, se había aplicado al estudio de horóscopos y cartas astrológicas, a la frecuentación de manuales de interpretación de los sueños y de lenguajes metafísicos, al análisis del comportamiento de los péndulos radiestésicos y a la lectura de gruesos e incomprensibles volúmenes de esoterismo, neurología y psicología. De todo ello sólo recordaba (con injustificable insistencia, pues no alcanzaba a develar su significado) una cita del médico y polígrafo entrerriano Federico Fernández Bueno: "La mente es ladina; por eso muchas veces atribuimos a la imaginación hechos que fueron materia de los sueños que ya no recordamos".

Otro recurso —de los muchos que intentó para liberarse de la tragedia de Rogelio Budman— consistió en exigirse una vigilia dolorosa: procuraba cansarse, para lo cual se entregaba a actividades manuales inconvenientes para su edad, o caminaba y leía hasta el agotamiento, a veces hasta el punto de quedarse dormido en el baño, o en el sillón del comedor, junto a la ventana, o en la cocina mientras calentaba un enésimo mate cocido. Pero todo era inútil: Rogelio Budman y su feudo, su crueldad y sus perros, la miseria, el hambre y la voracidad desesperada y desesperante de esas ratas feroces, enloquecidas, superaban los obstáculos que su tenacidad les oponía. El sueño se repetía puntualmente, contumaz, calcado. Y él sabía, mientras se mantenía despierto, que sólo ese sueño era posible y que lo aguardaba como una amenaza palpitante, como la insinuación de una tormenta de verano.

Melchor Gaspar y Baltazar Grispo interrumpió sus pensamientos cuando se dio cuenta de que se había aferrado a la jamba de la puerta con tanta fuerza que se estaba lastimando los dedos. No temía perder el equilibrio, ni peligraba su verticalidad, pero necesitaba herirse para sentirse vivo. Las yemas de sus dedos lucían una blancura de papel, vacías de sangre, mientras él se preguntaba si no habría alcanzado, finalmente, alguna dimensión de la locura. O si esa negra figura que decía llamarse nada más ni nada menos que Rogelio Budman no era otra cosa que la carnalización de un sueño horroroso y lo que ahora sucedía era que soñaba en la vigilia.

Supo que estaba despierto porque acababa de acomodar sus pies dentro de los zapatos; porque sentía ese persistente y frío hormigueo en las manos; porque advertía el incontenible temblor de sus brazos, de su cuerpo a punto de ser sometido por esa presencia que sin ingresar a su casa igualmente lo atropellaba, insultante, y hasta le producía dolores viscerales; porque el olor azufroso y crecientemente aborrecible que despedía ese intruso degradaba el aire. Supo, también, que estaba perdido.

—Qué quiere —preguntó con una voz que parecía hablada contra un ventilador en funcionamiento, quebradiza y sibilante.

El hombre apenas abrió los labios:

—Vengo a buscarme en sus sueños. Yo también estoy harto de soñar con un hombre solitario y miserable que responde al nombre de usted y finalmente es devorado por las ratas.

Melchor Gaspar y Baltazar Grispo sintió que su respiración se aceleraba. Aterrado, impulsivamente comenzó a cerrar la puerta y giró, sin hacer caso de las protestas de la voz que, del otro lado, parecía expresarse en un idioma indescifrable. Al darse vuelta advirtió que el espanto reinaba a sus espaldas, en el amplio comedor: su perro yacía en el centro de la habitación con la panza abierta; algunas tripas se esparcían, repugnantes, sobre las baldosas.

Cuando la primera rata se asomó y, tranquilamente, avanzó hacia él, Melchor Gaspar y Baltazar Grispo terminó de cerrar la puerta. Luego se desplomó sobre el sillón, miró a las demás ratas y las dejó hacer.

CONSEJO

La mañana del día en que murió el abuelo, general de brigada que supo luchar a las órdenes de Villa, Obregón y Carranza, llevaron al pequeño Agustín ante su lecho para que le diera el último beso. Eran los años cuarenta y el abuelo se moría dejando una leyenda de heroísmo, mentiras y arbitrariedades, como en cualquiera de las tantas familias acomodadas por la Revolución. El niño vestía pantaloncillos de terciopelo, abombachados y cortos hasta las rodillas, camisa de lino blanca con cuello de broderí, y mancuernillas de oro. Calzaba medias de seda y zapatos de charol con hebillas de plata. Lo acercaron a la alta cama entarimada y allí se arrodilló sobre un cojín de finísimo terciopelo. Miró al anciano, que respiraba dificultosamente por la boca, sumergido en almohadones de plumas bordados con hilos de plata y oro, y esperó no sabía qué. No se atrevía a tomarle la mano, acción que por otra parte le hubiera producido repugnancia. El viejo primero lo miró de reojo, después ladeó la patricia y blanca cabeza, y con una seña hizo que todos salieran de la habitación. Cuando quedaron solos miró francamente al muchacho, hizo una mueca como de asco con los labios y estiró una mano flaca y huesuda que agarró el antebrazo del niño.

—Te voy a dar un solo consejo, muchacho —carraspeó, casi sin fuerzas—: Vende todo y huye.

TEATRO EN MARIEFRED

Para Pablo y Ana

A unos cincuenta kilómetros de Estocolmo, en Mariefred, hay un hermoso castillo medieval que atesora una colección de retratos de reyes y jefes de estado que se considera la más completa del mundo. Se dice que no hay monarca, príncipe, delfín, dictador o jerarca –y no sólo europeo– que allí no tenga un retrato al óleo, una acuarela o una carbonilla por lo menos, desde el Renacimiento a nuestros días. En una de las alas superiores del castillo hay, también, un curioso, pequeño y delicadísimo teatro: una sala que lleva el nombre de Gustavo III y que fue obra del arquitecto Erik Palmstedt, en 1781, y en la cual toda su vida Alcindo Loureiro quiso representar "Las manos de Eurídice".

Conocí a Alcindo Loureiro cierta vez que pasó por Resistencia, una agobiante noche de sábado del verano de 1968, en los jardines del Club Social, después de la representación de esa inolvidable pieza de Pedro Bloch en el Cine Sep, que era –y creo que sigue siendo– la única sala que ocasionalmente podía dejar de ser cine para oficiar como escenario teatral, foro de conciertos o tablado flamenco, según hiciera falta, porque tenía un largo proscenio como de diez metros de profundidad y de todo el ancho de la pantalla, que ya por entonces había sido adaptada al sistema llamado *cinemascope*. En el fresco patio perimetrado con palmeras, entre malvones y rosales regados unas horas antes, al caer la noche, y mitigado el sofoco por una suave brisa nocturna, Alcindo Loureiro narró –entre whisky y whisky–, a un grupo de interesados, su vida de actor ambulante.

Natural del Estado de Santa Catarina, había sido criado por unas tías en Uruguaiana, a la muerte de sus padres; luego llevado a un seminario religioso en Paysandú de donde escapó a los cuatro meses; más tarde confinado en un reformatorio de Gualeguay por vagancia y hurtos de menor cuantía; y finalmente retornado a su patria en un DC-3 de Cruzeiro do Sul que se cayó en un vuelo de Uruguaiana a Porto Alegre y del que fue el único sobreviviente. Producto de aquel episodio le quedó para siempre un definitivo, irreductible miedo a los aviones. Lo cual se constituyó con el tiempo –nos dijo, mirando fijamente el fondo de hielo de su vaso de whisky– en un serio inconveniente para su carrera profesional y para sus deseos más profundos.

Fue en Porto Alegre donde empezó a hacer teatro, en un grupo vocacional, y desde hacía cinco años recorría el continente –siempre en tren o en autobuses, aclaró– presentando la misma obra en perfectos portugués o español, lenguas que dominaba con igual precisión.

Durante ese verano, iniciado en el norte argentino en el mes de septiembre, había actuado en docenas de salas de toda la costa del Paraná, dictado un curso de escenografía en Santa Fe, un seminario teatral en Reconquista y otro en Tostado, y cumplido las mil representaciones de la obra de Bloch en el todavía magnífico Teatro Juan de Vera de la capital correntina, a sala llena y con la presencia del gobernador, un general cultísimo –según él– que lo había declarado huésped ilustre de la provincia, y de todo su gabinete. Después de ocho representaciones en Resistencia, pensaba seguir con puestas en diferentes pueblos del Chaco, Santiago del Estero, Tucumán, Salta y, en fin, todo el norte argentino, Bolivia, Perú, y así siguiendo pensaba terminar con un magno festejo de las dos mil representaciones en el Teatro Nacional de Caracas.

Alguien le preguntó cuál era el sueño más deseado de un actor teatral, y él respondió que no se podía generalizar porque "cada actor es un mundo, ustedes saben", pero confió que su obsesión particular —y cuando lo dijo se le ennobleció la mirada— era llegar un día a representar "Las manos de Eurídice" en el Teatro Gustavo III, de Mariefred.

Fue, por supuesto, la primera vez que escuché esos nombres. Ninguno de los presentes tenía la cultura necesaria, ni fue lo suficientemente curioso, como para ilustrar a los demás o para indagar más datos. Creo que todos supusimos que esa sala estaría en Río, o en Bahía, y que seguramente databa de la época de Pedro II y su efímero imperio brasileño.

Sólo una vez tuve noticias de Loureiro en estos trece años: cierta noche del '75, en Buenos Aires, un exiliado carioca me contó que gran parte de la técnica teatral del entonces exitoso director Augusto Boal la había aprendido de "un tal Alcindo Loureiro, un loco cuyas máximas aspiraciones son poner no sé qué pieza en un teatrito sueco y llegar a presidente de la república".

Todo indicaba que aquel empeñoso actor jamás lograría cumplir sus propósitos, claro está, pero en todo caso el asunto me interesó muy poco: yo apenas retenía una imagen borrosa de ese hombre pequeño, flaco y desgreñado, con el pelo revuelto y húmedo después del baño que sigue necesariamente a toda función, propietario de una mirada huidiza, como si le costara fijarse, o como si al hacerlo sólo viera imágenes que lo atormentaran, una mirada de esas que llamamos de loco, en efecto, y quien hablaba con un ligerísimo, casi imperceptible acento portugués.

Eso habría sido todo —y como tantos personajes que uno conoce y luego olvida, así debió suceder con este hombre— de no mediar una no prevista visita al castillo de Gripsholms, en Mariefred, también conocido con el nombre de Castillo de Gustav Vasa, en recuerdo de esa especie de fundador de la socialdemocracia sueca —para muchos padre de la Suecia moderna y para muchos otros un despótico demagogo que implantó una vulgar monarquía populista— que signó el futuro escandinavo hace unos quinientos años.

Unos amigos residentes en Lidingö (que es un suburbio de Estocolmo), a quienes visité el verano pasado, me llevaron de paseo a Mariefred un fin de semana y, naturalmente, fuimos al castillo.

Nuestro recorrido fue todo lo corriente y previsible que es cualquier excursión turística, hasta que sucedió algo bastante insólito: se pegó a nosotros –sin que la llamáramos– una guía de esas que dominan siete idiomas, tienen ideas propias y nada objetivas sobre la Historia, y a quien no hay manera de hacerla obviar una explicación innecesaria una vez que ha decidido que debe proferirla. Esa mujer se llamaba Ilse, hablaba por supuesto el castellano, y consideraba que Gustav Vasa había sido un cretino sanguinario y herético, apóstata y ateo, cismático y pirómano de iglesias. Mientras se escandalizaba de modo nada escandinavo y más bien como una napolitana, se le aflautaba la voz y sus manos se movían como las de un bongocero. Para nuestro azoro, y aprovechándose de la cándida y turística docilidad con que admitimos su compañía, creyó indispensable que conociéramos el cuadro de algún rey de la Argentina que "seguramente" debía encontrarse en algún salón de los muchos que ocupaba la magnífica colección palaciega, así como el teatro donde en los últimos doscientos años sólo habíanse representado unas pocas obras, una de las cuales –enfatizó– "por un actor muy peculiar que vino de Sudamérica".

El comentario, por supuesto, despertó mi curiosidad. No tuve que rogarle demasiado para que nos diera detalles de aquel episodio. Según la mujer, para conseguir que lo autorizaran a montar "una extraña obra", y luego de que se le denegaron las correspondientes solicitudes, se mantuvo dos semanas en huelga de hambre y envió una imprecisable cantidad de cartas al rey Gustavo Adolfo VI y al parlamento, entonces dominado –dijo Ilse– por esos indeseables socialdemócratas. Al parecer, tanto insistió el empeñoso artista que –no importa si por acuerdo real o parlamentario– el sudamericano pudo arremeter con sus monólogos ante un auditorio "muy variado", como lo definió Ilse, compuesto por ella misma, cuatro o cinco turistas franceses, un breve contingente de niños de Göteburgo, tres señoras de edad indefinida procedentes de Finlandia, un hombre de negocios norteamericano con su, presumiblemente, esposa veinte años menor, y Lars, el rengo del primer piso del castillo, encargado habitualmente de la limpieza del teatro y fanático de Shakespeare y de Ibsen.

Allí, frente al pequeño Partenón de columnas doradas que antecede al foro y forma un semicírculo de unos quince metros de diámetro; bajo un cielo combado y de raro barroquismo por sus decoraciones helénicas, románicas, góticas y renacentistas; frente a los cinco palcos reales y ante las delicadas graderías de finas maderas nórdicas, tapizadas de terciopelo con puntillas de oro y plata, conjunto general donde el celeste cielo y el dorado solar son los colores dominantes aunque los atenúa una obstinada semipenumbra; allí Alcindo Loureiro, actor brasileño, evocó al rey Gustavo III, al arquitecto Palmstedt, al dramaturgo Bloch, quizá a Homero, Esquilo y Molière, imagino yo, y se lanzó a una representación que nadie entendía, salvo Ilse, naturalmente, quien también comprende y habla el portugués a la perfección. Al término de la cual —narró Ilse, cuya excitación iba *in crescendo* a medida que evocaba aquellas escenas—, entre opacos y fríos aplausos Alcindo Loureiro declaró que había triunfado, que ésa era su actuación decisiva, su monólogo concluyente, irrebatible, el momento que había soñado toda su vida "y eso que vine en barco y sin una rupia" —así dijo Ilse que dijo— y anunció, impertérrito, ante la única audiencia que entendía su lengua, que el problema que le quedaba por afrontar, ahora, era el de superar su todavía inalterable miedo a los aviones, ese pánico puntual que le producía la sola idea de volar, dada la inminencia de su regreso al Brasil luego de tan largo exilio, para asumir la presidencia de la república, todo lo cual proclamó y temió y describió a los gritos, mientras la mirada se le volvía estrábica y furiosa y se despojaba de sus ropas de teatro y las arrojaba sobre su cada vez más confundido público, así como les lanzaba utilerías y cortinados que arrancaba, y hasta una estatuilla de Eurípides que le dio en la pierna a una finlandesa, lo cual desencadenó una catársis generalizada de insultos, porrazos y alaridos plurilingües. Pero el frenesí fue mayúsculo cuando el brasileño se trepó a una columna jónica y empezó a mostrar su lengua a la concurrencia, con una fiera mueca en el rostro, mientras con una mano se sostenía de la columna y con la otra se apretaba la entrepierna y sacudía su contenido en actitud vulgar, desafiante y burlona mientras gritaba

"Eurídice, amor mío, mataré a la serpiente y bajaré a los Infiernos a buscarte y luego serás Primera Dama del Brasil, Emperadora, Princesa, lo que quieras", y el ahora enfurecido público le lanzaba sillas, bolsos, carteras, unánimemente entregados a un desorden general que no concertaban las corridas de los guardianes del palacio, los ordenanzas, los guías, los carterazos de Ilse, todos convertidos en un espontáneo coro de extraviados que quebraba la armonía de siglos del austero teatro de Gustavo III, y coro que secundó aquella imprevista representación hasta que llegaron dos patrulleros de la policía sueca para llevarse a Alcindo Loureiro, actor brasileño, al manicomio de Longbro, al sur de Estocolmo, donde ahora pasa sus días, dicen —nos contó Ilse, corroboré después— en la tranquila espera del momento de viajar al Brasil para asumir la presidencia de la república. Una vez que supere, por cierto, su todavía irreductible miedo a los aviones.

BROWN BEAR

Pat Proudhon es un granjero de New Hampshire al que le gusta cazar osos. Desde hace años está empecinado en abatir a un enorme Brown Bear al que en la comarca todos llaman *Sixteen Tons*. Lo ha buscado y esperado innumerables fines de semana, lo ha perseguido con perros, rastreado durante infinitos días con sus infinitas noches, y, en cada regreso frustrado, no ha hecho más que renovar su ansia de matarlo. Sabe dónde, de qué y cómo se alimenta, qué costumbres tiene, por qué senderos anda. Pero jamás se topa con él. Durante los últimos tres años, obsedido, el granjero no ha hecho otra cosa que soñar su encuentro con el inmenso animal.

En esta cuarta primavera, su amigo Frank lo cruza al costado de la carretera que va de Lyme a Lebanon. Se detiene al ver que Pat está llorando, desconsolado, junto a su camioneta. Como sabe de su obsesión, y con ligerísima ironía, le pregunta si se trata de una nueva frustración... Pat responde que no con la cabeza, se suena los mocos en un sucio pañuelo y, señalando la cajuela de la camioneta, dice que llora porque le han sucedido dos cosas terribles, simultáneamente: la una es que finalmente ha dado muerte a *Sixteen Tons*; la otra es que acaba de darse cuenta de que había llegado a quererlo tan entrañablemente que ahora se siente un miserable.

EL CASTIGO DE DIOS
(1993)

MEHERES COME MORAS, ESPERANDO

Meheres está en el patio, subido a la profusa morera, y mastica una fruta cada tanto. Lo hace distraídamente, y piensa que el invierno sigue teniendo cara de verano. Hacen 22 grados a la sombra, calcula, y la siesta es tentadora. De hecho, la ciudad duerme y todo está tranquilo. Dora ronca en el dormitorio, los chicos están en la escuela, y él está esperando.

Hay un muro de ladrillos, de dos metros de alto, que separa ambas propiedades. Desde la horqueta en la que está sentado, en la esquina de su patio, puede ver el muro desde arriba (y dos hileras paralelas de hormigas que recorren la parte superior) y también domina el patio vecino. En los dos hay ropas tendidas. En el de los Lucuix hay, además, hacia el otro extremo, un gallinero alambrado y adentro media docena de ponedoras, un gallo viejo que se llama Pocho y unos pocos pollitos extrañamente silenciosos. Meheres come otra mora mientras compara las dos casas, que son gemelas y cuyas partes traseras observa equidistante. La de los Lucuix está más descascarada que la suya. El la pintó hace cuatro años; los Lucuix hace como diez o doce. Si ahora hiciéramos un gallinero, también sería más nuevo. Piensa. Y piensa que el Doctor Lucuix, farmacéutico diplomado (como gusta presentarse) es un avaro y un imbécil. O no: un imbécil y un avaro. ¿O no? ¿En qué orden? Y come otra mora porque está esperando.

Una avispa negra y culona zumba cerca de Meheres. En cuanto

la advierte, se le eriza la piel. Son terribles, las cabichuí. Malas como la envidia militante de alguna gente. Piensa. A Dora, sin ir muy lejos, una de éstas le hizo un moretón así que le duró dos semanas. Recuerda. Hasta hubo que llevarla al hospital.

Se queda quieto, como en rigor mortis, y se pregunta cómo será estar muerto. La cabichuí sobrevuela su cabeza; siente no sólo el zumbido sino también la brisita que produce. Bicho jodido, piensa Meheres. Como ofendida, la avispa se desvía bruscamente y se dirige a una mora gorda que cuelga de una rama de más arriba. La sobrevuela, hace un par de giros locos y después se aleja. Se apaga el zumbido y Meheres vuelve a respirar, aunque sigue tenso. La tensión parece que disminuirá lentamente, pero eso no sucede porque Meheres advierte, a través de la ventana del comedor de la casa vecina, la figura silenciosa, furtiva, de Griselda Lucuix.

Meheres observa, desde su atalaya, la ventana de la cocina, pero no distingue a Griselda. O sea que no se ha dirigido a la cocina. Pero tampoco la ve retornar al comedor. Ni está tras la puerta que hay en medio de las dos ventanas. Mira entonces hacia las ventanas con la puerta en el medio que tiene su propia casa y confirma que no hay nadie. Los chicos de Lucuix también están en la escuela, con los suyos. Y Dora duerme en el dormitorio que es idéntico al dormitorio en el que duerme el Doctor Lucuix, farmacéutico diplomado. Entonces arranca otra mora y se la lleva a la boca, sin dejar de vigilar ambas casas, mientras piensa que ya son las dos y media de la tarde y enseguida va a empezar lo que está esperando.

Y empieza: Griselda Lucuix abre de par en par la ventana del comedor, e incluso desliza hacia un costado la tela metálica antimoscas. Se queda ahí, mirando hacia algún punto del cielo, con la barbilla levemente alzada, como hacen las directoras de escuelas en los actos celebratorios, y empieza a desprenderse los botones de la blusa blanca.

Meheres primero pestañea, cuando ve que ella abre la ventana, y luego se dispone a hacer su parte. Lo que Meheres ve es sólo el torso de Griselda Lucuix; desde donde está, en la horqueta, la ve exactamente de la cintura hacia arriba. El la recorre con su mirada mientras ella se abre la blusa, y siente que su excitación crece sostenidamente. Ella no lo mira, aunque obviamente sabe que él está allí, en el árbol, y precisamente el no mirar al hombre sino hacia el cielo infinito es lo que la excita y le brinda, de paso, una expresión mezcla de ausencia y ternura como se ve en las Madonnas con Niño de Leonardo. Meheres se palpa la entrepierna, siente cómo se le endurecen los músculos, y luego abre la bragueta y extrae su pene, que agarra con firmeza con la mano derecha.

Griselda Lucuix, a todo esto, se saca la blusa y se quita también el corpiño y entonces es como si le explotaran los pechos magníficos, grandes de modo que sólo manos enormes podrían apresarlos, blandos por haber dado vida y salud pero aún firmes porque ella es joven y sólo un poco regordeta. Se acaricia los pechos y entorna los párpados y entreabre la boca, porque está gozando imaginariamente. Hasta que de pronto abre los ojos, como asustada, y entonces busca a Meheres con la vista y lo encuentra en el sitio en el que indudablemente debía encontrarlo. Meheres está acariciándose el sexo con suaves y rítmicos movimientos de su mano, respirando por la boca entreabierta y reseca por el deseo, y en los ojos tiene una rara expresión que combina el éxtasis con la frustración, el amor con el dolor.

La expresión de Griselda Lucuix cuando encuentra la mirada de él luego de un segundo, pasa del susto a la ternura, del miedo a la urgencia. Ahora cada una de sus manos agarra un pecho por la base. Los aprieta con movimientos circulares hacia arriba, los dedos índices rozan los pezones y su excitación crece. Sus ojos, que son del color de la miel, se vuelven más acuosos y cristalinos, y lanzan destellos; son como ojos que hablaran y no de cualquier cosa sino de amor, y de amor preñado de deseo. Griselda Lucuix siente, en lo profundo, que en ese preciso momento se está entregando al hombre que ama. No cierra los ojos pero es como si lo hiciera porque su imaginación traspasa a Meheres, quien con expresión estólida y aparentemente vacía acelera el meneo de su mano. El placer llegará en segundos; el dolor también. Y para ella habrá como una explosión interior cuando vea el placer en los espasmos de Meheres, quien de pronto empieza a eyacular, todo él un temblor, abriendo la boca, desesperado, y mirando los ojos color miel de Griselda Lucuix, que lo mira con los ojos más húmedos aún y siente que todo su cuerpo también tiembla, también espasmódico, porque mientras con la mano derecha se acaricia los pechos con más y más energía, su mano izquierda (que Meheres no ve) gira enloquecida haciendo círculos milimétricos sobre su pubis. Y así, acezantes y convulsos, los dos alcanzan sus respectivos orgasmos a un mismo tiempo, sin dejar de mirarse con miradas intensas, acuosas, desgarrantes.

Después se quedan un rato así, y todavía se miran cuando se recomponen, despaciosamente. Se les normaliza la respiración, él sacude su sexo y al cabo lo guarda dentro del pantalón, mientras ella detiene el frotamiento de sus pechos, los reacomoda dentro del corpiño, se pone la blusa y abrocha despacito todos los botones, uno por uno.

Es imposible precisar exactamente cuándo se separan sus miradas. Pero sucede en el instante en que se interrumpe la intensa conversación que han sostenido, en el momento en que se separan como se separan los amantes, que posiblemente es el momento en que Griselda Lucuix corre la tela metálica sobre el deslizador del alféizar de la ventana, o el momento en que Meheres toma una mora de una rama alta y se la lleva, distraídamente, a la boca.

NADIE VA A CREER ESTO

Para Viviana Boglietti

—Ché, ¿qué será esa luz que nos viene siguiendo? —dijo de pronto la Yoli, señalando por la ventanilla hacia su derecha.

Yo, que iba al volante, me incliné un poco, miré más allá de ella, y vi una luz muy rara, como una rayita blanca con destellos verdes y rojizos, que marchaba a indefinible altura y a imprecisa distancia de nosotros, como acompañándonos.

Claro que yo sé que nadie va a creer esto, pero no puedo dejar de contar lo que nos pasó. La Yoli es mi más vieja e íntima amiga —dije amiga, jamás hubo otra cosa entre nosotros— y esa vez viajó conmigo porque la convencí de que le vendría bien un cambio de rutina. Ella va al Chaco casi todos los meses, pero en avión. No hay muchos como yo, que adoren atravesar esas interminables y aburridas llanuras en un viejo R-12.

Salimos a eso de las cinco de la tarde, y cenamos livianito una marucha con ensalada en Rosario, de donde partimos como a las diez. Pasada la medianoche ya habíamos tomado un cafecito en un ACA de la autopista a Santa Fe y dejado atrás esta ciudad. A eso de las tres de la mañana, más o menos, estábamos entre Calchaquí y Vera y la Yoli cebaba mates y me daba charla para mantenerme despierto. Fue entonces que vio esa luz que primero nos causó curiosidad (porque avión no es —dijo—, cualquier cosa menos avión) y después desconfianza, y temor, y un montón de cosas más que no terminaría nunca de adjetivar.

Porque era una cosa muy loca esa luz que nos acompañaba y se acercaba y se alejaba. Primero nos produjo asombro, después pavura, y al final nosotros interpretamos que era una señal. Esa luz en movimiento, de alguna manera, nos proponía algo. Al principio aceleré, por impulso, pero enseguida aminoré la velocidad para ver mejor, y decidí marchar lentamente, como si anduviéramos de paseo, a unos cuarenta kilómetros por hora. No me animaba a detenernos, ni pensé en bajar del coche, porque no había nadie en la carretera y la inmensidad, y el silencio, aunque en esos parajes los conozco de toda mi vida, se me hicieron de pronto aterradores. Que no nos cruzáramos con coches o camiones no dejaba de ser normal, dadas la hora y esa parte tan desolada de la ruta 11. Pero la sensación era más absoluta: la de estar completamente solos en el mundo. Además hacía un calor infernal, y era domingo.

La Yoli se quedó muda, mirando la luz como encandilada. Yo le veía la nuca y me daba cuenta, y a mí también me perturbaba: más allá de ella, a un costado de su cachete, la luz pasaba del brillo plateado al rojo, y al amarillo, al verde, al azul, como un arco iris redondito, una bolita iris, digamos, que tenía cola y parecía viva. Y es que *estaba* viva.

—Es un ovni —musitó ella—. Había sido que existen.

La luz marchaba sobre la derecha y adelante del coche. Si yo aceleraba, también la luz. Si frenaba, también. Y nos encandilaba a los dos, digo encandilar no porque nos deslumbrara la cantidad de luz, no era una cuestión de intensidad; digo encandilar porque no podíamos apartar la vista de ella. Incluso en determinado momento me di cuenta de que ya no miraba la carretera. Ni siquiera gobernaba el volante.

Al cabo de unos cuantos segundos, o minutos (no lo sé, porque perdimos toda dimensión del tiempo), el andar del coche se hizo mucho más veloz, y sereno, y silencioso, o sea, digo, alzamos vuelo. Sí, sé lo que estoy diciendo. Ni estaba ni estoy borracho, y ya sé que nadie va a creer esto, pero es la pura verdad. Qué le voy a hacer si no puedo probarlo. Pero nosotros, de golpe, empezamos a volar y yo ya no manejaba. Eramos una nave en el espacio, y la Yoli y yo con un susto tremendo. Lo primero que hicimos fue tomarnos de las manos como hermanitos perdidos en el Aeropuerto Kennedy, que yo una vez fui y me imaginé cómo sería perderse ahí, siendo niño. Y nos apretamos las manos como para transmitirnos una fuerza que ninguno de los dos sentía pero que ambos necesitábamos del otro.

Soy consciente de que suena a disparate, pero nosotros volábamos con coche y todo, y el R-12 navegaba en el espacio tan bien como la Apolo Once. Volar era una maravilla, algo que daba gusto. Nos fuimos alejando de la ruta rumbo al Paraná, y era una delicia porque como no alcanzamos demasiada altura podíamos ver perfectamente, abajo, la carpeta verde de los bosques, y el camino brillante que era el río a la luz de la luna. Vimos un barco que remontaba las aguas hacia el Paraguay, las luces rojas y blancas en los extremos de una jangada larguísima, y una que otra linterna de pescadores cerca de las orillas. Vimos también unos bancos de arena que habrán estado a la altura de Goya, o de Bellavista, digo yo, sobre la costa correntina, y después un grupo de islas de vegetación asombrosa y llenas de monos que la Yoli dijo que sólo faltaba que nos saludaran.

El encandilamiento se nos pasó, y la verdad es que los dos estábamos muy asustados pero también chochos, felices porque sabíamos que lo que pasaba era algo sobrenatural pero nos sucedía a nosotros y eso era un privilegio. La Yoli se emocionó tanto que se largó a llorar, y cuando yo le pregunté por qué lloraba, si era por miedo, me respondió "no, boludo, lloro de emoción, porque nunca pensé que me pasaría una cosa así". Y acto seguido hizo silencio, como proponiéndome que cada uno se metiera en lo suyo. Y lo mío fue que de pronto en el asiento de la Yoli yo lo veía a mi papá, que era la persona que más quería cuando era pibe, y me hablaba, era su misma voz y era su cara, clarísima, indiscutible, lo que yo veía en el lugar de la Yoli. Y no sé bien qué me decía pero me hablaba amorosa, tiernamente, y me regalaba un hilito rojo (que es mi color preferido) y después abría, suave y etéreo, la puerta del 12 y se iba caminando en el aire hasta que se perdía en la oscuridad.

La Yoli me dijo, después, que a ella le pasó exactamente lo mismo: en mi lugar se encontró con su madre, que era la persona que más quería cuando era chica, y su vieja le habló y le dijo palabras similares, cariñosas, y le regaló una violetita de tela azul que a ella le recordó el moño del vestido de una muñeca que adoraba y que se llamaba Amanda. Y lo más extraordinario de todo fue que yo en ningún momento dejé de estar al volante del 12, ni ella dejó de estar en el asiento de al lado.

El caso es que después de que se fueron nuestros viejos hubo un resplandor muy fuerte, más arriba en el cielo, y el coche lentamente, y suavemente, empezó a descender sobre la carretera. Fue como un pase perfecto de torero: el toro se manda contra el capote y durante una fracción de segundo parece que todo el movimiento que hay en el mundo fuera solamente el de la lentísima muñeca del diestro; así de delicado y preciso fue que la luz nos depositó, rodando, de nuevo, sobre la ruta 11.

Retomé el mando del coche a unos 60 kilómetros por hora, y la Yoli lloraba, emocionada, con una sonrisa que parecía renacentista, mientras la luz se alejaba, disparada hacia adelante y hacia el Oriente, hasta que desapareció.

Detuve el coche sobre la banquina porque me era imposible manejar. Estaba turbado como quien se encuentra con el Diablo y debe decidir si acepta un pacto o lo rechaza, todo en un segundo y sin apelación y sin que siquiera tuviéramos en las manos la certeza de un hilito rojo, de una violetita de tela azul.

NATURALEZA MUERTA CON ODIO

Usted no sabe lo que es el odio hasta que le cuentan esta historia. Hay una enorme tijera de jardinero en el aire, de ésas de doble filo curvo y que tienen un resorte de acero en medio de la empuñadura, que de pronto queda suspendida, en el aire y en el relato. Es como una foto tirada en velocidad mil con diafragma completamente abierto. Clic y el mundo mismo está detenido en esa fracción de tiempo.

Ahora hay una ciudad provinciana, chata, de unos cuarenta mil habitantes, mucho calor. Un barrio de clase media con jacarandaes en las veredas, jardines anteriores en las casas, baldosas más o menos prolijas, pavimento reciente. Nos metemos en una de esas casas, y vemos un living comedor en el que hay una mesa, cuatro sillas y un aparador sobre el que está –apagada– una radio RCA Victor al lado de un florero sin flores. También vemos un par de souvenires de madera o de plástico, un cenicero de piedra que dice "Recuerdo de Córdoba" y, en las paredes, dos reproducciones de Picasso, un almanaque de un almacén del barrio, y una lámina de un paisaje marino enmarcada en madera dorada con filigranas seudobarrocas. Sentada en una de las sillas y acodada sobre la mesa, hay una mujer que llora y sostiene un hielo envuelto en un pañuelo sobre su ojo izquierdo, que está completamente morado por la paliza que le dio su marido.

El marido no está en ese living. Hace menos de una hora que se ha ido, luego de jurar que para siempre. No me van a ver nunca más el pelo, ha dicho después de la última trompada, un derechazo de puño cerrado que se estrelló contra el pómulo izquierdo de la mujer. Ella le había recriminado sus mentiras, la continua infidelidad, las ausencias que duraban días, las borracheras y el maltrato a cualquier hora, la violencia constante contra ella y ese niño que ha contemplado todas las escenas, todas las discusiones, todas las peleas, y que en ese momento está sentado en el piso junto a la puerta que da a la cocina, mirando a su madre con una expresión de bobo en sus ojos de niño, aunque no es un chico bobo.

Ese niño ha mamado leche y odio a lo largo de sus nueve años de vida. Ha visto a su padre pegarle a su madre en infinitas ocasiones y por razones para él siempre incomprensibles. Ha escuchado todo tipo de palabrotas y gritos. Se ha familiarizado con los insultos más asombrosos y ha sentido tanto miedo, tantas veces, que es como si ya no sintiera miedo. Por eso su expresión de bobo es producto de una aparente indiferencia. Muchas veces, cuando su padre zamarreaba a su madre, cuando le gritaba inútil de mierda, gorda infeliz o dejáme en paz, el niño simplemente jugaba con autitos de plástico que deslizaba por el suelo, o se distraía mirando por la ventana los gorriones que siempre revolotean en el patio. No sabe que ha mamado también resentimiento, ni mucho menos qué cantidad de resentimiento.

El hombre que es su padre se ha ido jurando que no pisará nunca más esa casa de mierda. Y en efecto, desaparece de la escena, de los ojos fríos del niño. Esa noche no regresa, ni al día siguiente, ni a la semana siguiente. A medida que pasan los días es como si su existencia se borrara también de todas las escenas cotidianas. Por un tiempo parece establecerse una paz desconocida en ese living comedor, en las dos habitaciones de la casa y hasta en el baño, la cocina y el pequeño patio. Pero es una calma sólo aparente. Porque al poco tiempo comienzan las penurias, y las quejas de la madre van en aumento: no tenemos dinero, no podemos pagar el alquiler de la casa, hoy no hay nada para comer, esta ropa no da más, tengo los nervios destrozados, el desgraciado de tu padre.

Una noche la mujer que es su madre entra un hombre a la casa, que se encierra con ella en la habitación durante un rato y luego se va. Al día siguiente ella compra unas zapatillas nuevas para los dos y comen milanesas con papas fritas. Otra noche viene otro hombre y se repite todo, igual que en una película que ya vimos. Cada vez que llega un hombre a la casa y se encierra un rato con su madre, después pueden comprar algunas cosas que necesitan y acaso comer mejor. En el barrio hay murmullos y miradas juzgadoras, que también alcanzan al niño. Y en la casa hay un rencor espeso como chocolate, y juramentos, insultos y llanto son la vida cotidiana. La madre del niño se va agriando como una mandarina olvidada en el fondo de la heladera, y el niño, que siempre está en silencio, ya no juega con autitos ni con nada y se la pasa mirando impávido, como si fuera bobo, los gorriones y el jardín. Nunca tiene respuesta para las preguntas que se hace pero jamás formula. El padre es una figura que se va desdibujando en su memoria a medida que el niño crece y entra en la adolescencia. Hasta que un día la madre enferma gravemente, la fiebre parece cocinarla a fuego lento, y una madrugada muere.

Ahora hacemos un corte y estamos en la noche de anoche. Aquel que era ese niño, hoy es un hombre joven que no tiene trabajo. Ha hecho la guerra en el Sur, fue herido en un pie, se lo amputaron y ahora cojea una prótesis de plástico enfundada en una media negra y una zapatilla andrajosa. Habita una mugrosa casucha de cartón y maderas, empalada sobre la tierra, en un suburbio de la misma ciudad, que ahora es mucho más grande que hace unos años y ya tiene casi medio millón de habitantes. El joven sobrevive porque a veces arregla jardines en las casas de los ricos de la ciudad, vende ballenitas o lotería en las esquinas de los Bancos, o simplemente pide limosna en la escalinata de la catedral. Siempre silencioso, apenas consigue lo necesario para no morirse de hambre. Flaco y desdentado como un viejo, viste un añoso pantalón de soldado y una camisa raída y sucia como una mala conciencia. No tiene amigos, y muy de vez en cuando se encuentra con algún ex combatiente que está en situación similar. Ya no asiste a las reuniones en las que se decidía gestionar ante el gobernador, los diputados o los jefes de la guarnición local. Y apenas algún 9 de Julio mira desde lejos el desfile militar que da vueltas a la plaza, y oye sin escuchar los discursos que hablan de heroísmo y reivindicaciones, guardando siempre el mismo silencio que arrastra, como una condena incomprensible, desde que tiene memoria.

Ese joven ignora la rabia que tiene acumulada, y es más bien un muchacho manso que corta enredaderas por unos pesos, que de vez en cuando le pasa un trapo al parabrisas de un automóvil por unos centavos, y que todas las tardes cualquiera puede encontrar en la escalinata de la catedral, con su pierna tullida estirada hacia adelante. Junto a la zapatilla coloca una lata que alguna vez fue de duraznos en almíbar, y luego parece dormitar un sueño tranquilo porque en esa lata casi nunca llueve una moneda. Cuando empieza a hacerse la noche y las últimas luces se vuelven sombras entre la arboleda de la plaza, el joven se levanta, cruza la avenida y se pierde en esas sombras con su paso de perro herido. Y es como si el silencio de la noche absorbiera su propio silencio para hacerlo más largo, profundo y patético.

Es imposible precisar en qué momento llega a su tapera, un kilómetro más allá de la Avenida Soberanía Nacional, que es el límite oeste de la ciudad. Tampoco se puede saber de qué se alimenta luego de escarbar en los tachos de basura de los cafés. Algunas veces ha bebido una copa de ginebra, o de caña, en las miserables fondas de la periferia, pero nadie podría decir que es un borracho. Más bien, de tan manso y resignado, es presumible imaginarlo tomando mates hasta la madrugada, con yerba vieja y secada al sol, y con agua que calienta en la abollada pavita de lata que coloca sobre fogoncitos de leña.

Ahora hacemos otro corte y nos ubicamos, ayer a la tarde, en la entrada nordeste de la ciudad. Allí, donde desemboca el puente que cruza el gran río, vemos un autobús rojo y blanco que atraviesa rutinariamente la caseta de cobro de peaje, y rutinariamente se dirige al centro de la ciudad. En uno de los asientos viaja un hombre ya viejo que, a través de la ventanilla, comprueba cómo es de implacable el tiempo y cómo todo lo transforma, y cómo lo que alguna vez se sintió propio ya no lo es y más bien parece extraño, y hasta hostil. Incluso con los mejores sueños que uno tuvo alguna vez pasa eso, no piensa, pero es como si lo pensara.

Ese hombre viejo es el mismo que era el padre del niño silencioso que lo escuchó decir nunca más me van a ver el pelo. Ha vivido muchos años en otra ciudad, donde tuvo otra mujer que le hizo la comida y le planchó la ropa y le aguantó el humor, el bueno y el malo, durante todos los años que distancian el momento en que se fue de la ciudad y este momento en que retorna en el autobús rojo y blanco que ya recorre la Avenida Sarmiento rumbo a la plaza principal, y que a él le parece una de las pocas cosas que no ha cambiado: las alamedas con las mismas tipas, lapachos y chivatos, ahora más envejecidos, y el mismo pasto verde y el mismo pavimento que se fue haciendo quebradizo con los años y las malas administraciones municipales. Esa mujer que lo cuidó, en la otra ciudad, acaba de morir, y con su muerte el hombre viejo ha envejecido aún más. También él está enfermo, y no sólo se evidencia por las articulaciones endurecidas y los dolores que lo asaltan cada vez con más intensidad, sino también por la culpa que siente, que él no llama culpa porque ni sabe que lo es, pero que es eso: culpa. Tampoco sabría explicárselo a nadie, pero de modo bastante irreflexivo, como obedeciendo a un impulso que se le empezó a manifestar después del sepelio de la mujer, el hombre viejo decidió regresar a esta ciudad a buscar a su hijo. No sabe dónde está, ni cómo está, ni con quién, ni siquiera sabe si está vivo, pero se ha largado con la misma obstinación irrenunciable de un niño caprichoso, que es lo que suele pasarle a los viejos cuando se sienten atormentados.

El hombre hace preguntas, busca y encuentra a antiguos conocidos, y reconstruye desordenada y dolorosamente los años que han pasado, las arenas que la vida se llevó, hasta que se entera del sitio en que habita su hijo. Entonces toma un taxi y atraviesa la ciudad.

Ahora hacemos el último corte imaginario y los vemos a ambos dentro de la tapera, que mide un poco menos de tres metros por lado y en la cual hay un jergón de paja en el suelo, resto de lo que fue un colchón de regimiento, y una maltrecha mesita de madera que fue del Bar Belén, con dos sillas desvencijadas. El hombre viejo está sentado en una de ellas y llora con la cabeza entre las manos. Tiene los hombros cerrados como paréntesis que enmarcan su rostro lloroso. Mientras lo mira con la misma frialdad con que miran los sapos, el joven recuerda aquella otra escena, de hace muchos años, en la que su madre gemía sin consuelo, acodada en la mesa, también con la cabeza entre las manos. El hombre viejo monologa y llora, pronuncia excusas, explicaciones. Es un alma desgarrada que vierte palabras, un caldero de culpas hirvientes. El joven escucha. En silencio e impasible, como quien se entera de que ha estallado una guerra del otro lado del mundo. El suyo, lo sabemos, es un silencio de toda la vida. Cuando se ha hecho silencio toda la vida, luego no se puede hablar. Se ha convertido en una pared, en un muro indestructible. Por eso apenas se muerde los labios y sangra todo por dentro, aunque él no lo sabe y sólo siente el dulzor salobre entre los dientes. No llora. Sólo escucha. En silencio. Y entonces, se diría que mecánicamente, toma la tijera de pico curvo de cortar enredaderas. Es una tijera muy vieja, oxidada y casi sin filo. Pero es dura y punzante. Como su odio.

Ahora volvemos a la foto del comienzo. El diafragma de la cámara se cierra en la fracción de segundo en que la enorme tijera de jardinero que había quedado suspendida en el aire, y en el relato, cae sobre la espalda del hombre viejo y penetra en su carne, entre los hombros y el omóplato, con un ruido seco y feo como el de ramas que en la noche se quiebran bajo el peso de un caballo.

ZAPATOS

Mamá está furiosa con papá porque a papá no le gustan los zapatos que ella usa, y dice que lo que él le hizo hoy es algo que no le piensa perdonar mientras viva ni después de muerta.

Cualquiera podría acordar con papá en que lo que hizo es una pavada, pero entre ellos el episodio devino en una cuestión capital, definitiva, porque el rencor de mamá es de jíbaro, un resentimiento de tragedia shakesperiana y de perro del hortelano, como dice Tía Etelvina cuando la ve así, porque dice (Tía Etelvina) que mamá, enojada, sólo tiene camino de ida y se pone de tal manera que no perdona ni deja perdonar.

Mamá tiene unos pies muy lindos, preciosos y parejitos, sin callos y con los dedos como repulgue de empanaditas, y en eso todo el mundo está de acuerdo. Por eso mismo, dice papá, es un crimen que use zapatos tan feos. Yo no sé qué te da por ponerte esos zapatones horribles, grandes, cerrados y que además hacen ruido, dice papá. Y encima, inexplicablemente, producen un crujidito horrible al caminar pero que no se puede ni mencionar porque vos jamás aceptás una crítica. Lo que pasa es que tus críticas jamás son constructivas, dice mamá. Lo que pasa es que te ponés hecha una fiera, dice papá. Y al cabo mamá le grita que en todo caso es un defecto de nacimiento y mejor no te metás con mis defectos, estoy harta de que me critiques, harta de que me juzgues, y harta de esta vida que llevamos porque yo me merezco otra cosa (que es lo que mamá dice siempre). Y como no hay manera de pararla papá se calla la boca y ella sigue diciendo todo lo demás que es capaz de decir, que es muchísimo y es feroz.

A mamá no se le puede pedir discreción en nada. Y tampoco tiene un gran sentido del humor. Cuando eran más jóvenes él le sugería que usara zapatillas, total, bromeaba, yo te voy a querer igual. Pero ella, en todo su derecho, se compraba los zapatos que le gustaban y usaba los que quería, y siempre protestando que yo no sé por qué los hombres tienen esa manía de pretender dirigir la vestimenta de las mujeres: cuando la conocen a una se enganchan por las ropas audaces pero cuando nos tienen enganchadas quieren que andemos como monjas y guay de una si se pone minifalda o se le ve un cacho de teta.

Guaranga como es ella, vehemente y fulminadora con la mirada, ni en chiste se le puede hablar de lo que no le gusta. Eso ya lo sabemos. Por eso lo que hizo papá este sábado a la tarde, aunque suene a pavada, fue demasiado: no había nadie de la familia en la casa, y él aprovechó para juntar todos los zapatos de mamá, como diez o doce pares, viejos y nuevos, y los metió en una bolsa y llamó a Juanita, que es la muchacha que trabaja en la casa ayudando en las tareas porque aunque no somos ricos tenemos sirvienta cama afuera, como quien dice, y le dijo tome Juanita, me ordenó la señora que se los regale.

Y le entregó la bolsa con todos los zapatos, que Juanita, chocha, se llevó a su casa.

Por supuesto, y como era de esperar, mamá se dio cuenta esa misma noche, en cuanto llegó y se quitó las botas que llevaba puestas y buscó las sandalias de entrecasa. Descubrió el ropero vacío de zapatos y fue todo uno gritar desde el dormitorio: "¡Titino qué hiciste con mis zapatos!" y salir a torearlo.

Papá estaba de lo más divertido y le dijo la verdad: se los regalé todos a Juanita. Lo que ipso facto desató en mamá una verborrea de lo peor: lo trató de tano bruto, comunista nostálgico y hasta le dijo nazi antisemita hijo de puta y después se fue a contarle a todo el mundo, empezando por la abuela y la Tía Etelvina, que este hombre cuando está aburrido es un peligro, por qué no se meterá sólo en lo suyo y ahora va a ver cuánto le va a salir la cuenta de la zapatería.

A mí hay dos cosas que me revientan de ellos dos: la incapacidad de aceptar los comentarios ajenos que tiene mamá; y esa manía de querer cambiar a la gente que tiene papá.

Pero es inútil, con ellos. La Tía Etelvina dice que a gente así lo mejor es ignorarla. Y yo creo que tiene razón. Pero cuando son los papás de uno no se puede.

JUAN Y EL SOL

A la memoria de Buby Leonelli

Llovía tanto que parecía que el mundo entero se estaba licuando. Hacía un mes que no paraba. Y cuando paraba era por un ratito, algunas horas, a lo mucho amainaba medio día o toda una tarde, pero enseguida se largaba otra vez. Un mes así. Un mes y pico.

–Tendríamos que ir a verlo –dijo Mingo, con la vista clavada en la laguna en que se había convertido la calle, por la que cada tanto pasaba un coche haciendo oleaje.

Venancio, con el codo izquierdo sobre la mesa y el mentón apoyado sobre la palma de su mano, asintió rítmicamente, despacito, como preguntándose qué sentía. Hasta que se dio cuenta de lo que sentía, y se le humedecieron los ojos.

–Pobre Juan –dijo, en voz baja–. Tendríamos que ir a verlo, sí.

Hacía cinco meses que el amigo Juan Saravia estaba enfermo y eso los tenía muy preocupados.

Juan Saravia era un salteño avecindado en la zona de Puerto Bermejo, a unos cien kilómetros de Resistencia, sobre el río, y vivía en una casa que había construido con sus propias manos, años atrás, cuando se vino de Salta con un empleo de viajante para la Anderson Clayton. Se habían hecho amigos en un hotelito de Samuhú, una noche en que los tres coincidieron por culpa de otras lluvias que anegaban los caminos, en los tiempos en que Mingo era viajante de Nestlé y Venancio de Terrabusi. Ahora, la tuberculosis lo estaba matando.

Cuando Mingo dijo lo que dijo, Venancio encendió otro Arizona y se refregó los ojos con los nudillos de las manos, como echándole la culpa de las lágrimas al humo del tabaco.

Mingo se dio cuenta, pero se hizo el distraído porque justo en ese momento el Ingeniero Urruti explicaba que el factor de triunfo de los aliados en la guerra habían sido los aviones a chorro, los Gloster Meteor británicos capaces de desarrollar una velocidad de ochocientos kilómetros por hora, algo increíble, viejo, están cerca de la velocidad del sonido. El Ingeniero Urruti siempre sabía de todo sobre cualquier cosa y su autoridad era reconocida por unanimidad. Era uno de los tipos que más cosas sabía en toda "La Estrella", en toda la ciudad y, si lo apuraban, en toda esa parte del mundo.

Bastaba que Urruti diera alguna información para que Mingo empezara a imaginar negocios, por ejemplo —dijo— si no sería bueno escribir a Inglaterra para ofrecer una venta de algodón para el relleno de los asientos de los aviones a chorro porque a esa velocidad los pilotos han de tener mucho frío y se aplastarán contra el asiento de modo que deben necesitarlos bien mullidos y entonces como acá tenemos algodón de sobra podríamos.

Pará, Mingo le dijo Venancio, como siempre, y como siempre Mingo paró y se hizo un silencio pegajoso y largo, igual que el de las siestas de enero cuando se prepara una tormenta. Después Venancio siguió:– Primero tendríamos que ir a verlo al Juan. Hace mucho que no vamos.

—Cierto, los amigos son primero —dijo Urruti.

—Qué gran verdá —aceptó Mingo, culposo.

—Vos dijiste que hay que ir. Entonces hay que ir —dijo Venancio, que era de esa clase de tipo que siempre está pendiente de lo que dicen o hacen sus amigos del alma. Y como los niños, jamás admite el incumplimiento de una promesa. Un sentimental incorregible, de esos que carecen de brillo propio, siempre dependen de los demás y no pueden tener más de una preocupación por vez, y de lo más intensa.

—No, yo decía —musitó Mingo después de unos segundos, deprimido, como para cambiarle de tema a sus propios pensamientos—. Habría que hacer algo.

–Ir. Tenemos que ir.

–¿Sí, no? Ahora mismo.

–Y claro –afirmó Venancio, y se puso de pie lentamente, como hacen los gordos.

Mingo recogió de la mesa un ejemplar de *El Gráfico* y llamó al japonés para pagarle mientras Urruti comentaba algo del peronismo, y citando a Platón decía que las repúblicas no serán felices hasta que los gobernantes filosofen y los filósofos gobiernen. Después cruzaron la calle y subieron al Ford, que a pesar de la humedad arrancó enseguida, y enfilaron para el norte, por el camino a Formosa.

El amigo Juan Saravia sólo tenía cuarenta y dos años pero la última vez que lo habían visto parecía de setenta. Flaco y consumido, escupía unos gargajos como cucarachas y no quería salir de Puerto Bermejo porque ahí un almacén era atendido por un hermano suyo, también salteño, que era toda la familia que tenía. Venancio y Mingo eran los únicos amigos que le quedaban y cada tanto, algún sábado, iban a visitarlo en el viejo Ford del segundo, y lo ponían a tomar sol y le contaban cosas de la ciudad.

Pero aquella temporada el sol escaseaba. Campos y caminos, para colmo, estaban todos inundados. El Bermejo traía agua torrentosa y como llovía desde hacía cuatro semanas sin parar, el pueblo parecía hundirse un poco más cada mañana. El Paraguay y el Paraná también estaban sobrecargados, y era como si dos países se derramaran sobre un tercero para aplastarlo. El Bermejo no tenía dónde desaguar sus aluviones, que se esparcían por una gigantesca comarca achaparrada, inabarcable, pues la falta de una sola serranía, de una miserable colina, hacía que todo el Chaco pareciera un inmensurable mar. Como siempre en tiempos de inundaciones, Urruti solía decir que el problema no era que los ríos crecieran, sino que el país se hundía, pero, como fuere, la mancha de agua se propagaba día a día, y hora a hora, y los pocos caminos terraplenados y las vías del ferrocarril semejaban cicatrices en el agua. El sol, que era tan necesario para los campos como para el amigo tuberculoso que se moría inapelablemente, parecía un recuerdo. Apenas asomaba, mezquino, de tanto en tanto, para espantarse enseguida ante esos nubarrones negros y gordos que nunca terminaban de irse.

La noche anterior Mingo había conseguido una comunicación telefónica con Puerto Bermejo, y el otro Saravia le había dicho que Juan estaba muy mal, grave, tosiendo como un motor y sumido en un delirio constante. La quinina que le suministraba ya no le hacía efecto. El médico del pueblo, el viejo Zenón Barrios, lo había desahuciado.

Así que partieron pasado el mediodía, bajo un cielo encapotado como en las películas de terror, y cuando llegaron Juan Saravia dormía de pura debilidad. Los dos amigos y el otro Saravia se miraron, impotentes, y mientras Venancio preparaba unos mates Juan abrió los ojos y los reconoció con un débil parpadeo luego del cual volvió a sumergirse en su fiebre. Cada tanto esputaba gargajos gruesos, pesados y fieros como arañas pollito.

Venancio y Mingo se sentaron a su lado a tomar mates, ineficaces pero fieles.

Cada tanto, Venancio se levantaba e iba a mirar afuera. Calculaba las nubes, como si las sopesara, y siempre volvía con un gesto de contradicción en la cara, reconociendo la imposibilidad de que reapareciera el sol.

—Si saliera aunque sea un ratito —decía.

—Carajo, lo bien que le vendría —completaba Mingo.

Y el mate cambiaba de manos.

Y Juan tosía. Y los tres, junto a la cama, se miraban alzando las cejas como diciéndose no hay nada que podamos hacer.

Toda esa tarde y esa noche se quedaron junto al amigo, turnándose para secarle la frente, darle la quinina, hacerlo beber de un vaso de agua, calmarlo cuando brincaba de dolor durante los accesos de tos, y sostenerle la cabeza cuando se ahogaba por la sangre que se le acumulaba en la boca y que ellos se encargaban de vaciar, inclinándole la cabeza hacia la asquerosa y oxidada lata de dulce de batata que hacía de escupidera.

Llovió toda la noche, sin parar, y al amanecer del domingo empezó a soplar un viento del sudeste que los hizo pensar que finalmente iba a salir el sol. Pero a media mañana el cielo volvió a encapotarse y al mediodía ya caía la misma llovizna terca, estúpida, que no paraba desde hacía tres semanas.

Fue entonces cuando Mingo se golpeó la cabeza, de súbito, y dijo:

—Venancio: éste necesita sol y va a tener sol. Vení, acompañáme.

Y ambos salieron de la casita y se dirigieron al único, viejo almacén de ramos generales del pueblo. Aunque era domingo, consiguieron que don Brauerei les vendiera dos brochas y tres tarros de pintura: amarilla, blanca y azul.

—Si el puto sol no sale, se lo pintamos nosotros —argumentaron ante el otro Saravia.

Y en el techo de la habitación en que agonizaba el enfermo, empezaron a pintar un cielo azul con nubecitas blancas, lejanas, y en el centro un sol furiosamente amarillo.

A eso de las cuatro de la tarde, Mingo abrió las ventanas de la habitación para que entrara mejor la grisácea claridad del exterior, y Venancio encendió todas las luces y hasta enfocó el buscahuellas del Ford hacia la ventana, para que toda la luz posible se reflejara en el sol del techo. Y uno a cada lado de la cama donde moría Juan Saravia, le dijeron a dúo:

—Mirá el sol, chamigo, mirá que te va a hacer bien.

Como en una imposible Piedad, Mingo le sostenía un brazo al moribundo y Venancio le acariciaba la cabeza, apoyada contra su propio pecho, acunándolo como si fuera un hijo, mientras el otro Saravia cebaba mates y miraba la escena como miran los viejos los dibujos animados.

—Mirá el sol, Juan, mirá que te hace bien —y cada tanto, en su agonía, Juan Saravia abría los ojos y miraba ese cielo absurdo.

Así estuvieron un par de horas, mientras la llovizna caía y caía como si nunca jamás fuera a dejar de caer. A las cinco y media de la tarde Juan Saravia pestañeó un par de veces y luego mantuvo la vista clavada en el techo, se diría que piadoso él, como para darle el gusto a sus amigos. Se quedó mirando, durante unos minutos y con una expresión entre asombrada y triste, melancólica, el enorme sol amarillo del techo.

—Mirá, ché, parece que sonríe —dijo Venancio.

—Dale, Juan, seguí mirando que te va a hacer bien —dijo Mingo.

Pero el enfermo cerró los ojos, vencido por el agotamiento. Como a las seis, la luz del domingo empezó a adelgazarse, a hacerse magra, y con el caer de la noche al hombre le aumentó la fiebre, la tos recrudeció brutalmente y la sangre pulmonar se tornó imparable.

Juan Saravia se agarró con una mano de una mano de Venancio y con la otra de la izquierda de Mingo, y empezó a irse de este mundo lentamente. Pero antes abrió los ojos para ver por última vez ese sol imposible. Contempló durante unos segundos la redonda bola amarilla pincelada en el techo, y en la boca se le dibujó una sonrisa tenue, casi ilusoria, como la que le aplican a Jesucristo en algunas estampas religiosas. Después la abrió todo lo grande que pudo para aspirar una inútil, final bocanada de aire, antes de que la última tos le ablandara el cuerpo, que se aflojó como un copo de algodón que se desprende del capullo para que el viento se lo lleve.

El otro Saravia y Venancio se abrazaron para llorar, y Mingo, más entero, fue a buscar al juez de paz para que labrara el acta.

Cuando volvió, Venancio ya había organizado el velorio, para el cual cortó unos malvones del patio y encendió seis velas que encontró en la cocina.

Lo velaron durante la noche, y todo el pueblo se hizo tiempo para despedir a Juan Saravia, con esa respetuosa y tozuda ceremoniosidad de la gente de frontera. Al amanecer ya no llovía y el viento del sur empujaba a las nubes como si fueran ganado.

A las nueve de la mañana, después que un cortejo flaco que parecía desgastarse a cada cuadra acompañó el cuerpo de Juan Saravia hasta el cementerio, y mientras el cura rezaba el *Agnus Dei,* el cielo se abrió del todo, como hembra decidida.

Y finalmente el sol, enorme y caliente y magnífico, irrumpió enfurecido en la mañana bermejeña.

Entonces, mirando hacia lo alto y todo lo fijo que es posible mirar al sol, Venancio codeó a Mingo:

—¿Le viste la sonrisa anoche? Ni que se hubiera muerto soñándolo.

—Carajo con el sol —dijo Mingo.

LA MAQUINA DE DAR BESITOS

El hombre decía que había inventado una máquina de dar besitos.

Como cualquiera se da cuenta, su soledad, tristeza y desesperación eran enormes.

Era un ingeniero forestal que trabajaba en la cría de pinos y eucaliptos en una estación del INTA, pero todas las noches y durante los fines de semana se instalaba en un tallercito que tenía en el fondo de su casa, en Barranqueras, y poco a poco la perfeccionaba. No tenía ningún inconveniente en explicar su funcionamiento, cada vez que alguien se lo preguntaba. Hablaba de ella con una pasión como sólo tienen el viento Norte, los hinchas de fútbol o las personas más necias.

La máquina era una caja metálica, rectangular, de fierro color rosado, y medía casi un metro y medio de alto por unos sesenta centímetros de ancho, y otros tantos de profundidad. Como una enorme caja de zapatos colocada de pie, en el frente tenía dos labios de goma extensibles que se movían a voluntad del operador, quien debía maniobrar un pequeño tablero de comando. En un costado había un micrófono unidireccional en el que se debían decir las palabras clave para que la máquina respondiera. Porque la máquina no estaba hecha para dar besitos porque sí, a cualquiera, sino solamente a quien los mereciese, es decir, al que supiera pedírselos.

Cuando hizo las primeras pruebas, todo resultó satisfactorio. La máquina daba besos de tres clases: en primer lugar besitos mecánicos o de circunstancia, como los que se intercambian entre amigos, los cuales devolvía luego de que se le dijeran frases del tipo "Hola amiga mía" o "Qué gusto volver a verte". Después estaban los besitos dulces, que la máquina daba con gusto a miel, a menta, a licor de mandarinas o de peras, según la temporada y después de que se le dijeran frases tales como "Hola, mi corazón", "Déle un beso a su papito" u otras por el estilo. Estos eran besos plurifuncionales, pues tanto podían ser aplicables a las afecciones familiares (fraternales, filiales, o las que se pronuncian ante una abuela o un tío que ha llegado de visita) como a cumpleaños, santos, aniversarios en general. Y por último, la máquina daba besos de amor. Que eran, sin dudas, los más difíciles de conseguir.

Para mucha gente los besos de amor siempre son un problema, pero para la máquina que inventó este hombre mucho más, porque no había manera de que los diera si no se le decían palabras muy amorosas, en frases debidamente organizadas y pronunciadas con determinado énfasis, inflexiones peculiares o susurros llenos de intención. Y a veces hasta era capaz de exigir quejidos gatunos. De manera que el problema era que no sólo había que decir las palabras adecuadas, sino además saber pronunciarlas. Y si no contenían sinceridad, cierta suave pasión o verdadera ternura, la máquina no respondía y permanecía expectante, silenciosa y muda como una esposa que está enojada. Y cuando se hundía en esos silencios obstinados el ingeniero no encontraba modo de hacerla andar, dijera lo que le dijera. El podía jurarle, por ejemplo, "eres lo más importante de mi vida", "no podría vivir sin ti", "mi corazón te pertenece", e incluso "te amaré toda la vida", pero ella se mantenía inmutable. Ni siquiera hacía los ruidos característicos de las otras alternativas.

Muy pronto el hombre advirtió que la máquina, que al principio respondía con cierta presteza, se diría que con naturalidad, con el tiempo empezó a ponerse exigente. Quería que se le dijeran frases siempre distintas, renovadas, originales y de fórmulas cada vez más complejas. Decididamente no le gustaba que se le repitieran las mismas palabras más que un par de veces. Y eso forzaba al ingeniero a buscar giros verbales desconocidos, frases alambicadas y cada vez más retorcidas, las que debía pronunciar con entonaciones más y más variadas. Por ejemplo: "Me vuelvo loco por tus besos y me arrancaré el corazón si no me das uno en este mismo momento", oración que evidentemente perdía a la máquina durante un par de días en los que parecía contenta, entusiasmada, profería extraños ruiditos y hasta era capaz de dar dos besos seguidos, el segundo más largo y apasionado que el primero.

El hombre, todas las noches, iba a ver a la máquina de dar besitos, le ajustaba algo, le lustraba la parte superior como si frotara la lámpara de Aladino, le acariciaba amorosamente el borde de los labios de goma, y luego le murmuraba las frases correspondientes para recibir distintas clases de besos y besitos según la necesidad espiritual que en ese momento tuviera. Pero, inexorablemente, cuando llegaba a los besos de amor la máquina se empacaba y si él no pronunciaba alguna frase novedosa, ella permanecía quieta y muda como lo que era: una máquina.

Algunas noches hasta pretendía que el hombre asumiera un aire histriónico, o que subrayara con precisión palabras definitivas como "siempre" o "nunca", que son adverbios jodidos, decía él, que no se pueden decir así nomás porque después uno queda enganchado. De modo que si él no era capaz de atinar no solamente con las palabras que ella deseaba sino también con el modo apropiado de decirlas, invariablemente se quedaba sin besitos.

Esto hizo que la limitada imaginación del ingeniero pronto se agotara, por lo que debió recurrir a un diccionario para encontrar palabras más complejas, sinónimos rebuscadísimos y hasta arcaísmos a los cuales aún debía agregarle ensayos previos de tonos y medidas, de ritmos y jadeos, de convicciones, incluso, porque la convicción, decía, es muy importante cuando se trata del uso de las palabras y más todavía si hay que decírselas a una máquina que es mujer. Así le salían frases melodramáticas, ridículas, y hasta violentas. Por ejemplo: "Te juro por mi madre que te destrozaría toda si no fuera que después mi vida sin ti perdería todo sentido, y como estoy solo en el mundo y eres todo lo que tengo, y toda mi existencia son tus besos, te ruego y te imploro que me des por lo menos uno, porque tus besos son el aire que respiro, son para mí como el agua para el pez y sin ellos no puedo vivir". Entonces sí, claro, la máquina le daba un beso, pero eso no arreglaba nada porque a la segunda vez que el tipo la repetía no recibía gran cosa, apenas un beso desapasionado; y a la tercera, como es obvio, ella se plantaba con la misma terquedad de los coches cuando les fallan los platinos.

Así fue la cosa hasta que una noche, exactamente una noche de primavera, el hombre no encontró la manera de obtener de ella ni un solo beso de amor. De los otros sí, le salían fáciles. Pero de amor, nada de nada.

Aquella noche, luego de varias horas de sucesivos intentos, cansado y confuso, enturbiada su razón y profiriendo toda clase de incoherencias, el ingeniero se quedó frente a ella mirándola con odio y desconcierto. Con toda la rabia que sentía, y que trataba de disimular, se puso a hojear frenéticamente y casi con violencia una pila de diccionarios que para entonces había comprado, siempre en busca de alguna palabra que aún no hubiera pronunciado. Pero esa vez no hubo caso: ya no sabía qué decir, qué inventar, y la máquina parecía haberse muerto, al menos en materia de besitos de amor.

Entonces el hombre, desesperado, se largó a llorar como un niño pero ni eso ablandó el corazón (es un decir) de la empecinada máquina.

Vencido y desconsolado, se fue a dormir. Pero a la mañana siguiente, empeñoso y tenaz, se puso a escribir palabras nuevas, estrafalarias, en un idioma que inventaba él y al que subrayaba con interjecciones rarísimas, poniéndole un énfasis especial a cada formulación. Se pasó un montón de horas haciendo cambios, ensayando tonos y modulaciones. Y esa misma noche, delante de la máquina, concentrado como un monaguillo novato ante el altar, repitió todas esas nuevas, larguísimas oraciones. Pero ella nada. Y lo mismo pasó la noche siguiente, y todas las próximas noches.

Al final, las oraciones que componía el pobre ingeniero carecían de toda lógica, pero de todos modos él las vocalizaba, tercamente, aunque fuese obvio que dijera lo que dijese, a esa altura ya nada tenía la menor eficacia. La máquina se había retraído definitivamente, y en todo caso parecía esperar o exigir, incrédula, desconfiada, algo que ese hombre ya no podía decir, una oración que él era incapaz de organizar.

De todos modos él hablaba y hablaba, todas las noches, con los diccionarios al lado, pronunciando largos discursos que acababan siendo verdaderas lamentaciones plenas de incongruencia, peroratas incomprensibles.

No alcanzó a saber que ya no había palabras que convencieran a la máquina para darle un beso, porque al final, lógicamente, enloqueció. Dicen que lo encontraron desvariando, víctima de una extraña verborrea que no era otra cosa que la conjugación completa de un verbo rarísimo.

Cuando la noticia circuló por el pueblo, mucha gente se rió, pero eso no sorprendió a nadie porque ya se sabe cómo es de cruel la gente para burlarse de la desgracia ajena. Creen que tener sentido del humor es reírse de lo que les pasa a los demás. Nadie se apiadó del ingeniero, ni mucho menos se ocuparon de ir a verlo al tallercito en el que ahora vomitaba su inconcebible incontinencia verbal a toda hora, frente a la fría máquina muda y donde empezó a morirse lentamente.

Al cabo de un tiempo imprecisable, se supo que tenía una hija que vivía en Jujuy, a la que alguien llamó, piadoso, para avisarle que su padre estaba a punto de morir: había perdido su trabajo en el INTA y estaba enfermo, debilitadísimo y sin amigos.

Cuando la muchacha llegó a Barranqueras, los vecinos le hicieron un sinfín de advertencias. Pero ella simplemente atravesó el portón, se acercó a su padre y, tiernamente, le dio un beso.

Al ingeniero lo enterraron al día siguiente. Dicen que, en el cajón, tenía una expresión serena como la del Paraná horas después de una tormenta.

Lo que nadie supo jamás explicar, en todo Barranqueras, fue el destino de esa máquina de fierro rosado que parecía una enorme, rarísima caja de zapatos. Alguien dijo que como nadie sabía manejarla ni conjeturar para qué otra cosa serviría, al cabo de un tiempito la tiraron a la mierda. Como siempre pasa con las cosas inservibles.

KILOMETRO 11

Para Miguel Angel Molfino

—Para mí que es Segovia —dice Aquiles, pestañeando, nervioso, mientras codea al Negro López—. El de anteojos oscuros, por mi madre que es el cabo Segovia.

El Negro observa rigurosamente al tipo que toca el bandoneón, frunciendo el ceño, y es como si en sus ojos se proyectara un montón de películas viejas, imposibles de olvidar.

La escena, durante un baile en una casa de Barrio España. Un grupo de amigos se ha reunido a festejar el cumpleaños de Aquiles. Son todos ex presos que estuvieron en la U-7 durante la dictadura. Han pasado ya algunos años, y tienen la costumbre de reunirse con sus familias para festejar todos los cumpleaños. Esta vez decidieron hacerlo en grande, con asado al asador, un lechón de entrada y todo el vino y la cerveza disponibles en el barrio. El Moncho echó buena la semana pasada en el Bingo y entonces el festejo es con orquesta.

Bajo el emparrado, un cuarteto desgrana chamamés y polkas, tangos y pasodobles. En el momento en que Aquiles se fija en el bandoneonista de anteojos negros, están tocando "Kilómetro 11".

—Sí, es —dice el Negro López, y le hace una seña a Jacinto.

Jacinto asiente como diciendo yo también lo reconocí.

Sin hablarse, a puras miradas, uno a uno van reconociendo al cabo Segovia.

Morocho y labiudo, de ojitos sapipí, siempre tocaba "Kilómetro 11" mientras a ellos los torturaban. Los milicos lo hacían tocar y cantar para que no se oyeran los gritos de los prisioneros.

Algunos comentan el descubrimiento con sus compañeras, y todos van rodeando al bandoneonista. Cuando termina la canción, ya nadie baila. Y antes de que el cuarteto arranque con otro tema, Luis le pide, al de anteojos oscuros, que toque otra vez "Kilómetro 11".

La fiesta se ha acabado y la tarde tambalea, como si el crepúsculo se hiciera más lento o no se decidiera a ser noche. Hay en el aire una densidad rítmica, como si los corazones de todos los presentes marcharan al unísono y sólo se pudiera escuchar un único y enorme corazón.

Cuando termina la repetición del chamamé, nadie aplaude. Todos los asistentes a la fiesta, algunos vaso en mano, otros con las manos en los bolsillos, o abrazados con sus damas, rodean al cuarteto y el emparrado semeja una especie de circo romano en el que se hubieran invertido los roles de fiera y víctimas.

Con el último acorde, El Moncho dice:

—De nuevo —y no se dirige a los cuatro músicos, sino al bandoneonista—. Tocálo de nuevo.

—Pero si ya lo tocamos dos veces —responde éste con una sonrisa falsa, repentinamente nerviosa, como de quien acaba de darse cuenta de que se metió en el lugar equivocado.

—Sí, pero lo vas a tocar de nuevo.

Y parece que el tipo va a decir algo, pero es evidente que el tono firme y conminatorio del Moncho lo ha hecho caer en la cuenta de quiénes son los que lo rodean.

—Una vez por cada uno de nosotros, Segovia —tercia el Flaco Martínez.

El bandoneón, después de una respiración entrecortada y afónica que parece metáfora de la de su ejecutante, empieza tímidamente con el mismo chamamé. A los pocos compases lo acompaña la guitarra, y enseguida se agregan el contrabajo y la verdulera.

Pero Aquiles alza una mano y les ordena silenciarse.

—Que toque él solo —dice.

Y después de un silencio que parece largo como una pena amorosa, el bandoneón hace un *da cappo* y las notas empiezan a parir un "Kilómetro 11" agudo y chillón, pero legítimo.

Todos miran al tipo, incluso sus compañeros músicos. Y el tipo transpira: le caen de las sienes dos gotones que zigzaguean por los pómulos como lentos y minúsculos ríos en busca de un cauce. Los dedos teclean, mecánicos, sin entusiasmo, se diría que sin saber lo que tocan. Y el bandoneón se abre y se cierra sobre la rodilla derecha del tipo, boqueando como si el fueye fuera un pulmón averiado del que cuelga una cintita argentina.

Cuando termina, el hombre separa las manos de los teclados. Flexiona los dedos amasando el aire, y no se decide a hacer algo. No sabe qué hacer. Ni qué decir.

—Sacáte los anteojos —le ordena Miguel—. Sacátelos y seguí tocando.

El tipo, lentamente, con la derecha, se quita los anteojos negros y los tira al suelo, al costado de su silla. Tiene los ojos clavados en la parte superior del fueye. No mira a la concurrencia, no puede mirarlos. Mira para abajo o eludiendo focos, como cuando hay mucho sol.

—"Kilómetro 11", de nuevo —ordena la mujer del Cholo.

El tipo sigue mirando para abajo.

—Dale, tocá. Tocá, hijo de puta —dicen Luis, y Miguel, y algunas mujeres.

Aquiles hace una seña como diciendo no, insultos no, no hacen falta.

Y el tipo toca: "Kilómetro 11".

Un minuto después, cuando suenan los arpegios del estribillo, se oye el llanto de la mujer de Tito, que está abrazada a Tito, y los dos al chico que tuvieron cuando él estaba adentro. Los tres, lloran. Tito moquea. Aquiles va y lo abraza.

Luego es el turno del Moncho.

A cada uno, "Kilómetro 11" le convoca recuerdos diferentes. Porque las emociones siempre estallan a destiempo.

Y cuando el tipo va por el octavo o noveno "Kilómetro 11", es

Miguel el que llora. Y el Colorado Aguirre le explica a su mujer, en voz baja, que fue Miguel el que inventó aquello de ir a comprarle un caramelo todos los días a Leiva Longhi. Cada uno iba y le compraba un caramelo mirándolo a los ojos. Y eso era todo. Y le pagaban, claro. El tipo no quería cobrarles. Decía: no, lleve nomás, pero ellos le pagaban el caramelo. Siempre un único caramelo. Ninguna otra cosa, ni puchos. Un caramelo. De cualquier gusto, pero uno solo y mirándolo a los ojos a Leiva Longhi. Fue un desfile de ex presos que todas las tardes se paró frente al kiosco, durante tres años y pico, del '83 al '87, sin faltar ni un solo día, ninguno de ellos, y sólo para decir: "Un caramelo, déme un caramelo", Y así todas las tardes hasta que Leiva Longhi murió, de cáncer.

De pronto, el tipo parece que empieza a acalambrarse. En esas últimas versiones pifió varias notas. Está tocando con los ojos cerrados, pero se equivoca por el cansancio.

Nadie se ha movido de su lado. El círculo que lo rodea es casi perfecto, de una equidistancia tácitamente bien ponderada. De allí no podría escapar. Y sus compañeros están petrificados. Cada uno se ha quedado rígido, como los chicos cuando juegan a la tatuita. El aire cargado de rencor que impera en la tarde los ha esculpido en granito.

—Nosotros no nos vengamos —dice el Sordo Pérez, mientras Segovia va por el décimo "Kilómetro 11". Y empieza a contar en voz alta, sobreimpresa a la música, del día en que fue al consultorio de Camilo Evans, el urólogo, tres meses después de que salió de la cárcel, en el verano del '84. Camilo era uno de los médicos de la cárcel durante el Proceso. Y una vez que de tanto que lo torturaron el Sordo empezó a mear sangre, Camilo le dijo, riéndose, que no era nada, y le dijo "eso te pasa por hacerte tanto la paja". Por eso cuando salió en libertad, el Sordo lo primero que hizo fue ir a verlo, al consultorio, pero con otro nombre. Camilo, al principio, no lo reconoció. Y cuando el Sordo le dijo quién era se puso pálido y se echó atrás en la silla y empezó a decirle que él sólo había cumplido órdenes, que lo perdonase y no le hiciera nada. El Sordo le dijo no, si yo no vengo a hacerte nada, no tengas miedo; sólo quiero que me mires a los ojos mientras te digo que sos una mierda y un cobarde.

—Lo mismo con este hijo de puta que no nos mira —dice Aquiles—. ¿Cuántos van?

—Con éste son catorce —responde el Negro—. ¿No?

—Sí, los tengo contados —dice Pitín—. Y somos catorce.

—Entonces cortála, Segovia —dice Aquiles.

Y el bandoneón enmudece. En el aire queda flotando, por unos segundos, la respiración agónica del fueye.

El tipo deja caer las manos al costado de su cuerpo. Parecen más largas; llegan casi hasta el suelo.

—Ahora alzá la vista, mirános y andáte —le ordena Miguel.

Pero el tipo no levanta la cabeza. Suspira profundo, casi jadeante, asmático como el bandoneón.

Se produce un silencio largo, pesadísimo, apenitas quebrado por el quejido del bebé de los Margoza, que parece que perdió el chupete pero se lo reponen enseguida.

El tipo cierra el instrumento y aprieta los botones que fijan el acordeón. Después lo agarra con las dos manos, como si fuera una ofrenda, y lentamente se pone de pie. En ningún momento deja de mirarse la punta de los zapatos. Pero una vez que está parado todos ven que además de transpirar, lagrimea. Hace un puchero, igual que un chico, y es como si de repente la verticalidad le cambiara la dirección de las aguas: porque primero solloza, y después llora, pero mudo.

Y en eso Aquiles, codeando de nuevo al Negro López, dice:

—Parece mentira pero es humano, nomás, este hijo de puta. Mírenlo cómo llora.

—Que se vaya —dice una de las chicas.

Y el tipo, el cabo Segovia, se va.

CHANCHO EN "LA ESTRELLA"

Desde la mañana ha empezado a soplar el viento norte y ahora el calor del mediodía parece que está por reventar el pavimento. Si se mira una calle a lo largo de varias cuadras, es como si el horizonte temblara, movedizo como un mar. La ciudad toda, igual que un pecador exhausto, ha terminado las tareas de la mañana y se dispone a descansar.

Acaso el único lugar en que cierta agitación continúa es el Bar "La Estrella", a una cuadra de la plaza principal de la ciudad, y no sólo porque en la mesa de billar las bolas se entrechocan incesantemente. Allí siempre hay otros movimientos, circulaciones perpetuas, indetenibles. Como ese automóvil que se detiene junto a la vereda y del cual desciende un hombre, que velozmente abre la puerta trasera del coche y extrae un enorme lechón asado sobre una bandeja de plata.

Todos saben que Coco Sarriá es un hombre de conductas inesperadas, que en "La Estrella" puede suceder cualquier cosa en el momento menos pensado, y que cuando sopla el viento norte la razón desaparece de la cabeza de la gente.

Además, es la hora en que se cierran los bancos y los hombres se apiñan para tomar vermú con ingredientes, cerveza con maníes o infinitos cafés. Llegan en bandadas, como las golondrinas, después de rogar créditos, cubrir sobregiros, pagar impuestos, trabar embargos o pactar intereses. Es como si a cada uno le hiciera falta comprobar que todo en el mundo está en su lugar al mediodía, cuando el calor empieza a volverse salvaje y las chicharras se lanzan al cotidiano escándalo de cada siesta, la que se extenderá hasta por lo menos las cinco de la tarde, es un paréntesis vacío en la vida de la gente.

Los parroquianos de "La Estrella" saben que ése es un territorio neutral en el que todo se acomoda y en el que siempre se puede encontrar conversación, consuelo, información, presagios o entretenimiento. "La Estrella" es un antídoto perfecto para la soledad y el desconcierto. Momentáneo, pero eficaz. Hoy una sonrisa, mañana una traición, lo que allí importa es la sonrisa de hoy, el instante de alivio que significa descubrir que los amigos seguramente padecen angustias similares, y cuyos descentramientos suelen tener denominadores comunes.

Adentro el calor es siempre espeso, las moscas tenaces y el olor a frituras y a transpiración, intenso como la melancolía. Afuera, en las veredas, las mesas instaladas bajo los paraísos constituyen verdaderas reuniones sociales. Y, según quien sea el convocante, en ocasiones devienen mítines políticos. Eso sucede generalmente en los mediodías, y a veces también al atardecer, cuando el calor afloja un poco.

Coco Sarriá es un gigante de bigotazos, voz de barítono y manos de hachero, que en los asados canta chamamés acompañándose con su guitarra, siempre tiene una palabra galante para las damas y fuma como si su misión en la vida fuera provocarse un infarto.

El lechón que sostiene con sus manazas jinetea sobre la fuente como una ofrenda maravillosa, y cuando él exclama abran cancha, ché, y lo deposita sobre una de las mesas de la vereda, todos ven que el chancho está adornado tentadoramente con lechugas, naranjas, papas y todo tipo de especias. Coco Sarriá aplaude brevemente para llamar aún más la atención, y sonríe como un niño contento, que es la sonrisa que todos le conocen y que le ha granjeado la popularidad de que goza.

Enseguida empiezan a rodearlo sus amigotes, varios de ellos funcionarios del anterior gobierno militar ahora rápidamente colocados en puestos clave del nuevo gobierno peronista. Entre ellos el abogado Arturo Lebedev —flaco, ceremonioso, siempre de terno oscuro y corbata de empresario de pompas fúnebres— quien tiene tan sólida fama de corrupto que le dicen Saco Cruzado porque sabe prenderse de los dos lados. También hay varios radicales, un diputado conservador, Rospigliosi el Socialista y dos senadores correntinos: uno liberal, el otro autonomista. Todos transpiran como carboneros, algunos se apantallan con revistas o expedientes judiciales, otros se secan las frentes con pañuelos mojados de sudor.

Cuando ya son como veinte llega Simón Sasbersky, el farmacéutico, que pesa más de cien kilos y a quien Sarriá saluda de lejos mientras dice:

—Ojo, el gordo que no coma nada.

Y a Sasbersky:

—Te queremos, Ruso, pero al chancho no lo probás. Son dos cosas distintas.

Varios se pedorrean y brindan alzando los balones de cerveza. Es obvio que no lo dejarán probar ni un bocado. García le dice a Moreno que porque es judío y los judíos con el chancho vos sabés, y alza una ceja, sobreentendiendo. Rospigliosi dice que lo que pasa es que el gordo sufre una enfermedad de extraño nombre por la que ha perdido el sentido del gusto y ahora le da lo mismo comer mierda que pimienta. Arreola se ríe a carcajadas y sacando la lengua afuera, que es como se ríe, escupiendo a quien tiene enfrente y dice pero vení igual, gordo, sentáte y mirános comer, en todo caso te pedimos un tostado de queso, y varios se ríen por lo bajo.

A Sasbersky se le nota la contrariedad, aunque trata de disimularla. Se sienta, pide un café doble con crema, enciende un cigarrillo y procura pasar lo más inadvertido posible mientras todos se disponen a manducar como si fuera la última cena y no paran de contar chistes. Orgambide opina que es una cretinada que al pobre gordo no lo dejen morfar. El abogado Lebedev se permite sugerir que el asunto sea sometido a votación y Coco Sarriá, guiñándole un ojo a Arreola, dice no, una cosa es el aprecio por el amigo y otra es la carne del chancho.

El bullicio –que es el mismo de tantas veces– se generaliza mientras los japoneses ponen platos y cubiertos y reponen los balones de cerveza. Continuará toda la siesta y toda la tarde: comerán y beberán carcajeándose, procaces, como en "La fiesta de Baco" de Velázquez, y algunos terminarán jugando al truco o al tute. Y al morir el día estarán todos completa, obscenamente borrachos.

Suavemente, con cara neutra de foto cuatro por cuatro y sin responder a las provocaciones, el farmacéutico se pone de pie y entra en el local como para ir al baño. Pero sale por la otra puerta y se dirige a su coche, estacionado a mitad de cuadra; busca algo en la guantera y vuelve a la mesa lentamente, con su cachazudo paso de gordo. Se sienta entre López y Cardozo, que están frente a la bandeja de plata y se burlan de él, inoportunos y vulgares, y les convida cigarrillos. Después, distraídamente, saca de un bolsillo de la guayabera una especie de pomito y le quita la tapa. Y entonces pega el grito:

–¡Miren allá, ché, un ovni! –señalando para el lado de la plaza.

Y cuando todos se dan vuelta para buscar en el incalculable cielo algún punto movedizo, espolvorea todo el chancho con un polvito blanco.

Cabezón Urreaga se da cuenta y advierte a los demás, que ahora miran unánimemente reprobatorios, inquisidores, cómo Sasbersky se aleja, tranquilo y lento, rumbo a su auto, meneando su gordura bajo la guayabera que en el calor de la siesta parece un flan encapotado, una enorme serenidad cubierta por túnica blanca.

LA VIDA TIENE ESAS COSAS

Una semana antes, yo me lo crucé a la salida de misa. Era domingo y él pasó en su bici pedaleando como loco, se ve que ya estaba al borde de la desesperación. Yo lo llamé, le dije Narciso, Narciso, pero él siguió de largo haciendo como que no me había visto. A mí eso me dolió mucho y me declaré ofendida. Claro que yo no podía entender lo que entendí después.

Era un enorme muchacho que entonces tenía diecisiete o dieciocho años, muy lindo, bellísimo, parecía escapado de una descripción de *Las mil y una noches.* De ojos muy negros y cejas unidas entre sí, de un porte que se diría hermoso como la luna, era el único hijo de don Salomón Haddad y la bella Amira Mata, oriundos de Damasco y verdaderos culpables de todo, según se dijo después de la tragedia, cuando se supo que había sido al enviudar, y después de ser cornudo toda su vida, que don Salomón había jurado que ninguna mujer lastimaría jamás a su muchacho.

Cierto o falso, el caso es que con el tiempo el chico se desarrolló hasta alcanzar casi los dos metros. Era fuerte como un buey, y tenía en la mirada un aire de melancolía como el de las tardes de otoño después de la lluvia. Y aire que, dado el brillo de sus ojos negros, lo hacía más y más atractivo. Pero esa misma tristeza parecía incomunicarlo. Era cortés y buenazo, y se desplazaba con ese andar cansino de los animales castrados, esa especie de abulia consustancial de los gatos siameses que han sido operados y se pasan el día en el sillón, indiferentes a todo lo que no sea comer y dormir. Pero él no había desarrollado tendencia alguna a engordar y su cuerpo era fibroso y sólido porque estaba siempre bien entrenado: era pilar en el equipo de rugby del Club Social.

Todas las chicas suspirábamos por él y creíamos que, puesto que nos trataba con total indiferencia, lo que pasaba era que se hacía el interesante. Narciso no manifestaba inclinación alguna por nosotras. En las fiestas siempre se aislaba, y nunca fue un chico popular, aunque era apreciado por su generosidad y comedimiento. En una ocasión en la que Juanjo Mauriño fue echado del Club por escandaloso (se había disfrazado de dama andaluza, con vestido a lunares y zapatos de bailaora, con peineta y mantilla y los labios pintados como una puerta, y se puso a flirtear con el Bebe Martínez, que era un empresario textil a quien todo el mundo le suponía preferencias homosexuales), Narciso se plantó ante el presidente y dijo si lo echan a Juanjo yo también me voy. En otra, cuando a Rosita Kreimer la violaron los hermanos Tissault (y todos sabíamos que habían sido ellos, pero entre que no se les podía probar nada, que los Kreimer prefirieron el silencio y que los Tissault eran gente poderosa en Resistencia, el resultado fue que no pasó nada y la pobre Rosita acabó crucificada por lo que papá llamaba el Supremo Tribunal de la Santa Lengua Provincial), Narciso fue el único que la acompañó durante días, dándole charla, cebándole mates, llamándola por teléfono para hablar de cualquier cosa, y hasta la forzó a salir al mundo, la llevó al cine y a tomar helados al Polo Norte para que no se encerrara ni admitiera la crueldad del pueblo.

Por esas actitudes se ganaba nuestro respeto. Era el más querido de todos los varones, porque la verdad era una monada de muchacho. A nosotras, que éramos chicas, nos hacía sentir muy bien, lo más tranquilas, no como cuando se nos acercaban los del Nacional o del Don Bosco, que eran unos ordinarios de lo peor, siempre atropellados y calientes.

Pero a Narciso lo que lo aislaba irremediablemente era la tristeza. A muchas nos inspiraba ternura, una como necesidad de protegerlo, de cuidarlo. Esa mirada que tenía, tan hermosa y tan tierna, y la suavidad en el trato que nos dispensaba, era capaz de hacer llorar a la más soberbia. Yo podía pasarme toda una tarde charlando con él, solos en casa, o viendo la tele, o jugando a las cartas después de que terminábamos de estudiar las materias para el día siguiente, y ni se me ocurría pensar que podía pasarme algo malo. Si hasta papá, con lo celoso que fue siempre, en la mesa decía que con el único que me dejaba ir a cualquier parte y me daba permiso para volver después de las doce, era con Narciso. Y mamá, que lo adoraba, siempre decía que era increíble que un chico criado sin madre fuera tan educado, y que la que lo casara se iba a sacar la lotería. Yo no sé si llegué a enamorarme de él, pero sí sé que lo quise mucho.

Ninguna de las chicas sabía cuál era la causa de su tristeza, de esa apatía que a veces, la verdad, podía hasta resultar exasperante. Qué íbamos a suponer semejante atrocidad. Quién iba a pensar que un padre podía ser tan, cómo decir, tan, no sé, ¿no? Y tampoco se nos cruzaba por la cabeza que él pudiera ser homosexual, simplemente pensábamos que era un muchacho más bien frío, o que se hacía el interesante. Las mujeres somos más inocentes con esas cosas, menos mal pensadas; el miedo a la homosexualidad a los que vuelve locos es a los hombres.

Pero la tristeza, yo decía, era impresionante en ese muchacho. Y como encima era bastante buen poeta, además de deportista, para nosotras era una mezcla muy rara, porque dónde encuentra una un chico de esos que son locos por el deporte pero que además sea sensible, tierno y delicado. Escribía sonetos, me acuerdo, y eran bastante buenos, o al menos en aquel entonces nos parecían buenos. Teníamos una profesora de literatura, la Lily Müller, que había que ver cómo lo alentaba. Ella decía que Narciso iba a ser un gran poeta, y yo estoy segura de que no lo decía nomás por hablar.

La tristeza lo aislaba, evidentemente. Era lo que lo hacía ser tan callado, siempre más contemplativo que protagonista. Salvo cuando jugaba al rugby, que entonces sí era impresionante la fuerza que demostraba y el vigor que ponía en cada partido. Tiempo después se supo que varios de sus compañeros, que seguramente también se dieron cuenta de su comportamiento, o acaso conocedores de su desdicha, le insistieron mucho para que fuera a ver a un psicólogo. Y yo no sé cómo fue que se decidió, pero un día se decidió. Y desde luego, sin que don Salomón se enterara. Sólo después de la tragedia se supo que había ido a ver al doctor Labrín, que era uno de los pocos psicoanalistas –si no el único– que había por entonces en la ciudad.

Enseguida empezó a cambiar. Aquel muchacho triste, tosco pero tierno, y tan hermoso, se convirtió al poco tiempo en un enorme y desesperado rencor. Se volvió escurridizo, y agresivo, y empezó a caminar por la ciudad con pasión de maniático, de obsesionado por el resentimiento que, era evidente, le mordía las tripas como una úlcera sangrante. En ese tiempo dejó de venir a casa, y también faltó a dos o tres fiestas que aquella primavera fueron tan importantes para nosotros. Yo un día lo llamé por teléfono y lo invité a tomar el té; le dije que por qué no hablábamos. Pero él me dio una excusa trivial y yo lo noté muy nervioso. Me dijo que tenía que cortar porque su papá necesitaba el teléfono, y que mejor charlábamos otro día. Después fue el domingo ese que hizo como que no me había visto. Y a la semana siguiente ocurrió lo que nadie esperaba pero cualquiera hubiera podido, o debido, anticipar: Narciso se ahorcó el sábado a la noche colgándose de un lapacho, pero no cualquier lapacho. Eligió, acaso porque el rencor y el dolor y la furia le dieron la idea, el lapacho que daba a la ventana del dormitorio de su padre.

A la mañana siguiente, don Salomón Haddad descubrió, horrorizado, el cadáver suspendido de su amado hijo al abrir la ventana de su dormitorio. Las circunstancias exactas de su desesperación jamás se conocieron porque se infartó en el acto, y quien los descubrió fue un vecino.

En el doble velorio se rumorearon montones de hipótesis. La imaginación del pueblo, febril como una conspiración, se encargó de satanizar a don Salomón y a la bella Amira.

Varias chicas, que amaban a Narciso Haddad en silencio, le llevaron flores y lloraron por él. Como decía mamá: la vida tiene esas cosas.

RECORDANDO A TIA LUCY

La única vez que pudimos heredar algo fue cuando murió tía Lucy, pero nos madrugaron. Parece que todos habían esperado ese momento, menos nosotras. Faltaba más. Nos ganaron de mano los del otro lado. Se avalanzaron como buitres y no dejaron nada. Ni las cosas del inglés. La tía murió a las dos de la tarde, nos avisaron a las tres, y cuando llegamos a las seis y media, porque fuimos unas idiotas que se nos ocurrió primero pasar por el cementerio a dejarle unas flores a Antonito, parecía que habían pasado las marabuntas.

Tía Carmela se estira sobre la mesa y atrae hacia sí el botellón de boca ancha que oficia de caramelero. Quita el tapón de corcho, mete la mano, revuelve y extrae un caramelo de praliné envuelto en papel dorado. Lo pela, se lo mete en la boca y ni bien entramos a la casa, dice acomodándolo bajo un cachete, vimos que ya estaban la Bochi y el Beto, y Luis, Marquitos, Cecilia, Laurita, Rosalía, todos los primos, y todos con hijos y maridos y mujeres, y hasta suegros y consuegros. Un montón de gente. Sentados en el living con carasa de yonofui, haciéndose los que lloraban junto al cajón, o en la cocina con jetas de tristeza. Pero otra que tristeza, Angelita, vos te acordás, no me dejés mentir. A esa altura ya habían descolgado hasta los cuadros y las cortinas. Se habían llevado todos los adornos, sábanas, manteles, vajillas, cubiertos y hasta las ollas, ché, unos hijos de puta aunque sean parientes. Ni las cortinas de plástico de los baños dejaron.

Lo bien que viviríamos ahora, dice tía Angelita pero enseguida se calla la boca ante la mirada fulminante de tía Carmela reprochándole la interrupción.

Con ésta y con el tío nos queríamos morir, retoma tía Carmela barriendo con la palma de la mano unas miguitas imaginarias, aunque él me decía que no me calentara. Tenía hielo en las venas, ese hombre. Pero mirá si no me iba a calentar, yo.

Sí, mirá, miremos, dice tía Angelita, que la verdá a esa altura, Carmela, vos estabas más caliente que político en campaña, viste cómo se ponen.

Y qué querés si encima hacía como una semana que venía regulando, yo, por el asunto de las alhajas. O te olvidaste del asunto de las alhajas, vos.

Ay, para qué hablar de eso, dice tía Angelita, cómo nos hubiéramos salvado. Otra que jubilación.

Tía Carmela empieza de repente con su tic nervioso, que consiste en pestañear seis o siete veces seguidas antes de hablar, y bueno pero dejáme seguir a mí que soy la que está contando, nos dijeron que habían desaparecido y que no se sabía ni cómo ni cuándo. Hay que ser caradura. A mí me llamó el Beto unos días antes de que muriera Lucy, cuando ya estaba muy mal, muy caída, fatigada y con carpa de oxígeno. El Beto, que era vecino, iba a verla todas las tardes. Y un día me llama: Ché, la tía Lucy está desesperada porque desapareció el alhajero. Yo me quise morir, imagináte.

Por ahí andaba el nuevo novio de ella, dice tía Angelita carraspeando porque se atragantó con el mate o por el asunto de las alhajas.

Ah, sí, claro, sigue tía Carmela, el viejo ese que se había agenciado. Porque Lucy siempre fue muy especial: cuando murió el inglés ella tenía setenta y cinco años, pero a los dos meses ya metió un tipo en la casa para que la acompañara: un sesentón, gallego, que se llamaba, ¿cómo se llamaba?

Lisandro, se llamaba, interviene terciando tía Luisa sin quitar los ojos de la tele y acomodándose la chalina sobre los hombros, pero Lucy le decía Gaita. Y había que ver la cara de idiota que tenía.

Nosotras lo vimos una sola vez, continúa tía Carmela como si tía Luisa no hubiera hablado, porque para el velorio ya se había ido, a la mañana temprano se fue.

No, yo nunca lo vi, dice tía Angelita probando con un dedo la temperatura del agua, a mí me lo contaste vos porque yo estaba enferma la última vez que ustedes fueron de visita.

Sí, pero bien que te largaste a opinar que era un asunto escandaloso.

Y la verdá es que lo era, porque cómo era Lucy o ahora me vas a decir que no.

Ay Dios mío, una mujer tan especial. Según el tío, tenía más braguetazos que molinete de subte. Las cosas que decía el tío.

Bueno, pero contá lo que te dijo Beto.

Y, me dijo que debía ser el viejo el que se había afanado las joyas, y que él lo iba a encarar. Porque el Beto será puto, pero encarador también es.

¿Pero es puto o no es puto?, pregunta en ese momento tía Luisa, que siempre parece que se despierta con ese tipo de cosas. Son lo único que le importa.

Y, sus recaídas tendrá, desvía tía Angelita que está esperando que se enfríe un poco el agua de la palangana, pero dejála que siga contando.

El caso es que encaró bien, dice tía Carmela, y el viejo tuvo que reconocer que había guardado las alhajas detrás de una frutera, arriba, en la alacena de la cocina. Por los ladrones, parece que dijo. Pero cuando yo lo llamé al Beto y le pregunté decíme, aparecieron, me dijo sí aparecieron pero de todos modos faltan algunas joyas. ¿Y qué faltaba? Un chevallier maravilloso que había sido de la mamá de Lucy, el reloj de oro del abuelo Arnaldo, la cadenota con el camafeo de marfil que le regaló el inglés cuando cumplieron diez años de casados, y varias cosas más: el reloj del inglés que era un Longines de oro, y hasta la gargantilla que era una joya como yo nunca vi, ché, que una vez Lucy me dijo que pesaba 176 gramos. Todo eso faltaba, dijo el Beto.

Nos fumaron en pipa, dice tía Angelita metiendo otra vez un dedo en la palangana.

El que fumaba en pipa era papá, dice tía Luisa, yo guardé una, de mazorca de maíz, y cierra los ojos frente al televisor, ensoñada como una novia.

Igualmente, con lo que quedó nosotras queríamos que se hiciera un inventario para vender todo y repartir parejo después de pagar la sucesión. Porque estaban la casa, un montonal de acciones de no sé cuántas empresas y unos terrenos en Mar del Plata y otros en Berisso o no sé dónde. Pero a nosotras nos dijeron que los abogados habían sido tan caros que al final no quedó un mango.

Somos más boludas que las palomas, nosotras, dice tía Angelita, nos convidan mate con facturas, nos invitan a los casamientos y siempre cuentan cosas que nos emocionan. Pero después nos cagan.

¿Quién fue la última que se casó, ché?, despierta en ese momento tía Luisa.

Las otras dos la miran con fastidio. Tía Angelita la toca con una mano y le dice seguí mirando la tele seguí. Tía Carmela toma otro caramelo de praliné del botellón, se lo pone en la boca, lo acomoda y pero a mí lo que más bronca me dio es que se llevaron hasta las cosas sin importancia, las sentimentales. La cuchilla de hacer asados que había sido de papá, por ejemplo. La cosa esa de poner las pizzas en el horno. Y hasta los sombreros esos del año de Ñaupa, que a mí me encantaban porque eran de cuando tía Lucy era actriz, y tan farolera. Hasta los zapatos viejos, se llevaron.

Mirá si cuando Lucy era actriz hubiera habido tele, comenta tía Luisa enfrascada en el beso que Arnaldo André le da en ese momento a Mariquita Valenzuela.

Y el tapado de nutria, añade tía Angelita, acordáte que también se afanaron el tapado de nutria y ese mantel que trajo Lucy de Norteamérica, todo bordado, que se lo llevó la Cecilia para regalárselo a la hija el día de su casamiento.

Ah sí y el juego de porcelana cáscara de huevo se lo llevó la mujer del Beto, se acuerda tía Carmela, y los adornos de cristal de Moldavia y el sobretodo piel de camello del inglés, y hasta unos aritos de fantasía de esos que hacen los jipis y que no valen nada, todo, todo se afanaron. Unos hijos de puta aunque sean parientes.

No se puede creer lo boludas que fuimos nosotras, dice tía Angelita, pero por mí que se metan todo ya sabés dónde. Y como finalmente parece que aprueba la temperatura del agua, se quita las sandalias.

Silencio las tres que ahora viene "Pasiones indómitas", dice tía Luisa y con el control remoto levanta el volumen del aparato. Tía Angelita pone los pies en la palangana de agua tibia y empieza a mirar la pantalla. Tía Carmela también se interesa, mientras escarba en el botellón en busca de otro caramelo de praliné.

Quizá sea un efecto de la tarde que va muriendo, o del mismo televisor, pero de pronto es como si en ese living comedor las luces se fueran apagando lentamente, igual que en el teatro.

Ma sí, que descanse en paz, dice tía Carmela para sí misma, mientras aparecen los títulos.

EL SOBRE LACRADO

Para Cristina Meliante

Hay tantas maneras de contar una historia como narradores existen en el mundo, es verdad, pero yo digo que ninguno como Víctor Miguel Tapia, aquel extraordinario fabulador que, acabo de enterarme, falleció recientemente en Posadas, adonde los Tapia se fueron a vivir hace unos años, más o menos por la época en que yo accedí a la judicatura.

Don Víctor Miguel tenía una voz ronca de bajo profundo, que medio acariciaba las palabras y hacía que cualquier anécdota trivial pareciera un episodio trascendente. Yo era pibe pero me acuerdo de las deliciosas sobremesas que nos obsequiaba a los amigos de sus hijos, a veces en su casa de la calle Brown, a veces en el Hotel Colón cuando el Hotel Colón era un sitio elegante, de gente de pro (como decía mi padre cuando nos llevaba a cenar ahí o al Club Social, que era el otro restaurante distinguido de la ciudad). Me parece verlo, hablándonos desde la autoridad de sus impecables camisas de poplín y moñito al cuello. Jamás lo vi con corbata ni a pecho descubierto. Era como si las historias que contaba salieran no de su boca, sino de esos moños. Y acaso era esa autoridad la que hacía que a nosotros nos pareciese verdadero todo lo que él narraba, siempre aderezado con nombres de personas y lugares que todos conocíamos.

Una de esas narraciones es la que ahora voy a referir, con la aclaración previa de que sé que se trata de una historia pueril, nada asombrosa, y que yo jamás hubiese reproducido si no fuera porque ahora es pertinente. De modo que a pesar de las limitaciones de mi memoria, y sin la elocuencia del viejo Tapia, aquí va mi versión de las vicisitudes que debieron afrontar dos seres a los que el destino —esa imprecisa manera de llamar a Dios que tienen los ateos, como decía Tapia— zamarreó despiadadamente.

Todas las mañanas aquella muchacha hacía lo mismo: pegaba la cara a la ventana para mirar, lánguidamente, cómo se descargaba el camión colorado y el puesto de frutas y verduras se llenaba de cajones prolijamente acomodados unos encima de otros. Desde hacía meses, siempre lo mismo. Todo había empezado un amanecer de marzo en el que, bajo una persistente llovizna, comenzaron a armar el puesto en la esquina de 25 de Mayo y Necochea, desoyendo las protestas de los vecinos que consideraban absurdo desvalorizar el barrio instalando esa casilla de la que emanarían intensos olores y sólo serviría para ensuciar las veredas y afear los frentes de las casas. Y mañana en la que vio a ese muchacho fornido cuya espalda parecía una armoniosa combinación de músculos, y su cara una dura máscara de luchador romano que apenas, y sorpresivamente, se dulcificó cuando miró hacia su ventana, en el primer piso de la casa de enfrente.

Ella lo había estado mirando con la inconfesada sospecha de que a partir de entonces sus pensamientos y sus sueños cambiarían. Y quizá porque las certezas inesperadas resultan chocantes, había corrido la cortina bruscamente, fastidiada, cuando él la miró.

Pero al día siguiente se dedicó a espiar cómo terminaban de apuntalar el puesto, colocaban la instalación eléctrica y acomodaban los cajones abiertos con los precios marcados con tiza. También prestó atención, como cualquier otra mañana, al rutinario deslizarse de los automóviles, al cansino andar del caballo del panadero, al puntual paso de los micros de larga distancia que venían de la capital, Formosa o el interior de la provincia, y hasta al anticipado estruendo de las chicharras siesteras que rompían a cantar pasado el mediodía. Pero nada la desvió del descubrimiento de que lo que más se repetía, precisa, insistentemente, era su propia mirada sobre ese muchacho de hombros anchos y puntual sonrisa que charlaba con todos los clientes.

Durante muchos días, pongámosle un mes o dos, la muchacha miraba al verdulero desde su ventana, infaltablemente, y el muchacho le devolvía miradas, a veces sonrisas, a veces indiferencia.

Una de esas mañanas, el joven dejó el diario a un costado cuando se dio cuenta –supongamos– de que le interesaban muy poco las estadísticas de la carrera armamentista europea, el avance arrollador de los falangistas españoles o las bravatas de Adolfo Hitler. Acaso pensó que se trataba de un mal día, porque además tenía que ir al banco a levantar unos documentos, y encima llovía y disminuía la clientela, como si los días de lluvia la gente decidiera comer menos frutas y verduras que el resto de la semana. Nervioso, encendió un cigarrillo y arrojó el fósforo a un lado, sobre el pavimento. Entonces reparó en ese movimiento casi imperceptible en la ventana de ese primer piso. No era un descubrimiento: invariablemente la cortina de esa ventana se movía como si una brisa interior se produjera justo cada vez que él miraba hacia arriba.

En cierto modo esperaba ese meneo de la cortina. Ahí atrás había un rostro que lo espiaba desde hacía meses. Y era una muchacha, sin dudas, que esquivaba su mirada cada vez que él la sorprendía, y que carecía de ingenio (y de velocidad) para disimular y correr con la suficiente presteza la cortina o hacer como que miraba distraídamente los coches que pasaban. Era como un juego, en definitiva, que le importaba poco pero lo intrigaba cada día más.

A todo esto había una anciana en la historia, la vieja Elisa, que era algo así como la nodriza de la piba. La ayudaba todas las mañanas, luego de levantarla, asearla y asistirla en los ejercicios matinales. Después, le cubría las piernas con la frazada, le acomodaba amorosamente los pliegues, acercaba la mesa a la ventana y hacía mutis cuando la chica empezaba a escribir.

Con letra pequeña y caligrafía de adolescente, escribía un Diario en el que llevaba, a modo de cuaderno de bitácora desprovisto de aventuras, arcabuces y descubrimientos, un listado de sus fantasías, ideas, observaciones, sueños y frustraciones. Era un cruel pero paradójicamente inocuo testimonio de su niñez y de su enfermedad, doce años atrás, cuando dejó de ser una chiquilina de pelos dorados, fuerte y sana, y además privilegiada porque su papá era uno de los comerciantes más ricos del Chaco. Y era también un recuento de la angustia que sobrevino a la fiebre, a los dolores musculares, a la extensa internación y al invariable llanto de su madre y la definitiva resignación de su padre. Allí narraba para nadie una especie de repertorio autocompasivo: la penosa tarea de recuperación (eufemismo para justificar la silla de ruedas y la gimnasia casi inútil de cada mañana) matizada con pensamientos y citas que tomaba prestados de la nutrida biblioteca que tenía a su alcance, todo lo cual pretendía describir su tenaz voluntad de volver a caminar, decisión que contrastaba con la certeza médica de la imposibilidad.

Como no escapará a la inteligencia del lector, era obvio que esta muchacha acabaría enamorándose —o lo que fuere que sintiese— del frutero al que espiaba con una rigurosidad típica de los nazis de la época. Y claro, el joven también empezó a ser parte de su Diario, en el que le escribía apasionadas cartas de amor, como es fácil imaginar.

Hasta que un buen día —en ese invierno que según Tapia fue crudísimo y amargo porque en septiembre empezó la guerra europea— la muchacha abrió la ventana y, cuando estuvo segura de que él la miraba, lanzó un sobre doblado hacia la calle y enseguida se escondió tras la cortina.

Aquella vez su letra se había deslizado con firmeza sobre varias hojas: de los recuerdos había pasado, con inesperada serenidad, a un presente que se llamaba Raúl, nombre que en boca de Elisa ya le era tan familiar como la existencia misma del puesto de frutas y verduras. Y escribió que lo imaginaba tierno y romántico; y le confesó que su vida había cambiado desde que se instalara allá abajo, desde que supo que él esperaba su mirada para sonreír de costado.

Cinco minutos más tarde, espió por la ventana y vio el sobre en las manos bastas de él, y su negra mirada dirigida interrogativamente hacia su ventana como taladrando el vidrio para penetrar, insolente, en su habitación.

Es dable deducir que el muchacho habrá pensado que esa chica debía estar loca, seguro era una nena malcriada y frívola como son las hijas de los ricos. Pero más tarde, tras leer la carta, seguramente sintió una mezcla de estremecimiento, lástima e incomodidad, y se quedó mirando insistentemente esa ventana que entonces sólo mostraba la indiferencia de las cortinas corridas.

Se habrá preguntado qué hacer, recordando los ojos marrones, la cara ovalada y la expresión como de asombro permanente de la muchacha. Y acaso sólo entonces reparó en la palidez exagerada de ese rostro, como el de un entalcado payaso de circo. Era obvia la importancia que había adquirido su existencia en la imaginación desbordante de esa muchacha que le confesaba, ingenuamente ardorosa, una pasión extraordinaria. Y cabe preguntarse si habrá advertido su propia, súbita capacidad de mutar el destino de una vida —la idea, digo yo, le habrá parecido inmensa, incontrolable— y hasta la concreta posibilidad de representar a Dios en el estrecho universo de los sueños de esa chiquilina que firmaba esas hojas con su vida, con su patética historia personal, al fin y al cabo una manera de impactarlo más contundente que si hubiera colocado un nombre cualquiera al pie de la carta. Turbado pero envanecido, el frutero guardó el sobre entre sus ropas y atendió a un cliente.

En este punto, es obvio que el lector ya se dio cuenta de cuál pudo ser el final de esta historia que hoy llamaríamos telenovelesca. Según Tapia, la muchacha comprobó que desde su interior le brotaba una irrefrenable y desusada excitación que, en definitiva, no era sino la certidumbre de que se terminaba un ciclo, una sensación como la de arribar a destino luego de una larga travesía. Se pasó toda esa tarde dedicada a la lectura. Frenéticamente, leyó algunos cuentos en la *Mundo Argentino,* unos versos de Darío, o de Carriego, y terminó inmersa en las últimas, recientes novelas de ese desesperado autor que hacía furor en Buenos Aires: Roberto Arlt. Y cuando se hizo de noche descorrió la cortina, comprobó la límpida belleza que suelen tener los cielos de invierno sobre Resistencia, y bajó la vista y confirmó lo que tan ansiosamente había esperado: tres hombres desmontaban el puesto, cargando paneles y cajones sobre un camión estacionado junto a la vereda.

Hasta aquí la reproducción, más o menos fiel, de lo narrado por Tapia. En definitiva, como yo mismo menoscabé en alguna ocasión, aunque amarga, ésta no era sino una historia de amor algo pueril, poco apta para que algún libretista convirtiese en teleteatro.

Sin embargo, y aunque durante todos estos años no recordé este relato, anoche lo reviví intensamente después de leer la carta que desde Posadas me envía Angélica Tapia, la hija mayor de Víctor Miguel.

"Mi padre —cuenta ella— alguna vez intentó escribir sus memorias, pero siempre desechó la idea arguyendo que todas las maldiciones del mundo caerían sobre él. Y usted bien sabe lo supersticioso que era, como yo sé de qué modo atroz le remordían las culpas que decía acarrear desde su juventud. Lo cierto es que antes de que se agravara su enfermedad me pidió que abriéramos su caja fuerte sólo después de su muerte, y que yo entregara a su confesor (el ya anciano padre Mauro di Bernardis) un sobre que allí encontraría, lacrado y fechado treinta y seis años atrás.

"Pues bien, una vez repuesta de la pérdida de papá, me dispuse a cumplir su mandato. Pero —¿mujer al fin, dirá usted?— no pude evitar que la curiosidad me llevara a cometer la ominosa acción que ya se podrá imaginar. En efecto, abrí el sobre y leí, con creciente sobresalto, la inconfundible letra de mi padre confesando lo que él mismo califica de 'abominable actitud del joven impetuoso que soy'. En síntesis, querido amigo, le diré dos cosas: que él fue el frutero de aquella historia de amor; y que el final, en verdad, fue otro.

"La misma noche del día en que el Raúl del relato recibió la carta de la joven lisiada, papá trepó furtivamente hasta ese primer piso de la calle Necochea. La muchacha admitió su presencia y lo amó —asegura papá— 'con una pasión y una entrega que yo desconocía totalmente'. Horas más tarde, al amanecer, se alejó de la alcoba saltando desde la ventana hacia la vereda.

"Sólo al mediodía, cuando abrió el puesto de frutas y verduras —termina papá su confesión— comprendió que su acción, lejos de ser generosa, había sido tan terrenalmente egoísta como para desencadenar una tragedia.

"Y es que junto a la carta había un recorte desteñido de *El Territorio* en el que se comenta la terrible manera escogida por la hija lisiada del Dr. P. de poner fin a su vida, disparándose un balazo de pistola calibre 45 en el corazón, luego de haber sido —como demostró la posterior autopsia— misteriosamente desflorada sin violencia".

FRONTERA

Aquella noche hacía muchísimo calor, como casi todas las noches en la frontera, pero el calor que yo sentía era el del miedo. Nos acercábamos al puente que separa Formosa del Chaco, sobre el río Bermejo: ahí estaba el puesto de control de la Gendarmería, última escala en el viaje al Paraguay.

La Nelly, como siempre, viajaba en patas y con la blusa abierta al medio que se le veían todas las tetas. Solía sentarse como los suplentes en el banquito al lado de la cancha: con las piernas abiertas, por las que se le deslizaban las polleras acampanadas que siempre usaba, y apoyando los codos sobre las rodillas contemplaba el camino y movía todo el tiempo el dial de la radio, buscando chamamés.

Daniel silbaba, contento porque el camión andaba bien: un Efe Seiscientos bien afinado materializa todo en la noche, la vuelve algo concreto. Ruidoso y confiable aunque llevábamos treinta toneladas detrás, su presencia impactante desorganizaba el silencio. En la cabina, los tres tomábamos mate y cada tanto contábamos chistes que ya no nos hacían gracia, mientras el aire caliente se filtraba por las ventanillas abiertas. Fumábamos, y yo me sentía más y más inquieto a medida que nos acercábamos al Bermejo.

Daniel se dio cuenta:

—Todo va a andar bien, pibe —justo cuando la Nelly ensartó una guarania en Radio Humaitá y se puso a aplaudir como una nena. Un segundo después vimos la linterna, a lo lejos, haciéndonos señas.

Es común que detengan a los camiones que se dirigen al Paraguay, para controlar las guías de viaje. Nosotros llevábamos garrafas de gas.

—Tranquilo, pibe, tenemos todo en regla —dijo Daniel.

Pero ni él ni yo estábamos tranquilos, la verdad. Uno nunca está tranquilo cuando aparece la Gendarmería. Salvo la Nelly, que nunca se calienta por nada así vengan degollando.

Daniel paró el camión a un costado de la carretera, a pocos metros de la caseta. Un gendarme revisó rutinariamente las guías, y aprobó con la cabeza. Otros dos nos miraban, tomando mate, parados junto al mástil. Y justo cuando el que estaba del lado de Daniel iba a darnos el visto bueno para que siguiéramos el viaje, de la caseta salió un suboficial, llamó a su compañero y le dijo, en guaraní, que decía el oficial que se habían quedado sin gas para el calentadorcito y que nos pidiera una garrafa.

Daniel se negó cordialmente: el cargamento estaba contado, no podría justificar una garrafa vacía y no sé qué más. Pero fue inútil: dijeron que en otros viajes podríamos tener inconvenientes con las guías; sería una lástima que la próxima vez tuviéramos problemas, quizá ahora mismo, en fin, no nos convenía quedar mal con ellos, conocían a Daniel y al camión, y después de todo podés decir que se te cayó una garrafa por el camino.

Bajamos y desamarramos una de diez kilos, mientras la Nelly, que para ciertas cosas tiene sangre de pato, se puso a tararear "Paloma blanca" en la versión de Cocomarola que justo había enganchado en Radio Nacional Formosa. Durante la operación, el oficial salió de la caseta y se sintió obligado a agradecer, invitándonos a tomar unos mates con ellos. No le podíamos despreciar la oportunidad de confraternizar. El tipo estaba feliz. Daniel puso no sé qué excusa, meta sonreír, y diciendo mejor nos vamos me hizo una seña para que subiésemos a los pedos. En eso el primer gendarme, el que nos detuvo, conectó la garrafa al calentador, pero cuando abrió la llave de paso del gas y le acercó un fósforo, no encendió.

—Un momento —dijo el oficial, justo cuando Daniel aceleraba un par de veces antes de encajar la primera.

Nos quedamos tan en punto muerto como el Seiscientos.

El gendarme abrió totalmente la llave, y nada. Bajó su cara hasta el aparato y olió.

—Estará fallada —dijo el oficial—. Que bajen otra.

Le entregamos una segunda garrafa. Se repitió la operación y cuando el gendarme abrió la llave de paso y le acercó un fósforo, tampoco encendió.

Con Daniel cada vez más nervioso, fuimos bajando una garrafa tras otra, casi una docena, pero nada, ninguna funcionó.

Daniel sacó su lima y empezó a arreglarse las uñas, mientras el oficial, los gendarmes y yo nos mirábamos con esas expresiones acusatorias, graves, como cuando en una reunión se huele feo y hay un gordo sospechoso. La Nelly se pasó a una radio brasilera en la que Roberto Carlos cantaba una cosa sobre la llegada de Dios.

Uno de los gendarmes trajo una pinza de algún lado y abrió totalmente una de las garrafas, quitándole el cabezal de la llave de paso. Adentro había una materia viscosa. La tocó con un dedo, la miró con asco, y después la probó metiéndose el dedo en la boca. Enseguida escupió a un costado, haciendo una mueca, y dijo:

—No sé qué es, pero gas ni por putas...

El oficial se acercó y le olió el dedo al otro. Después también él probó la sustancia chupándose un dedo.

—Aceite... —dijo, y dirigió el dedo manchado hacia la caseta con una seña a los otros gendarmes—. Estos dos, adentro.

Por supuesto, Daniel y yo juramos que no sabíamos nada del contrabando. También por supuesto, no nos creyeron. Ni mucho menos a la Nelly, que la tuvieron que bajar entre dos porque no se dejaba y armó un despelote fenomenal diciendo que ella no tenía nada que ver, que era lo que siempre decía.

Al cabo de un rato de discutir, Daniel dijo que bueno, que le habían dicho que para un caso extremo mostrara la tarjeta. Ahí, junto al carnet de conductor, en la carterita que ahora tenían ellos, la podrían encontrar.

Los gendarmes se miraron entre ellos, y al cabo nos mandaron afuera, custodiados, mientras el oficial llamaba por teléfono.

Luego de unos minutos salió, sonriente, y le dijo a Daniel:

—Seguí nomás, chamigo, el Coronel dice que está todo arreglado. Cuando cruzamos el Bermejo y yo lo miré, bramante y hermoso en la noche, con la luna reflejándose en su lomo cobrizo, Daniel me preguntó si había sentido mucho miedo. Le contesté que sí y él dijo que no me calentara, que los pibes como yo éramos inimputables, palabra que a la Nelly le provocó un ataque de risa mientras con los deditos giraba el dial buscando una música imposible, porque la radio era puros chirridos. Daniel dijo también que en el mundo había dos clases de personas: de un lado los gatos con tarjeta y del otro la gilada. Y agregó que se había quedado con ganas de tomar unos mates.

Yo lo escuché en silencio y seguí mirando la noche, afuera, que pasaba como una película negra y ruidosa.

EL CASTIGO DE DIOS

Para Héctor Schmucler

Digamos que el protagonista de esta historia es el general Pompeyo Argentino del Corazón de Jesús González, dice el Toto Spinetto la noche que llega a Resistencia después de salir de la cana. Ha estado ocho años adentro, lo pasearon por todas las cárceles del país, y ahora está con nosotros como si nada hubiera pasado, en la misma mesa de "La Estrella".

Digamos también que el nombre del protagonista es una designación ficticia, que sin embargo, creo yo, conserva la virtud de representar nombres que son muy caros a los miembros de la comunidad castrense, agrega el Toto en su estilo florido, esa retórica de abogado que le jode todo lo que escribe y que –parece mentira– sigue intacta.

Estamos a finales de 1976, en Córdoba, y este general González comanda unidades de batalla en esa provincia mediterránea. Se trata de un hombre de convicciones firmes, una especie de cruzado que siente, en verdad, una asombrosa mística guerrera y un definido furor antisubversivo. No se destaca solamente por la eficacia de sus métodos represivos –que le han dado renombre dentro y sobre todo fuera de las filas de la institución armada– sino también porque, ideológicamente, es uno de los ejemplares más representativos de la especie simia que se cierne sobre la sociedad civil en ese momento –dice el Toto mirándonos por sobre los bifocales que ahora usa– es decir una época diametralmente opuesta a la de-

296

mocrática que estamos viviendo incipientemente, o sea, digo, dice, un tiempo que es un contrario sensu perfecto.

Hijo y nieto de militares, está casado en primeras y únicas nupcias con una dama de la sociedad cordobesa y su descendencia se compone de cuatro varones de entre tres y quince años. Es uno de los más jóvenes generales de la nación (lo que no es poco decir si se recuerda que a la sazón, como ahora mismo, hay casi un centenar en actividad) y la prensa internacional lo califica, con todo acierto, como el tácito líder del llamado sector "duro" de las fuerzas armadas.

Católico fervoroso, amigo del obispo cordobés y de los amigos del obispo cordobés, es un miembro conspicuo de la aristocracia local, quiero decir de la Docta, que es el sitio donde transcurre esta historia y en cuya unidad carcelaria está alojado el suscripto, ya blanqueada su situación luego de un período que ustedes disculparán pero, por pudor, prefiero obviar y además no viene al caso de lo narrado, termina su frase el Toto haciéndole una seña a don Terada que consiste en bajar el índice derecho un par de veces sobre su vaso vacío, lo que quiere decir que se le acabó la ginebra.

Mientras el viejo se separa de la banderita con el Sol Naciente, y agarra la botella de "Llave" y camina lentamente hacia nuestra mesa, el Toto dispara otra andanada verborrágica y dice que en más de una oportunidad el general González, destinado por la Junta Militar para comandar unidades del Tercer Cuerpo de Ejército sito en la capital mediterránea, ha debido presentar excusas a la curia de esa provincia por la brutalidad de los métodos que aplican sus subordinados, lo cual no ha sido óbice para que se lo admire, respete y tema.

Hombre político, extrañamente hábil dada su condición castrense, un ex senador por el radicalismo le ha contado al infrascripto —dice el Toto, que a esta altura parece regodearse con ciertas palabras— que a este militar deben atribuirse las siguientes palabras, pronunciadas ante varios ex legisladores de su partido durante una discreta reunión que por supuesto no se permitió que la prensa divulgara: "Estamos en una guerra sucia, señores, y yo como general de la nación sólo sé que debo ganarla; y si para ello tengo que matar a mil inocentes con tal de encontrar a un guerrillero, lo haré porque me va en ello el compromiso de pacificar el país".

Ideólogo de sus pares, estudioso de la historia nacional y de los *casus belli* de la universal, cultor de la vida hogareña y amigo del buen beber, el general Pompeyo Argentino del Corazón de Jesús González es, a finales del '76, un ascético soldado que acumula méritos en combate, cuyo nombre suena como el de un eventual presidente de la nación y al que los sacrificios de su profesión parecen prometerle un brillante futuro personal a poco que se observen su implacabilidad antiguerrillera y los triunfos que semana a semana cosecha en el aniquilamiento de su enemigo, al que irresistiblemente va sumiendo en la parálisis y el desconcierto.

Pero de repente —dice el Toto encendiendo un pucho con mi encendedor mientras todos lo miramos atentamente, la mayoría fascinados y yo además evaluando las gambas de la mujer de Docabo— con la infalibilidad de ciertos hechos de la vida, un equis día de ese para todos aciago año de 1976 una circunstancia desgraciada se cruza en el camino de nuestro severo general: su hijo menor —digamos, dice, para ponerle un nombre, Juan Manuel— enferma súbitamente. Una gravísima deficiencia cardíaca pone su existencia al borde de la muerte.

Tras los primeros síntomas, el pediatra de cabecera dictamina, alarmado y sin eufemismos, que es indispensable operar al niño con la mayor premura. Una junta médica determina que el paciente —internado ya en el Hospital Militar de Córdoba— debe ser intervenido quirúrgicamente esa misma noche. Con la venia de su padre (quien está acompañado por algunos de sus pares, los rezos de su esposa y restantes hijos, y por la reconfortante presencia de la jerarquía eclesiástica) el pequeño Juan Manuel es introducido en el quirófano cuando ya avanza la madrugada.

Casi tres horas después el coronel médico que ha dirigido el equipo sale de la sala de operaciones con el rostro demudado, perlada la frente, y le explica al general González que su capacidad profesional y la de los colegas que lo han asistido ha llegado al límite de sus posibilidades.

–No seguimos adelante porque no podemos garantizar el éxito de nuestros esfuerzos, mi general –dice, ceremonioso, grave, cuenta el Toto agravando su voz y como imitando al coronel médico–. Acá en Córdoba hay un solo especialista que podría salvar a su hijo, si llevara a cabo una operación sumamente delicada. Ni en Buenos Aires hay alguien más idóneo para realizarla: me refiero al doctor Murúa. Como usted sabe, una eminencia en cardiocirugía.

–Llámelo, doctor –ordena, conmovido, el general. Y luego añade, con una humildad que revela su consecuente práctica cristiana:– Por favor, que salve a mi hijo, si Dios así lo quiere.

–Mi general: he estado llamando a Murúa toda la tarde y no he podido dar con él. Sólo puedo prometerle que seguiremos haciendo todo lo que esté a nuestro alcance, pero no garantizo nada, más allá de la media mañana. En ese lapso, sería conveniente que sus fuerzas colaboraran para ubicar a Murúa.

En este punto –dice el Toto mandándose al garguero la ginebra y haciéndole otra seña a don Terada, que siempre está bajo su banderita leyendo esos periódicos de signos indescifrables–, en este punto el general González llama a su asistente y le ordena que una comisión se dirija al domicilio del doctor Esteban Murúa (y es obvio –aclara el Toto– que como ustedes ya habrán advertido se trata de un nombre y un apellido tan ficticios y arbitrarios como el del personaje central de esta narración), a quien deberán explicarle la gravedad y urgencia del caso, y transportarlo al hospital sin demora.

El asistente se cuadra ante su superior, duda un segundo y dice:
–Hay un problema, mi general.

González mira al subordinado, digamos, dice el Toto, un teniente primero, con la misma y exacta mirada que dirigimos a un imbécil que acaba de hacer una broma de mal gusto, y con el ceño fruncido y un leve cabeceo lo incita a que prosiga.

–Los dos hijos de Murúa son subversivos, mi general –despacha el teniente primero, compungido pero con firmeza–. Uno de ellos fue detenido hace tres semanas, en Villa María, y la hija menor está prófuga...

—Continúe, m'hijo —urge González, inconmovible, pétreo ante la duda del oficial subalterno.

—El doctor Murúa también está prófugo, mi general. Su casa fue allanada después del procedimiento de Villa María y no se encontró a nadie.

—¿Ha salido de Córdoba?

—No nos consta, mi general.

—Bueno: informe al servicio de inteligencia y a las policías federal y de la provincia. Que lo busquen entre familiares y amigos, y que se le den todo tipo de garantías. Ordene que, como misión prioritaria, se encuentre a este cirujano antes de las nueve de la mañana. Y dije *con todas* las garantías.

Naturalmente, el hermetismo en que vive un general del ejército argentino nos impide conocer —a civiles como nosotros— los pequeños detalles de su vida familiar, dice el Toto resoplando por la tensión que le produce su propio relato. Pero no nos resulta demasiado difícil imaginar las horas de angustia y la angustia de esas horas que pasa el general González. Son presumibles la congoja de todos quienes lo acompañan, la desolación de su mujer y la inocente impavidez de sus demás hijos.

El Toto va haciendo pausas a medida que habla, invitándonos a imaginar lo que él narra en ese estilo medido y retórico que me fastidia un poco, pero la verdad es que tiene atrapado al auditorio: la mina de Docabo con los ojos como el dos de oro; Spencer con el labio inferior extendido y cabeceando una rítmica afirmación; y así todos. En todas las mesas de "La Estrella" pareciera que ya nadie respira mientras el Toto sigue y dice que puede, sin embargo, suponerse que en la soledad de su alcoba, o en la recolección de su escritorio, el general González se está preguntando acerca de los juegos macabros del destino —él ha de llamarlos voluntad de Dios— y, quizá, acerca de las limitaciones de su poder. Es presumible, por otra parte, que si acaso atribuye a algo o a alguien su presente zozobra y el infortunio de su hijo menor, es su guerra la destinataria de sus denostaciones, así como el accionar de los rebeldes la causa primera de que él se encuentre en tan inesperada, irresoluble situación.

El Toto hace silencio después del último punto y aparte, como para que todos en la mesa nos hagamos las mismas preguntas, mientras la mujer de Docabo se da cuenta de que le juno las gambas y nerviosamente se estira la pollera hasta las rodillas, pero sin mirarme a los ojos. Con el mismo índice derecho con que llamó al japonés, el Toto ahora revuelve los hielos que navegan en su vaso. Después tose, prende otro faso, y continúa diciendo que presunciones de lado, a la mañana siguiente la respuesta terminantemente negativa de todos los informes que llegan a su despacho domiciliario, acaba por despedazar las últimas esperanzas del general Pompeyo Argentino del Corazón de Jesús González, y a esto lo pronuncia El Toto con una pompa y circunstancia digna de Händel.

Los médicos le explican, crudamente, que su hijo necesita un transplante de urgencia pero que no resistirá un viaje a Buenos Aires. Acaso tampoco una segunda intervención, la cual de todos modos tendría un altísimo porcentaje de riesgo. Y destacan una paradoja, que como toda paradoja es cruel: esa misma madrugada un desdichado accidente automovilístico ha arrojado como saldo un niño descerebrado y en coma cuatro, cuyo corazón está sano y podría serle implantado a Juan Manuel. Le informan que a cada minuto que pasa es menor la resistencia del niño, cuyo herido corazón está minado por la deficiencia. Y declaran que sólo un milagro puede salvarlo, pues el doctor Murúa es el único cardiocirujano en todo Córdoba capaz de realizar con éxito tan compleja operación.

Escuchado lo cual, y sacando fuerzas de su fe religiosa y su templanza de soldado, con toda la grave responsabilidad que le impone su trayectoria de militar invicto, el general González, con la voz apenas firme, pregunta:

—¿La alternativa es dejarlo morir o que ustedes intenten un transplante sin ninguna garantía, verdad?

La respuesta que cosechan sus palabras es un prodigioso, brutal silencio afirmativo, define El Toto. Segundos después, el general ordena:

—Inténtenlo igual.

Aquí es el Toto el que hace un silencio más largo. Sorbe otro trago, se pasa una mano por la frente sembrada de gotitas de sudor, y nos mira a todos, uno por uno, como pidiéndonos disculpas por la ansiedad que ha venido provocando. Luego alza las cejas, suspira largo y dice que como era previsible, el niño murió durante la operación. Al mediodía, la infausta nueva circuló por la ciudad mediterránea como reguero de pólvora, dice, junto con aquella otra sobrecogedora noticia que todos ustedes recordarán y que recorrió todo el país: la de que esa misma noche en el Chaco, aquí cerca, en Margarita Belén, el ejército había fusilado a una veintena de prisioneros aplicándoles la ley de fuga.

Dice esto con la voz mucho más ronca, el Toto, y subrayando el punto y aparte. Todos nosotros mantenemos el silencio como si fuera una nube de plomo que hay que sostener en el aire, y yo me fijo en la mujer de Docabo que ahora tiene los ojos redondos y la boca abierta como un pescado muerto. Y en el mismo preciso instante empiezan a escucharse los bombos de un acto proselitista de los liberales, que hablan pestes de Alfonsín y de los perucas, en la plaza, y a mí se me hace que el golpeteo de esos bombos es como el bombeo de un corazón secreto, en algún lado.

En cuanto se difundió la noticia del deceso del hijo del general Pompeyo Argentino del Corazón de Jesús González, concluye el Toto Spinetto recalzándose los bifocales sobre la nariz y sin aflojar en ese estilo florido que tiene, esa retórica de abogado que le jode todo lo que escribe y que —parece mentira— sigue intacta a pesar de tantos años en cana, dos comentarios se generalizaron en la prisión: por un lado, que el suceso había sacudido tanto al jefe de la guarnición cordobesa que acaso nunca volvería a ser el mismo (lo cual no se sabía si era bueno o peor); y por el otro, que le había tocado merecer uno de los más ejemplares y coherentes castigos de Dios.

Como luego pude comprobar fehacientemente, dice el Toto Spinetto antes de levantarse de la silla y haciéndole una seña a don Terada para pagarle, ese domingo, en todas las cárceles del país, hubo más misas y con mayor número de asistentes que de costumbre.

EL GRAN MONGOL

Para Silvia Hopenhayn

Sueña que va a comprar botones. Azules, cuadraditos, forrados. Alguien le informa que sólo podrá encontrarlos en El Gran Mongol, que es una casa importadora. Cree haberla visto; pero no sabe exactamente dónde queda.

Camina, extraviado, por una extraña ciudad que no reconoce. Hasta que en el cruce de dos grandes avenidas, descubre la enorme tienda luego de un efecto que le parece cinematográfico: como si la lente de la cámara que son sus propios ojos se hubiese abierto por completo. Pero enseguida el efecto cambia nuevamente, y ante sus ojos comienzan a aparecer fotografías, que narran una historia que protagoniza él mismo. Son fotos sucesivas, como los cuadritos de una historieta, y contienen acciones, colores y movimientos internos, fragmentarios.

En la primera, está entrando a la tienda en busca de los botones y en un escaparate los ve. Los pide a una vendedora y separa los que más le gustan. Los alza y los mira a contraluz, contento como un niño. De pronto, inexplicablemente, se pincha un dedo con una aguja. Brinca desmesuradamente hacia atrás, pisa a un hombre que pasa, y se produce un alboroto. Pide disculpas, zafa de la situación y, nervioso, se dirige a la caja a pagar los botones.

Foto dos: La cajera es una belleza, idéntica a Xuxa. O acaso es Xuxa, no lo sabe, en los sueños pasan esas cosas increíbles. Debe pagar un peso con cuarenta y cinco centavos, pero sólo tiene un billete de cien dólares que ella agarra mientras le dice que no puede aceptarlos. Pero él le explica que peso y dólar en este país, ahora, valen lo mismo porque la convertibilidad, etcétera. La chica atiende a otros clientes: a todos les da sus productos y ellos pagan y se van.

Mientras espera, observa el sitio. Es la tercera foto, panorámica: hay como un corral cuadrado, de fórmica, en el medio de un gigantesco salón. Parece Harrods, o Macy's, o alguna de esas grandes tiendas del Primer Mundo. Hay un MacDonald's al fondo, varias joyerías, un sector de góndolas y escaparates de perfumerías de marcas conocidas, pasillos, gente, luces. Al cabo se impacienta y reclama. Foto número cuatro: Ya va, ya va, le dice Xuxa, y empieza a sobrarlo, a burlarse de él. Qué nariz más ridícula, dice, y esos botoncitos, un hombre grande. El insiste en su protesta, cada vez de modo más altisonante. Siente su adrenalina, la presión que le sube. Pero ella ni le da el cambio ni le devuelve los cien dólares. Fúrico, golpea contra el mostrador y a los gritos pide por un supervisor. Xuxa, como si no lo oyera, despacha a otro cliente, sale de la caja y atraviesa el salón.

En la quinta foto, la sigue y la toma del brazo, escúcheme señorita, pero ella quita esa mano como con asco y le dice hubiera sido más político, señor, más diplomático, y él quién es el gerente general de la casa, quiero hablar con el gerente general. Aquél de bigotes, dice ella, y además es mi novio, y se aparta rumbo al baño de damas. Entonces él se dirige al tipo (foto seis), que cuando es interpelado lo mira como preguntándose quién es este loco y le dice yo no trabajo aquí, no tengo nada que ver, sólo vine a comprar unas zapatillas, camino por el shopping, no me fastidie.

Decidido a buscar al gerente, se mete en un salón donde hay un montón de mujeres que juegan a la canasta. Séptima foto: en una mesa, unas ancianas toman té con masitas, y en otra, muy larga, hay unos viejitos que visten ternos con flores en las solapas y aplauden a un tipo parecido a Leopoldo Lugones. Sale de allí y entra en un pasillo larguísimo (es la foto número ocho) a cuyos costados sólo hay escaparates iluminados pero vacíos, y puertas de vidrio cerradas cada no se sabe cuántos metros.

El Gran Mongol, se da cuenta, es como una caja de Pandora, un laberinto, pero sigue por el pasillo, que hace una curva extrañamente peraltada, y al final desemboca (foto nueve) en un enorme patio, entre andaluz y griego, perimetrado por altas paredes blancas y con una docena de columnas allá arriba, sobre los murallones de piedra, lanzadas al cielo como si tuvieran que sostener un techo imaginario. Allí ha habido una fiesta de bodas o algo así: hay muchas cosas tiradas en el suelo y los meseros van y vienen limpiando las mesas de restos de comida, y levantando papeles, servilletas, puchos, huesos de pollo, botellas vacías.

En la foto diez hay un tipo muy gordo, un obeso enorme con pinta de patriarca, que está sentado en un banquito de cocina a un costado del patio. Un mozo lo señala con un dedo mugriento: es Don Artemio, dice, el patrón. Está enfundado en un traje negro y usa corbata de moño. No parece ni mongol ni gallego. Habla con una chiquilina a la que da órdenes perentorias. Su tonada es litoraleña, acaso de entrerriano del norte. Sonríe todo el tiempo.

En la once se dirige hacia el gordo, se para frente a él, y le explica todo, especialmente su furia contra la cajera que se quedó con sus cien dólares. El gordo asiente con una sonrisa y enseguida alza una mano que deja suspendida en el aire, como para que se calle y espere, y con voz suave llama a un mozo, que se acerca con trote marcial y se queda trotando en el aire, dando saltitos suspendido sobre un mismo lugar. Decíle a Teresa que me vaya preparando un guisito de arroz, ordena, y su vista queda clavada melancólicamente en una de las columnas que están allá arriba, como para no escuchar al que sueña, que está desesperado y no cesa de hablar porque necesita que se atienda su situación, su desagrado, y quiere sus cien dólares.

Pero en eso viene otro mozo (foto doce, una instantánea) y le pregunta qué vino va a querer tomar y el gordo dice elegíme un torrontés del año pasado, o sino un Rincón Famoso del '84, el que cuadre.

En la número trece, como el ofendido insiste en hablar del episodio y su indignación aumenta, el obeso sigue asintiendo pero con una sonrisa de cansancio, la condescendiente sonrisa del poder, que es también una mueca de intolerancia, mientras saca un cigarrillo y busca fuego, y otro mesero que pasa se lo enciende con unos fósforos Fragata, y al final dice me tienen harto no hay derecho, y lo dice suavemente aunque hay algo amenazante en su voz.

La foto catorce es un primer plano, desencajado, del que sueña: Cómo que no hay derecho, usted también se va a hacer el burro, gordo de mierda, y entonces todos se ríen, la foto se abre como tomada con un gran angular, un distorsionante *eye fish* que se llena de caras y bocas y dientes, y todo se vuelve grotesco como en las películas de Fellini, hay enanos y payasos en el patio, y gordas de grandes tetas, y querubines y vírgenes y demonios a la manera de los cuadros de Rubens, y el soñante empieza a retirarse lentamente, humillado y vencido, expulsado por El Gran Mongol.

Ahora está saliendo de la enorme tienda: en la foto quince ve, en la puerta, a la cajera rubia con los cien dólares en la mano, que se dirige hacia él y le tiende el billete con desprecio: se lo manda Don Artemio, dice, para que no friegue. Y se da vuelta y se va, y él, con doble humillación, camina de regreso a su casa, a su sueño.

Cuando se despierta tiene ante sí, clavada con chinches sobre la pared, una foto en blanco y negro en la que él, de niño, viste un trajecito de marinero: pantalón corto y saco cruzado de botones que él recuerda perfectamente que eran azules, cuadraditos, forrados.

LUMINOSO AMARILLO

A David Lagmanovich

Cuando el hombre estacionó el coche, todos miraron hacia el luminoso amarillo de la carrocería. Era un viejo 125 del '68 que tenía un guardabarros todo abollado y el faro izquierdo hecho añicos. Pero la parte que brillaba estaba limpia, como recién lavada. Eso era muy llamativo para el paisaje sucio y asqueroso del caserío, de callejas de tierra, polvo en el aire y moscas que parecían aviones revoloteando sobre un objetivo militar como en *Los puentes de Toko-Rí.* Todos miraron al coche y al hombre, especialmente los chicos. Todos, excepto la vieja. Ella lo que hizo fue dar una pitada más profunda al cigarro que tenía entre los labios, suspendido como un astronauta en el espacio, y tras soltar el humo por un costado, le dijo al viejo:

—No lo atiendas.

El viejo se levantó lentamente, sin dejar de mirar al hombre, y se aplanó el pantalón sobre los muslos. Era un gesto innecesario porque el pantalón ni tenía raya ni estaba limpio. No era más que una de las tantas prendas miserables que los evangelistas traían un par de veces por año. A él le había tocado ese traje azul el otoño pasado, pero el saco no le había servido porque tenía una sola manga. Otro gesto innecesario fue alisarse el pelo con la palma de la mano: le quedaban muy pocos y todos parados y llenos de piojos.

Se mantuvo de pie, esperando, mientras la vieja entraba en la casilla apartando un pedazo de arpillera que hacía de puerta y jurando que había decidido no mirarle la cara al tipo y no se la iba a mirar.

Una bandada de chicos se acercó al 125, lo rodeó y empezó a tocarlo. Uno de los más petisos, un enano de patitas flacas y cara escoriada y pustulenta, fue el más audaz y se sentó al volante. Los demás lo miraron con envidia y todos se reían como se ríen los indios cuando están nerviosos y no saben cómo comportarse en determinada situación. El hombre miró hacia atrás y decidió ignorarlos. No le importaba lo que hicieran, así que caminó hacia la casilla con paso lento y seguro. Antes de cruzar la zanja de aguas podridas se detuvo y encendió un Parliament con un encendedor de plástico.

Vestía camisa blanca a rayas azules, verticales, un jean gastadísimo y mocasines recién lustrados pero muy viejos. Era un hombre alto, de ojos chiquitos, y tenía una nariz flaca y larga como un picahielos. No aparentaba los 50 años que tenía pero sí se notaba que había pasado los 40.

Se dirigió al viejo y le dijo "buenas cómo anda", y después que el viejo respondió el saludo con un movimiento de cabeza, le preguntó si ya estaba lista.

El viejo lo miró con esa expresión hueca, mortecina, que tienen los indios en las postales que se venden en los hoteles de Resistencia, y no respondió.

—La chica, si está lista —repitió el hombre.

El viejo se miraba la punta de su alpargata, acaso el exacto lugar por donde asomaba un dedo de uña larga, arrepollada, roñosa como una deslealtad. Y dijo:

—Y… —que era como decir que sí, que como estar lista estaba lista, pero que todavía faltaba algo.

—Yo le traje lo suyo —dijo el hombre—. Pero la chica, ¿dónde está?

—Ahí'stá —dijo el viejo, señalando con el pulgar sobre su hombro la puerta de arpillera—. Pero ella no quiere.

—¿Quién no quiere?

—Ella.

—¿La piba? ¿Y qué importa lo que quiera?

—La madre.

El hombre hizo una mueca y negó suavemente con la cabeza:

—Usté y yo ya lo arreglamos... ¿Qué quiere, ahora? ¿Más guita?

Hostil, lo dijo. Era un tipo tranquilo pero no le gustaba esa gente, ni el barrio, y probablemente tampoco su trabajo, si eso era un trabajo.

—Yo soy de una sola palabra —agregó, digno.

El viejo asintió como si hubiese comprendido. Pero no había comprendido. Pensaba en lo que le había dicho su mujer esa misma mañana: que no, que no va a salir de acá. Le había dicho, también, muchas otras cosas.

El viejo pensaba en todo eso cuando se acercaron algunos chicos más. Del otro lado de la zanja, unos siete u ocho pasajeros llenaban ahora el auto amarillo. El que estaba al volante seguía manejando quién sabe por qué caminos. Ya estaría llegando a Norteamérica. A su lado, de pie contra la ventanilla, el que parecía el mayor de todos, de unos doce años, empezó a orinar oscilantemente contra el guardabarros sano y contra un laurel florecido. Todos se reían y decían cosas incomprensibles. Hablaban en toba. Uno que tenía el pelo muy largo y piojoso, caído sobre la frente y cubriéndole las cejas, se asomó por la ventanilla trasera y empezó a escupir al que orinaba. Dentro del coche todos empezaron a aplaudir y a saltar. El hombre los miraba como se mira a un músico borracho que está desafinando.

Una indiecita, posiblemente hermana de todos ellos, salió de la casilla corriendo, urgida por alguna orden, y esquivó al viejo y se dirigió a otro rancho que estaba a unos cincuenta metros sobre la misma calle. A su paso dos o tres gallinas flacas revolotearon al huir hacia el montecito de jacarandaes y espinillos que estaba ahí atrás, a veinte metros. La niña tendría unos siete años y vestía un delantalcito gris de reformatorio; o quizá había sido blanco y estaba roñoso. Descalza, sus pasos levantaron una inesperada polvaredita. Unos chicos, al verla, se rieron y uno le gritó algo y los otros se rieron aún más. Pero enseguida callaron porque el viejo les dijo algo, en toba, y señaló hacia el Fiat amarillo donde los demás seguían festejando como si estuvieran en un parque de diversiones. En dos segundos se fueron todos hacia el coche. El hombre se preguntó de dónde salían tantos. Entonces dijo:

—Cuántos son.

—Collera —respondió el viejo—. Son una collera...

Y después de un rato, como si los hubiera recontado mentalmente, agregó:

—Y cuatro que ya se jueron.

El hombre encendió otro cigarrillo. Como el viejo lo mirara con intención, le pasó el paquete de Parliament. El viejo lo agarró, sacó un cigarrillo que puso en su boca y se guardó el atado en un bolsillo. El otro hizo fuego con su encendedor y los dos fumaron.

Estuvieron así, en silencio, de pie. El viejo cada tanto espantaba una mosca. El hombre se pasaba un pañuelo arrugado y grasiento por la frente a cada rato, y empezaba a cansarse.

—¿Y...? —preguntó—. ¿Qué más hay que esperar? Tráigala y le pago.

—Dáme la plata —dijo el viejo, y tendió una mano de piel reseca y cuarteada, de palma infinitamente atravesada por líneas que parecían zanjas.

Pero se quedó con la mano abierta en el aire porque el otro negó con la cabeza mientras exhalaba humo por la nariz.

—Primero traéla y que se suba al auto. Así dijimos que iba a ser.

El viejo dijo:

—Güeno, pero dáme algo. Pa'mostrarle a ella —y volvió a estirar la mano, que hizo un movimiento de abajo hacia arriba como si sopesara una pelota imaginaria, y que era una manera de decirle al hombre que era la madre la que no quería, la que no estaba de acuerdo y entonces había que mostrarle el dinero para convencerla.

—No seas ladino, Gómez. Ayer te di el adelanto que arreglamos. Además, te sobra cría y la chica en cualquier lado va a estar mejor que aquí.

El viejo bajó la mano. Parecía abatido, dentro de lo inescrutable de su expresión ausente.

—Andá decíle —insistió el hombre— ¿O ahora se van a poner sentimentales?

Y se rió para sí, y espantó una mosca y se secó la frente con el antebrazo.

El viejo se metió en el rancho lentamente. El hombre buscó con la mirada una silla, un tronco donde sentarse. Pisó un mamboretá que caminaba hacia él, verde como una esmeralda falsa, y miró hacia el 125 donde ahora todos los pasajeros estaban serios, concentrados, igual que cuando un avión entra en una zona de turbulencias.

De pronto se escuchó un grito. Agudo, estridente como un chirrido de frenos gastados, al que siguió una discusión en ese idioma incomprensible. La palabra que más se repetía era "aneká" o algo así. La que la pronunciaba era la vieja: cada cinco palabras decía "aneká". Se oyó también un ruido como de algo duro que golpea contra algo blando. Y después un llanto. Y al ratito salió el viejo.

Se había puesto un sombrero marrón, viejísimo, todo mordido por ratas o polillas.

—Ya'stá —anunció—. Ahora dáme.

El tipo jugaba con una ramita de paraíso. No dejó de hacerlo.

—La plata —insistió el toba.

El hombre flaco metió lentamente una mano en el bolsillo del pantalón y sacó un fajo de billetes doblado al medio. Se mojó pulgar e índice con la lengua y, tomando el fajo con el puño izquierdo, contó los billetes. Cuando terminó la operación, volvió a doblarlos y se los metió en el bolsillo de la camisa. Suspiró como si estuviera cansadísimo, encendió otro cigarrillo y se puso de pie. Caminó lentamente hacia el 125, seguido por la mirada codiciosa del viejo. Al cruzar la zanja dio vuelta la cabeza y lanzó un gargajo grueso y oscuro a las aguas podridas.

—Vía, vía —dijo cuando llegó al coche. La pequeña tribu bajó dando portazos. Como cucarachitas que en la noche huyen de la cocina, corrieron en todas las direcciones. El hombre miró el asiento en el que iba a sentarse y se quedó de pie, fumando apoyado contra la puerta abierta del lado del volante. Miró hacia el viejo inexpresivamente, como quien mira la desdicha de alguien que no le importa en absoluto. El viejo hablaba hacia adentro de la casilla, con un aire más perentorio que imperativo.

Enseguida salió la vieja, mirando al viejo con odio, y detrás de ella una muchachita de unos quince años, de pelo larguísimo hasta la cintura, y brilloso como si acabaran de lavarlo y lo hubieran cepillado un largo rato. También vestía un delantal gris de ésos de orfelinato, o de escuela de monjas: de mangas cortas, recto en la cintura y largo hasta debajo de las rodillas. Brazos y piernas eran oscuros y tersos, flacos, y el delantal apenas dejaba adivinar sus formas de mujer. En la cara, de pómulos altos y nariz achatada, se destacaban la boca muy carnosa y los ojos negros, achinados pero expandidos por el miedo. La vieja, sin dejar de mirar al viejo, dijo algo que movilizó a la chica, que empezó a caminar hacia el coche. El que la siguió fue el viejo.

Cuando llegaron al auto, le indicó a la muchacha que subiera por el otro lado y tendió la mano hacia el hombre flaco de nariz de picahielos. Este tiró el cigarrillo al piso y mientras lo aplastaba con el zapato sacó los billetes de la camisa y los depositó en la mano ajada, abierta, del viejo. Enseguida se subió al coche, puso el motor en marcha y arrancó sin siquiera mirar a su acompañante.

LA GENTE NO SABE LO QUE HACE

El comandante García se llamaba, en realidad, Carlos García y tenía tanto de comandante como usted o como yo, pero él decía que era comandante. Y de las Fuerzas Armadas de Marte en la Tierra, nada menos.

Era un hombre ya mayor: sesentón, alto, grueso, de manos nudosas y hablar incesante, con pinta de ferroviario jubilado. Los jubilados ferroviarios son gente tranquila, acostumbrada a las largas meditaciones, a la contemplación, y les queda como un movimiento cadencioso en el andar, una especie de traqueteo contagiado y cierta perspicacia de investigador solitario, de inspector que busca ilegalidades. Aunque la verdad es que yo a García le atribuí ese oficio solamente por su manía de andar siempre consultando su reloj de bolsillo, redondo, grandote y con tapita.

Un día llegó a la redacción y pidió hablar con Roberto Piruzzi, quien por entonces gozaba de merecida fama como uno de los más agudos periodistas de Resistencia porque había destapado no sé qué escándalo del gobierno de turno. Piruzzi lo recibió y escuchó, sin asombro, con toda naturalidad y un interés que nadie podía saber cuánto era fingido, el inverosímil relato de García sobre una inminente invasión marciana a la Tierra que iba a comenzar de un momento a otro, y por el Chaco. "Pero venimos en son de paz —tranquilizó el delirante—. Y no hay que asustarse, porque si no la gente no sabe lo que hace."

El disparate era más claro que agua con lavandina, pero Piruzzi lo escuchó y hasta lo alentó con vehemencia y respeto. Un poco para ganarse la confianza del viejo, me parece, pero seguro que también porque sabía que la investigación periodística no tiene límites y la sorpresa carece de final si uno sabe buscar siempre algo más. Incluso, alguno en el diario dijo que Piruzzi llegó a visitar al loco en su casa de la calle Ameghino, la que fue descripta como "sombría, llena de gatos y muy sucia", y en cuya azotea García afirmaba que por las noches recibía las señales marcianas.

El viejo aseguraba que lo sabía todo sobre la invasión porque ellos —así decía: "ellos"— lo habían designado comandante en jefe de las operaciones en la Tierra. Naturalmente, para él era fácil distinguirlos, aunque advertía que se parecían bastante a cualquiera de nosotros. "No son nada del otro mundo" llegó a decir una vez, y yo pensé que quizá hasta nos estaba cargando.

Al principio le hacíamos preguntas con seriedad aparente, para después burlarnos, fatuos, porque éramos muy jóvenes y el peor defecto de los periodistas jóvenes es la soberbia. Pero al cabo de la segunda o tercera semana de aparecer diariamente por la redacción, ya ninguno le hacía caso. Salvo Piruzzi, que era el único que parecía tomarlo en serio, se mostraba interesado y era coherente en sus interrogatorios. Los demás lo ignorábamos y en cuanto lo veíamos venir con su paso balanceado, vistiendo el mismo viejo traje de sarga, la misma camisa de cuello demasiado gastado y la misma exhausta corbata manchada de sopas, frituras y cafés —todo lo cual denunciaba lo precario de su economía— le decíamos a Patricia, la recepcionista, que le dijera que ninguno estaba. Excepto Piruzzi, que siempre lo atendía con una paciencia que nos parecía de santo.

No entendíamos por qué Roberto le hacía caso, si todos estábamos hartos de García y sus peroratas atiborradas de datos incomprensibles que guardaba en una carpeta de ésas de tamaño oficio, tribunalicias, llena de gráficos, coordenadas y ecuaciones que seguro ni él entendía, pero con lo cual pretendía demostrarnos la veracidad de sus afirmaciones y advertencias, que al principio todos simulamos comprender perfectamente. En aquellos primeros días, fascinado por contar con lo que él habrá creído un auditorio calificado, García no se ahorraba un cierto preciosismo en el lenguaje, y por momentos su entusiasmo lo llevaba a divagaciones sobre temas corrientes como el fútbol, la inflación o el peronismo, cualquier cosa, y en esos asuntos sí era congruente, diría que hasta sensato. Como todo buen chiflado, disimulaba muy bien su locura hasta que pum, patinaba de nuevo cuando se le cruzaba la cosa de los marcianos. Entonces derrapaba hacia los inicios de la lenta invasión, comenzada, naturalmente, muchos siglos atrás y gracias a la colaboración de personajes como Galileo, por ejemplo, y otros tan disímiles como el virrey Cisneros, Lord Canning, Howard Fast, John Huston o el ministro de economía de aquellos meses. Y eso, cuando no nos encajaba supuestas precisiones sobre los barrios que más probabilidades tenían de ser bases marcianas, una vez consumada la ocupación.

Una tarde llegó muy alterado, presa de un evidente ataque de paranoia grave, y pidió hablar con Piruzzi, a quien le anunció, medio a los gritos, que había un cambio de planes y que ambos corrían peligro. El tipo estaba tan nervioso que no faltó el gracioso, creo que Ivancovich, que hasta se ofreció a esconderlo en el sótano de la casa de una tía que vivía en Barranqueras, generosidad que García agradeció brevemente, por completo ignorante de nuestra sorna. Nunca se había dado cuenta de nuestro cinismo, ni del fingido interés con que cada uno le dirigía la palabra, pero esa vez, yo digo que de tan desencajado, se veía más ingenuo y ridículo que de costumbre.

Para nuestro asombro, Piruzzi nuevamente lo escuchó con toda seriedad, atentamente anotó algunas cosas en su libretita, y nos pidió que los dejáramos solos y también que nos dejáramos de joder. Lo dijo con tanta severidad que nos llamó la atención, porque todos descontábamos que no creería una sola palabra del maniático discurso del viejo, si Piruzzi era un periodista de primera, casi casi la estrella del diario.

Cuestión que cada uno volvió a lo suyo, el Jefe Martínez tiró la bronca por el atraso del cierre, y allá quedaron los dos hablando en voz baja, en la recepción, hasta que García se fue.

Nunca más regresó a la redacción, y eso podría haber sido un alivio si no fuera que al día siguiente Roberto Piruzzi no fue a trabajar, y al siguiente tampoco. Al tercer día el Jefe Martínez preguntó si alguno sabía algo de él. Respondimos que no, ninguno sabía nada, e incluso Traverso dijo que le había llamado la atención que hacía dos noches que ni siquiera aparecía por el Belén, donde infaltablemente se tomaba una ginebra antes de irse a dormir. Martínez nos pidió a Traverso y a mí que fuéramos a buscarlo a la casa.

Piruzzi vive por la calle Rioja arriba, para el lado del Regatas, pero en la casa no había nadie. Una vecina nos dijo que hacía unos días que no lo veía y que la última vez lo había visto salir con una persona mayor que respondía exactamente a la descripción de García.

Piruzzi apareció como diez días después, habló con Martínez y parece que le pidió disculpas, no sé qué cuento le hizo. Volvió a su puesto de siempre y hasta escribió un par de reportajes de gran repercusión, con su prosa brillante, ese estilo medio arltiano que caracteriza las contratapas del diario y que tanto le gusta a los lectores. Y de García no habló más, en todos estos meses, y ni se dio por aludido cuando alguno comentó, entre burlón y agresivo, que qué raro que el comandante García no venía más a contarle sus historias de marcianos a Roberto.

Creo que el único que le notó algo raro en la mirada fui yo. Cosa que anoche confirmé, cuando después del cierre fuimos al Belén, taqueamos unas carambolas y nos tomamos un cafecito con ginebra y hielo. Roberto abandonó de golpe su mutismo, me miró fijo a los ojos, y me dijo que a mí, que soy su amigo y que soy un tipo serio, me lo podía confiar. Y empezó a hablar de una inminente invasión marciana a la Tierra que, según parece, va a empezar por el Chaco.

JEANNIE MILLER

A veces pienso que Resistencia también es un pueblo feo, chato, gris y sucio. Como Formosa, digamos, aunque un poco más pretencioso. Pienso eso cuando siento la rabia que me produce acordarme de la historia de Jeannie Miller.

Fue hace exactamente diecisiete años. Ella tenía, entonces, diecisiete años, y estuvo once meses con nosotros, de febrero a enero. Llegó becada por un programa de intercambio de jóvenes, y en abril se enamoró del Pelusa Andreotti, que era uno de los chicos ricos de la ciudad, el mayor de los varones de una familia de pioneros de la inmigración. Un muchacho bello, de cuerpo atléticamente trabajado y ojos celestes, muy claros, del color de esa porción de cielo que se ve, a las seis de la tarde, sobre el horizonte verde de la selva y debajo de una oscura tormenta de verano.

Jeannie era una chica negra y llegó contenta a esta tierra donde todos se jactaron siempre de no ser racistas. Y eso pareció cierto cuando el Pelusa la empezó a presentar como su novia, y los viejos y los amigos del viejo, en el Club Social y en el Golf, la aceptaron porque después de todo era algo exótico ese asunto, y encima era una muchacha lindísima, de formas casi perfectas, una sonrisa de dientes que parecían copitos de algodón y una alegría que iluminaba cualquier sitio en que estuviese. Y además, era sabido, se quedaría poco tiempo en Resistencia.

A mí no me gustaba cómo la trataban los Andreotti, y alguna

vez lo hablé con ella. Nos habíamos hecho muy compinches desde el día mismo de su arribo, porque yo era uno de los pocos chicos que hablaba un inglés medianamente bueno. Y aunque el mío era de Cultural Inglesa, y ella hablaba el del Mid West, de hecho le serví de traductor durante las primeras semanas, mientras ella practicaba su delicioso español.

Ella se entregó a la amistad de los chicos del Nacional, y todos la queríamos porque era una flor de mina: compañera, divertida, derecha. La pasó rebien en Resistencia, y fue feliz, y fue mi amiga. A mí ella me encantaba, la verdad, y debo admitir que quizá me enamoré pero nunca se lo dije porque nos habíamos hecho muy amigos y en aquella época yo pensaba que el amor podía ser una traición a la amistad. Pero fundamentalmente creo que no se lo dije porque yo era un chico muy tímido e inseguro. Por supuesto, cuando ella empezó a salir con Pelusa a mí se me revolvieron las tripas.

Se enamoró como se enamoran los adolescentes: de modo definitivo y con una entrega absoluta, porque para los adolescentes –hoy lo sé– todo es definitivo y absoluto y aún no saben, ni quieren saber, que es la vida la que se encarga, después, de enseñar matices, requiebros e hipocresías. Digamos que se enamoró con una inocencia como la de esas violetitas que crecen sin que la gente de la casa se dé cuenta. Y aunque no me gustaban ni el Pelusa ni los Andreotti, cuando Jeannie me pidió que no los juzgara mal, puesto que ella era feliz con ellos, también tuve que admitir que debían ser mis prejuicios porque pertenecían a esa despreciable clase de los nuevos ricos, llenos de ínfulas y mala memoria.

Al cabo de ese año Jeannie volvió a su tierra, que para nosotros era la inconcebible otra parte del mundo: Idaho, Wisconsin, o alguno de esos estados que nos resultaban improbables. En los últimos tiempos nos habíamos visto mucho menos: ella ya hablaba muy bien el castellano, andaba todo el día con el Pelusa y otros amigos, le hicieron un par de despedidas a las que yo no quise ir y bueno, creo que por despecho yo había empezado a noviar con otra chica, la verdad es que no me acuerdo. Supongo que estaba celoso. Antes de irse me llamó y nos pasamos toda una tarde andando en bicicleta y charlando. Fuimos al río y recordamos sus primeros días entre nosotros, nos prometimos escribirnos, y nos juramos que pasara lo que pasase nunca íbamos a dejar de ser amigos y yo alguna vez iba a ir a visitarla en su pueblo. En algún momento estuve a punto de decirle que la amaba, que estaba loco por ella, pero no me animé. Esa cosa terrible de los tímidos que hace que uno sepa que si no dice lo que siente en el momento en que debe decirlo se va a arrepentir toda la vida, pero igual no lo dice. Yo creo que ella se dio cuenta, porque en cierto momento me miró de un modo diferente, más intenso. O fueron ideas mías, nomás. La mirada de los negros, cuando está cargada de afecto, tiene muchísimos siglos de ternura. Y yo era chico, cómo no me iba a confundir.

El caso es que Jeannie se fue de Resistencia dejando una parva de amigos, recuerdos que todos creíamos imborrables y para siempre, y un corazón vacío que era el mío. También se llevó un montón de regalos. Entre ellos una cadenita de oro con una medallita de la Virgen de Itatí, que mi mamá compró para que yo se la regalara, y una estatuilla de algarrobo —un hachero de cabeza filosa— que el Pelusa le obsequió mintiéndole que era una artesanía típica de los indios tobas.

En el aeropuerto le pidió públicamente, además, que regresara para casarse, y ella le prometió que volvería al cabo de unos meses.

Pero al día siguiente de su partida, nomás, ya el Pelusa le contaba a todo el mundo cómo se la había montado a la negrita, y las tetas que tenía, y tras cada risotada apostaba a que la negra volvería porque estaba loca por él. Y una tarde en la playa, ese mismo verano, le escuché prometer que se la pasaría a sus amigos para que todos supieran lo calientes que son las de esa raza.

No recuerdo nada especial que haya ocurrido aquel invierno, salvo que en nuestro último año de secundaria salimos subcampeones nacionales con el equipo de básquetbol colegial.

Para la primavera, yo ya había decidido estudiar abogacía en Corrientes, y el mismo martes que fui a iniciar mis trámites de inscripción, en cuanto bajé del vaporcito en Barranqueras me enteré de que Jeannie había regresado al Chaco.

Esa misma noche la vi, y estaba deslumbrante, enamorada, encendida como los trigos nuevos. Nos dimos un beso y le dije que estaba preciosa. Había vuelto para reiterarle al Pelusa que lo amaba, pero también trayendo una noticia que equivocadamente pensó que debía ser maravillosa: estaba gestando un hijo.

Inesperadamente para ella, se encontró con la hostilidad del hijo de don Carlo Andreotti, quien se encargó de que todo Resistencia supiera que la repudiaba a ella y a esa mierda de hijo negro que quién podía saber de qué padre sería y que resultaría el hazmerreír de la ciudad.

Por más esfuerzos que hicimos algunos amigos, Jeannie no soportó el desprecio y no duró ni dos días en Resistencia. El jueves por la mañana tomó un avión para Buenos Aires, y el viernes otro hacia Miami.

Dos semanas después supimos —cuando nos avisaron que se interrumpía el servicio de intercambio de jóvenes— que se había matado reventándose la panza con la estatuilla de algarrobo.

Yo me ligué dos días de cana y un proceso por lesiones graves por la paliza que le propiné al Pelusa.

Después me fui a estudiar a Corrientes.

Pelusa se casó al año siguiente con una chica de Buenos Aires, una rubia de ojos azules tan inteligente como una corvina.

Debieron pasar diecisiete años hasta que pude visitar el cementerio donde yace Jeannie Miller. Queda en las afueras de South Bend, Indiana.

En su tumba deposité un ramo de rosas, y allí decidí que Resistencia es también un pueblo feo, chato, gris y sucio.

PARA TODA LA ETERNIDAD

Para José Gabriel Ceballos

Metió la segunda y entró a la ruta 14 como enojado con el sol reverberante de la tarde correntina. La Efe Cien parecía correr hacia el cielo, enmarcada por los dos grandes ríos, cuando Felipe empezó a contarme la historia del imposible amor de sus padres.

No dejaba de ser una historia triste, cursi como la de casi todos los encuentros amorosos, pero con el aditamento de la tragedia: el padre de Felipe tenía sólo 34 años cuando murió de un ataque al corazón, mientras manejaba el tractor de la chacra.

—Mi vieja tenía diez años menos y hacía sólo un año que estaban casados. Y seguro que se casaron vírgenes, como se estilaba antes —dijo Felipe, enganchando la tercera—. Se fueron de luna de miel a Curitiba y volvieron y se instalaron aquí. Ponéle que vivieron algunos meses de felicidad, durante los cuales me encargaron a mí. Todo era perfecto para ellos hasta que el diablo metió la cola: mi viejo se murió justo dos semanas antes de que yo naciera.

Habíamos estado tomando mates en la casona, cebados por la Negra Augusta, la ya anciana nodriza de Felipe, y viendo a la purreta toda de negro, con ese riguroso luto correntino custodiado por santos y velones por todos lados. Porque la muerte, en Corrientes, no es una mera circunstancia previsible en la vida de cualquiera. La muerte, en esa tierra, es una tragedia siempre renovadamente definitiva que impacta en las familias por todo un novenario de rezos y rituales que desestabilizan hasta el aire.

Doña Blanca había fallecido la semana anterior y todos, en la estancia, estaban apagados, como si el sol no existiera, como si el luto inundara las almas de manera que aun la luminosidad pareciese negra.

Apenas me enteré, decidí que iría a pasar ese fin de semana con Felipe. Desde que llegara, dos días antes, habíamos charlado y evocado los tiempos de la Facultad, cuando estudiábamos juntos y compartíamos otros rituales: el mate, el asado, la ginebra, las mujeres y la desganada conversación intrascendente.

Enseguida me di cuenta, sin embargo, de que Felipe masticaba alguna bronca. No era desconsuelo; era rabia. El me lo explicó esa tercera tarde, cuando fuimos a hacer unas compras al pueblo y regresábamos por el camino de tierra que llevaba al casco de la estancia:

—Fue una madre ejemplar, chamigo. A mí me crió a lo macho: a guascazos me inculcó el trabajo y el estudio. Todo muy bien, pero...

Hizo silencio y yo vi que la tristeza le ganaba los ojos. O era esa rabia profunda, o era esa idea que ya le andaba dando vueltas, o las dos cosas.

—De chico no me di cuenta, ¿sabés? Pero el recato de mi vieja se me fue haciendo incomprensible con los años. Porque yo estudiaba en Corrientes y venía a verla todos los fines de semana, y en las vacaciones, ¿te acordás?, y la vi hacerse hembra. La vi caliente y en flor, pero siempre reprimida. Codiciada, la vi, pero virtuosa. Mutiladamente virtuosa, como eran las viudas de antes.

Cuando nos sentamos a tomar los mates que nos esperaban, él se desentendió de no sé qué problema con unos terneros perdidos en un estero de cerca de Visasoro. Yo me mantuve en silencio, y cambié sigilosamente la yerba del mate como para que nada distrajera el monólogo que venía enhebrando Felipe.

—Y me hice hombre, chamigo, y entendí que más allá de mis probables celos de hijo, era ley que mi vieja, que cruzó los treinta hecha una flor, bellísima, porque vos no te imaginás lo linda que era, era ley, digo, que amara a otros hombres y que muchos hombres la amaran... Pero ella, ché, como si se le hubiese muerto la hembritud: todo el día meta rezar, puro ir a la iglesia y someterse a este pueblo de lengualargas e inquisidores, marchitándose igual que margaritas quemadas por el sol.

Encendió un Particulares y soltó el humo como si lo escupiera.

—Y así se le pasó la vida. Y su virtud fue inútil como el ladrido de los perros a la luna. Y ahora va y se me muere a sus todavía jóvenes y agriados cincuenta y cuatro años, chamigo, y esa virtud idiota es lo único que no puedo soportar.

Se puso de pie, Felipe, y caminó hacia la tranquera, a la que había llegado un paisano a caballo. Con el chambergo negro, aludo y de copa chata, típico de los arrieros correntinos, el hombre dijo unas pocas palabras. Después escuchó algo que le dijo Felipe, se atusó el bigote respetuosamente y tiró de las riendas del zaino para darlo vuelta. Se alejó a tranco lento, por el camino que lo había traído, rumbo al pavimento, para el lado del río Uruguay. Felipe volvió, cabizbajo y con el ceño fruncido.

—Pésames —dijo, con amargura, mientras se sentaba en el banquito a mi lado y recibía otro mate.

Yo advertí que la tarde se moría detrás de un eucaliptal.

—Mirá qué lindo se va a poner el crepúsculo —le dije, como para cambiar de tema.

—Lo único que sabe este pueblo es votar sin saber lo que vota, y dar sentidos pésames —dijo Felipe, como si no me hubiera escuchado.

Estuvimos un rato en silencio, mientras el sol se hundía entre los árboles para ponerle más tristeza a la tarde. Me maravilló el espectáculo de ese enorme globo rojo que es tragado por la línea del horizonte, como si en la unión de Tierra y Cielo hubiese una ciénaga implacable que todos los días asesina al día.

Felipe escupió un gargajo blanco que con rara puntería quedó colgado de los alambres del gallinero, varios metros más allá. Y dijo:

—Pero yo, que creo en el amor, antenoche tomé la decisión y con la Negra Augusta vamos a ir al cementerio esta misma noche para poner las cosas en su lugar. Si querés venir...

Asentí con la cabeza y confirmé un por supuesto, aunque no tenía idea de cuál era la idea de Felipe. El me miró como si yo hubiese entendido, y en sus ojos había una mezcla de sorpresa y agradecimiento. O al menos, eso me pareció.

Cenamos unas deliciosas milanesas de anguila (o quizá fueron de víbora, aunque nadie lo admitió) y el infaltable postre de la región: queso con dulce de mamón.

Partimos después del café y de un par de ginebras, tarde, como a las once y media de la noche, que es una hora avanzadísima para las costumbres de esa gente. Todo el mundo dormía, salvo nosotros y la Negra Augusta, que se había puesto unos bombachos viejos, de hombre, y apareció junto a la camioneta con una caja de herramientas y una enorme linterna de camionero.

Cruzamos el pueblo y seguimos, camino a Libres, como unos cinco kilómetros. Felipe estacionó la camioneta junto al portón del cementerio, que era un campito de dos hectáreas perimetradas por una sencilla alambrada de púas. Caminamos hasta que la Negra Augusta se detuvo frente a un par de tumbas, una de mampostería antigua, una reciente.

Los tres nos persignamos, respetuosos, y enseguida Felipe abrió la caja y sacó una llave inglesa y una pinza. La lápida de la tumba de su padre le dio más trabajo, naturalmente, porque los cuatro bulones estaban herrumbrados.

Augusta y yo lo miramos trabajar. El silencio de los tres, y el de la noche toda, sólo quebrado por el ruido de los metales, era abrumador.

Cuando Felipe terminó la tarea y levantó las dos lápidas, con la mujer se ocuparon de destapar ambos cajones. Yo era un mudo —y confieso que espantado— testigo que no hacía nada. Ni ofrecí ni me pidieron intervención alguna.

—Mamá sigue entera —comentó Felipe, en voz baja, como para que sólo la Negra Augusta lo escuchara. Y era cierto, por lo que pude ver. El cadáver, vestido completamente de blanco y con el pelo negro recogido en un rodete todavía impecable, despedía un olor acre, repugnante, que era lo único que desentonaba, curiosamente, en esa noche preciosa, de luna alta y firmamento estrellado y luminoso.

En el otro féretro, puros huesos. Un esqueleto enorme, era, y denotaba que el padre de Felipe había sido un hombre recio, alto, fornido. O eran ideas mías, o todas mis ideas eran simple producto de mi espanto.

Pero lo más impresionante de esa noche inolvidable fue el momento en que Felipe y la mujer alzaron el cadáver de doña Blanca, que tenía una rigidez de muñeco algo ridícula, pero a la vez frágil. A mí me pareció que ese cuerpo podía quebrarse en el traslado. Pero no sucedió, acaso por la velocidad con que lo colocaron, boca abajo, sobre el esqueleto.

Felipe terminó de acomodarlos y se puso de pie y miró a sus padres, o a lo que quedaba de ellos. Una vez más se agachó para ordenar unos pliegues del vestido de su madre. Esa parte no la vi, no quise mirar más, pero me di cuenta de que Felipe lo que hacía era juntar ambas pelvis.

La Negra Augusta se largó a murmurar un avemaría. Un murmullo como de pájaros roncos.

Felipe cerró los dos cajones, y luego recolocó ambas lápidas. A la luz de la luna pude verle en la cara una incalificable serenidad, y un inmenso alivio.

Cuando salimos del cementerio y trepamos a la camioneta, la Negra Augusta todavía rezaba. Al poner en marcha el motor Felipe miró hacia el cielo, a través del parabrisas, como buscando algo en el firmamento. No sé qué buscaba ni si lo encontró, pero enseguida soltó un suspiro largo y ronco y, mientras enfilaba la camioneta hacia la ruta 14, declaró para sí mismo, y para nosotros y la noche y nadie, que ahora sí los dejo pelvis contra pelvis, carajo, para que se amen por toda la eternidad.

GORRIONES EN EL PARAISO

–Qué apellido –dijo Márquez.

–No me joda –dijo Ovejero.

–Es que tiene gracia –insistió Márquez, y se reacomodó en el taburete.

–Respete, ché –pidió Ovejero–. ¿No ve que estoy jodido?

Y le dedicó una mirada larga, implorante, como mira un hombre que está vacío.

Ya están borrachos –dijo Marga–. Encima van a terminar peleados.

–No –dijo Márquez–, mejor *empezar* peleados.

–Pero por lo menos respétele el dolor.

–Que se lo respete su abuela. Usted me chupa un huevo, Ovejero.

Ovejero miraba su vacío como si ahí fuera posible encontrar algo.

–Yo la quería –musitó.

–Claro que la quería –le dijo Marga a todos los presentes–. Ovejero la quiso mejor que nadie en el mundo.

Márquez se alzó del taburete y lanzó una trompada, con el puño cerrado, que se estrelló en la nariz de Ovejero, quien fue retrocediendo como un muñequito mecánico, pasito a paso hasta dar con las nalgas contra la pared. Ahí se quedó, mirando todavía con sorpresa al otro, hasta que de pronto hizo un puchero como los bebés y empezó a llorar. En silencio. Todos se daban cuenta de su llanto sólo porque se le movía el pecho, y por los ojos mojados.

—Váyase a la recontramilputas que lo recontramilparió —dijo Márquez, y se tomó el vaso de ginebra, completo.

Dos lagrimones rodaban por las mejillas de Ovejero. Pero no eran lágrimas de dolor por la trompada que había recibido. Márquez medía un metro sesenta y aunque era compacto carecía de fuerza como para lastimar verdaderamente a un hombre. Ovejero lloraba de tristeza, de dolor de adentro; era el alma la que le lloraba.

Como si hubiera estado en otro sitio, Batista dijo qué les parece la delantera de For Ever para el domingo, y mencionó varios apellidos. González opinó en desacuerdo y se trenzaron en una discusión porque había un paraguayo que jugaba de ocho que no le parecía. Y Marga dijo que a ella le parecía un eunuco.

—Si vos lo decís será porque te lo quisiste montar —le dijo Arévalo, y la Marga le encajó un codazo en el plexo y le dijo "salí" como quien espanta una mosca. Batista insistía con For Ever y decía ya van a ver que este año no'salvamo del descenso, no'salvamo.

Irala, desde otra mesa, le dijo una grosería en guaraní, y todos se rieron pero no porque lo hubieran comprendido sino por la forma en que dijo añá membí, añá membí y añá membí, con el labio leporino pegado al tabique nasal y entonces escupiendo. Y porque tres veces lo dijo, y todos sabían la rabia que sentían el uno por el otro por un asunto viejo, de cuando el '55. Nadie les hacía caso con eso. Ya no.

Márquez miró a Ovejero, que seguía al costado del salón, sentado en el suelo con las rodillas levantadas y los talones contra las nalgas, como los chicos. Lloraba hacia adentro, con un llanto suave, casi imperceptible, como llora un hombre inconsolablemente triste, un hombre acabado. Eso era Ovejero en ese momento.

Marga le hizo una seña a Márquez, un leve movimiento de cabeza como diciéndole te mandaste una cagada, andá ayudálo. Pero Márquez se hizo el distraído y fue el único que no vio, porque no quiso ver, la seña de Marga, que había sido lo suficientemente ampulosa porque ella pertenecía a esa clase de mujeres que no saben hablar si no es moviendo las manos y haciendo gestos y muecas. Y aunque Batista quiso seguir con algo de For Ever y los tablones podridos de la tribuna y el desastre que iba a ser el día que se viniera abajo con una ponchada de negros, al ver la seña de Marga todos miraron a Ovejero, que estaba desolado como si hubiera perdido el alma.

Se hizo un silencio espeso y caliente, cuando hasta el mismo Batista se dio cuenta de que estaba hablando solo y se calló la boca. Era un silencio incómodo, pesado como siesta de enero. La visión de Ovejero, destruido por el dolor, era conmovedora pero también insoportable. De a uno, todos le retacearon hasta la mirada y miraron para afuera, esquivándose los unos a los otros, y vieron los paraísos de la vereda, el lapacho florecido del patio, el Sierra del Doctor MacDonald que pasó como una mariposa, leve, por el pedazo de ventana que daba a la calle Obligado.

Al silencio lo rompió Marga, como siempre, porque siempre era la única que sabía qué hacer cuando ninguno sabía.

—A ver ustedes dos —le dijo a Batista y a Linares—, levántenlo y se lo llevan y lo lavan un poco. Y vos (a Batista) acabála con el fulbo por un rato, hacé un esfuerzo.

Después le ordenó a Márquez:

—Y vos esta noche le pedís disculpas por la piña.

Los demás se quedaron sentados, mirando unos gorriones que justo en ese momento parecía que copulaban en una rama del paraíso.

—Y vos, Hermida, esta tarde cerrás el boliche por duelo —le dijo después a su marido, que se hacía el tonto y limpiaba unos vasos detrás del mostrador.

Hermida asintió con la cabeza.

—Y los quiero a todos a las cuatro en el velorio —terminó Marga—. Limpios y sobrios.

SEÑOR CON POLLO EN LA PUERTA

–Cuando uno llega a cierta edad, las preguntas que se hace tienen que ver con el valor. No necesariamente esto significa que uno se pregunte si ha sido un cobarde, pero cuando los recuerdos empiezan a pesar uno tiene la sensación de que no hizo ni la mitad de lo que hubiese querido hacer. Los recuerdos vienen a lo Humphrey Bogart: duros e inflexibles como aceros bien templados, luminosos y azules, que lastiman con su filo la carnadura de todo lo vivido. Cortan la historia como si fuera un pedazo de lomo tratado con un enorme Tramontina. Manteca derretida, espuma de cerveza, loción bronceadora sobre una piel de muchacha calcinándose al sol.

–Pará, Cardozo, pará –dice Rafa–. No se puede contar así.

–No estoy contando. Sólo ejercito una prosa sobre los recuerdos, que tanto en las narraciones como en la vida sirven para saber de dónde viene uno, y adónde va. Pero no a la manera de un simple recuento, un inventario, sino del modo implacable que tienen las sospechas profundas, las aparentes evidencias que uno cree apreciar cuando se siente al borde del precipicio que es la vida inútilmente vivida, insulsamente desarrollada.

–Tá bien, pero suena un poco embrollado.

–A algunos les gusta, eso. La narrativa de afirmación y descripción ha caído en desgracia. Hoy hay que manejarse con lenguaje denso, cripticismo y oscuridad. Hay que apoyarse más en el énfasis poético que en lo argumental. Las tramas parece que perdieron la carrera. Los riesgos temáticos se deben correr más por el lado de los contornos y las ambigüedades. La profundidad conceptual ahora viene de ahí: de la interrelación entre lo estilístico y lo significante. La oralidad literaria no tiene por qué reproducir la oralidad del habla. Está bien. Y sin embargo, lo quiera o no, el autor siempre estará sometido a su historia, su ideología, su capacidad de observación, y las preguntas se le aparecerán en línea como los regimientos de infantería de los viejos tiempos, cuando las guerras se atesoraban en iconografías a lo Cándido López y no en videocassettes. Quiero decir, cuando la imaginación todavía determinaba los temores de la gente y el patriotismo podía tener colores de paleta. Aparecen y se asientan con empecinamiento de mosca, las preguntas, con laboriosidad de abeja.

Sé que ninguna ortodoxia cuentística admitirá este texto, pero la noche que lo inicié yo estaba muy borracho en el Café de la Ciudad (que es como ahora se llama el viejo Bar La Estrella, remodelado y con vajilla nueva, con aire acondicionado y sin japoneses), y enfrente estaba Rafa, igualmente alcoholizado. Rafa es uno de mis más viejos amigos. No sé si lo conocen. Tiene los ojos más astutos que puedan imaginarse, y su mirada es precisa y filosa como un bisturí. Su ironía es capaz de competir —y de ganarle— a la del mejor Soriano. Y tiene una prosa compacta y sólida como una Léxikon 80. Para mí es el más norteamericano de nuestros escritores. Sobre todo porque es el menos interesado en parecerlo, y el que menos alharaca hace. Con Rafa hicimos juntos la comunión, que es una experiencia que une a dos tipos casi tanto como el servicio militar. Después la vida nos llevó por rumbos diversos, pura casualidad que ahora no viene al caso. Y durante los años de plomo cada uno sufrió su calvario, acumuló miedo y resentimiento en su memoria y sobrevivió como pudo. No nos vimos (y ojo que no escribí "dejamos de vernos") durante varios años. Pero siempre supimos el uno del otro.

Sobrevivientes, somos. Aunque él ahora sea, además, un publicista agudo y exitoso que fuma Lucky Strike y es capaz de beber como un benedictino. Y aunque yo sea un novelista del montón.

Por los días de aquella noche yo acababa de terminar una serie de cuentos, los había corregido innumerables veces, y me sentía frustrado porque me quedaban demasiadas historias por contar.

—Algunas carecen de final —le había confesado a Rafa durante la cena, antes de que desembocáramos en el Café de la Ciudad igual que un río acaba en un delta, desordenado y abierto y lleno de furia—. Son argumentos que me parecen atractivos pero que no siempre tienen desenlaces cuentísticos, efectos o ambigüedades. ¿Entendés? Otras son situaciones que ni siquiera llegan a ser historias, o al menos a mí no me parece que puedan alcanzar verdadera entidad de cuentos. Más bien, son saldos y retazos literarios. En todo caso retratos, notas, apuntes.

—Fotos —dijo Rafa—. Las fotografías siempre contienen una narración. Tienen una lectura posible, argumentos implícitos.

Estábamos muy borrachos aquella noche y yo ni imaginaba que alguna vez escribiría estas líneas. En esta tarde no estoy borracho, aunque tengo la misma tristeza que los dos teníamos entonces. Borrachera y tristeza son mala junta, se sabe, pero a veces conforman un matrimonio inevitable, de esos que se sostienen con pizcas de felicidad y un enorme y constante desacuerdo. Sus hijos son las evocaciones, las historias que luego se independizan y también las que no cortan el cordón umbilical, como sucede con algunos hijos y algunos padres.

Ya eran casi las cuatro de la mañana y aunque algunos mozos montaban las sillas sobre las mesas, en el fondo del local, nosotros nos sentíamos todavía inesperadamente eufóricos.

—A ver qué te parece este comienzo —anuncié—: "Yo aprendí a bailar con un señor que se llamaba Beremundo Bañuelos".

Rafa me miró con sus ojitos de gato, medio marrones y medio verdes, escondidos tras los lentes redondos de plástico negro, a lo Woody Allen.

—Te acordás —se entusiasmó—. ¡Bañuelos! ¡Juá!

Y los dos nos reímos porque, me parece, era una forma de acordarnos de una ciudad que ya no existía. Típico de borrachos, ponerse evocativos. Sólo nos faltaba ponernos cariñosos y solemnes y jurarnos amistad eterna.

Yo, de Beremundo Bañuelos, me había acordado poco antes, cuando leí esa historia de Pedro Orgambide en la que recuerda que Jacobo Timerman, hace un montón de años, fue un poeta joven y hambriento que firmaba sus poemas con el seudónimo Miguel Graco. Eso me resultó asombroso porque otro de nuestros mejores amigos, en la adolescencia, se llamaba Miguel Graco.

—Y nunca fue poeta ni se puso Jacobo Timerman de seudónimo —bromeó Rafa.

Graco era correntino, trabajaba de visitador médico y estudiaba medicina. Fue con él que empezamos a concurrir a la academia de baile del viejo Beremundo, allá por la calle Rioja, cerca del Parque 2 de Febrero. Era la época en que Miguelito afilaba con la Camelia Morgan, antes de que ella se casara con Buby Falcoff y empezara a ponerse vieja prematura a partir de que le dio por sentarse todas las tardes en la vereda para sacarle el cuero a la gente.

—Lo que pasa es que enviudó joven y en lugar de ponerse alegre se volvió más agria, aunque también más sabia —señaló Rafa, apuntándome al pecho con el único dedo en que no usa anillo, que es el índice derecho—. La vez pasada me dijo que lo advirtió el día que se dio cuenta de que estaba arrepentida de no haber tenido nunca un amante. Sin saberlo, acuñó esta frase memorable: lo ideal para una mujer es tener un señor con pollo en la puerta. Porque los maridos, según la Camelia, jamás llegan a casa con un pollo de regalo, pero todas mis amigas cuando sus maridos estaban de viaje tenían un candidato que les traía un pollo al espiedo, un vinito blanco y algunos hasta un champán en heladerita de telgopor. O sea que yo he sido una pelotuda, dijo la Camelia, porque jamás tuve un señor con pollo en la puerta.

—Ahí tenés. Es una lástima que ese cuento no se pueda contar. No alcanza la anécdota.

—La tuya tampoco —replicó Rafa.

—Precisamente: tengo la frase inicial, pero no puedo terminar el cuento.

—Y cómo seguiría.

—Y yo qué sé. Por ahí se me ocurrió inventarle a don Beremundo una historia aparentemente paralela que le dé fuerza al personaje. Por ejemplo, pensé una cosa con brujas. Meter en algún momento lo que me dijo una gitana en Tucumán, hace una punta de años: que las brujas son mujeres comunes, como cualquier otra, que algunas noches, cuando la lluvia hace determinado sonido antes de parar y luego de haber repiqueteado dos días seguidos, esperan a que termine y entonces salen a hacer fuego y caminan sobre las brasas. Se destrozan los pies, y también las rodillas cuando se prosternan para salmodiar sus extraños rezos. Y después salen volando hacia lo más alto, desde donde ven a la gente a la que le chuparán la sangre. La única manera de detenerlas consiste en colocar un pedazo grande de metal en la puerta de la casa, y unas tijeras abiertas, en forma de cruz, para que no puedan entrar. Luego se rocían semillas de sésamo en el patio y también frente a la puerta de entrada. Otro recurso es esparcir granos de mostaza, pero en cantidades dobles. Es la única manera de atraparlas. Porque las brujas no pueden resistirse cuando ven el ajonjolí o la mostaza; son incapaces de evitar el impulso de recoger los granos. Y como no les alcanza toda la noche para juntarlos, al amanecer se las puede cazar, y se las quema vivas.

—Interesante —dijo Rafa.

—Sí, pero ahí se me dispara el texto para otro lado.

Y entonces se hizo un silencio, en el que parecía que los dos pensábamos un mismo texto. Hasta que Rafa meneó la cabeza descartando un pensamiento y encendió otro Lucky. Yo llamé al mozo para que nos renovara a mí la ginebra y a él su whisky doble. Siempre lo pide doble y con un vaso aparte, lleno de agua mineral con gas y mucho hielo.

—Yo pienso que a las digresiones literarias hay que hacerles caso —dijo Rafa—. Dejarlas correr. La libertad en la literatura nunca es peligrosa.

—Sí, pero a veces te alejan demasiado del nudo.

—¿Y qué tiene que ver, Cardozo? Mirá si se pudiera escribir esta conversación. ¿De qué se diría que hablamos, eh? ¿De la Camelia y los señores con pollo en la puerta, de Miguelito Graco o del viejo Bañuelos?

—Y, de todo un poco –dije yo–. Charla de mamados.

—¿Y por qué un cuento no puede ser también eso? ¿Una historia que sea una sucesión de historias inconclusas, deshilachadas, que tejen al azar dos idiotas llenos de sonido y de furia? ¿Eh? ¿Quién dijo que no?

Rafa se levantó para ir al baño, y yo lo miré por sobre mi hombro hasta que su figura se perdió tras la pared. Estaba tan gordo, y con un infarto encima, y bebía y fumaba tanto, que me dije que era evidente que el pobre Rafa se había embarcado en un suicidio inapelable. Y entonces me puse a pensar en uno de esos cuentos que yo no sabía terminar, y que era la historia de otro gordo al que llamé Eufemio Maldonado. El personaje era real y muy conocido en la ciudad, aunque tenía otro nombre. Cuarentón, medía uno sesenta y pesaba 130 kilos. Se movilizaba en un Fiat 600 en el que nadie se explicaba cómo cabía. No obstante, tenía fama de mujeriego y en efecto lo era. Seductor, simpático y dicharachero, siempre revoloteaba alrededor de cuanta mujer se le cruzaba en el camino. Una de sus armas de seducción era hablar sobre heráldica y genealogías, cosa que en el Chaco es toda una excentricidad, pero que a él le servía para darse corte diciendo que descendía de unos duques escoceses, y que su verdadero apellido era MacDonado y no Maldonado. El error, desde luego, se debía a que cuando el abuelo Mortimer MacDonado llegó de Edimburgo, los ignorantes de la aduana no supieron escribir el apellido. Yo había tomado todo esto de la realidad, con sólo un cambio de nombre, y había imaginado el resto del cuento.

Lo titulé "Falso escocés" y lo ambienté en la noche de San Juan del año '69. Mi personaje conducía su 600 colorado por la carretera que lleva al aeropuerto, y de pronto se apartaba de la ruta y se metía en un bosquecito para hacerle el amor a la mujer que lo acompañaba. Y en eso estaban cuando súbitamente, y en lo mejor del combate, una hernia de disco lo dejaba al gordo completamente paralizado y con tanta mala suerte que inmovilizaba también a su compañera, aplastada debajo de él. Debieron quedarse así casi toda la noche, hasta que ella alcanzó a patear la bocina del cochecito. Algunos que se detuvieron no pudieron menos que atacarse de risa viendo el enorme y desnudo culo del gordo, prácticamente estampado contra el techo del autito. Un poco por compasión y otro porque de veras había peligro de que el gordo acabara asfixiando a la mujer, algunos comedidos dieron aviso a la policía. El patrullero que llegó hasta ahí minutos más tarde se ocupó de convocar a los bomberos, que debieron trabajar con sopletes y cortafierros para seccionar los parantes del techo del coche a fin de descapotarlo. Todo esto duró hasta el amanecer, y mientras tanto un médico de la Asistencia Pública les tomaba periódicamente la presión, un enfermero le aplicaba una inyección calmante al gordo, y algunos voluntariosos de esos que nunca faltan les ofrecían café con galletitas. Durante las operaciones, la policía caminera debió cortar el tránsito de la ruta porque algún maligno hizo correr la noticia por toda la ciudad, y a las siete de la mañana todo el pueblo estaba en la carretera contemplando la tragedia, excitado por burlas y risas y hasta por las apuestas sobre la identidad de la mujer que el gordo tenía debajo. Antes de que dieran las ocho, los bomberos consiguieron destrabarlo. Semidesnudo y avergonzado, lo trasladaron a una ambulancia. Los que estaban más cerca dijeron que la mujer, mientras rengueaba desacalambrándose junto a la camilla en la que lo llevaban, no dejaba de escupirlo e insultarlo porque no sabía cómo le iba a explicar lo inexplicable a su marido. El final del texto retomaba la primera persona, para que el narrador dijera algo así como nadie espere que ahora, aunque han pasado muchos años, yo dé el nombre de esa mujer, que era muy conocida en la ciudad.

Cuando Rafa regresó del baño y se lo conté, me miró despreciativo y dijo:

—Primero, no me gustan las historias de gordos que siempre quedan en ridículo. Es un tópico vulgar, como el de los tipos que se suicidan, los que retroceden en la narración hasta el día en que nacen, los que trabajan el tema del doble de modo que no se sabe si el otro que está en la habitación soy yo o viceversa, y demás mediocridades. Y en segundo lugar tu cuento es malo, sin vueltas: como narración oral quizá sería graciosa, pero literariamente sólo podría redimirse con un tratamiento en el que lo textual superara por mucho a lo temático. Y si además tuviera un final maravilloso, que no es el caso.

Yo lo miré con rabia. Sabía que tenía razón, pero lo que más me hería era su tono despectivo, ese aire de suficiencia que le sale siempre a los tipos que cuando dicen algo en lo que tienen razón, saben con toda certeza que la tienen.

—Es lo mismo —siguió Rafa— que si pretendiéramos hacer un cuento con el decálogo de Beremundo Bañuelos. No habría manera.

Tuve que reconocer que era cierto. El decálogo para bailar el bolero que alguna vez inventó don Beremundo carece de sustancia narrativa. No sé si lo conocen, y por si acaso no, permítanme reproducirlo tal como el viejo maestro de baile lo entregaba fotocopiado a cada aspirante a virtuoso de salón. Tenía un subtítulo en bastardillas: *Todos los hombres somos irremediablemente románticos hasta que se pruebe lo contrario*:

Primero: El bolero se debe bailar solamente con la persona amada, o con la que uno tiene entre ojos. No tiene ningún sentido bailarlo con la mamá, el papá, los hermanos, los tíos (salvo excepciones muy especiales). Y no es aconsejable bailarlo con la mujer de un amigo o el marido de una amiga.

Segundo: Se debe buscar siempre un sitio despejado de la pista, carente de aglomeraciones, porque los empujones son fatales para el bolero. Además, es conveniente que el caballero sea más alto que la dama. Si éste no fuera el caso, mejor bailar cumbia, guaracha o cha cha chá.

Tercero: La pareja se para mirándose a los ojos, y el caballero toma a la dama por la cintura con su brazo derecho y con la mayor delicadeza. Con la mano izquierda envuelve la mano derecha de la dama, a la altura de su hombro. A su vez la dama apoya su brazo izquierdo sobre el hombro del caballero, mientras su mano derecha, como hemos visto, descansa en la izquierda del caballero. De este modo, ambas manos quedan como suspendidas en el aire, a un costado de la pareja, ni demasiado lejos ni demasiado cerca de los cuerpos. Se entiende que al principio es un contacto muy suave y cordial, desprovisto de apretones insinuantes, juego de deditos y demás apresuramientos. Sólo después de media docena de boleros consecutivos bien bailados está permitido algún tipo de presión intencional.

Cuarto: Iniciada la música, la pareja dará pasitos a un mismo ritmo y compás, siempre breves y cortitos, como para no salir jamás de un pequeño espacio imaginario de cuatro baldosas de veinte por veinte. Al cabo de varios boleros, el caballero atraerá delicadamente la cabeza de la dama hasta que se apoye en su hombro. Por su parte la dama, de manera aparentemente casual y como al desgaire, comenzará a acariciar sutilmente la nuca del caballero, al principio con un solo dedito, preferentemente el índice o el medio, jamás el meñique.

Quinto: El bolero se baila siempre con los ojos cerrados. Hay cuatro razones para ello: la necesidad de concentración amoroso-auditiva que se requiere; la ensoñación se logra mejor con los ojos entornados; de ese modo la pareja no se distrae sacando el cuero a las parejas que bailan alrededor; y finalmente porque en el bolero los cuerpos necesitan oscuridad o penumbra, igual que en el amor. Por lo tanto –y es un dogma– bolero que se baila con los ojos abiertos es bolero desperdiciado.

Sexto: La respiración durante el bolero debe siempre ser suave y acompasada. Apenas se admitirán brisitas en la oreja del compañero o compañera, y quedan completamente desautorizados los susurros groseros, murmullos de excitación, expresiones de calentura o comentarios del tipo "ay, mamita, me volvés loco" o "no sabés todo lo que te voy a hacer después".

Séptimo: Puesto que el bolero exige concentración, se recomienda muy especialmente no bailarlo en estado de ebriedad. Y son absolutamente desaconsejables vulgaridades como cantar la letra, tararear la música o tener un pucho en la mano. Ni se diga lo espantoso que resulta bailar un bolero mascando chicle.

Octavo: Es de horrible mal gusto que el caballero, durante el bolero, se entusiasme al punto de que sus pantalones, a cierta altura, parezcan carpa de circo. En tales casos invitará a la dama a sentarse un ratito y tomar algo fresco. Si no lo hiciere, será la dama quien sugiera la momentánea separación.

Noveno: Cuando el bolero termina, según las circunstancias de lugar y tiempo, es conveniente no separar los cuerpos. La pareja se quedará quieta, en actitud expectante, dispuesta a reiniciar el baile con el próximo tema. Está muy mal visto –aunque suele ser inevitable– quedarse de pie uno frente al otro, separados los cuerpos, tomados de las manitos y contemplándose con ojos de vaca que mira un tren.

Décimo: Al cabo de una larga noche de muchos boleros bien bailados, toda propuesta estará permitida porque el imaginario personal de cada uno ya estará suficientemente incentivado. Sólo entonces se podrá cambiar de escenario. Es decir, cuando la dama y el caballero estén listos para "ver el otro lado de la luna".

–Buenísimo –sonrió Rafa cuando terminé de recordarlo–. ¿Pero me podés decir qué cuento hacés con eso?

–Ya sé: ninguno –bebí un trago–. Yo en tu lugar insistiría con lo del señor con pollo en la puerta. Es muy bueno, eso.

–Vos porque todo lo que dice la Camelia te encanta, Cardozo.

–Y bueno, uno no puede vivir sustrayéndose de la realidad. Si no, qué literatura sale. Y además, con el marido que tuvo.

Y los dos sonreímos, enternecidos como madres.

Buby Falcoff bailaba maravillosamente el bolero, por cierto. Fue lo que se dice un típico loco lindo, de esos que siempre hay en todos los pueblos. Un irresponsable total que hasta cuando estuvo preso, en el '63, después de azules y colorados y antes de la elección del viejo Illia, montó una academia de baile en la mismísima Policía Federal. Una noche pidió que autorizaran la visita de Miguelito Graco y dos amigas. No sé cómo hizo pero lo consiguió. Miguel llevó un pasacassette y entre mates, tangos y boleros aquello terminó en milonga, porque las chicas eran nada menos que las partenaires de don Beremundo en los carnavales del Prado Asturiano. Ellas mismas sacaron a bailar a los canas, empezando por el oficial principal. Y ya se sabe: si un botón o milico con grado hace algo, por ley del gallinero los de más abajo también. Todo había sido organizado por Buby para que los canas estuvieran contentos y lo dejaran recibir a la Camelia de noche. Así podía dormir con ella porque andaba muy caliente pero sobre todo muerto de celos. Fue tan grandioso el espíritu que le inculcó a los policías que a la final parecían cubanos por lo rumberos: uno los veía y era como que caminaban distinto, más blanditos, plásticos diríamos. Buby se los puso a todos en el bolsillo, les enseñó política, les adelantó la proscripción del peronismo y el triunfo de los radicales, y en su último mes de cana hasta conseguía que lo llevaran en un patrullero a su propia casa, ya que su mujer no quería pasar más noches en la Federal porque se ponía nerviosa y no podía fifar con tanto cana alrededor.

—De todos modos es asunto discutible —desdeñó Rafa—. Uno no debe sustraerse a la realidad, muy bien, pero tampoco sucumbir ante ella.

—Ni tampoco echar a perder todo el anecdotario que uno vino juntando, viejo. Después de todo si el territorio común de los escritores es la palabra, el domicilio privado es lo que cada uno leyó y sobre todo lo que vivió y observó.

—Y sí, pero cuando lo que viste y viviste son anécdotas menores, no hay nada que hacerle. La realidad, en literatura, nunca te salva.

Suspiró largo, Rafa, y movió el índice sin anillo sobre su vaso y el mío, como un péndulo horizontal con el que me preguntaba si repetíamos, cosa que obviamente hicimos. Esperamos en silencio la renovación de los tragos, y entonces yo, que me había quedado enganchado con el personaje, le pregunté:

—¿Te acordás cuando Buby pedía que alguno escribiera la historia de Pringles?

—¿A vos también, ché?

—Y claro. Muchas veces lo visité en su rancho de Tirol, y siempre, cuando recrudecían los ruidos de la selva y se agotaba la conversación como se agotan el mate o el whisky, Buby me pedía que la escribiera.

—Lo estoy escuchando: "El coronel Martín Pringles, que acompañó al general San Martín a Chile y al Perú, fue un romántico enamorado de la patria...". Buen comienzo, ¿eh? ¿Sabías que Buby fue alumno del Colegio Militar y que de ahí le quedó esa cosa solemne de los milicos? Aunque lo expulsaron enseguida por mala conducta, lo cual era uno de sus dos orgullos. El otro era que gracias a eso había conocido a la Camelia... ¿Intentaste escribir ese cuento, alguna vez?

—Un montón, pero es otro de mis textos fallidos. Y no sé por qué no me sale, porque lo atractivo no es sólo el carácter del personaje; también tiene sustancia el episodio. ¿Te acordás? Sucedió en el Perú, cerca de Lima, donde le encomendaron la misión de defender un pequeño pueblo a la orilla del mar, al mando de un batallón de sólo doce hombres. Una aciaga mañana fue rodeado por nutridas tropas realistas. Enseguida comprendió que no podrían resistir mucho tiempo pero ofreció recio combate, de todos modos, hasta que debieron replegarse hacia la playa. Allí fueron acorralados y cuando fue intimado a capitular, Pringles le gritó a los españoles aquella frase que a Buby tanto lo emocionaba evocar: "¡No me rindo nada, carajo! ¡Un patriota no se rinde!". Y entonces, viéndose perdido, ordenó a los cinco hombres que le quedaban: "¡Soldados! ¡Cargar al mar!". Una belleza, te das cuenta, pero cómo la escribís... Entonces vemos que los seis jinetes vuelven las grupas de sus caballos y se internan en el océano: prefieren morir ahogados antes que rendirse... Y cuando ya los caballos nadan, y desde la costa se ven como seis conjuntos desesperados y altivos encarando a la muerte, los españoles, admirados, les gritan que los valientes no deben morir de ese modo. Grandioso. El jefe realista ordena levantar el cerco sobre el pequeño puerto, y son sus tropas las que se retiran, abandonando el combate.

—Una preciosura.

—Hasta la Camelia, cuando enviudó, me pidió que lo escribiera. Me advirtió que no iba a faltar el historiador capaz de reconvenirme sobre inexactitudes del episodio; pero nadie podrá decir, dijo, que aunque careciera de asidero histórico la de Buby no era una imaginación por lo menos bella y poética.

—Lástima que tuvo que morirse sin que nadie le escribiera ese cuento.

Y nos quedamos un rato silenciosos, los dos. Como si en ese momento hubiera entrado al Café de la Ciudad el alma errante de Buby Falcoff.

Eramos los últimos parroquianos, pero no iban a echarnos porque ya le habíamos gritado a la patrona que en los tiempos en que ese lugar se llamaba La Estrella las puertas nunca se cerraban. Los japoneses eran capaces de baldear el piso entre las piernas de los clientes, o apartando a un costado a los borrachos.

—El problema de la narrativa argentina —teorizó Rafa, renovado el combustible— es que se están dejando de contar historias. Se abusa de lo privado, que suele emerger en forma de pura mordacidad destructiva. El narcisismo, la envidia, el rencor, son enfermedades comunes en este gremio. Pareciera que hemos extraviado la capacidad de reírnos de nosotros mismos, y preferimos reírnos de los demás, que es innoble y cruel. Y ahí se corre el riesgo de caer en la mala inteligencia del humorismo privado, los *private jokes* de que hablaba Eliot: chistes que sólo entienden el que los hace y sus tres o cuatro amigos. Así que tendrás que buscarle la vuelta, pero nunca parés de contar.

—Pero las historias que pierdo las pierdo porque no siempre tienen final. Final literario.

—No importa. Una buena historia se sostiene igual, por el nudo del relato. Si tiene jugo y sabés exprimirlo, y conseguís que el lector esté prendido como bebé a la teta, qué importa el final. Por ejemplo, yo estoy trabajando un cuento con un personaje que se llama Toni Zamudio, al que unos días antes de navidad lo hacen ir desde el Chaco a Buenos Aires, de urgencia, por un asunto de familia. Se moría la abuela, algo así. Esto pasa durante la guerra y Toni se larga en coche, como loco. En aquel entonces ese viaje podía durar tres o cuatro días porque las lluvias anegaban los caminos. Y llueve a cántaros, claro, varios días. Tras muchas peripecias él llega igual, justo antes de la nochebuena, como a las once. Pero resulta que no hay nadie en la casa y cuando quiere entrar —porque tiene llave— el perro no lo reconoce y lo ataca y lo hiere. Nadie lo asiste, van a dar las doce, y Toni, cansado de manejar, se derrumba en el umbral y se mira el mordisco en la rodilla mientras piensa perro de mierda cómo es posible si yo mismo lo crié. Y entonces se da cuenta de que evidentemente justo ese mes se ha muerto el Pucho y han cambiado de perro. Y aunque lo llamaron de urgencia se han ido todos a velar a la abuela, o, en caso contrario, están todos en casa de amigos porque justo la abuela se ha sentido mejor. Toni pasa la noche afuera, escuchando los cuetes de todo el mundo, bajo la lluvia, meditando sobre la vida y la muerte como un personaje de Shakespeare. ¿Cómo termino esa historia, según vos?

—La dejás ahí —arriesgué yo.

—Exactamente —sonrió Rafa y se mandó un trago, satisfecho como un ministro.

—Pero ése no es mi caso. Será que mi imaginación es más chata, o que a mis personajes los recorto demasiado. Tengo a doña Fanny Shaposnik en otro cuento, pero no lo puedo terminar porque la anécdota es trivial: cómo hacen las viejas judías para hacer amigas.

—Cómo hacen.

—La Fanny dice, en un momento: "Usté va a tejer al club, y si no tiene club va a una plaza. Lleva la bolsa con su tejido y busca sentarse al lado de otras señoras. Se pone a tejer en silencio y enseguida suspira profundo y largo y dice 'aaaaay, cómo me duelen los pies'… Va a ver, querida, que a alguna de ellas también le duelen los pies y entonces ya tienen tema de conversación: de los pies se pasa a lo que está tejiendo, del tejido a lo cara que está la vida, de la carestía a los hijos, de los hijos a las nueras, y al final acaban hablando de los maridos muertos que nos dejaron solas. No tiene falla, querida: así una siempre se hace de amigas".

Rafa me miró por sobre el vaso, alzando las cejas. Yo sabía que el asunto era débil. Era todo tan real como él y yo, ahí, bebiendo, y como la noche absoluta que nos enmarcaba, afuera, del otro lado de las ventanas. Pero no alcanzaba. La literatura era otra cosa y yo lo sabía.

–Tengo algo más –agregué, sin mucha convicción–. El hermano de Fanny, que se llama tío Iósele, un día tuvo un insignificante accidente: se estaba afeitando, y se cortó un dedo con la yilet. Entonces le pidió a la Fanny que le echara alcohol sobre la herida, para lo cual ambos se ubicaron sobre el inodoro para que allí cayera el alcohol sobrante. Luego, el tío Iósele, ya vendado su dedo, se instaló en el retrete para aliviar sus intestinos, operación durante la cual decidió fumar un cigarrillo, que encendió con un fósforo que echó, aún encendido, en el inodoro. La llamarada le afectó, literalmente, las partes más sensibles, de modo que con un aullido espantoso saltó lo más alto que pudo, con tan mala fortuna que estrelló su cabeza contra el depósito de agua, y cayó desmayado mientras Fanny intentaba vanamente detenerle la sangre que le brotaba por todo el cuero cabelludo, y la Rebequita pedía una ambulancia. Lo acostaron en una camilla y dos enfermeros lo bajaron por la escalera, pero la pendiente del viejo edificio era tan pronunciada que el tío Iósele, que seguía desvanecido, se deslizó de la camilla y se rompió una pierna al aterrizar en la planta baja. Llegó al hospital hecho una ruina, y todavía hoy la Rebequita siente culpa porque no puede evitar reírse al contar todo lo que le pasó al tío Iósele por un simple tajito con yilet.

–Eso está difícil, Cardocito. Es la típica anécdota simpática pero sin vocación de cuento. Suena a retrato de personaje, a semblanza. Le faltaría lo que constituye la médula de un cuento: llamémoslo esencia dramática o algo así. A mí me pasa algo parecido con Roberto Portales, te acordarás de él. Hace treinta años era *el* marxista del pueblo. Un tierno total, un romántico inofensivo, para colmo poeta pero mediocre. Se acabó el estalinismo, Roberto cumplió cincuenta años, pero seguía con el mismo discurso imbécil y sus citas descolgadas del Manifiesto Comunista. Aunque nunca se afilió al partido porque decía que era una cueva de menches y además le parecía indignante que el secretario general del comité central de la provincia tuviera dos sirvientas y pileta de natación en el fondo de la casa. Lo cual era cierto y no hacía otra cosa que certificar una de las formas de la desgracia: haber nacido rico y tener buenas intenciones. Con este personaje yo tampoco puedo hacer un cuento. No alcanza, ¿entendés?

—Lo mismo pasaría con el peluquero Ramos —dije, y Rafa se rió.

—Ramos, ahí tenés —acordó cabeceando con énfasis—. Le decían Callorda por los pies planos y su andar de pato; recitaba poemas berretas que él mismo inventaba, dedicados a la plaza de cada pueblo del interior adonde iba a cantar con las orquestas típicas; se la pasaba contando chismes porque se sabía vida y milagros de toda la provincia. ¿Y qué hacemos con eso? O el Ruso Miederevsky, al que llamaban Mierdesky y era una injusticia porque era un buen tipo mientras no hicieras negocios con él. También le decían el Manos pero no porque hiciera trucos sino porque tenía los dedos tan grandes que parecían manojos de porongas, como un día definió la bestia de Turpino. O el mismo Turpino, tan macho y celoso que el día que se peleó con su amante, la Pocha Núñez, a ochenta por hora estiró la mano, abrió la puerta y la tiró de la camioneta. O mi tía Dalia, tan fea, pobre, que tenía la verruga más grande del mundo en el cachete derecho: como si le hubiesen pegado una remolacha en la mejilla. Son personajes de coro, fijáte; nunca tendrán fuerza propia para sostener un cuento. Quizá porque han sido tan grises en la vida real que la grisura los alcanzaría también en un cuento.

—Vez pasada leí que en el año '30, cuando el golpe contra Yrigoyen, casi no hubo oposición pero fue precisamente en el Chaco donde *El Territorio* publicó al día siguiente la única proclama exhortando a la ciudadanía a desconocer al gobierno de facto. Eso significó la clausura del diario y el destierro de su director. Ahí sí podría haber un cuento.

—Claro, ¿ves? —se entusiasmó, acabando el whisky de un sorbo—. Porque ahí hay un argumento posible, que trasciende las limitaciones de los personajes. Se podría trabajar el miedo, por ejemplo. Ese miedo que volvimos a ver tantas veces. Ese miedo argentino: sutil, disimulado, que nunca se muestra pero que está debajo de la piel, en la parte de atrás de los ojos.

—El miedo, como la venganza, son excelentes materiales.

—O la desdicha, como sugería Borges. Te habrás fijado que en los cuentos de Borges la desdicha es protagonista constante.

—En toda la literatura, Rafa. Hacer literatura sobre la felicidad sería una estupidez. Inevitablemente se bordearía lo cursi, lo kistch, lo vulgar.

—Pavada de materiales. Habría que preguntarse si nadie trabaja esa línea por lo que vos decís, o si por falta de coraje para atreverse —hizo silencio, como buscando nombres en su memoria—. Momentito —dijo, y nuevamente se levantó para ir al baño.

Hice una seña a uno de los mozos, haciéndole saber que volveríamos, y fui detrás de Rafa.

Nos ubicamos cada uno ante un mingitorio, concentrados en nuestras respectivas tareas. Observé que él tardaba un buen rato y luego orinaba cortito y sin fuerza, como los enfermos de próstata.

—¿Algo anda mal, Rafa?

—Todo bien. Son los años, nomás —carraspeó—. Pero me quedé pensando. Nalé, Saki, Carroll, Swift, por decir algunos, no se podría decir que escribieron sobre la desdicha. ¿No?

—Bueno, a su manera trabajaron el miedo, la venganza. La parodia siempre es una forma de la venganza.

—También es una vulgarización de la alegría. Pensemos en Molière, o mejor en Rabelais.

—A mí me gustaría escribir una serie de venganzas —dije, mientras volvíamos a la mesa donde nos esperaban dos vasos recién repuestos, uno blanco y otro dorado, rebosantes de hielo nuevo—. Tengo algunas ideas, pero me sigue faltando eso que llamás esencia dramática.

—Veamos —propuso agarrando su vaso con las dos manos, y colocándose en una actitud parecida a la de esos profesores de secundaria que están hartos de tomar exámenes pero lo disimulan bien y ponen cara de estar interesadísimos por la exposición del alumno.

—Una venganza ejemplar es la del Cinco Diez. Es el hijo de don Juan Diez y le dicen el Cinco porque se llama Juan Segundo. La tercera vez que su viejo le pega con la hebilla del cinturón queda tan herido en su orgullo que esa misma noche roba de entre las ropas de su padre un pañuelo, y lo lleva a un quilombo de Villa San Martín donde una de las muchachas escribe, a cambio de una módica suma, una carta dirigida al viejo Diez. En la misiva la muchacha lo llamaba confianzudamente "Cholo" (como sus íntimos), e historia el día del primer encuentro tres años atrás, la pasión que los ha unido, y hasta menciona incidentalmente un lunar que don Juan tiene en la entrepierna. Afirma que lo amará eternamente pero le advierte que ya no está dispuesta a seguir pasándole el dinero de su trabajo. Le dice que es mejor que no vuelvan a verse, y por eso le envía el pañuelo que se olvidó la última tarde que pasaron juntos. Acto seguido, el Cinco mancha de rouge el pañuelo con las iniciales "JD" bordadas en una esquina, y mete todo en una cajita que despacha, por correo certificado, desde la sucursal de Villa San Martín.

—Humm… —frunció el ceño, Rafa, desdeñoso—. Es una típica historia que seguramente sucedió en la vida real, pero que es muy difícil cuentificar, si me permitís el término.

—Pero no es real, es inventada.

—De todos modos, andá y hacé con eso un cuento que valga la pena…

—¿Será el problema de la venganza, esquematizada literariamente, Rafa? Aquí te va otra: ¿te acordás del cura Antonio Spilinga, que supo estar a cargo de la parroquia de San Javier? Bueno, un día —y a esto yo lo vi— le pegó un tremendo sopapo a Hugo Dioménica después de gritarle que era un degenerado porque lo encontró masturbándose en el baño del colegio. Hugo, un adolescente rencoroso y rebelde, de esos que hoy se llaman chico-problema y que era capaz de las peores maldades, organizó así su venganza: le pidió al Trucha Gómez que robara un formulario de resultados de análisis clínicos del laboratorio de su padre, el bioquímico. Y unos días después mandó al obispado, anónimamente, la copia de unos análisis de orina efectuados a don Antonio Spilinga, según los cuales se confirmaba que el paciente sufría de un chancro sifilítico en estado peligrosamente avanzado y con perspectivas de volverse crónico si no disminuía su actividad sexual indiscriminada.

—Ché, pero esos parecen cuentos de Landriscina, dejáte de joder —se irritó Rafa—. No se te va a ocurrir hacer literatura con eso, ¿no?

—¿Por qué no? Si querés seguimos discutiendo problemas formales, o problemas de tono, de aproximación, de discurso. Pero ni vos ni nadie tiene derecho a invalidarle un argumento a nadie.

—Está bien, pero convengamos en que para ciertos argumentos se necesita un largo desarrollo, en el que lo noble es lo textual y no el argumento. Hay anécdotas que se pueden resolver al toque, a pura precisión y síntesis. Míralo a Monterroso. Pero hay otras en las que se requiere un nudo más sofisticado, parsimonioso, para que el clacisismo de gancho, nudo y desenlace enaltezca a la historia por insignificante que sea. Acordáte de algunos cuentos de Costantini, por ejemplo. O de Katherine Mansfield o de Salinger.

—O de Carver, que ahora está de moda.

—Bueno, pero los que hacen la moda son chicos que han leído muy poco. Creen que la literatura empieza a partir de los libros que leyeron ellos. Tantas veces crean ídolos desde su propia ignorancia, que asusta. Acordáte cuando todos se volvían locos con Kennedy Toole, por ejemplo. O con Irving, e incluso con Kundera. Todavía no se dieron cuenta de que esos tipos hicieron literatura latinoamericana un poco tarde, pero con buen marketing. Sonará fuerte, pero le deben más a García Márquez que a sus propias tradiciones.

–A mí más bien me parece que tienen a Borges en la oreja, susurrándoles estilo. Le pasa a muchos.

–Y sin embargo los chicos porteños, que a lo mejor no leyeron ni a Arlt ni a Moyano ni a Filloy, y que seguramente desdeñan a Soriano por envidia, son capaces de fascinarse con los Kennedy Toole por pura colonización mental.

–Los argentinos, siempre, campeones morales, ¿no? Vamos, Rafa...

–En cierto modo. Es triste, pero es así. Acá se puede respetar a tipos como Morris West, Stephen King, Hadley Chase o incluso Corín Tellado. Pero si cualquiera de ellos hubiera sido argentino, lo habrían hecho papilla.

Rafa iba ya por no sé qué número de Lucky. Cuando se siente a gusto y le parece que le funciona la ironía, se pone exultante, ácido, y empieza a funcionar como si en la panza le bailara una convención de viajantes de juguetería.

–Lo importante es que hay que contar como se camina, viejo: pasito a paso. Y cada historia tiene e impone su *tempo*, su modo de avance, su parsimonia o su vértigo. Pasa como en el amor: no hay reglas y las reglas se establecen para cada caso. Y siendo inamovibles, su evolución depende siempre de la movilidad. ¿Vos escribiste algún cuento de amor?

Sorbí un largo y lento trago de ginebra, mientras él encendía otro Lucky con el pucho del que aún no terminaba de fumar.

–Tengo varios en carpeta –confesé–. También pertenecen a la generación de textos frustrados de que te hablaba. Evidentemente no tengo talento: siempre patino para el lado de lo cursi y naufrago en la mediocridad. Que es lo peor que le puede pasar a un cuento.

–Claro, porque si un cuento es malo, va a la basura sin contemplaciones. Pero si es mediocre y tiene destellos interesantes, te jode la vida porque no sabés qué hacer con él.

–Tal cual.

–Pero nosotros vivimos en una sociedad muy interesante en esta materia, Cardozo. El amor en Resistencia siempre fue una cosa más bien furtiva, pecaminosa. Pacaterías de pueblo, dirás vos, y yo convengo con ello. Pero no me podés negar que el amor, aquí, tiene posibilidades literarias infinitas.

—Aquí y en cualquier parte, Rafa.

—Por supuesto, pero yo me refiero a las posibilidades de universalidad que tiene el material que conozco. O que me permite invenciones con mi propio color local. Ahora mismo estoy escribiendo una historia: es una mina mucho más mina que el común. Es más rebelde que Tupac Amarú, tiene el humor de un jíbaro y la decisión de la caballería sanmartiniana. No es para nada una transgresora, como actualmente está de moda decir. Nada de eso; esta mujer tiene una imaginación completamente calvinista, y encima es linda como un sueño eterno. Por lo tanto, corresponde que la llamemos Gloria. Las habladurías sobre ella empiezan prácticamente el día en que nace, pero arrecian cuando se separa del marido y es público y notorio que está viviendo lo que yo llamo el triple síndrome de la mujer separada: se cambia el peinado; baja la abertura de sus blusas hasta el botón del seno; y adelgaza cinco kilos. Típico. Un día conoce a José Antonio Buruburu, que por supuesto no es el apellido pero dejémoslo así. José Antonio es de esa clase de tipo maduro y bien vivido, entrador y simpático, que el mismo día que la conoce consigue su teléfono y la llama y le dice que no tiene ninguna excusa más que lo mucho que gusta de ella, y que no piensa perder tiempo echándole ningún rollo ni parar hasta conquistarla. Gloria, halagada y curiosa, acepta la invitación a cenar. Y en medio del primer plato José Antonio se despacha contándole cómo fue la última vez que le hizo el amor a una mujer a la que había amado mucho. Dice que a ella le encantaba que él le chupara la vagina durante por lo menos media hora —y lo narra todo muy decente, muy cuidadoso de las palabras, sin ninguna grosería— hasta que sucede lo imprevisto. Gloria —que es la narradora— le dice al lector que se imaginará usted cómo estaba yo: mi cabeza era como esos bolilleros de la Lotería Nacional: tenía todas las bolitas dando vueltas, enloquecidas. ¿Pero qué fue lo imprevisto?, se pregunta. Y José Antonio: que empezó a hacerlo suavecito, tierna, lentamente, hasta que ella se quedó dormida y él se dio cuenta porque ella empezó a roncar. Y eso le dio tanta rabia que le encajó un mordiscón y se levantó, se vistió, se fue y nunca más la volvió a ver. Claro, ante eso Gloria se pregunta con el lector: "¿Y éste por qué me cuenta esta historia? ¿Me quiere impresionar o qué?". Y entonces inventa de retruco: "Qué casualidad, a mí me pasó algo similar". Y le cuenta de un tipo al que había amado mucho y a quien le encantaba que ella se la chupara y la última vez, mientras se lo hacía suavecito, tierna, lentamente, él se quedó dormido y empezó a roncar, y entonces...

—Disculpáme, Rafa, pero ahí no hay ningún cuento de amor. Yo creo que deberías escribir eso de la Camelia y su nostalgia de un señor con pollo en la puerta, que simbolizaría por lo menos la nostalgia del amor.

—Vos querrás decir que en el sentido convencional, no hay amor. Pero...

—Ni en ningún sentido —lo interrumpí, poniéndome de pie, ahora yo un poco irritado—. Pedíte unos sángüiches: un lomo, un tostado mixto, algo de eso y luego la seguimos. Pero te adelanto que, para mí, de amor vos no sabés un carajo.

Fui al baño y oriné cortito yo también, y de regreso pasé por la caja y le pedí dos aspirinas a la patrona, que leía un *Para Tí* como ustedes leerían *El Tesoro de la Juventud* a las cinco de la mañana.

—Los cuentos de amor son irremediablemente cursis —me abarajó Rafa, mientras volvía a sentarme y empezaba a comer un Académico—. La buena literatura carece de cuentos de amor. ¿O me vas a decir que los de Bioy son de amor? ¿O los de Cortázar, Rulfo, Borges? A ver: decíme un tipo que haya escrito un cuento de amor.

—Hay uno memorable de Mario de Andrade —defendí—. Recuerdo otro de Julio Ramón Ribeyro. Y hay un montón de Abelardo Castillo, los hay de Tununa Mercado, Martha Mercader, Carlos Fuentes, Donoso... ¿Qué estás diciendo, Rafa?

—Lo que sostengo es que hay desarrollos de puntos de vista diversos *sobre* el amor. Hay acercamientos románticos o trágicos, hay teorizaciones, exposiciones situacionales, hay desencuentros y erotismo, pero amor... Una historia *de* amor... Vamos...

—A ver ésta qué te parece —desafié, quitándome unas migas del bigote—: y partamos de una realidad que los dos conocemos. Narra una primera voz femenina, que enseguida reconocerás, y dice: "A mí me costó aprender que una no debe meterse con un tarado, así porque sí. Porque estas cuestiones, en Resistencia siempre toman estado público y una queda expuesta como maniquí en vidriera. A mi relación con el Polaco la conoció todo el mundo, y nadie se privó de opinar. Yo era piba, pero me marcó para toda la vida. Una no debería ensartarse con tipos como el Polaco. Pero yo me fui a meter como una idiota, de taradita que era. Me decía a mí misma, eso. Siempre. Durante años. Taradita, me decía. Loca delirada, y me reía pero me daba una bronca".

—Cristina Suárez —dijo Rafa—. No puede ser otra si el asunto es con el Polaco Kalchuk. Pero otra vez vas a caer en la oralidad, Cardozo. No es posible hacer literatura con solamente eso.

—La mina sigue —seguí yo, sin hacerle caso—: "Un desequilibrado, el Polaco. Porque un tipo equilibrado es uno al que si un amigo le dice ché, tu mujer es una amante excepcional, él se ríe y lo toma a broma. Y si el otro insiste no, mirá, no es broma, te lo digo en serio, ella y yo somos amantes desde hace tiempo y alguna vez tenía que decírtelo, el tipo se pone serio pero no engrana. Se comporta como un duque, piensa aquí no tengo nada que hacer y se retira. Un duque. Sangrando por dentro pero enterito por fuera. Como Rex Harrison en *El Rolls Royce amarillo:* Rex se asoma a la ventanilla del coche, la ve a ella besándose con otro, y simplemente baja los párpados, traga saliva y se va de su vida. Como un duque. Y a lo sumo una puede suponer que si no lo soporta, va y se suicida, y seguramente sin que nadie se entere, sin sangre ni alharaca. Pero el Polaco duque no era. Cuando el que después fue mi marido lo agarró y le dijo de frente que andaba conmigo, y le dijo que ya me había besado y que íbamos a ser novios, ahí se vio clarito que duque no era. Porque vio todo rojo y con un impulso irreprimible como el de una manifestación popular por la muerte de un niño a manos de la policía, le saltó al cuello y empezó a estrangularlo hasta que lo separaron unos amigos. Después vino a casa hecho una tromba y me agarró y me dijo que yo era una puta reputa y recontraputa (porque el Polaco no tenía un vocabulario muy variado que digamos) y me dio un sopapo y enseguida se largó a llorar. Y como yo lo miré con el mismo desprecio con que se mira a un nazi confeso, él se dio cuenta en el acto de lo bestia que había sido, y atormentado se subió al cochecito que tenía –un Morris de los años treinta– y se lanzó a toda velocidad hasta Barranqueras. Y cuando llegó al puerto, no se le ocurrió mejor cosa que hacer que meterse en la explanada de la balsa cuando no estaba la balsa, claro, y cayó al río como en un suicidio cinematográfico. Pero con tanta mala suerte (porque hasta mala suerte tenía, el Polaco) que justo el río estaba tan bajo que en vez de suicidio cometió el peor de los ridículos porque el autito se empantanó a los pocos metros y como no sabía nadar tuvieron que ir los bomberos a sacarlo".

Hice silencio porque ahí terminaba la historia. Yo no sabía cómo terminarla literariamente, porque en la vida real lo que pasó fue que tiempo después cada uno se casó por su lado y eso fue todo. Generalmente la vida real plantea situaciones que son literariamente engañosas, porque parecen materiales extraordinarios pero es como si el tiempo y la misma realidad luego los diluyeran. Rafa me miró esperando qué final yo habría sido capaz de imaginar. Pero yo estaba vacío como un forro usado, así que sorbió un trago y adhirió a mi silencio. Y después de un rato, cuando ya empezaba a amanecer (o al menos fue cuando yo me di cuenta de que empezaba a amanecer), comentó:

–No hay caso, no hay cuento de amor posible. Aunque encontráramos la manera de escribir ese cuento, no sería una historia de amor. Podríamos calificarla de desencuentro. Hacer el cuento de un celoso. Probar el punto de vista femenino. Lo que quieras. ¿Pero cuento *de* amor? Solamente si el texto contuviera amor. Un epistolario, por ejemplo. O un diario íntimo, con una historia día por día. Y preferentemente debería ser un diario femenino porque el amor y el odio son, para ellas, cuestiones fundamentales. De vida o muerte. Mucho más que para nosotros. En el amor y en el odio son tremendas, las mujeres. No sé si en todas partes, pero aquí, seguro. Es lo que yo quisiera significar en algún cuento. Pero ya abandoné. Forfait. Grogui. Out.

No me di por vencido. Dije:

—Yo conocí una mina que una vez me dijo que cada encuentro amoroso debía ser como un sábado soleado de otoño y sin labores pendientes. Es posible inventar todo, entonces; cualquier idea es realizable. Si se está enamorado todo suena como un afiatado quinteto de cuerdas, como en los solos *a quatre* del Réquiem de Mozart para tenor, barítono, soprano y contralto, que son muy pocos pero son perfectos. ¿Te gusta eso, Rafa? Esa mina decía que cada encuentro es un desafío a la perfección del amor, si tal cosa es superar los abismos, tender los puentes necesarios.

—Esa fue la flaca Ilse Soderberg. A mí me dijo lo mismo.

Lo miré, furioso.

—Y no te fastidies, viejo, pero si vas a contar, contá, qué tanto rodeo. El cuento es una flecha que debe dar en el blanco, dijo no sé quién. Cosa que la Ilse jamás aprendió.

—El amor es un largo puente que va de ninguna parte a cualquier otra; es suficiente con saber que del otro lado alguien te espera. Entonces uno siente que no caerá al abismo y asume la responsabilidad de resistir, de ser fuerte porque el otro te necesita. Claro que también puede tornarse inseguro y débil (acaso juguetonamente, esa manera de la seducción) y dejarse llevar por la molicie y el ablandamiento, porque uno sabe que el otro soporta, el otro resiste. El amor es un juego de cuerdas que se tensan, pero armónicamente: como jugar a la gata parida, juego en el que una vez tiramos hacia acá, otra hacia allá, ajustamos aquí, aflojamos acullá, y siempre la cuerda resiste y cuando ya no resiste se acaba el juego. La armonía reside precisamente en el movimiento acompasado, sutil (suave o violento no es lo importante) y el movimiento es el sentido mismo de la pareja, porque significa no detenerse, no aceptar quiebres sino cadencias, no admitir rupturas sino hermosos sobresaltos. Es la diferencia entre una tormenta que abate a un avión y una turbulencia que lo sacude, lo aviva, lo recoloca en su ruta. Si las turbulencias son a los aviones lo que los caminos de ripio a los automóviles, en el amor las turbulencias nunca son peligrosas.

—Madre mía, pareciera que te leíste a la Ilse Soderberg completa.

—Tenés razón, Rafa —me rendí, de golpe, y también prendí un Lucky—: uno se mete con el amor en un cuento y resulta un plomazo. ¿Por qué será que no podemos evitar caer en la teorización amorosa, y siempre que está el amor en un cuento acabamos arruinando la trama, el texto?

—Porque el amor es cursi *per se*, Cardozo. ¿Te fijaste que hasta la Real Academia patina para definirlo?: "Afecto por el cual busca el ánimo el bien verdadero o imaginado, y apetece gozarlo". Habráse visto… ¿Qué culpa tenemos después nosotros al meter el amor en un cuento? Por eso sostengo que el amor literario deviene casi siempre en confusas formas de sensualidad, de tragedia, de cachondería.

—¿A lo mejor es una autodefensa de los escritores, ché?

—Eso suena interesante. Pero de todos modos, creo que mi hipótesis sólo explicaría fragmentos; no la totalidad. Supongamos que una mujer pronuncia, en un equis capítulo de novela, este discurso: "Cuando lo conocí, Pocho era un tipo insoportable, pintor pero mediocre, un acuarelista de paisajes con río y esas cosas. Y obsesivo con dárselas de culto. Típico chorro cultural de pueblo chico. Un flaco de esos que coleccionan fascículos de historia del arte. En su vida ha visto un cuadro como la gente pero de tanto mirar láminas en libros caros se fue forjando una cultura como para decir, por ejemplo, 'Sí, Fulana tiene una mirada expresiva y sugerente como la de las mujeres de Renoir'. O: 'Fijáte, esa mina es lánguida como una mujer de Modigliani', y lo dice de lo más infatuado y con la voz engolada, y dejándola a una sin saber si lo dijo por el cuello estilizado o por la nariz de triángulo isósceles. Y sin embargo, en ocasiones metía bocadillos notables. Por ejemplo un día me preguntó: '¿Vos te imaginás lo que hubiera hecho Leonardo con un Rotring?' Y agregó, lanzado: 'Y qué no hubiera pintado Miguel Angel con biromes y acrílicos'. Y aún dijo otra genialidad: 'Los primitivos flamencos no usaban marcadores'. A medida que lo fui conociendo, advertí que sus mejores talentos eran el humor y el amor. Para eso siempre estaba inspirado. Y aunque era snob, a mí esas cosas de los hombres me encantan. Por lo menos mientras están en esa etapa. Porque después, es un hecho, les aparecen los vicios y cuando una les hace un planteo, una de tres: o se van, o se duermen, o se ponen a trabajar. Es lo que siempre hacen los hombres".

—No parece un discurso muy femenino que digamos —me permití acotar, y cerré los ojos y arqueé la espalda apoyándome las manos en los riñones, porque estaba agotado.

—Bueno, yo no soy Flaubert. Ni Cardozo... —se rió, burlón, achicando sus ojitos de bisturí–. Pero lo que me importa significar es que es en los discursos femeninos, y sobre todo si son fragmentarios, donde el amor puede no resultar literariamente cursi.

Yo no tenía respuesta para eso. Me quedé mirándolo por encima de mi vaso otra vez semivacío. Rafa continuó:

—Escuchá este otro fragmento, que sigue al anterior: "La verdad es que Pocho y yo casi no hablábamos de sentimientos porque era algo que estaba implícito. Implícito es una forma de decir que sabíamos que nos amábamos y que podíamos pronunciarlo, aunque lo más interesante no eran las declaraciones sino la práctica. Es como cuando se piden definiciones taxativas para comprender las nuevas ideas; las exigen los mediocres, porque sus mentes esquematizadas son incapaces de comprender que no hay mejor definición que una praxis. Es la práctica misma la que define los hechos nuevos, y en ese sentido las palabras no es que sobren ni que se hayan vuelto innecesarias, sino que a veces los hechos son anteriores a las palabras y hay ciertas prácticas que todavía no tienen designaciones apropiadas. Se puede tener una ilimitada imaginación; pero la cantidad de palabras para expresarla es finita. Entonces, lo que necesitamos es conocer todas las palabras para combinarlas ad infinitum; es así como el lenguaje sirve para la imaginación. Y en el amor esto sucede muy a menudo. Pero también sucede que hay palabras cuya combinatoria no alcanza a ser instrumento suficiente para las explicaciones. La sutileza suele prescindir de las palabras. La gestualidad a veces es más rica que una representación. De modo que para nosotros lo implícito era suficiente y no siempre nos exigíamos manifestaciones verbales, o no más que las indispensables para completar un gesto, una caricia, una broma".

—También eso huele a la Ilse, Rafa. Pero está interesante. ¿Sigue? ¿Te lo acordás de memoria?

—Escuchá, escuchá: "El humor también nos unía y la risa era como un ruido necesario para coronar ciertos silencios preciosos; más o menos como el de una tarde que se quiebra no por la obviedad del canto de un pájaro sino por el deslizarse de una ardilla en un tronco, o por la caída de una hoja en el agua de un charco. Sabíamos reír de nuestras diferencias, porque éramos diferentes pero todo nos vinculaba de un modo íntimo, inexplicable: los gustos, la bronca, el calor, el frío, las pilchas, For Ever o Sarmiento, porque ése es el chiste, decía Pocho, entre iguales un amor no tiene gracia, Carlita, y me abrazaba, lo que cuesta un huevo es estar enamorado entre diferentes, decía, y además ser militantes de la diferencia...".

—Eso es parte de la novela que está escribiendo la Ilse, a mí también me la dio. Pero una cosa, Rafa, son los fragmentos de novela y otra los cuentos. Un fragmento puede sostenerse aparentemente como cuento. Pero sólo aparentemente.

—Yo hablaba del amor.

—Hablábamos del amor en la literatura. De la literatura y el amor. Que para vos y para mí son las únicas cosas que importan en esta vida.

—Y en la otra también. Pero la verdad es que hablábamos de tantas cosas que ya nos perdimos. Si este diálogo se escribiera y alguien lo leyese, se haría un lío. Debemos estar muy borrachos, Cardocito.

—A mí todavía me quedan historias. Que si no son historias, son retazos, o fragmentos de posibles fragmentos. Miradas, si querés, viste que la palabra mirada suena tan lacaniana...

—¿Desde dónde me lo decís? —y soltó una carcajada, Rafa. Prendió otro Lucky y tiró el paquete vacío al suelo, que lo recibió un poco a lo Sísifo porque un rato antes lo habían baldeado, como todas las madrugadas.

—En una época el Chaco era una tierra en la que los chamamés no se bailaban, como ahora, haciendo payasadas y gritando zapukays desafinados y roncos para diversión de los fatuos porteños de ahora. Esos que hablan "del país" pensando sólo en Buenos Aires, o en la pequeñez municipal de sus horizontes barriales. Una vez me tomaron por loco fantástico el día en que en una reunión describí a los indios cullus o culluyes, habitantes del norte chaqueño a orillas del Pilcomayo en el siglo diecisiete. Los cullus se caracterizaban por los cuernos naturales que les crecían en la cabeza. En lengua quichua también se les llamaba Suripchaquin, o sea pies de avestruz, porque estos indios no tenían pantorrillas y sus pies remataban el empeine en forma de pata de ñandú. Eran indios de altísima estatura, más veloces que los caballos y capaces de disparar tres lanzazos a la vez a sus enemigos o a los animales que cazaban.

—Está bueno, eso —dijo Rafa—. Muy onda realismo mágico, pero está bueno. Lo real maravilloso es un recurso muy trajinado pero siempre eficaz.

—Lo peor de la incredulidad de aquellos tarados es que ni siquiera fueron capaces de admitir que lo de los cullus está todo documentado.

—Escuchá lo que dice la Ilse en otro fragmento: "Cuando él me hablaba así, sentado a los pies de la cama, en calzoncillos, yo era feliz y me entregaba como un bebé. Tenía la inocencia de los indiscretos que invaden la intimidad de la gente y no se dan cuenta o no les importa. Y me erguía levemente y me apoyaba en un codo, y lo miraba con una sonrisa de estúpida felicidad, como la del que orina en el mar en una playa atestada de gente. En público, sin embargo, procedíamos distinto. En todas las reuniones nos cuidábamos de saludarnos discretamente, como simples camaradas de una desventura. Pero teníamos perversas fantasías, como corresponde a todos los amantes. Una noche, durante una fiesta de fin de año en el Club del Progreso, subimos al primer piso e hicimos el amor en el baño que está junto a la biblioteca mientras abajo el hervidero de gente, mi marido, su mujer, amigos y amigas, autoridades y público, pululaban y bebían como festejando ese coito maravilloso, excitante, salvaje que nos regalamos, semidesvestidos, yo con una pierna en el piso y la otra sobre el lavabo, y él adentro de mí empujando como una topadora, fundidos como dos barras de estaño hirviente, calcinados durante un par de fugaces minutos al cabo de los cuales logramos un orgasmo monumental cuya expresión oral fue un mismo grito de triunfo y alegría que sin embargo reprimimos tapándonos las bocas y mordiéndonos los hombros, para luego jugarse la patriada (Pocho) de salir solo al pasillo cuando creía que no había nadie esperando turno (habían golpeado dos veces a la puerta, y fue él quien respondió 'ocupado') para que pudiera salir (yo) disparada como un chico con permiso de tomarse todos los helados del mundo".

—La verdad es que la Ilse logró un buen tono en su novela, pero no me lo imagino en un cuento —interrumpí yo, y me mandé el final de la ginebra.

Rafa siguió, imperturbable y con los ojos cerrados, hablando como un poeta, no sé si han visto a un poeta recitar sus propios poemas: cierran los ojos y los leen en sus párpados acompañándose musicalmente con las manos, que mecen en el aire como si fuesen dos batutas.

—"...La intimidad de los amantes lo permite todo, pero sólo cuando se sostiene en base al respeto y la confianza, valores que se amasan como se amasan los cuerpos antes y durante la posesión. Por eso es que cuanto más se conocen los cuerpos, más se necesitan, más se sienten y presienten y es mayor la posibilidad y la necesidad de compartirlo todo. Sólo entonces parece posible que los límites no sean transgredidos sino integrados. Así les pasaba a ellos, y por eso podían soportar la neurosis que a veces traía Carlita de la Facultad, o las inseguridades y desalientos que acosaban a Pocho. Y no es que todo terminara siempre en la cama —lo que también sucedía—; lo importante era que se bancaban las peores partes de cada uno, esa necesaria contrapartida que se exigen los amantes cuando ya se han entregado también lo mejor de cada uno. Y así la inestabilidad de él era, para ella, peligrosa y hartante pero soportable; y así los cambios bruscos del humor de Carlita eran para Pocho desgastantes y productores de un desequilibrio que lo enfurecía, aunque también eran tolerables".

–Eso último es muy flojo –lo paré–. ¿Ves, Rafa, cómo el amor literario siempre termina derrapando hacia lo cursi? ¿Te das cuenta que es inevitable?

–Es que las cosas del amor, Cardozo, en Resistencia siempre son así: un largo y trabajoso camino hacia una especie de nirvana kistch. Lo que importa no es el amor, en definitiva; lo que importa es que los demás no se enteren. Y es por eso que el temor al ridículo los hace caer en situaciones ridículas constantemente.

–Quizá la Camelia Morgan tenía razón. Aunque arrepentida de no haber tenido nunca un amante, así y todo fue virtuosa.

–Sí, pero se pasó la vida soñando con tener un señor con pollo en la puerta.

–No tiene nada de malo, Rafa. Es lo mismo que hacemos los cuentistas. Exactamente lo mismo.

–Mirá, está amaneciendo –el limpio dedo índice de Rafa señaló la claridad que se asomaba por la ventana–. Vamos, que se nos acabó el tiempo.

Entonces pagamos la cuenta y salimos a la mañana, que ya tenía en el aire el impecable frescor de abril, aroma de jazmines y el piar de una bandada de golondrinas. Nos despedimos en la esquina de la plaza, borrachos y desoladoramente tristes. Rafa se fue, en silencio, a tomar el micro que lo llevaría a Barranqueras. Y yo, con paso inseguro, rumbeé hacia los lapachos preguntándome para qué, el tiempo para qué.

INEDITOS

CARNICERIA CON SIESTA

Para María Azucena Villoldo

A la hora más caliente de una siesta de verano de hace como treinta años, el muchacho toma la decisión de matar a Toni, su ya anciano, artrítico fox-terrier. Otrora infatigable y ladrador, ahora es un animal gastado y de mirada triste y lánguida como la de los que esperan pero temen la bendición de la muerte. Son casi de la misma edad, pero el niño está lleno de futuro y enfrenta esa incomprensión como quien recorre un laberinto de pesadilla: sin asistencia, a pura angustia. El amor hacia su perro se le derrama igual que una copa de leche manoteada sobre la mesa. Es un amor tan grande e incontenible que la decisión inmediatamente desata en él una horrible culpa que le gana el cuerpo como una inundación.

Desasosegado pero irrefrenable, decide que lo enterrará bajo varias paladas de tierra en las raíces mismas del gomero que su padre plantó el día que él nació, y se jura que nada va a detenerlo porque no quiere que Toni siga sufriendo. Pero es un juramento de niño, más una bravuconada para darse los ánimos que le faltan que un compromiso a cumplir.

A esa hora caliente, las paredes del muro parecen hervir y sale de ellas como un humito de vapor que enturbia la visión del chico, quien cambia el foco de su mirada para observar en el fondo del jardín cómo impera la sombra maciza y tranquila de ese árbol tan grande, de raíces rugosas que asoman como tentáculos de un agazapado pulpo terrestre. Desde hace un tiempo esas raíces rompen baldosas y canteros, y también desencadenan el rosario de quejas de la madre, hay que cortar ese árbol, Francisco, se ha desmesurado y no respeta nada, te lo vengo diciendo desde hace años, Francisco, los gomeros cerca de las casas sólo sirven para romper las baldosas, destruyen los cimientos, presagian la muerte, y el chico escucha siempre esa misma letanía, que tiene para él igual sonoridad que la indiferencia del padre.

El hombre se hace el distraído y se desentiende, desde que está sin trabajo no hace otra cosa que mirar televisión y desentenderse como ha hecho toda su vida con casi todas las cosas importantes, mientras la mujer lo sigue, plañidera, mirá cómo está arruinando el jardín, Francisco, ya atropelló los rosales y ahora nos va a matar la santarrita que te gusta tanto, un día de éstos una raíz va a romper la cámara séptica y nos vamos a tener que ir a vivir a otro lado por el olor, encima que en esta casa no hay un peso. El hombre la mira quejarse, desentendido, la mira como se mira un colibrí en el aire, un sueño fugaz e irretenible, y nada, no hace nada ni dice nada, y la mujer claro, vos nada, Francisco, vos siempre nada, se puede venir el mundo abajo y vos nada, sos una mula, y de pronto mira al chico que está en el patio y le grita a través de la ventana nene, ¿hiciste los deberes?, dale, vení que tenés que hacer los deberes, vos, y después vuelve al hombre que ahora mira televisión y cambia de canales y ha elevado el volumen, y qué cruz haberme casado con este hombre...

Mientras el chico acuesta al obediente y confiado Toni, piensa que su mamá agradecerá ambas decisiones. Conteniendo el llanto que parece a punto de explotarle adentro como una tempestad, el muchacho calcula la distancia y alza enseguida el enorme machete zafrero que fue del abuelo y lo descarga sobre el magro cuello del perro, que, herido pero no muerto, suelta un aullido agudo, largo y penetrante, y se yergue y corre, gimiendo-ladrando-aullando, a refugiarse en el lavadero que está al fondo del patio.

El muchacho embiste entonces a machetazos contra las raíces emergentes del gomero, que parecen venas de infinitas manos de anciano que surgieran de la tierra, rugosas y duras. Blande el ma-

364

chete como una imposible espada justiciera, en desesperado intento de quitar la sangre de Toni que ha quedado estampada en el filo, en las raíces, en la tierra.

Y cuando sus padres salen al patio atraídos por el aullido inusual, desconsolado, y por los machetazos, el muchacho le pega al árbol con más rabia que fuerzas y llora, impotente, y el perro gime en el fondo, y la madre grita como una palestina, y el padre, mientras repite qué desgracia, carajo, qué desgracia, perro de mierda, le quita el machete al chico, lo agarra de una oreja y lo arrastra hasta el lavadero, donde Toni se desangra, acurrucado detrás del lavarropas. Entonces, diciendo esto querías pedazo de idiota, esto querías, el hombre descarga un machetazo por entre la pared y la máquina, hacia donde está el perro, que ladra y aúlla, aterrado, y enseguida otro machetazo que hace saltar un chorro de sangre desde atrás de la máquina. El chico mira azorado esa sangre que brota del hueco y le mancha las zapatillas, pedazo de idiota, y no puede llorar pero por el espanto, y entonces la madre, que está un metro detrás del hombre, sin dejar de chillar agarra el brazo del marido y le grita no seás animal, bruto, bestia, asesino, y ambos forcejean, y entonces Toni, herido y cojeante, aprovecha y huye del escondite, y el chico lo ve y corre a abrirle la puerta que une el patio con la casa, para que pueda atravesarla y así salir a la calle, a la libertad. Toni se lanza por allí, derrengado y aullante como una autobomba, y en ese instante el chico sabe que nunca, nunca más verá a su perro, aunque no sabe si siente pena o alivio.

En el lavadero la discusión crece y los reproches que intercambian los adultos de la casa son intensos, casi definitivos como las sentencias de segunda instancia, y mientras la madre dice ves lo que ha hecho tu hijo, no tiene alma igual que vos, son buenos para nada, eso es lo que aprende con la tele prendida todo el día, y el padre asegura que la tele no tiene una mierda que ver, esto pasa por la educación que vos le das, mejor dicho que no le das, esta casa no se aguanta más y ya van a ver cuando yo me vaya, a ver qué hacen.

Y en la puerta que da a la calle, por la que ha huido el perro, el chico se sienta en el zocalito y mira pasar un camión regador, porque es verano y hay mucho polvo en las calles, y se pregunta adónde habrá ido el pobre Toni, y llora pero no sabe bien por qué, aunque empieza a sospechar que no sólo llora porque sabe que ha perdido a su perro para siempre, sino que sabe también que nunca podrá olvidar esta carnicería, que no sabrá jamás aliviar la culpa que se le ha instalado adentro como un virus, y que ya nada será lo mismo, o sea que irremediablemente todo, todo, será por siempre demasiado igual.

EL LIBRO PERDIDO DE JORGE LUIS BORGES

Para el Bebe Martínez

Nunca conté esto antes, y ahora mismo no sabría explicar por qué. Creo que fue a fines de 1980, durante un vuelo entre la Ciudad de México y Nueva York. En el mismo avión viajaba Jorge Luis Borges, aunque él lo hacía en primera clase, por supuesto. En algún momento me atreví y le pedí a la comisario de a bordo que me permitiera sentar al lado de él durante unos minutos. Accedió con esa proverbial simpatía de las mexicanas, y hasta me convidó una copa de vino.

Borges tenía los ojos cerrados y sobre su falda descansaba una carpeta de cuerina color obispo. Parecía rezar, aunque tratándose de él uno debía suponer que estaba componiendo o recitando un poema. Fue muy amable conmigo y cuando me presenté como compatriota dijo, sonriente:

—Quizá no sea casualidad que dos argentinos nos encontremos a tanta altura. Ya ve cómo nos cuesta tener los pies sobre la tierra.

Me preguntó en qué podía servirme y le respondí que simplemente no quería dejar pasar la ocasión de saludarlo y le conté, brevemente, que acababa de publicar un cuento titulado "La entrevista" en el que yo imaginaba que él, Borges, llegaba a los 130 años de edad sin ganar el Premio Nobel y un editor norteamericano de voz meliflua me encargaba a mí, para entonces un viejo cronista jubilado de ochenta y pico de años, que lo entrevistara.

Naturalmente, Borges no se interesó por mi ficción, pero sí inquirió acerca de mi interés en él: quiso saber qué obras yo había leído, o cuáles conocía, al menos. Me di cuenta que le importaba distinguir a un cholulo de un lector, de modo que le conté que lo había leído completamente gracias a un torneo de ajedrez entre escritores. Sin dudas lo halagué y desperté su curiosidad. Entonces le referí la breve historia de mis años de trabajo en la vieja editorial Abril, donde además de una excelente escuela de periodistas había decenas de buenos poetas y narradores y casi todos jugaban bastante bien al ajedrez. Mencioné, por supuesto, a muchas distinguidas plumas de entonces, comienzos de los 70. Comenté que todos lo habían leído y querían ganar el premio que la editorial había dispuesto para el campeonato de aquel grave año de 1975: sus *Obras Completas*. Pero quiso el azar (le dije, sabedor de que le encantaría tal atribución) que campeonato y premio los ganara yo, que era un jovencito infatuado que por entonces privilegiaba a la Revolución por sobre la Literatura y que no lo había leído por puros prejuicios juveniles.

–Quizá usted tenía razón –me reconvino–. Fue el año en que yo dije que Pinochet y Videla eran dos caballeros. Un desatino del que hoy me avergüenzo.

De todos modos, era imperdonable que siendo yo entonces un joven aspirante a narrador no lo tuviese leído y bien leído, así que le conté que de inmediato había subsanado mi falta y le manifesté mis preferencias. En un momento él me interrumpió para pedirme que por favor no fuera tan superlativo, y finalmente le confesé que me llamaba mucho la atención su insistencia en mencionar textos tan inencontrables como el *Nekronomikon*, la *Primera Enciclopedia de Tlön*, *El acercamiento a Almotásim*, las obras de Herbert Quain tales como *El Dios del Laberinto, Abril Marzo, El Espejo Secreto*, etc., y sus menciones de otros autores que solía nombrar como Joahnn Valentin Andre, Mir Bahadur Ali, Julius Barlach, Silas Haslam, Jaromir Hladik, Nils Runeberg, el chino T'sui Pen, Marcel Yarmolinsky, las confesiones de Meadows Taylor o las según él siempre oscuras, incomprensibles ideas filosóficas de Robert Fludd.

Borges se rió de buena gana y me dijo, enigmáticamente:

—De todos esos libros, sólo uno es verdadero. Y lo tengo escrito.

Sólo atiné a mirarlo fijamente, encandilado por ese hombre delicado y magro cuya ceguera miraba mejor que nadie el infinito vacío que había del otro lado de las ventanillas, mientras acariciaba rutinariamente la empuñadura de su bastón.

El advirtió la densidad de mi silencio.

—Más aún: tengo aquí un borrador —dijo suavemente, casi un susurro—. ¿Quiere echarle una ojeada?

Me emocioné, diría, hasta el borde mismo del llanto. Le dije que por supuesto, le agradecí el gesto disimulando ineficazmente mi ansiedad, y cuando me tendió la carpeta de cuerina color obispo yo regresé a mi asiento en la clase turista, en el fondo del avión, y me sumergí en la lectura.

El texto llevaba un extraño, borgeano título que sinceramente no recuerdo con exactitud. Tonto de mí, creo confusamente que era *El irregular Judas* o algo así. Era una novela, o lo que yo supongo que debía haber sido *la* novela de Borges, mecanografiada por alguien a quien él le habría dictado. La trama era sencilla: Egon Christensen, un ingeniero danés, de Copenhague, llegaba a Buenos Aires en 1942 como jefe de máquinas de un carguero cuyo capitán no se atrevía a partir por temor a ser hundidos por los acorazados alemanes que infestaban el Atlántico Sur. Egon se radicaba cerca de La Plata, revalidaba su título de ingeniero y marchaba a Jujuy, conchabado por el Ingenio Ledesma. Su pasión era el ajedrez, admiraba a Max Euwe, y en Jujuy vivía una peripecia amorosa y otra deportiva, ambas colmadas de paradojas.

Lo extraordinario, desde luego, eran su prosa, la infinita rigurosidad de vocablos, el armado preciso y despojado de la secuencia exponencial, una inevitable mención a Adolfo Bioy Casares, la retórica perfecta y sobre todo la erudición, que dejaba perplejo al privilegiado lector que yo era.

Cuando terminé, temblando de emoción y agradecimiento, le llevé la carpeta de regreso. Borges dormía, con la cabeza inclinada sobre un hombro como un capullo de algodón quebrado. Me pareció inconveniente despertarlo, y además estaba tan impresionado que sólo iba a ser capaz de decirle tonterías. Preferí depositar suavemente la carpeta sobre su regazo.

Cuando llegamos al Aeropuerto Kennedy, a él lo recibió un montón de gente que subió al avión (editores o embajadores, supongo) y vi cómo se lo llevaban de prisa a un salón vip.

Al cruzar Migraciones vi también, y con espanto, que la misma carpeta de cuerina color obispo estaba en manos de un hombre muy alto, rubio, de inconfundible aspecto escandinavo. Me pareció haberlo visto en la primera clase, pero no estaba seguro y era ya un dato irrelevante: lo evidente era que le había robado el manuscrito a Borges.

Me alarmé y dudé si denunciarlo a los gritos o correr hacia el hombre para rescatar la carpeta puesto que ya no podía avisarle a Borges ni a quienes lo acompañaban. El oficial de migración me dijo no sé qué cosa y en el segundo siguiente perdí de vista al danés, porque era un danés, sin dudas. Sentí un extraño pánico que me duró todo ese día y los que siguieron. Leí con angustia los diarios de toda esa semana, esperando encontrar una denuncia, el reclamo de Borges o sus representantes. Pensé incluso que él podría acusarme de semejante atropello.

Nada. No sucedió nada y, que yo sepa, él jamás pronunció una palabra sobre el episodio. Y yo no volví a verlo hasta una noche de 1985, ya en el desexilio, cuando de la editorial Sudamericana me invitaron a una charla de Borges sobre un libro de viajes que había escrito con María Kodama. Fui con la intención de preguntarle acerca de aquella carpeta de cuerina color obispo. Pero en un momento, ante la primera pregunta del público, él contó que una vez, durante un viaje en avión, había soñado con un tipo que se le acercaba desde la clase turista y al que él engañaba entregándole un texto apócrifo que aquel hombre jamás le devolvía.

Decidí callar, por supuesto. Borges falleció tiempo después, como todo el mundo sabe, en Ginebra.

VIEJO HECTOR

Sé que lo que escribo hoy, primero de febrero de 1979, puede tener uno de dos destinos: o alguna vez el Viejo Héctor lo leerá con su mirada clara y acaso sonriendo, para reconvenirme que estuve mal informado y que me equivoqué en ciertos detalles; o no lo sabrá jamás porque está muerto.

Me aferraré a la primera posibilidad. Es necesario que mantenga izada la esperanza, que las ilusiones sean capaces de vencer cualquier desaliento, que yo inaugure a cada palabra una fe nueva para imaginarlo vivo, entero, jodón como siempre. Porque las versiones son contradictorias: hace dos años, los primeros informes fueron duros de asimilar: lo declaraban muerto y hubo quien dijo que en un enfrentamiento; otra versión aseguró que lo había entregado un delator; una tercera no especificaba detalles pero lo daba como desaparecido: "Nunca más se supo". Y uno ya está advertido de que esa fórmula, en mi país, quiere decir que se sabe perfectamente.

No podría afirmar que he llorado, porque nosotros ya no lloramos a los muertos. Tampoco se los reemplaza, como jurábamos en las viejas consignas. Simplemente se los guarda en la memoria, se los acumula en la cuenta que algún día nos pagarán y se sigue adelante. Pero sí lo evoqué largamente. Su imagen bonachona pareció revivir, entonces, y sus ojos grises, sus mofletes gordos y hasta sus enormes manos de carpintero jubilado se me hicieron tangibles como en cada reunión, cuando las cruzaba sobre la mesa, escuchando atentamente, y sólo las separaba si alguno le preguntaba sus opiniones. Porque nunca hablaba sino para responder preguntas. Jamás nadie se lo dijo, pero no entendíamos esa actitud suya, que no era de recelo ni de desconfianza, sino de hombre sabio. Sólo que nosotros, jóvenes e impetuosos entonces, no éramos capaces de comprender esa sabiduría. Y así nos fue.

La vez que se incorporó al grupo, todos lo miramos con prevenciones. En primer lugar porque nos triplicaba en edad. Ana juraba que debía tener más de sesenta años. Luis, más benévolo, lo hacía cincuentón. Pero fue Rosita la que expresó lo que todos sentíamos: esa desconfianza por la fama que traía, pues todos lo conocíamos desde niños; todos habíamos leído infinidad de veces el nombre y el apellido del Viejo Héctor en las revistas de historietas. Todos habíamos sido atrapados por la fantástica odisea de *El Eternauta*, habíamos luchado junto al Sargento Kirk alguna vez, o compartido las aventuras de Ticonderoga, de la Brigada Madeleine, o entusiasmado con las narraciones de Ernie Pike, el corresponsal de guerra, o sufrido con el patético relato de Mort Cinder. Eramos, ciertamente, una generación hija de las revistas *Fantasía*, *D'Artagnan*, *Intervalo*, *El Tony*. Y además, él era el primer y único tipo famoso que se incorporaba al grupo. Y la fama resulta sospechosa para los jóvenes que se sienten revolucionarios.

Por cierto, no puedo hacer su biografía, que por otra parte sólo conozco en porciones. Diré, nomás, que no me gustó, al comienzo, su apellido alemán, quizá porque le atribuí una injusta connotación nazi. Pero enseguida me cautivó su modo de ser tan italiano, tan afectivo, cálido y firme como una luna de enero sobre Buenos Aires. Y al cabo de tres o cuatro reuniones supe por qué lo quería: porque encarnaba la imagen de mi padre, ese sujeto también mofletudo y de ojos grises que casi no conocí y que, por entonces, hubiera tenido aproximadamente la edad del Viejo Héctor.

Aunque él jamás lo hubiese admitido, sospecho que sabía que llegó a ser una mascota para nosotros; representaba una especie de símbolo, de espejo que todos deseábamos conservar para cuando tuviéramos su edad. Era un afecto que él nos retribuía, gentilmente, cuando nos comparaba con sus hijas, de quienes hablaba siempre con orgullo porque las cuatro –como sus cuatro yernos– eran militantes.

¡Cuántas fantasías elaboramos alrededor del Viejo! Su silencio, que era apenas perceptible, suave como una brisa y discreto como la respiración de un bebé que duerme, ni alentaba ni desalentaba. Su empecinada modestia, y el desgano con que hablaba de sí mismo las pocas veces que lo hacía, nos impulsaban a hacer averiguaciones. Así supimos que venía del pecé, que era militante desde hacía un montón de años y que lo había seducido la furia revolucionaria de la juventud peronista quizá porque, como una vez declaró bajando la vista, acaso ruborizado, finalmente veía, a sus años, una revolución posible, cercana, casi palpable. Esa vez lo acusamos de triunfalista y nos reímos porque estaba de moda hablar de la "guerra prolongada" y el Inglés, responsable de ese grupo, dijo que después de todo no sería tan prolongada como para que él no la viese. Pobre Inglés.

Guardo para mí pocas fortunas, pero una de ellas es la de haber conocido su casa de Beccar y haber tomado allí unos mates una tarde de septiembre, escuchando cada tanto el paso del tren suburbano cuyo transitar nos obligaba a pausas en el diálogo, como hacen los ancianos, sólo que entonces yo era demasiado joven. Le insistí para que hablara de él y me contó cómo trabajaba, siempre hablándole a esa grabadora, una primitiva Geloso a cinta en la que parloteaba sus ideas, inventaba argumentos, desarrollaba personajes y proponía imágenes para que los mejores dibujantes del país las plasmaran en cuadritos para las revistas. Compartí su aprecio por Alberto Breccia, por Ongaro, por quienes él llamaba "los muchachos", esa generación de dibujantes que él había llevado a la editorial Abril en los años cincuenta, cuando fue el iniciador de la época de oro de la historieta en la Argentina. E incluso reconocí un cierto rencor cuando habló de ese italiano famoso que le robó la paternidad del Sargento Kirk.

Creo que en algún momento le pregunté la edad. ¿Tenía, entonces, sesenta y dos años, como me parece? No lo recuerdo, pero sé que le pregunté por qué militaba, a su edad y con su fama. Me miró como pidiéndome disculpas, cebó un mate y dijo, con una naturalidad que ahora me emociona evocar: "¿Y qué otra cosa puede hacer un hombre? ¿Acaso no somos todos responsables de la misma tarea de mejorar la vida? Yo sólo sé que éste es un trabajo noble y que hay que hacerlo". Y se dio vuelta y me mostró unos amarillentos ejemplares de *Hora Cero*, y luego empezó a hablar de cómo se le ocurrió ambientar a Mort Cinder en una casa de Beccar que era exactamente la misma en la que estábamos y que él habitaba desde siempre. Y me llevó al patio, de malezas crecidas, con esos rosales que daban pena de tan mustios, y enseguida se justificó diciendo que ya no tenía tiempo para ocuparse de ciertas cosas.

Sé que la nostalgia que produce el exilio lleva a sublimar detalles, y que no hay que confiar demasiado en este tipo de recuerdos pues uno está demasiado expuesto a que el amor traicione a la memoria. Pero todavía puedo mencionar pequeños, difusos pasajes, datos sueltos que retengo, como su puntualidad admirable que garantizaba que ninguna reunión comenzara sin su presencia. Era su manera del respeto, una responsabilidad que nos imponía sin querer (o acaso era un estilo de demanda, quién sabe). Quizá por eso, cualquier pequeñísimo retraso suyo nos alarmaba, porque —debo confesarlo— en el fondo ninguno de nosotros confiaba demasiado en su silencio, si caía. Había como una especie de endeblez que se imponía a su corpachón de veterano carpintero y que nos hacía temer que, si lo detenían, no resistiría la tortura. Eramos todos tan jóvenes, entonces; no sabíamos que el valor es también una cuestión de madurez.

Fue una tarde de abril cuando lo vi por última vez. Había llovido y se hacía difícil conseguir taxi, de modo que llegué demorado a la cita. El se había cambiado de esquina, por si acaso, y estaba como refugiado detrás de un buzón. Nos miramos sin saludarnos y yo entré a ese bar de Sarmiento y Riobamba. El me siguió diez minutos después. Intercambiamos documentos, o alguna nueva consigna, no recuerdo bien, y tomamos café hablando de lo bella que es Buenos Aires cuando llueve. Luego nos despedimos como siempre, con esa efusividad contenida de los militantes clandestinos.

Nunca más lo vi. Cuando me tuve que ir del país, dejé saludos para él; no sé si se los dieron. Más tarde, en alguna carta, algún compañero me dijo que lo había visto, que estaba bien. Dadas las circunstancias, no era una pobre noticia. Y eso fue todo.

Hasta que llegaron los comentarios sobre su desaparición, que trajeron un dolor intenso, profundo, nunca expresado (uno siempre se las ingenia para no exteriorizar los dolores intensos, profundos). Lo imaginé soportando un calvario, resistiendo un poquito y –lo deseé con todas mis fuerzas– muriéndose rápido gracias al cansancio de su corazón. Y hasta pensé que al Viejo Héctor le habría servido de algo tener los años que tenía: para sufrir menos y no delatar a nadie.

Desde entonces no hubo historieta, o *comic* como le llaman acá, que no me hiciera recordarlo. Del mismo modo, no hubo mención a las palabras "derechos humanos" que no estuviera ligada a la evocación de su cara bonachona, sus ojos grises, sus mofletes.

Hasta que esta misma tarde, este primero de febrero de 1979, hace apenas unas horas, me encontré con un par de amigos que acaban de llegar de Buenos Aires. Traen noticias frescas, de esas que literalmente devoramos, exigimos con avidez porque sirven para modificar criterios y reubicarnos en la realidad perdida (aunque a veces los que llegan nos matan a los vivos, como también, a veces, resucitan algunos muertos).

Dudé cuando dijeron: "Héctor está vivo, *parece* que está vivo". De pronto era demasiado absurdo que cuatro palabras fueran capaces de revivir a un muerto. Es tan duro asimilar la idea de la muerte que, años después, resulta casi imposible asimilar la certeza de la vida.

Me contaron algunos detalles que ratificaron su estatura, su calidad, la solidez maravillosa de su madera. Dicen que lo detuvieron en una casa que estaba cantada, en la que iba a celebrarse una reunión importante; que los demás habían sido alertados, excepto él, por esas cosas tremendas del destino, por una inconveniencia, por esa manera caprichosa de la tragedia. Dicen que le salió al encuentro un montón de milicos; que lo golpearon mucho y se lo llevaron, de prisa, como siempre tienen ellos, para que hablara lo que sabía, acaso confiados en la debilidad de sus años. Dicen que cundió cierto pánico y que costó todo un día levantar lo levantable, cambiar citas, movilizar casas, hacer mudanzas apresuradas, esconder gente. Porque –aseguran– realmente nadie creía en su fortaleza, en su silencio.

Pero pasó ese día, y otro, y otro, y una semana, y no sucedió nada de lo temido. Todo siguió igual y ésa fue la prueba de su aguante (que era lo que a los dirigentes más les importaba, parece) aunque también –dicen– hubo quienes imaginaron lo que le hacían, el tormento que padecía. A mí se me hace, ahora, que muchos lo habrán querido más que nunca, que en diversos sitios de Buenos Aires se habrán producido silencios respetuosos, apenas quebrados por el canto de los gorriones, por el entrechocar de las hojas de las casuarinas, por el lento paso del río acariciando las riberas.

Y se me ocurre, también, que acaso entonces nació la certeza de su muerte, una certeza que hoy, primero de febrero de 1979, parece ilusoriamente quebradiza. Porque si bien provoca esta confusión que de alguna manera sobrecoge y aplaca (lo más probable es que el Viejo Héctor jamás lea esta carta), no impide que en este momento yo lo sueñe con su sonrisa cálida y su mirada clara, dispuesto a reconvenirme que estuve mal informado y que estos imperfectos datos biográficos no son correctos.

Para Héctor Oesterheld, guionista de historietas,
hombre sabio, compañero, si está vivo.
A la memoria de Héctor Oesterheld, si está muerto.
México, D.F., febrero de 1979

UN BARCO ANCLADO
EN EL PUERTO DE BUENOS AIRES

Para Alicia Rolón

Somos un grupo bastante grande, por lo menos un par de centenares de personas, y estamos en lo que parece ser un largo comedor, o un salón de actos, o acaso una de las bodegas de un barco anclado en el puerto de Buenos Aires. Hay unas pesadas, rústicas mesas fraileras atornilladas a los pisos de acero, con largos listones de madera a los costados que hacen de bancos. Sobre ellos se sienta la gente mientras come, charla y vigila a los muchos chicos que juegan alrededor como si fuera domingo y estuviésemos en un parque al aire libre.

Hay unos tipos muy serios en las únicas puertas del salón, que no tiene ventanas y semeja una enorme caja de acero llena de gente. Camino hacia la salida como un tranquilo parroquiano que se retira del bar al que concurre todas las mañanas, y saludo a uno de esos hombres amablemente. Pero cuando estoy por salir como para andar por la cubierta y acaso fumar recostado en la barandilla y mirando la ciudad, el tipo me dice —también amablemente pero con firmeza— que por favor permanezca adentro, que no puedo salir. Pregunto por qué, pero no obtengo respuesta y su mirada se endurece. Entonces le digo, desafiante, que quiero irme de allí y que voy a irme le guste o no, pero él me responde secamente que no puedo y que no insista. Mientras lo dice, se acercan varios hombres más y advierto que todos están armados.

Disimulo mi contrariedad y regreso al interior del salón. Camino por el pasillo mientras me recompongo y al cabo me detengo ante una de las mesas del fondo. Hay allí unos tipos charlando, riendo: fuman y juegan al truco. Me siento en la punta de uno de los bancos, como para integrarme al grupo, y les digo que estamos presos. Algunos me miran y yo les informo: este barco es una cárcel. ¿Alguno sabe, acaso, qué hacemos aquí? Todos se miran entre sí como despertando súbitamente de un sueño colectivo, como figuras de cera que de pronto se animaran. Veloz, ansiosamente decidimos que tenemos que salir. Planeamos una fuga masiva.

Voy nuevamente hacia la puerta donde está el guardia que me detuvo, y me cruzo con una enana que me guiña un ojo. Es una mujer muy pequeña, regordeta como suelen ser los enanos, y también una mujer preciosa, casi una muñeca rubia enfundada en un vestido de época, de esos que usaban las mujeres norteamericanas en los tiempos de Abraham Lincoln. Me detengo cuando ella se interpone en mi camino y la observo durante unos segundos, sintiéndome paralizado. Me pregunto a qué bando pertenece. Y mientras dudo, advierto que toda la gente, detrás y alrededor de mí, parece estar lista para una rebelión. Varios hombres se han acercado a las puertas y alguno de ellos ya está discutiendo con los guardias porque también ha querido salir pero se lo impidieron. Se oye un grito, hay forcejeos cerca de la puerta y se escuchan pasos en el piso superior como de tropas que llegan para reforzar a nuestros carceleros. Aprovecho la confusión ya generalizada y empujo a uno de los guardias, cruzo la puerta, corro unos metros por la cubierta y me lanzo al agua.

Hace mucho frío allá abajo y lo único que sé es que son aguas sucias, de puerto, y que debo aguantar la respiración bajo la superficie hasta que estén por estallarme los pulmones. Y que debo nadar sin detenerme.

Cuando emerjo, desesperado por esa bocanada de aire que me entra como un trozo macizo de algo, como un bocado demasiado grande e imposible de tragar, advierto enseguida que el barco es un caos de gritos, disparos y ayes; parece una caja de metal llena de locos, un manicomio flotante que se incendia. Y veo también que del otro lado de los altos muelles, como una niña que se asomara sobre una barda para mirar el vecindario, se alza la silueta inconfundible y bella, querida y siempre misteriosa de Buenos Aires.

Nado con tanto asco como urgencia por alejarme, y, cuando finalmente salgo de las asquerosas aguas y me trepo a un muelle y me refugio entre los brazos oxidados de un viejo guinche en desuso, me pregunto qué es lo que ha sucedido. Y no tengo respuesta.

Pero sé que estoy en peligro y que debo, primero, secarme y buscar enseguida un sitio seguro donde encuentre algo fuerte y caliente para beber y acaso una explicación. Del puerto a mi casa hay mucha distancia, unos quince kilómetros de caminata, pero no veo más opción que andarlos. Soy un buen caminador cotidiano, así que me lanzo, al resguardo de las sombras, procurando circular por los sitios más oscuros. La zona del Bajo es buena para ello y recorro a paso firme e intenso toda la Avenida del Libertador, y Figueroa Alcorta, y Monroe. La ciudad tiene la apariencia de la normalidad más absoluta: pasan los coches y los micros de siempre; los trenes cruzan los mismos puentes, el Aeroparque recibe y despacha aviones, y en plazas y veredas casi no hay nadie porque hace muchísimo frío. No se ven más policías que los habituales, y cada vez que aparece un patrullero con su andar pachorriento pero siempre temible, yo me detengo y me escondo entre los árboles.

Por fin llego a mi casa, mi viejo y pequeño departamento de solitario en la estación Coghlan. Como no tengo las llaves, despierto a Edith, la encargada, y le pido los duplicados. Me recibe sorprendida, y aunque la preocupación se le marca en el rostro, con la inigualable amabilidad de los chilenos del sur me dice que quizá no sea conveniente que yo me quede esa noche en casa: algo muy grave está pasando, aunque no sabe precisar qué. Le digo que acuerdo con ella y que sólo voy a cambiarme las ropas.

De modo que subo a mi séptimo piso y, sin encender las luces, bebo un largo vaso de ginebra que me produce una sensación maravillosa: la de que algo me vuelve a llenar el alma, y es como si el alma encontrara nuevamente un sitio en mi cuerpo, que se me había vaciado por completo. Enseguida me doy un prolongado duchazo de agua muy caliente. Pero hago todo eso veloz y eficiente-mente, y mientras me visto preparo una muda de ropa alternativa que guardo en un bolso deportivo de ésos de propaganda de ciga-rrillos norteamericanos, típicos de tienda libre de impuestos.

Cargo conmigo también mis documentos, el pasaporte, todo el dinero que encuentro y una foto de mis hijos, y reviso rápidamen-te mi agenda telefónica. No voy a llevarla para no comprometer a nadie si cayese en manos de mis perseguidores, pero revisito y gra-bo algunos números que en ese momento pienso que me pueden ser útiles. Salgo del departamento y lo cierro con doble llave. Des-ciendo por la escalera para que ni siquiera se escuche el ruido del ascensor y, en la planta baja, le devuelvo las llaves a Edith y le di-go que por supuesto no nos hemos visto. "Por supuesto –respon-de ella– y que dios lo acompañe." Salgo a la noche y al frío.

Ahora casi no hay nadie en la ciudad. Esta Buenos Aires me re-cuerda a la de los tiempos de dictaduras y estado de sitio, cuando el toque de queda amparaba las cacerías humanas. Busco un telé-fono público y marco el número de mi amigo Jorge. No contesta. Pruebo en el de Luis, en el de Laura. Nadie responde. Dejo de in-tentarlo.

Debo salir de la ciudad. No me atrevo a tomar un taxi ni un co-lectivo, así que marcho al mismo paso atlético de una hora antes, ahora con dirección al Acceso Norte. Planeo hacer dedo en alguna estación de servicio. Los camioneros son gente solidaria y no sue-len hacer preguntas si los acompañantes también son discretos.

El que finalmente acepta llevarme es un gordo de bigotes que recuerda a una especie de Cantinflas obeso. Siempre viaja escu-chando radio, me advierte como para que no se me ocurra entablar conversación, y en cuanto me acomodo alcanzo a oír el final de un noticiero. El gordo cambia de estación y mientras escoge una en la que Rivero canta "Tinta roja" dice: "qué barbaridad lo que está pa-sando". Yo murmuro algo que parece un acuerdo, un sonidito im-precisable, y durante un buen rato sólo se escucha el rugir del mo-tor, que parece que rompe la noche como una insolencia rodante. Al rato el gordo enciende un cigarrillo y me propone hablar de fútbol. Le sigo la corriente y después de que comentamos la mediocre campaña de Boca Juniors y compartimos pronósticos para el próximo Mundial, me quedo profundamente dormido y sueño que soy un señor gordo, muy gordo, tan gordo que para sobrevivir debo hacer un régimen a base de hidratos de tristeza y féculas de amor; debo comer de postre un dietético dulce de lágrimas y mi vida toda es una batalla a muerte contra los trigli-cerdos y el ácido fúrico.

Al día siguiente llegamos a Resistencia, cruzamos la ciudad y el puente sobre el Paraná, atravesamos Corrientes, y media hora después me bajo sobre la ruta 12, en la entrada al Paso. El sigue hacia Oberá. Nos saludamos como viejos amigos, nos prometemos un encuentro en el que ninguno de los dos cree, y yo emprendo la caminata hacia el pueblo. Son exactamente diez kilómetros, que conozco de memoria, pero me siento agotado y temo que el cansancio vaya a vencerme. Me duelen los pies como han de dolerle al Correcaminos después de cada persecución del Coyote. Pero ando y ando por el costado de la ruta, y miro unas garzas que alzan vuelo, como desconfiadas de mi presencia, mientras pienso en Carlos, el último recurso que me queda para escapar.

Ya en el pueblo, lo busco en su casa pero no lo encuentro. La puerta de su casa está cerrada y no se ven los sillones en la galería. Puesto que todos me conocen en el Paso y quiero evitar ser visto, me dirijo a la playa, desconsolado, exhausto, y me quedo mirando, impotente, hacia la costa paraguaya que está del otro lado, a varios kilómetros de agua, dibujada como una línea verdinegra en el horizonte. Me recuesto en la arena y me dejo llevar por un sentimiento de desolación que me gana rápidamente sin que yo le ofrezca resistencia. Hasta que me vence el llanto y lentamente me voy quedando dormido como los niños saciados de leche.

Sueño que una lancha viene a buscarme: son mis amigos paraguayos, Guido, Víctor, Gladys, quienes desembarcan sobre la arena vestidos con jubones y petos de acero como los de los viejos conquistadores, como Garay o como Ayolas, portando lanzas de larga empuñadura y en sus cabezas aquellos mismos cascos de dos picos y empenachados. Me dicen que no haga caso de sus extravagantes indumentarias, que ya me explicarán de qué se trata pero que huyamos cuanto antes. Subimos a un yate bastante lujoso que me parece haber visto alguna vez, y nos alejamos rápidamente de la costa. Cuando andamos por el medio del río, junto a un banco de arenas blanquísimas que semeja un preparado de harina y levadura para ser amasado por un gigante, vemos que pasa un guardacostas de la Prefectura Naval lleno de gente vestida de gala (hombres de smoking; damas de largo) brindando y festejando. Nos saludan y se ríen a carcajadas, y en ese momento despierto del sueño.

Me encuentro ante una luz enceguecedora que me da de lleno en los ojos. No puedo ver nada, no distingo lo que hay del otro lado. Pero sé que hay alguien.

—¿Dónde estoy? —pregunto, angustiado—. ¿Quién está ahí?

—Adivine —me responde una voz fría y superior.

Y en ese momento me doy cuenta de que los sueños no siempre despejan las dudas y que esa voz acaso proviene del rostro indevelable de quien no conocemos y sólo podemos imaginar. Quizá he estado soñando que soñaba todo el tiempo, como si los sueños surgiesen de una infinita *matrushka* rusa que vengo abriendo desde siempre, desde mucho antes de haber estado en aquel barco anclado en el puerto de Buenos Aires.

SAN LA MUERTE

Carmelo ha salido de la cárcel y lo primero que hace es ir al Belén. Se sienta a una mesa y recostado contra la pared mira cómo unos chicos juegan al billar. Doce años de prisión efectiva. Lo condenaron a cadena perpetua pero salió por buena conducta. Doce años.

Está flaco y demacrado. Bebe un whisky con soda y hielo, como si fuera un néctar del Paraíso. Sonríe y saluda de cabeza a los pocos que lo reconocen.

Se acerca uno y se sienta junto a él. Luego otro. Al ratito son varios los que lo rodean. En silencio, como cuando hablan los evangelistas y las mujeres y los niños miran al pastor.

Carmelo empieza a hablar de esa pequeña calavera de pie que tiene una azada en la mano derecha y cuya asistencia es siempre milagrosa, protectora.

Todos recuerdan esa tradición popular correntina de San La Muerte, pero ninguno asiente ni contradice; parecen subgerentes sumisos ante el patrón: simplemente lo miran —ceños fruncidos, comisuras caídas— y nadie lo interrumpe.

Un tipo, en Corrientes —sigue Carmelo— un día se fabrica con todo esmero y a punta de cuchillo un santito de hueso humano, muy pequeño, milimétrico. De hueso humano debe ser, dice, porque así el santito es más efectivo. Infalible. Luego el hombre se lo mete bajo la piel, aquí —y señala su propio bícep—, y adopta la costumbre de hablar frotándose el brazo izquierdo, cabulero, convocatorio de su suerte. A quien se lo pregunta le responde que lo hace, como manda la tradición, "para que las balas no le entren a mi persona".

Carmelo hace silencio y sorbe del vaso. Paladea. Come un pedazo de salamín con queso. Un pedacito de pan. En el Belén no vuela ni una mosca. Ni que fuera domingo y pasaran un partido de For Ever por la tele.

Hasta que un día —vuelve a hablar Carmelo— este hombre advierte que su mujer también se frota el brazo cuando habla. Y es que también se ha injertado un minúsculo San La Muerte bajo la piel.

Esa noche, al acostarse, el hombre le pregunta por qué, y ella responde:

—Para que la debilidad del amor no le venza a mi persona.

Carmelo dice que él escuchó esa conversación entre sus padres. Asiente con la cabeza, como respondiendo preguntas de un diálogo interior imaginario.

Todos lo miran. Ya conocen el final de la historia, si es que tuvo final.

Carmelo vuelve a asentir con la vista perdida en la vidriera sucia e infestada de cagaditas de moscas, tras la que pasa un carro desvencijado, ruidoso.

—Pero la debilidad le venció a mi madre —dice, como para sí—, y a mi padre sí le entraron las balas.

Luego se levanta, agarra un taco de la pared y se dirige a una mesa en la que nadie juega. Antes de intentar la primera carambola se arremanga la camisa. Todos ven que Carmelo no tiene santito en los brazos.

OTRA VERSION DE LA CONQUISTA

Para Juan José Manauta

Y ahora que en este puerto todo son maniobras y excitación yo quisiera saber si vos, le diría, yo quisiera saber si vos sos consciente de que tu regreso no sólo convoca nostalgias sino un completo descontrol de emociones. O sea, quiero decir, provoca una especie de granguiñolesco carnaval de caretas que nada simboliza mejor que el temperamento de La Vieja. Que cómo se dolió con tu exilio, mamma mía, con tu viaje a las Antípodas, como decía para no pronunciar México; cómo te imaginó y te buscó y te soñó, y hasta se metió en tus sueños. Y cómo te engañó como nos engaña a todos —todo el tiempo— dándote libertad pero limitándotela de manera que a la vez que discursea una cosa te manda otra, vieja loca, imprevisible, tan madre universal que no se puede creer, matriarca, abeja reina, virgenmaríamadredededios de esta familia, no sé si me explico, los mandatos, las profecías, ni un solo minuto —qué digo minuto; ni un solo segundo— han dejado de estar vigentes para vos, y lo siento, lo siento, sisisí, lo siento mucho pero sólo porque estoy un poco borracha digo estas tonterías.

Una noche vino y me dijo: ché Nena los dioses están equivocados con el chico, la historia siempre es al revés de lo que se cuenta, hay que mirar siempre los reversos de las tramas, por eso Viñas mirá qué loco que está pero cuánta razón tiene, es su frase hecha: revés de trama. Yo soñé —me decía en la noche con los ojos encendidos, dos brasas ardientes, dos brillos profundos, inextinguibles—

yo soñé a Chalchiuhtlicue, la diosa del mar y de los lagos. Es la esposa de Tlaloc, dios de las lluvias y del rayo, o sea de lo bueno y de lo malo, *capisce?*, un dios noble, justo. Bueno, yo la soñé a esta moza en el Mar Huéyatl, o sea el Golfo de México, a punto de modificar la historia, porque fijáte m'hija que los aztecas jamás impulsaron la navegación como no fuera en su lago mediterráneo a dos mil metros de altura, a quién se le ocurre; lo que yo digo es que no fueron navegantes de mar, y qué lástima porque bien pudo ser al revés la historia.

Ucronia perfecta: imaginar, por ejemplo, que Chalchiuhtlicue los exhortó a surcar el ancho mar y que allá fueron los aztecas. Acaso hubieran sido ellos los que cruzaban el grande océano para llegar a Europa, territorio que seguramente hubiesen creído las Indias Orientales, claro, y supongamos, imaginémoslos, que desembarcaban de sus goletas cargados de orgullo, marciales, magníficos; cerrá los ojos y mirálos: cientos de indígenas con plumas, con petos de oro, empenachados maravillosamente, festivos o solemnes y con todo el oro y la plata, y el café y el tabaco y el maíz, y con piedritas de obsidiana y de lapizlázuli, con rubíes y esmeraldas y topacios perfectos, en pleno medioevo digamos que arribaban a Lisboa, ¿te gusta?, o mejor a Cádiz, por qué no al puerto de Palos, y los ibéricos los recibían aterrados, te imaginás m'hija, si apenas terminaban siete siglos de dominación mora ahora una posible dominación azteca no querrían ni imaginarla pero nosotras sí —seguía La Vieja, faros de luz sus ojos, brillante en su demencia senil, quebrantadora de realidades, transgresora impune, inimputable—, nosotras sí, Nena, carísima, nosotras vemos a los ibéricos recibir a Moctezuma como a un Mesías que viene de Occidente, majestuoso con su penacho de plumas de quetzal de dos metros de alto, el bastón de oro y esmeraldas en la mano, y montando un avestruz enorme, por qué no. Y a todo esto los castellanos aterrados, los gallegos encandilados, los extremeños alucinando por semejante arribo, la noticia atravesando toda la España hasta Cataluña y el País Vasco, y más de uno ya viendo cómo robarle el bastón a Moctezuma, digamos, mirá que se iban a perder la oportunidad deslumbrados por tanto oro, y bueno, así son las cosas, y mirálos cómo todos retroceden a su paso, y los vemos llegar a la corte, y en el Palacio Real a Fernando e Isabel dudando si lo reciben o no, y las intrigas palaciegas, en fin, toda esa película.

Pero lo más extraordinario de esa Ucronia, m'hija, si Chalchiuhtlicue hubiese empujado a sus hijos al mar, lo verdaderamente excepcional habría sido todo lo posterior al desembarco de los aztecas de Moctezuma y de su hijo Cuauhtémoc con todos los atributos de los conquistadores. Los veo declarando que España es territorio que se incorpora desde ese momento al Imperio Azteca, una especie de Anáhuac extendido que incluye el vasto mar y todos los cielos y las tierras por obra y gracia de los dioses, e ipso facto, m'hijita, comienza la represión porque no hay conquista sin represión, naturalmente, y entonces nuestros indios destruyen iglesias y catedrales y entronizan a Huitzilopochtli en Toledo, erigen una pirámide para Coatlicue sobre la mezquita de Córdoba, un templo ceremonial en Granada y en la mismísima Plaza Mayor de Madrid un monumento a Quetzalcóatl, qué te parece, y en vez de guirnaldas los gachupines saludan ahora con serpientes emplumadas y pájaros maravillosos, y hablan un nahuatl bastante simpático que irán perfeccionando las sucesivas generaciones, y por supuesto se aficionan a comer ensaladas de nopalitos y aguacates, y sopas de flor de calabaza y tacos de huitlacoche, la transculturación al revés, qué carajo, m'hija, la historia es un disparate, la Ucronia es sensacional porque es todo igual pero diferente, y te juro, ché, había que verla a La Vieja cómo se burlaba de la estupidez, las creencias y el miedo, mirá qué materiales para el arte, pero también qué honestidad impresionante la suya cuando enseguida preguntaba: ¿y si estoy equivocada, Nena, y si todos mis sueños y presencias han sido sólo extravíos de geronte?

No, no me digas que no es conmovedora y venga otra ginebra por el amor de Dios, si para entonar el alma ante tu arribo necesito una ginebra doble, esta misma noche nos iremos a recorrer otros bares como un lento discurrir de ciertos ríos, ahora cuando bajes de ese barco, en cuanto pises tu tierra nuevamente nos iremos a caminar y a beber hasta la madrugada porque debemos desquitar el tiempo perdido, andar de un bar a otro, cambiando los cafés, los vinos, la merca, que todo hay que probarlo ya que la Historia no prueba, ya que no hay más vida que la vivida ni más pasado que lo que pasó. Es como si ya te estuviera viendo, ahí recostado contra la borda, como Hernán Cortés pero al revés: incapaz de conquistar nada y todo empenachado y con huaraches de oro, con aretes y collares preciosos llegando al Plata, a este Plata sangrante en el que hemos vivido como a un costado de la Historia, yo quisiera saber si sos consciente de todo lo que provoca tu regreso de las Antípodas, este modo de llamar ahora a ese interminable final de viaje que siempre parece el sino de esta familia, el desatino de este país.

UN CUENTO DE NAVIDAD

Para Daniel Mordzinski

Es un hombre que está solo pero no espera. Se nota que no espera. Tiene una mueca en los labios que intenta o pretende ser una sonrisa, pero no lo es. Con las manos entrelazadas sobre la mesa, mira cantar a la chica de vestido largo azul. Todo el restaurante la mira, y también lo mira a él. Pero no parece que por una secreta historia de amor.

En el "Jardín Iguazú" la fauna de esa noche, 24 de diciembre, es por lo menos llamativa. Los chinos están en la larga mesa del fondo, contra las verjas, y desde allá llega un suave murmullo como de palomas. Su extraña lengua entremezcla vocablos del guaraní y del castellano, particularmente en los más chicos, que llaman la atención por su comportamiento serio, casi adulto.

El patio es grande, como para cincuenta mesas o algo más. Casi todas están ocupadas por una legión de rostros peculiares que parlotean como pájaros de hablar diverso: las chicas que parecen alemanas, o austríacas, comen tan discretas como rubias; los dos franceses de camiseta y shorts que parecen gemelos, o pareja gay, tragan como si ésa fuese la última cena antes de subir al patíbulo; una barra de cordobeses grita cerca de los chinos y suelta procacidades cada tanto, pidiéndole a la chica del vestido largo azul que cante temas cuarteteros onda Mona Jiménez.

El hombre que está solo ha terminado de comer. Antes de las once de la noche ya se ha pasado dos veces una blanca servilleta de papel por los labios y ha bebido un par de copas de sidra helada con que la casa invita a los comensales. Chun Li, el patrón que vigila que nada escape a su control, ha dispuesto que la sidra se incluya en el precio del tenedor libre chino-argentino: veinte pesos, o dólares, por persona y con toda otra bebida aparte. Mientras María Paula, la mesera que nos toca, nos sirve la sidra e informa sobre la mesa de comidas, calculo que hay más de cien personas en el local: un negocio redondo sobre todo porque hay gente como esos cuatro europeos de nacionalidad indefinible que ya van por la octava botella del mejor tinto nacional, o ese grupo de estudiantes norteamericanos con camisetas de NYU y otras universidades que desde las ocho de la noche están bebiendo cerveza con un apasionamiento como el de la Quinta Flota cada vez que ataca un país árabe.

La chica canta ahora boleros de Luis Miguel y es difícil decidir si es mejor mirarle las piernas bellísimas que asoman por el tajo del vestido largo azul, o seguir la conducta tan extraña de Solari, como hemos bautizado al hombre de la mueca en la boca que parece sonrisa pero no es sonrisa. Su comportamiento es por completo educado, o quizá habría que decir medido. Como una representación de lo discreto, no es tristeza lo que define su estado. Es más bien un transcurrir a contramano de todos, el cual, finalmente, resulta patético.

Es un hombre apuesto, ciertamente: andará por los cuarenta largos, quizá cincuenta muy bien llevados, con algunas canas sobre las orejas, lomo trabajado en gimnasio, manos de campesino o de obrero: bastas, fuertes, grandes. Viste con sencillez, como casi todos esa noche abrasadora de Navidad y en ese punto caliente de la frontera: jean y camisa de mangas cortas en tono pálido, nada para destacar. Lo que destaca es que está solo y su soledad es absoluta, insólita para esa noche y ese sitio, una solitariedad, se diría, tan llamativa como la joroba del de Notre Dame, indiscreta como un comentario del inolvidable Max Ferrarotti de Soriano.

Imposible no mirarlo. Es casi agresiva su desolación. Preside una mesa vacía con restos de pavo y un trozo de pan dulce a medio comer. Ha pedido ahora una botella de vino blanco que beberá solo, quizá como lo ha hecho toda su vida, y lo bebe parsimonioso y lento como haciéndolo durar hasta las doce, cuando la chica del vestido largo azul anuncia que es la hora del gran brindis y los besos y los buenos deseos, y estallan las mesas de los argentinos, los cordobeses y unos rionegrinos de más allá, y también un grupo de brasileños que se lanzan a bailar como siempre hacen los brasileños para que todo mundo los quiera, y de modo más contenido los europeos, y con asiática frialdad los chinos: todos se besan, se abrazan, se saludan, nos besamos, brindamos de mesa a mesa, alzamos copas, algunos le hacen guiños a la chica del vestido largo azul que canta algo de Caetano, Chun-Li vigila la caja y que todo esté en orden, y luego de cinco minutos yo advierto, y creo que todos advertimos, que el hombre solo sigue solo, impertérrito, alzando su copa apenas hasta la altura de sus labios y como para brindar con nadie. De una mesa vecina un matrimonio mayor se le acerca para brindar con él, acaso conmovidos por su desamparo; cambian saludos y otra mujer, de unos cuarenta años y a la que imagino solterona, va y le zampa un beso y un abrazo como diciéndole oiga, che, no joda, venga a divertirse un rato que aquí estoy yo y la noche es propicia. Pero el hombre, tras devolver, gentil y educado, los saludos, retorna a su mesa, a su soberbia, a su patética soledad sin esperanzas.

Hacia la una de la madrugada y después de tangos, cumbias y hasta chacareras a pedido, la chica del vestido largo azul se toma un respiro con sus músicos, algunos turistas se retiran a descansar, y con Daniel, que ha mantenido sus cámaras colgadas del cuello como un médico de terapia intensiva su estetoscopio, decidimos que es hora de ir a dormir pues mañana será un día de trabajo. Pagamos a María Paula y saludamos a Chun-Li y los suyos. Yo le doy un beso fraternal a María Paula, que no ha dejado de bailar cumbias desde que terminó la cena, y antes de salir miro por última vez al hombre solo y le pregunto a María Paula qué onda con el que sigue allí, sentado, con su mueca que pretende ser sonrisa pero no lo es y que intenta ser agradable sin lograrlo.

—¿Ese? —dice con desprecio María Paula—. Es un gendarme retirado que torturó y mató a un montón de gente. Hace años era el hombre más temido de la frontera; ahora es sólo eso que ves: menos que un pobre infeliz, una mierdita.

Y me da un beso y otro a Daniel, y sigue bailando. Nos vamos al hotel, pensando en el día siguiente. Y sin mirar atrás.

INDICE

Esta edición se terminó de imprimir en Kalifon S.A.,
Humboldt 66, Ramos Mejía,
provincia de Buenos Aires, Argentina,
en el mes de marzo de 1999.